漱石と漢詩

——近代への視線

加藤二郎

翰林書房

漱石と漢詩

——近代への視線——

目次

一　亡国の士

―漱石と「近代」―

一

英国留学期の漱石の覚書風の「断片」はその多くが独白形式で記されており、そこにも当時の漱石の孤独な内面世界の反映があったものと思われる。そしてその中に次の様な一章がある。

かう見えても亡国の士だからな、何だい亡国の士といふのは、国を防ぐ武士さ　（「断片」明治三四）

明治以降の欧米への留学者に通有のナショナリズム的心情への傾斜とみて簡単に片附くような内容のものである。併しここに記された「亡国の士」即ち「国を防ぐ武士」という形での自称が、帰国後のしかも「草枕」執筆の後に告げられた、「死ぬか生きるか、命のやりとりをする様な維新の志士の如き烈しい精神」の「文学」への意志（「書簡」明治三九・一〇・二六付、鈴木三重吉宛）と遥かに通じているものと考えられ—その作品を通じての表明が「二百十日」「野分」等である—、それが「朝日新聞」入社以後の漱石の文学創作の支柱でもあったことを思うなら、先の「断片」は、例えば「亡国の士」といった一語にしても、単純には看過し得ないものを含んでいるとしなければならないであろう。

大正三年『こゝろ』の執筆を了えた時点の漱石がロンドン時代の自己に対して「自己本位」という形での意義付けをしたことは周知の如くである（「私の個人主義」）。漱石のいわば思想的自伝とも言うべき講演「私の個人主義」（大正三・一一）は、『こゝろ』の擱筆後にして初めて可能となったものと考えられ、「自己本位」の語にしてもその実相が、語られた事実以上に錯綜したものであったであろうことは一般にも憶測されているし、又現実にも帰国後の漱石、及び『吾輩は猫である』（明治三八—三九）から『こゝろ』（大正三）に至った彼の文学的軌跡の幾多の曲折の内に明らかであろう。併しともかく漱石はそうした「自己本位」自覚の初期の自己を取り扱ったと考えられる作品『道草』（大正四）の中で新帰朝者としての自己を「遠い」人として描いた。

健三が遠い所から帰つて来て駒込の奥に世帯を持つたのは東京を出てから何年目になるだらう。彼は故郷の土を踏む珍らしさのうちに、一種の淋し味さへ感じた。

（『道草』一、傍点論者）

「遠い所」は一種の象徴と考えられるが、その「遠さ」を齎したもの、又その「遠さ」の内容は如何なるものであったのであろうか。健三に漱石の姿の象徴がある以上その「遠さ」の意味を問うことは、健三の即ち外ならぬ当時の漱石の「淋し味」の内実を問うことでもある筈である。

「遠い所」は観念上の距離感或いは異和感の象徴と考えられ、『道草』に即しても、健三の従って漱石の対他的な隔絶感即ち「遠さ」の意識は明瞭であろう。『道草』に描かれた頃の漱石は又、

僕は洋行から帰る時船中で一人心に誓つた。どんな事があらうとも十年前の事実は繰り返すまい。……

（「書簡」明治三九・一〇・二三付、狩野亨吉宛）

といった述懐をも見せており、それが以前の他律的な自己からの訣別の辞と考えられることからすれば、先の「遠さ」の一面にはそうした対自的なものもあったと考えられる。それではそうした自他両側面での「遠さ」の意識は一体何によって齎らされたのであろうか。そこに介在していたと見られるのが漱石に於ける英国留学の意味であり、その内実は先の「亡国の士」といった当時の自覚の内にも暗示的であると思われる。そしてそれはつまりは漱石に於ける「近代」の認識体験の深さ如何の問題であったと考えられて来るのである。

「亡国の士」云々の先の「断片」は、時期的に、周知の『文学論』構想の機縁となった化学者池田菊苗との邂

逅の頃（明治三四・五・五―六・二六）と相前後しており、それ自体興味の対象となるが、それにしてもその頃の漱石は何故「亡国の士」といった自称を記してみたのであろうか。明らかなことはそこに明治近代日本の歩みを、「亡び」へのそれとする時代認識の表明があるということである。明治期に限定しても欧米への留学者の数は無論多数に上る。併しその中で日本の前途に「亡び」を見た者は恐らく漱石以外にはいない。しかも注目されるのは、漱石のこうした時代認識が先の「断片」にのみ特殊な単なる一時的のものなのではなく、それが彼の文学創作の根柢に一貫して持続され、その創作活動の原動を成していたと考え得るということである。例えば已に『猫』に於ても、「俳味とか滑稽とか云ふものは消極的で亡国の音ださうだが……」（六）といった行文が見出され、『虞美人草』にも、「西洋菓子」を「亡国の菓子」とし、「書生が西洋菓子なんぞを食ふ様ぢや日本も駄目だ」（十一）という様な言い方がその作品の文脈に即しつつ現われている。そしてより明確には次の様な形で語られるものとなっている。

「然し是からは日本も段々発展するでせう」と（三四郎は）弁護した。すると、かの男（広田先生）は、すましたもので、「亡びるね」と云つた。

（『三四郎』一、（一）及び傍点論者）

『三四郎』（明治四一）の冒頭部広田先生の言葉である。これと同一の内容は『それから』（明治四二）の代助の時代批評としても現われる。

平岡の家は、此十数年来の物価騰貴に連れて、中流社会が次第々々に切り詰められて行く有様を、住宅の上に善く代表した、尤も粗悪な見苦しき構へであつた。……今日の東京市、ことに場末の東京市には、至る所に此種の家が散点してゐる。のみならず、梅雨に入つた蚤の如く、日毎に、格外の増加律を以て殖えつゝある。代助はかつて、是を敗亡の発展と名づけた。さうして、之を目下の日本を代表する最好の象徴《シンボル》とした。

（『それから』六、傍点論者）

これらはいずれも日露戦争の終結後、所謂産業革命の進展しつつあった明治四十年代の日本の現実に投射された警醒の言であり、そうした漱石の姿勢は、たとえ萌芽の形であるにせよ已に英国滞在中に、しかも「国を防ぐ」という方向に形成されたものであったと言えよう。

それでは明治近代日本の歩みは何故「亡び」へのそれとして規定されねばならなかったのであろうか。想起されるのは、明治四十四年の著名な講演「現代日本の開化」であろう。そこで漱石は明治日本の「開化」即ち「近代化」の孕む矛盾と欠陥の本質をその「外発的」性格にあるとして規定し、西欧開化の完全な「内発的」性格、及び明治以前の日本の準「内発的」開化と対照させている。そして次の如く言う。

斯う云ふ(外発的)開化の影響を受ける国民はどこかに空虚の感がなければなりません。又どこかに不満と不安の念を懐かなければなりません。(「現代日本の開化」、( )……論者)

これは内容的に『それから』の代助の言葉、

「何故働かないつて……日本対西洋の関係が駄目だから働かないのだ。……精神の困憊と、身体の衰弱とは不幸にして伴なつてゐる。のみならず、道徳の敗退も一所に来てゐる。日本国中何所を見渡したつて、輝いてる断面は一寸四方も無いぢやないか。悉く暗黒だ。(『それから』六)

と同一のものであり、この高等「遊民」としての自己弁明という形を通した代助の時代批評の根拠も、矢張明治「近代化」の「外発的」性格に求められていたと考えられる。従って漱石に於て近代日本の「亡び」の原因は、その「開化」即ち「近代化」の「外発的」性格という様式上の特性に帰されていたと一往は考えられるのであり、そこに漱石に於ける「近代」の認識体験の如何といった問題を問うとして、それは結局福田恆存の云う如く、漱石は、……日本の近代化＝西洋化の、つまり「文明開化」の贋物性にいちはやく気づいていた人……である。しかし、近代そのもの(―西欧の近代精神そのもの)の危機という自覚はさほどつよくない。事実そういう言葉も使っていない。

（福田『反近代の思想』「解説」筑摩書房現代日本思想大系32、（　）…論者）

といった評価で事足りる様にも思われる。又事実少なくとも在来の漱石研究は、漱石を「反近代」の系譜の内に位置づけながらも漱石の「近代」認識の本質に関しては、上の様な次元に於てしか捉え得ていないのである。例えば三好行雄は、上の福田恆存の言葉を引きつつその見解の浅さを指摘し、漱石が「私の個人主義」で語った「自己本位」の立場の発見は、

比喩的にいえば、まさしく西欧近代の内部で醒めた反近代の、つまり反〈西欧的近代〉の端緒であった。

（三好「漱石の反近代」『日本文学の近代と反近代』東大出版会）

として評価しながらも、併しこの漱石評は飽く迄も「比喩的に言えば、……」でしかなく、「漱石はたしかに西欧流の〈近代の危機〉を認識した思想家ではない。」といった言葉をもみせ、結論的には、漱石の内に「気質的な反近代」といった「反近代」の不徹底性を指摘するにとどまっており、結局の所三好氏は、漱石の「反近代」は、日本の「近代化」の形態批判、即ち皮相な日本的「近代主義」者への批判という側面に関しては尖鋭さを示したものの、「西欧近代」そのものへの徹底した批判と超克とは未到であったと結論するのである。そして、そうした三好氏の視線は、漱石や鷗外の文明開化批判を、

かれらの内部にある〈古さ〉に支えられていたのではなかったか。

（三好「反近代の系譜」前掲書）

とする立場とも相関連するものなのであろう。併し（鷗外はさておき）漱石と「近代」との関連の実相は、果してそうした程度の深まりしか見せていなかったのであろうか。或いは又漱石の日本「近代化」への批判は、彼の〈古さ〉に根差したものでしかなかったのであろうか。疑いは必然のことの様に思われる。

問題の端緒は講演「現代日本の開化」そのものの中にもあろう。そこで漱石が展開した日本近代化の様式批判

は、明治日本の西欧的近代化を歴史の不可避的必然とした上でのものであるが、論の前提は更に溯って、「開化」即ち「近代化」そのものへの疑惑或いは明確な批判を下敷きとしたものであった。「開化の産んだ一大パラドックス」として要約されている人間の「近代化」の負の側面は、具体的な形では、「開化」にもかかわらず、「吾人の幸福は野蛮時代とさう変りなささうで」あり、

御互の生活は甚だ苦しい。昔の人に対して一歩も譲らざる苦痛の下に生活してゐるのだと云ふ自覚が御互にある。否開化が進めば進む程競争が益々劇しくなつて生活は愈困難になるやうな気がする。

（「現代日本の開化」）

として告げられている。従って漱石の内には「開化」即ち「近代化」と呼ばれる人間の営為そのものへの懐疑が深く蟠っていたとしなければならない。このことは漱石が同じ講演の中で、「西洋の開化（即ち一般の開化）」（傍点論者）と置き換え、普遍的な形での問いかけを行おうとしていることにも明らかであり、漱石の問題はより根柢的には「開化」即ち「近代化」という、人類のともすれば辿りがちな現象が必然的に孕む普遍性を帯びた事柄の内にあったと考えられるのである。「二十世紀の日本」に於ける「nil admirari《ニル アドミラリ》」の典型としての代助に関する『それから』の、「進化の裏面を見ると、何時でも退化であるのは、古今を通じて悲しむべき現象だが」（二）といった、代助の「nil admirari」の起因への言葉にも同様の思惟は窺われるであろう。

ところでこうした「現代日本の開化」に於ける漱石の「開化」一般への批判は、明治四十四年の漱石、即ち『門』を擱筆し前記三部作を完了した漱石を俟って初めて明瞭な姿を結び得たものなのであろうか。恐らくそうではない。何故なら次の様な漱石の姿が、彼に於ける「開化（近代化）」批判の早熟を知らせてくれるからである。

漱石の東大での講義「十八世紀英文学」（明治三八・九―四〇・三、後の『文学評論』）が第四編に「スヰフトと厭世

文学」という題の一章を持ち、そこでのスヰフトの厭世観の特性についての論が、作家スヰフトの厭世観の分析という枠を遥かに逸脱し、漱石自らの厭世観の表白となってしまっていることは周知の事実であるが、それを準備したと思われる覚書として次の様なものが残されている。

開化の無価値なるを知るとき初めて厭世観を起す。開化の無価値なるを知りつゝも是を免かる能はざるを知るとき第二の厭世観を起す。茲に於て発展の路絶ゆれば真の厭世的文学となる。もし発展すれば形而上に安心を求むべし。形而上なるが故に物に役せらる事なし。物に役せられざるが故に安楽なり。形而上とは何ぞ。何物を捕へて形而上と云ふか。世間的に安心なし。安心ありと思ふは誤なり。（「断片」明治三八・三九頃）

「物」の時代としての「近代」にあって、「形而上」的精神主義への逃避を極度に抑制しながら、物と心との調和即ち「安心」を、宗教的次元に迄深めつつ探索した漱石の文学的立場との照応は明らかである。併し上の「断片」は、「開化の無価値なるを知」りつつ、明治日本が「是を免かる能はざるを知」悉せざるを得なかった漱石、換言するなら、「開化」一般の否定さるべき局面を見極めながら、しかもそうした「開化」を「外発的」形態の下に推進しつつあった明治近代日本の中で、いわば二重の悲劇に於ける主役としての自己を見出した漱石の、深い厭世観からの述懐として見られるべきものであろう。そして漱石にあって「開化の無価値なる」所以は、「開化」が所詮人間の「亡び」への行程でしかないと見極められていたからに外ならなかった。

漱石に於て「近代」は何よりもまず「亡び」への時代であった。「近代」に於ける「亡び」は何も日本「近代」にのみ特殊な、その「近代化」の「外発的」という様式上の特性にのみ起因したものではない。寧ろ世界史に於ける「近代化」の先駆であり又主役でもあった「西欧」こそ、「亡び」に於てもその先駆であり主役である筈なのである。

Self-conscious の age は individualism を生ず。社会主義を生ず、levelling tendency を生ず。団栗の背く

らべを生ず。数千の耶蘇、孔子、釈迦ありと雖《原》と遂に数千の公民に過ぎず。……Self-consciousness の結果は神経衰弱を生ず。神経衰弱は二十世紀の共有病なり。人智、学問、百般の事物の進歩すると同時に此進歩を来したる人間は一歩一歩と頽廢し、衰弱す。……全世界の中尤も早く神経衰弱に罹るべき国民は建国尤も古くして、人文尤も進歩せる国ならざる可らず。……他日もし神経衰弱の為めに滅亡する国あらば英国は正に第一に居るべし。（「断片」明治三八・三九頃）

「進歩」即「頽廢」と「衰弱」、即ち「滅亡」を語る漱石の言である。『猫』の終章（第十一章）と関連したものであり、そこではニーチェの超人思想への批判等と共に、「近代」の果てに於ける「自殺学」の開講の予測すらなされているが、東西の別を抜きにした「近代」人総体の行末に、「自殺」という形を典型とした「亡び」の末路が予見されてあるということは、漱石に於ける「近代」認識の核心に位置する不動の現実であったのである。そして人間の「開化（近代化）」、即ち人間の「Self-consciousness（自意識）」化、それが「近代」の「亡び」の本質的な誘因であった。

二

漱石がロンドンの客舎で「亡国の士」という自称を記した時、彼の内に自己の文学的営為の前途に関してどれだけの具体的な構想があったのかは分からない。併し当時の漱石に顕著なことは、彼がしきりに「コスモポリタン」への志向を告げているということである（「書簡」明治三四・九・一二付寺田寅彦宛、明治三四・六・一九付藤代禎輔宛等参照）。その直接的な契機は先にも触れた化学者池田菊苗との邂逅にあったらしいが、そうした漱石の科学を媒介とした「コスモポリタン」への志向が「文学論」の基本的モチーフでもあったことは、岳父中根重一に告げられた「文学論」の原型の素描にも（「書簡」明治三五・三・一五付、中根重一宛）、又遺された『文学論』の具体相に即しても明らかであろう。英文学研究への倦厭を反面とした科学的客観性への傾斜という漱石の「コスモポリタン」への志向は、英文学に代表されるべき西欧近代のいわば局所性とそしてその「亡び」からの離脱へのそれでもあった筈であり、従ってその西欧「近代」化を進めつつある日本を対象としつつ、彼が「亡国の士」の自覚を記した時、その語は、いわば二重の「亡び」とでも言うべき歴史性を不可避の課題として受容せざるを得なかった近代日本の中での「国を防ぐ武士」を示唆していたのである。[1]留学期のいつの時期にか西欧近代の行末に「亡び」を見た漱石が、留学期限の切迫につれて留学期間の延長を、しかもフランスの地でのそれを希望した時（「書簡」明治三四・九・二二付、夏目鏡子宛）、一体彼は何を意図していたのであろうか。不可思議のことであるが、それが彼に於ける「近代」の認識体験の深さに裏打ちされた或る何物かへの意志に根差したものであったことだけは確かであろう。併し結局漱石の希望は叶えられず、帰国の途につく。近代日本の内に二重の「亡び」を見たその新帰朝者漱石が現実の日本の中で「遠い」人であったのは、或いは「遠い」人であらざるを得なかったのはいかにも当然のことであろう。かの『道草』の健三の「淋し味」もそこに起因していた。

「夏目狂セリ」の語は留学期末期の漱石に対する彼の友人達の観察の所産であった。そして帰国後の漱石をも人々は「狂人（兼神経衰弱）」と呼んだ。又漱石自らもそうした人々の認定を是認した（『文学論』序、明治三九・一一）。併しその「狂人」と呼ばれ異常な悩乱に満ちた時代の漱石は、一方で『文学論』『文学評論』の講義をしつつ、又一方では『猫』から「野分」（明治四〇）迄の諸作を書き継ぎ、その中で明治の四十年間を日本の歴史に於ける未曾有の歴史喪失の時代として規定し（「野分」十一）、歴史の前途に「第二の仏蘭西《フランス》革命」を予言し「個人の革命」の現実的進行を告げ（「草枕」十三）、自己の文学的営為をマルクス的な「暴力革命」ならざる「文明の革命」への意志の発現とした（「二百十日」四）、そうした漱石でもあったのである。漱石のその時期をおおむねロンドン時代の延長として考えることが許されるなら、合わせて前後数年間に亙ったその時期は、漱石が講演「私の個人主義」の中で振り返った「自己本位」自覚の初期の期間に相当するものと言えよう。ただ、留学期を含めたそれら前後数年の期間が漱石自身の中で「自己本位」という明確な思想的意義付けを得るには、所謂後期三部作の『こゝろ』擱筆迄の時間の経過が不可欠であったと考えられる。それではそのことは何を語るものであろうか。

「朝日」入社（明治四〇・四）を起点として開始された漱石の本格的な文学活動が、「近代」の「亡び」を超えるものへの探求であったであろうことは言えるとして、作品『こゝろ』に於て漱石が描き切ったものは、彼が「近代」の「亡び」の典型的形態とした近代人の「自殺」であった。「近代」の「亡び」を超えんとした漱石がその「亡び」の典型としての「自殺」を描いたということは一見奇異なことでしかない。併しそこで作品化された「自殺」が作中人物の明確な自覚に基づいたものであることからすれば、その「自殺」にいわば「近代」の「亡び」を超えるものへの予望を見ることの方が、自然な理解の仕方であるかも知れない。『こゝろ』の主人公である先生の自殺への過程の描かれ方は例えば次の如くである。

必竟私にとつて一番楽な努力で遂行出来るものは自殺より外にないと私は感ずるやうになつたのです。……何時も私の心を握り締めに来るその不可思議な恐ろしい力は、私の活動をあらゆる方面で食ひ留めながら、死の道丈を自由に私のために開けて置くのです。

（『こゝろ』下五十五）

ここで先生を自殺へと使嗾する、人間を超絶した「不可思議な恐ろしい力」は、漱石の思惟では、「自然」と同値のものであったと考えられる（『こゝろ』下四十九等参照）。詳細は後に譲るとして、自己の存立の基底を喪った自意識的存在としての「近代」の人は、その自己即ち自意識への「自然」を介した「死」によって、或いはその「死」によってしか「近代」の呪縛、「人間の罪」（同前下五十四）からの離脱を為し得ない。それが漱石に於ける

「近代」の「亡び」への、文字通りその「亡び」を介しての処方であった。

漱石がロンドン時代の自己に対して「自己本位」という形での思想的意義付けをし得たのが、『こゝろ』擱筆の後にして始めてであったのは、そのロンドン時代に萌芽を持つ「近代」の「亡び」を超えるものへの歩みが、『こゝろ』の芸術化を通じて、〈古さ〉(三好、前掲論)への退転のない、新・古の別を超えたいわば「自然」の所有という形で、ようやく明確な方向性を与えられたことによるであろう。そしてそれは嘗ての孤独な「亡国の士」が、なお多くの動揺を内に秘めながらも、「コスモポリタン」としての次元に迄自己を昇華し得ていたことを意味しているし、そこに、「一般の人類をひろく見渡しながら微笑してゐる」(『硝子戸の中』三十九、大正四・二)漱石の姿も現出し得た。近代日本の「亡国の士」漱石の背景には、その近代日本にのみは限定されないより広汎な世界性への歩みが相即されていたことが思われるべきである。そしてそうした漱石による現実への批判は、最晩年に至りより根源的《ラディカル》な深まりを見せていった。一つの典型は大正五年一月の「点頭録」に披瀝された第一次世界大戦観の内にも窺われるであろう。中村光夫はその漱石の大戦観を的確さを欠いたものとして批判するが(中村『日本の近代小説』岩波新書「主知派と生活派」)、併し已に引用の近代西欧の政治・経済・文化等々の行末を透視した明治三十八・九年頃のかの「断片」に即しても、漱石に於て第一次世界大戦はそうした「近代」の「亡び」の明らかな顕在化に外ならなかったと言える。従ってそれにより生ずる大きな波紋をも、微動として、相対化して捉えて行こうとしていた(「点頭録」)その漱石の視座を支えていたものが如何なるものであったかは自明の筈であり、大戦後の所謂大変動の前に漱石がたじろぎを見せたとは考えられない。そしてこうした一般の文学者には測り難い漱石の奥深さを思うにつけても、小林秀雄が哲学者西田幾多郎の内に見たような、近代日本の中での思索者としての「極めて病的な孤独」(小林「学者と官僚」『文芸春秋』昭和一四・一一)を漱石の内にも認めねばならないように思うのであるが、そのことは即ち漱石論の現代的な課題でもなければならないであろう。

（1） 漱石は已に引用の明治三十八・九年頃の「断片」の、「他日もし神経衰弱の為めに滅亡する国あらば英国は正に第一……」にすぐ続けて次の様に記している。「彼等のコノ傾向は彼等の近世文学を見て徴するを得べし。Henry James etc. カヽル minute analysis を以て進まゞ《原》人間は只神経のカタマリ、ウルサキ刺激ヲ受クル動物、煩瑣なる排撥に応ずる器械なる事を証明す。……Homer ノ時代を見よ。Chevy Chase の時代を見よ。 彼等（近世英文学：論者註）の病的なるは自然の刺激を以て満足する能はず。人為的に此等の刺激を創造して快なりとなす。愚なる日本人は此病的なる英人を学んで自ら病的なるを知らず。好んで自殺を遂ぐるにひとし。……英人の文学は安慰を与ふるの文学にあらず刺激を与ふるの文学なり。人の塵慮を一掃するの文学にあらずして益人を俗了するの文学なり。……」この文中の Homer と Chevy Chase に関しては同時期の「断片」の他の箇所では、「ニイチエは superman ヲ説ク、バーナード、ショーモ ideal man ヲ説ク Wells モ giant ヲ説ク。Carlyle モ hero ヲトク。此等ノ人ノ hero ヲトクハ Homer が Iliad ヲ歌ひ、Chevy Chase ニ勇武ヲ歌フトハ全然趣ヲ異ニス。……彼等ノ ideal man ハ不平ノアラハレタル者ナリ。Homer ノ愉快ナク。Chevy Chase ノ simplicity ナシ。」とも記している。

これらの「断片」は英文学に代表されるべき西欧近代文学の、従つてその土壌としての西欧近代そのものの、通時的共時的両側面での明確なその局所性への漱石の自覚を語るものと言えるであろう。漱石の文学的志向が西欧近代のそれの内に見られていたという訳ではない。

二　創造の夜明け——漱石と「愁」——

一

眼識東西字　眼《め》には識る東西《とうざい》の字《じ》
心抱今古憂　心《こころ》には抱《いだ》く古今《ここん》の憂《うれ》い（明治三一年作）

（漢詩訓読は吉川幸次郎に従う。以下同じ）

漱石熊本期の漢詩の一聯である。何げない句であり、内容的に「憂」にかかる「東西」・「古今」の対《つい》は漢詩に常套的な修辞ともみられる。が、已に「人生」（明治二九・一〇）での自己省察、即ち自己に於ける「険呑」な「狂」の奔騰を自認した後の漱石であってみれば、単なる詩的修辞の枠を越えた、実感の表出であったと見るべきであろう。

青年時、漱石の思索と体験とが如何なる内容の下に又如何なる方向を以て進捗されたのかは、必ずしも明らかではない。併し彼がその姿を分明にし始める頃、即ち居処を転々とするという、後年のロンドン時代を予知させるような、一種の錯乱を経過した後（二十七・八歳頃）の漱石は、重い「愁《うれい》（憂）」の一字を背負わされた「厭世」の人として現われて来るのであり、その「愁」の負荷は漱石の生涯に渉るものとして、殆ど消去不可能のものであったかにすらみえる。しかもそういう「愁」の人としての漱石の姿が、明瞭な表現を伴って現われて来るのは、冒頭の引用からも明らかな様に熊本期の漢詩に於いてである。

熊本期の漱石は、俳句と漢詩とを自己表現の手段として所持していたが、「漢詩は、夏目氏の文学において、……俳句よりも、より多くの比重を占める」、といった評語（吉川幸次郎『漱石詩注』）もあるように、当時の漱石の胸中を最もよく写し得ているのは漢詩であり、従って漱石にとって漢詩は、中世歌人の所謂「述懐」の場としての意味を担うものであった。そしてその「述懐」の基調は「愁」の一字に帰している。

出門多所思　門《もん》を出《い》でて思《おも》う所《ところ》多《おお》し
春風吹吾衣　春風《しゅんぷう》　吾《わ》が衣《ころも》を吹《ふ》く
…
孤愁高雲際　孤愁《こしゅう》　雲際《うんさい》に高《たか》く
大空斷鴻歸　大空《だいくう》　断鴻《だんこう》帰《かえ》る
…
三十我欲老　三十《さんじゅう》　我《わ》れ老《お》いんと欲《ほっ》し
韶光猶依依　韶光《しょうこう》　猶《な》お依依《いい》たり
逍遙隨物化　逍遥《しょうよう》して物化《ぶっか》に随《したが》い
悠然對芬菲　悠然《ゆうぜん》として芬菲《ふんぴ》に対《たい》す

「春興」（明治三一年三月作）の結構である。

吾心若有苦　吾《わ》が心《こころ》　苦《くる》しみ有《あ》るが若《ごと》し
相之遂難相　之《こ》れを相《み》るも遂《つい》に相《み》難《がた》し
俯仰天地際　天地《てんち》の際《さい》に俯仰《ふぎょう》して
胡爲發哀聲　胡《な》ん為《す》れぞ哀声《あいせい》を発《はっ》するや
…

前程望不見　前程《ぜんてい》　望《のぞ》めども見《み》えず
漠漠愁雲横　漠漠《ばくばく》として愁雲《しゅううん》横《よこ》たわる

「失題」（同前）の始終である。

青春二三月　青春《せいしゅん》二三月《にさんがつ》
愁随芳草長　愁《うれ》いは芳草《ほうそう》に随《したが》って長《なが》し
閑花落空庭　閑花《かんか》　空庭《くうてい》に落《お》ち
素琴横虚堂　素琴《そきん》　虚堂《きょどう》に横《よこ》たう
…
會得一日静　会《たま》たま一日《いちにち》の静《せい》を得《え》て
正知百年忙　正《まさ》に百年《ひゃくねん》の忙《ぼう》を知《し》る
遐懐寄何處　遐懐《かかい》　何処《いずこ》にか寄《よ》せん
緬邈白雲郷　緬邈《めんばく》たり白雲《はくうん》の郷《きょう》

「春日静座」（同前）の書き起こしと結びである。これら詩篇から髣髴される漱石その人の姿は、「幼児の時と異なり、沈鬱に傾き、快活の性を一変せし」（篠本二郎「五高時代の夏目君」（岩波昭和十年版『漱石全集』月報））といった、漱石の本質的な変容を告げる言葉とも明確な照応を見せており、写真から識られる当時の漱石の風貌も「愁」の人としてのそれを裏書きしているものと言える様に思われる。それでは当時の漱石の「愁」は如何なる事柄に起因していたのであろうか。

この問題に対する一応の解釈としては、粗密の差はあれ明治四十年春の「朝日新聞」入社まで絶えることのなかった進路決定上での迷、そこに「愁」の起点を求めるという行き方があろう。その漱石の迷は、漢籍一切の売却、即ち漢文学の放擲と英文学への転向という少年期（十六歳頃）の事柄の内に早い萌芽があるともいえ、大学卒業後のジャパンメール社への記者志願等の動揺を経て、熊本期にあっても顕著であり、後年の漱石はそうした過去の自己の姿を、〝五里霧中の彷徨者〟、或いはいわば錐を持たない〝嚢中の錐〟として自照している（「私の個人主義」）。

例えば漱石は明治三十三年九月の英国留学に際して、次のような述懐を記していた。

長風解纜古瀛洲　　長風《ちょうふう》　纜《ともづな》を解《と》く　古瀛洲《こえいしゅう》
欲破滄溟掃暗愁　　滄溟《そうめい》を破《やぶ》らんと欲《ほっ》して暗愁《あんしゅう》を掃《はら》う
縹緲離懐憐野鶴　　縹緲《ひょうびょう》たる離懐《りかい》　野鶴《やかく》を憐《あわ》れみ
蹉跎宿志愧沙鷗　　蹉跎《さた》たる宿志《しゅくし》　沙鷗《しゃおう》に愧《は》ず
酔捫北斗三杯酒　　酔《よ》うて北斗《ほくと》を捫《もん》す　三杯《さんばい》の酒《さけ》
笑指西天一葉舟　　笑《わら》うて西天《せいてん》を指《ゆび》さす　一葉《いちよう》の舟《ふね》
萬里蒼茫航路杳　　万里《ばんり》　蒼茫《そうぼう》　航路《こうろ》杳《はる》かに
烟波深處賦高秋　　烟波《えんぱ》深《ふか》き処《ところ》　高秋《こうしゅう》を賦《ふ》す

ここで汎汎として去来する自由な「沙鷗」に対して「愧」ず、とされている「蹉跎たる宿志」のその人は、「宿志」の内容の如何にかかわらず、直進すべき道を見出し得ず、半ば他律的に「解纜」せざるを得ない迷の人漱石の姿の反映であり、それが「暗愁」の内実をも示唆しているかにみえる。「私の個人主義」（大正三・一一）に回想された、ロンドン時代の「自己本位」の自覚と文学論の構想、帰国後の諸種の経過、東大放棄と「朝日」入社、そしてそれらと相前後してなされた本格的な創作活動の開始と辿る時、そこには同時に熊本期の「愁」の溶解への道程があったともみられ、それは外ならぬ漱石その人の心意に添うものであったとも考えられる。併し結果的な事実は果してどうであったろうか。

散來華髮老魂驚　　華髪《かはつ》を散《さん》じ来《き》たりて老魂《ろうこん》驚《おどろ》く
林下何曾賦不平　　林下《りんか》　何《な》んぞ曾《か》つて不平《ふへい》を賦《ふ》せん
無復江梅追帽點　　復《ま》た江梅《こうばい》の帽《ぼう》を追《お》うて点《てん》ずる無《な》く
空令野菊映衣明　　空《むな》しく野菊《やきく》を令《し》て衣《ころも》に映《えい》じて明《あき》らかならしむ
蕭蕭鳥入秋天意　　蕭　蕭《しょうしょう》として鳥《とり》の秋天《しゅうてん》に入《い》る意《い》
瑟瑟風吹落日情　　瑟瑟《しつしつ》として風《かぜ》の落日《らくじつ》を吹《ふ》く情《じょう》
遙望斷雲還躑躅　　遙《はる》かに断雲《だんうん》を望《のぞ》みて還《ま》た躑躅《てきちょく》す
閑愁盡處暗愁生　　閑愁《かんしゅう》尽《つ》くる処《ところ》　暗愁《あんしゅう》生《しょう》ず　（大正五年九月四日作）

大正五年『明暗』執筆期の述懐である。「閑愁」と「暗愁」との弁別は、漱石に於ける内観の深化の所産とでもすべきものであろうか。そうした自己凝視の透徹が、先の留学に際しての漢詩にまで溯り得るものであるか否かはともかく、そこに已に「暗愁」という形での自己表出があることは注目に値するであろう。

漢詩の煩瑣な引用はこれ迄として、漱石にあって心奥に蟠まる「愁」は、彼の生涯のいわばアルファでありオメガであった。その「愁」は単に進路決定上での迷といった皮相に根差したものではなく、捨象せんとして如何とも払拭し得ぬもの、殷々として底知れぬ深さを湛えたもの、それが漱石に於ける「愁」、即ち芭蕉の所謂「風雅の魔心」（「栖去之弁」）ならざる「愁の魔心」とでも言うべきものであった。従って吾々は、漱石の人及び文学をその如何なる断面で切ってみてもそこに「愁」の痕跡を認めるのであり、漱石の生涯に渉る思索の一切は、自己に宿命的な「愁」の行方に向けられ、殊に最晩年の漱石にあっては、「暗愁」から「閑愁」への転成の試みとして漢詩の連作がなされていたものと解される。大正五年八月中旬以降日課の形で持続された七律を主とした詩作は、『明暗』執筆者としての自己の立脚点の確認と保持への方途でもあった筈であり、『明暗』執筆を「俗了」とし、それへの対抗手段として漢詩を作ると告げた漱石の真意はそこにあったのである（大正五・八・二一付芥川龍之介・久米正雄宛書簡参照）。

「愁」という人間の情調は分析すれば様々な説明の仕方が可能であろうが、それを、人間における自律性の欠如、即ちいわば宗教的次元での「安心」の欠落と「不安」への顚落（『行人』「塵労」三十九参照）、そしてその心の空隙に湧出する一種の悲哀の情調、といった言葉で解しておくなら、漱石熊本期の「愁」は、遊惰者の単なる感傷といった次元のものではなく、後の彼の歩みからしてもその「愁」は、明治以降の近代日本総体の基底にその根幹を持つものであった。「近代」の歴史時代に特徴的な人間に於ける「安心」の欠落の返照、それを〝近代の憂愁〟として捉えるなら、漱石詩に瀕出する「愁」は、その日本的典型としての意味を担うものであった。

「愁」は又漱石に於いて「厭世」の念とも不可分のものであり、それは同時に生涯に渉った「死」への思慕とも直結していたが、それに関して漱石が、「私の死を択ぶのは悲観ではない厭世観なのである。」（大正三・一一・一四付林原耕三宛書簡）と告げ、「厭世」を明確な思想的自覚としていたことが想起される。従って「愁」も又一種の思想性を秘めたものとして理解されるべきであろう。自律性・自由性を阻害され、「愁」に転落せざるを得ない自己の構造的分析を通したそこからの脱却への意志、そこに漱石の文学は起点を持っていたと思われ、漱石文学の歩みは、それ自体は全く個人的な「愁」の普遍性への還元、即ち散文芸術としての小説による歴史包摂という方向に認められるのである。その間の経緯を漱石自身の思惟の歩みの内に追い求めるなら、以下の様な事柄が思い起されよう。

二

周知の如く漱石は「草枕」（明治三九・九）第六章で、時間・空間にかかわるレッシングの芸術観を一画的として批判した後、その芸術観――具体的には詩画観――では包み得ない文学、即ち時間・空間の限定を超えた「永久」（「草枕」十）の形象化された文学の実例として五言古詩一篇を記し、同様の趣旨の漢詩は第十二章にもみられる（尚前者の一部は小品「一夜」（明治三八・九）に既出している）。ところでこれら二篇の詩はいずれも先にかかげた「春日静坐」「春興」と題された熊本期の自作である。「草枕」第一章では作品の基盤である「非人情」がいわれ、それの詩的形象化として淵明・王維の詩句が援用され、それが東西の両世界を超え古今に独歩する「別乾坤」の建立として位置付けられている。とするなら、漱石が種々の芸術観の披瀝の合間に自作の詩を点綴していったということには、その自作の詩を以て淵明・王維の詩境に伍し得るものという自覚すら伏在させてのことであったのかも知れない。しかも注目されるのは、漱石作の古詩が、内容的に「草枕」の主題と明確な照応をみせているという事実である。今ここで「草枕」についての詳論はしないが、先に掲げた漢詩「春日静坐」に於いて、「芳草」に「随」って「長」い春の「愁」は、「遐懐何れの処にか寄せん」と転ぜられ、それは「緬邈」としてはるかな「白雲の郷」の内に雲散されている。同様のことは「春興」についてもいわれ、「雲際」に「高」い「孤愁」は、結びに至って、「逍遙」として又「悠然」として「物化」に「随」い「芬菲」に「対」すと詠《うた》われ、そこでも明らかに「孤愁」の消去が果されていよう。両詩の思想的類似は明らかであるが、「悠然対芬菲」は漱石の意図として、「物化」に則る『荘子』の所謂「逍遙遊」の境涯であろう。そしてそのことは最晩年大正五年の連作漢詩に『荘子』出典の語が多出することを予知させるが、併しそうした年代的な飛躍はしばらくおくとして、その「物化」に於ける「逍遙遊」は、外ならぬ「草枕」第六章で、「冲融」「澹蕩」などのシナ詩人の愛語によって形容されている「同化」の境涯に通ずるものと考え得る。しかもその「同化」の境涯の成立根拠は「非人情」にあり、その「非人情」の場が即ち「自然」である、とするのが「草枕」に於ける漱石の思索なのである。「吾人の性情を瞬刻に陶冶して醇乎として醇なる詩境に入らしむるのは自然」であり（「草枕」一）、「縹緲」とした「白雲の郷」はその具象的な典型であった。

漱石詩に瀕出する詩語「白雲」は――漱石詩中の「愁」が常に「白雲」（或いは単に「雲」）を伴っていることは注目されてよい。例えば冒頭の詩「眼識東西……」の結びは、「人間本無事　白雲自悠々」である――「寒山詩」に淵源すると考えるが、それはともかく、漱石が「草枕」に自己の旧作を使ったということには、それが単なる「自信作」であったから（吉川氏評語）という事柄以上の意味、即ち「草枕」に集約されたような漱石の対「近代」の思索が、芸術の衣裳を纏った思想的自覚として結晶したもの、それが先の漢詩二篇であったから、と考えたいのである。漱石の「愁」が内に思想性を秘めたもの、と先に指摘した所以である。

漱石の詩は、俳句であれ漢詩であれ更には英詩であれ、佳品の部に属するものは、総じて漱石の境涯を象徴するものとして作られていたように思われる。そこには中世の画論などでいわれる「境致図」或いは「心図」といった様相が認められ、単なる抒情や叙景の概念では律し得ないものが多い。例えば先に引いた留学に際しての詩「長風解纜……」は、杜甫の「旅夜書懐」(補1)（永泰元年（七六五）五四歳作）の影をとどめているが、「一生愁う」と評される愁人杜甫が、「沙鷗」に自己を直結させ、それを縹令常なき自己の象徴的影姿としている（「旅夜書懐」参照）のに対し、漱石は「沙鷗」と自己との決定的な断絶を認め、その断絶の意識を「愧」の語で告げているのである。この両者の異相は一体何に由来するものであろうか。そこに詩人と散文家との相違とでもいうべきもの、更には詩から散文へという近代に於ける文学の主流の交替劇の内情とでもいうべきものを認めねばならないのであろうか。或いは全く別に、儒教を背景とした詩と、禅及び老荘を背景とした詩との本質的な相異が窺われる、とでもすべきであろうか。杜甫が放置された歴史の現実に半ば必然的に湧き起こる「憂愁」を不可避のものとして、「愁人」としての自己の眼を通した、即ち「遅暮《ちぼ》の眼」（杜甫「寓目」）に映じた風物世情を詩に咏《うた》い、そこに自己の文学の社会性民族性を確信しているのに対し、漱石は、「愁人」としての自己の眼を通した、従って「愁」の色に染められた風物を味うことを以て詩の窮極処とはしていないのである。漱石にあって課題とされていたのは、飽く迄「花紅柳緑」的な事物事象との出会い、体験であったのであり、それは換言すれば、「白雲の郷」の日常現実の場への招来という事柄に外ならなかった。言う迄もなくそうした「自然性」の人間への現成の仕方は、近代の歴史の内的構造からすれば、殆ど逆行とでもいわざるを得ないような方向にあったが、併し漱石がそうした自己の困難な課題を途中で放擲したとは考えられず、彼の文学の歩みは如上の焦点に無限の近接をみせていった。そしてそうした晩年期の漱石が、大愚良寛の詩に至高の「高さ」を認め且私淑していたことは、一般によく知られた事柄であろう。漱石が良寛詩に認めた「高さ」の内実は、「閑愁」の質の問題にかかわっていたと考えるが、漱石は又「草枕」に於いて芭蕉俳諧を「非人情」の文学として規定していた（「草枕」一）。ところで良寛も亦自作の七絶「芭蕉」で、

是翁以前無㆓此翁㆒　是翁以後無㆓此翁㆒

芭蕉翁兮芭蕉翁　使㆔人千古仰㆓此翁㆒

と嘆称していた。漱石の評語を踏まえて芭蕉良寛を望み、そこに良寛の芭蕉賛を置いてみるなら、芭蕉、良寛、漱石と辿る時、近世から近代を貫くその一筋の糸の上に、禅を背景とした芸術の一大系譜を認め得るのではあるまいか。人事を含めた「自然」一切の「花紅柳緑」的な受用、そこに彼らの詩の帰趨はあったのである。

「草枕」の素材が熊本期の小天温泉旅行（明治三十年歳晩から三十一年年頭）にあるのは周知のことであるが、『坊っちゃん』『二百十日』『野分』等漱石の初期作品群の背景には、素材的に松山・熊本期の漱石の影が濃厚である。同じく初期の浪漫的佳品「幻影の盾」「薤露行」等も、その情調は已に明治三十二年四月作の楽府体の詩「古別離」に淵源している、という意見すらあるのである（吉川氏『漱石詩注』四五頁）。如上の諸作は凡て、いわば漱石に於ける「創造の夜明け」であろうが、漱石は英詩「Dawn of Creation」（明治三六・八・一五作、於東京）の中で、「創造」とは、本来不二一体であったHeavenとEarthとの永遠の別離に始発するものとして、その情況を、

They slept a while, souls united in each other's embrace.
They were one ; no Heaven and no Earth yet,
When lo! there came Thunder to lash them out of slumber.
It was in the dawn of creation, and they have never met since.
Now they live wide apart ;

…

They have never met since.
Alas! Earth is beset with too many sins to meet her.

と叙述している。ある円成《えんじょう》した何ものかの二極化的な分裂の哀しみに、創造の黎明を認める漱石の思想表白であるが、これを、熊本期以来の漱石詩に顕著な「愁」の内部構造の分析とその詩化とみても、充分評価に耐えるであろう。分裂したまま統一性自律性を回復し得ない人間の行為は、必然的に「狂」の性格を帯びざるを得ず、それは「草枕」の那美さんの片鱗でもある。そしてそうした分極化した人間の自照の内実は「愁」以外にはあり

得ないであろう。「狂」も「愁」も漱石の本質的な発見は熊本期にかかっている。既にも触れたが、漱石が「草枕」という自己の文学の「創造の夜明け」に当って、熊本期の漢詩に執心を示したということには、当時の「愁」に自己の文学の濫觴を求めるという、一種の過去追慕の情が働いたものと憶測したいのである。

吉川幸次郎氏は、「私は、初めから日本の方の漢詩に興味がない。……ただ、良寛の詩と、夏目漱石の詩だけはおもしろかった。」と告げ、その理由を、「思索者の詩である点で、おおむねの日本人の漢詩とことなる。」としている(「中国文明と日本」『吉川幸次郎講演集』)。熊本期の漱石の漢詩には、漱石詩中での佳品が多く、そのことは当時の漱石の「思索」の深さ高さの明証に外ならない。そしてその「思索」の中心となっていたのは、漱石の「寸心」(熊本期の漢詩にはこの類語が多く、それは後年の小説名『こゝろ』を予報している。漱石自らの装幀になる『こゝろ』が表紙に『康熙字典』の「心」の項目を貼付していることは周知の如くである)の占有者、即ち「愁」であったと思われ、しかも漱石がその「愁」を「東西」・「古今」に渉る一切の歴史的過程の集約点として自覚していたことは、この論の冒頭に引いた一聯の対句に明らかであろう。東西古今の蝟集点を日本近代の歴史的現実に認め、そこに於ける人間の自由と自律との回復を敢行するという漱石文学の課題は、熊本期の漱石にあっては、「孤愁」にまつわる詩的述懐として結晶していたのである。そしてそこに開始された漱石の、東西古今を一丸とした思索の歩みは、例えば次の様な「断片」の中にも明瞭に看取されるであろう。

Let my religion be such that it contains every other religion within its transcendental greatness. Let my God be that nothing which is really something ; and which I call nothing because, being absolute, it cannot be called by a name involving relativity ; which is neither Christ, nor Holy Ghost, nor any other thing, yet at the same time Christ, Holy Ghost and everything.

(明治三三・一〇)

英国留学の途次、インド洋上での思惟である。事はキリスト教に関したものであるが、この時期までの漱石の宗教一般についての思量の所産と見得る。外在・内在の別を問わず、生涯「神」を嫌忌した漱石の姿勢は、自己の根柢的な存立基盤を 'nothing' 即ち「無」とした所に已に明瞭であるが、'Christ' をも又 'Holy Ghost' をも、従ってキリスト教そのものを包含するとされたその「無」は、後年の漱石文学の用語でいえば、「自然」（『それから』以降の諸作）、或いはより深化された形では「小さい自然」と対照されている「大きな自然」（『明暗』百四十七）であり、その「大きな自然」の場としての「天」であったと思われる。「自然」に於いては、なにものも「無」いことが即ち一切が「有」るということである。それが「花紅柳緑」の実相であり、それの人間への現成、それが漱石文学の中核的な課題であった。[1] 従って漱石の人及び文学の進展は、如上の「無」の体得の過程としても捉え得るが、その過程に常に作動していたと思われ、重層性を内包していたともいえる「愁」は、漱石の作品では、後期三部作及び『道草』の主要人物達に顕著な「孤独」或いは「淋しさ」として、又『明暗』の津田の「不安」として明確な芸術的定着をみせていったものと考えられる。そして如上の「愁」或いは「無」の奏《かな》でた時々の変奏は、漱石の自称の上でも、松山・熊本期の「ハーミット（隠者）[2]」から、「江湖の處士[3]」（明治四十年前後から作家期の大部分）へ、次いで最晩年の「林下《りんげ》[4]」へと確実な変貌を遂げていったものと思われ、現実の漱石の相貌の変容がそれと相俟っていよう。そこに認められるのは、東・西・古・今相互の本質的な錬成の跡である。

漱石は、死を二十日後に控えた大正五年十一月二十日夜、最後の詩を、

　眞蹤寂寞杳難尋　　真蹤《しんしよう》は寂寞《せきばく》として杳《はる》かに尋《たず》ね難《がた》く
　欲抱虚懐歩古今　　虚懐《きよかい》を抱《いだ》いて古今《ここん》に歩《あゆ》まんと欲《ほっ》す

と書き起こし、

　眼耳雙忘身亦失　　眼耳《がんじ》双《ふた》つながら忘《わす》れて身《み》も亦《ま》た失《うしな》い

空中獨唱白雲吟　空中《くうちゅう》に独《ひと》り唱《とな》う白雲《はくうん》の吟《ぎん》

と結んでいる。ここに記された「白雲の吟」の独唱は、「寂寞」とした「真蹤」の「杳」けさへの何であったろうか。併しそこにかの「白雲」の旋風がある以上、それと不可分な「愁」そして「暗愁」の湧出も又不可避のものであったであろう。併しその「愁」或いは「暗愁」が、漱石内面で如何なる方向に転化されて行くものであったのかは、最早自明の筈である。漱石に於ける「創造の夜明け」は、何も「草枕」前後の一時期のみに限られたものではなかった。漱石にあって「愁の魔心」の動く処すべてが「創造の夜明け」であった。

（1）英国留学中明治三十四年に、「美」とそれに作用する「連想」とに関する思索の覚書として次のような「断片」が残されている。

花ハ紅、柳ハ緑　是事実ナリ
花ノ紅、柳ノ緑ノ奥ニハ一ノ力《ちから》アリ　是Wordsworth
花ノ紅、柳ノ緑ノ奥ニハ神アリ　多数ノ詩人

漱石の叙述は猶続くが、以上の三者は価値の序列を示しており、漱石の立場は無論「花ハ紅、柳ハ緑」という「連想」の作用以前の端的な「事実」の内にある。又ここでWordsworthが視野に入っていることは、この「断片」が「英国詩人の天地山川に対する観念」（明治二六年一月）以来の漱石の思索の持続性一貫性を物語るものとも言える。更に、上述の引用に続いて「美」と「宗教」についての洞察も記されており、論の方向性は異なるとは言え、ここには已に「草枕」の萌芽がある、とも見られる。

（2）「書簡」明治二八・四・一七付神田乃武宛に「小生如きハーミット的の人間」といった言葉があり、こういった思いは熊本期にも同様であったと考えられる。

（3）「書簡」明治三九・一・一四付菅虎雄宛に、「僕大学をやめて江湖の処士になりたい。大学は学者中の貴族だね。何だか気に喰はん。」の語がある。又吉川幸次郎が絶讃した、池辺三山に遺られた七言律（明治四三・一　作）の結びは、

人間至ノ楽江湖ニ老ユ　犬吠鶏鳴共ニ好音

であり、ここには言うまでもなく淵明の「帰園田居　其二」の投影がある。

（4）論の中で引用した大正五年九月四日作の詩の外にも、「林下」の語は、

逐レ蝶尋レ花忽失レ蹤　晩帰二林下一幾人逢（十・三作七律の首聯）

といった、漱石の生涯の行程を暗示的に告げていると思われる、象徴的な内容の詩句中にも認められる。

（補1）著名な詩であるが一応引用しておく。

細草微風岸　危檣独夜舟
星垂平野闊　月湧大江流
名豈文章著　官応二老病休一
飄飄何所レ似　天地一沙鷗

三　「草枕」

一

「草枕」の発表は明治三十九年九月号の『新小説』誌上である。そしてその執筆は同年七月二十六日から八月九日までの約二週間と「書簡」から確定出来る。『猫』最終回第十一回の脱稿は、「草枕」の起稿に先立つ七月の十七日であり、これら一連の執筆と並行する形で当時新設の京都大学文科大学の英文学担当の件が、学長として赴任することが決定していた友人の狩野亨吉（前任は一高校長）より持ち出され（七月九日がその最初）、この交渉は書簡を通じて七月十日・同十九日・同じく三十日と進められ、漱石は東大・一高という東京での職の不安定さを傍にしつつ京都行に全く心が動かなかったという訳ではない様であるが、結局断っており、その東京を何故去らないのかということの理由は、嘗ての松山熊本行への苦い悔悟の念をも伴った、十月二十三日付の狩野亨吉（已に在京都）宛の著名な同日二通の長文の書簡の中に語られることとなった。

　この年明治三十九年の夏は冷夏ではないにしても過し易い夏であったらしく、漱石も「此年の土用は存外涼しい。」（「書簡」明治三九・八・?付、野村伝四宛）「此夏は例年より暑気薄く大に凌ぎよく候」（同上八・一二付、深田康算宛）等々の言葉を見せている。が、その一方では「新小説（＝「草枕」）未だ脱稿せずあつくてかけまへん」（同上八・五付、森田草平宛。（　）…論者）といった物言いもしており、夏は矢張夏であった。〝草枕〟は無論「旅」の意であるが、その「草枕」の内容は、嘗て柳田聖山が芭蕉流の「秋の禅」に対する言わば禅本来としての「春の禅」の文学的形象化に外ならなかったと述べた様に（禅の語録『無門関』筑摩書房付録「禅語の発掘・その三」）、春風駘

蕩する煦煦たる春の文学であり、そうした漱石の季節的な傾斜は後年の『こゝろ』執筆の直前に語られた、

世の中にすきな人は段々なくなります、さうして天と地と草と木が美しく見えてきます、ことに此頃の春の光は甚だよいのです、私は夫をたよりに生きてゐます、（「書簡」大正三・三・二九付、津田青楓宛）

といった言葉をも想起させるものであり、この言葉自体の内に已に「草枕」との符合を見ることも可能である。ともあれ明治三十九年の夏という単なる季節の暑気のみならず、加えて自己の出処進退の問題をも抱えつつ、又「先日下女両名を一時に解雇」（「書簡」七・二一付、森次太郎宛）、「毎日眠気ざましに近所の下等野郎を罵倒」（前掲野村伝四宛）、或いは「『御前が馬鹿なら、わたしも馬鹿だ。馬鹿と馬鹿なら喧嘩だよ』……此人生観を布衍していつか小説をかきたい。」（同上八・二一付、高浜虚子宛）といった都々逸もどきの中に、所謂「神経衰弱兼狂人」（『文学論』序）としての本領をも発揮しつつあった当時の漱石に於て、「草枕」という文学創作を媒介とした春日の時空への旅の意義が如何なる所にあったかは自明の筈である。しかも〝草枕〟が「旅の仮寝」の意味でもあることは、「草枕」が所詮「仮寝の旅」に過ぎないと言うことであり、そのことに漱石自身極めて自覚的であったことは、外ならぬ「草枕」自体の中に禅僧大徹による画工の「旅」への明確な否定の言のあることが物語る所であろう（「草枕」十一参照）。漱石に於て文学の方法としての「旅」は、「草枕」を明確な嚆矢としつつ最後の『明暗』に至るまで間断しながらもほぼ一貫して採られているが、それらの何れの作品の旅も基本的には「草枕」の大徹に於ける「旅」への否定という視点から見られるべきものと思われるのであり、漱石に於ける方法としての「旅」は、人生即旅といった観照の上に樹立された芭蕉的な「旅」の方法とは矢張異なるものであったと言うべきであろうか。併し作品「草枕」のそうした仮構性ということは、「草枕」の中で模索され、以下の作品系列の中で表現形を与えられた漱石の文学世界のその構造的な意味の無化ということではない。現実の「草枕」が呈示している文学（或いは芸術）的構造の論理的射程は、恐らくは未完で遺された最後の『明暗』をも覆い得るもの

であった筈であり、「草の仮寝」としての〝草枕〟即ち「草枕」は、寧ろ近・現代の歴史空間をこそ却って仮幻のものとして見る、或いは見ようとする漱石の文学的思惟の実験の場、即ちそうした意味での「旅」の試みであったと考えることが、明治三十九年の夏という漱石の現実の位相に沿った理解の仕方の様に思われる。

二

「草枕」には一種の芸術原論としての性格が付与されていたと考えられ、そこでは文学・絵画・音楽等の芸術の諸領域は一元的に一如の相の下に捉えられていたと見得る。(1) 併しそうした芸術諸領域の一元化の為にはそれを可能にする視点、芸術の凡てがそこから生れ、又そこに消えて行く様なある原理的な世界への洞察がなければならないであろう。「非人情」や「自然」といった「草枕」の主題語の中にそれを求めることは一応の捷径ではあるが、より具体的には例えば「草枕」の第六章はそうした方向からの構想であったと考えてみたい。「草枕」第六章は、那古井の温泉宿でのとある夕暮の静寂の中で主人公である画工に現成した一つの心の様態、即ち、

強ひて説明せよと云はるゝならば、余が心は只春と共に動いて居ると云ひたい。（「草枕」六）

といった形で語られている、その画工の「心持ち」「境界」に一つの芸術的表現を与えてみようとする工夫がなされるといった内容の章である。そしてその文脈の流れの中で例えばレッシングの『ラオコーン』に於ける所説、即ち詩・画の芸術の領域のそれぐ〵を時間芸術・空間芸術の各々として截然と弁別しようとした試みが批判的に云われていることも、漱石の意図は、『ラオコーン』の説を錯誤として退けるというよりは寧ろ、画工の課題がレッシング的な思惟以前の、即ち時間・空間といった人間の認識形式の諸範疇以前のより原理的な世界への芸術

の還元であり又そこでの思惟であるという、そのことを暗示するためのレッシング説への言及であったと考えられる所にも、画工の、そして第六章に於ける漱石の意図は示唆的であると思われる。

併しそれではそうした諸芸術の原初原郷である様な「境界」「心持ち」とは、又それが単なる形而上的な思念以上の確かな或る何かであるとするなら、漱石に於てその淵源はどこに観られていたのであろうか。「物外の神韻」（六）とも言われるそれが、つまりは「非人情」な「自然」の場であることは見易いとして、第六章に於ける先の様な画工の「心持ち」を可能にした「静か」さも、宿の、

主人も、娘も、下女も下男も、知らぬ間に、われを残して、立ち退いたかと思はれる。（同前）

といった人間的なるものの擺落の所産でなければならなかった。併し「主人・娘」以下の彼等とて「唯の所へ立ち退きはせぬ」のであり、その「立ち退き」場、即ち彼等の消失の行先は「霞の国か、雲の国か」であり、或いはそうした人間的なるものの消失点としては又次の様な場が指定されている。

雲と水が自然に近付いて、舵をとるさへ懶《ものう》き海の上を、いつ流れたとも心づかぬ間に、白い帆が雲とも水とも見分け難き境に漂ひ来て、果ては帆みづからが、いづこに已れを雲と水より差別すべきかを苦しむあたりへ——そんな遙かな所へ立ち退いたと思はれる。（同前）

明らかに漱石は人間が或いは人間的なるもの（即ち「人情」）がそこから生れ又そこに消えて行く様なある原初的な世界を措定しようと試みているのであり、しかも上の引用の叙述は何程のこともない有り触れた海辺の光景とも見られる。併し例えば次の様な漱石の「断片」は、その風光が漱石の現実的な体験の裏打ちの下にあったことを告げるかの如くである。

The sea is lazily calm and I am dull to the core, lying in my long chair on deck. The leaden sky overhead seems as devoid of life as the dark expanse of waters around, blending their dullness together beyond the distant horizon as if in sympathetic stolidity. While I gaze at them, I gradually lose myself in the lifeless tranquillity which surrounds me and seem to grow out of myself on the wings of contemplation to be conveyed to a realm of vision which is neither aesthereal [sic] nor earthly, with no houses, trees, birds and human beings. Neither heaven nor hell, nor that intermediate stage of human existence which is called by the name of this world, but of vacancy, of nothingness where infinity and eternity seem to swallow one in the oneness of existence, and defies in its vastness any attempts of description. Suddenly the shrill sound of a bell, calling us to lunch, awakened me to the stern reality, after a short short [sic] syncope of the senses, mercilessly cutting off that delicate link which connects man and infinity at some unexpected and unforeseen moments, and permits man in the very midst of passions and turbulence to peep into the kingdom of absoluteness, the realm of transparency, the world of real activity—an activity with no motion and no rest from whence we came, whither we tend and where we live even at present in this phenomenal existence which〔we〕call life.

（海は懶い静かさの内にあり、私はしん底までぼんやりとして甲板の長椅子に横になっている。頭上の鉛色の空は周囲の暗い広漠とした水面と同じ様に生命の感を欠いており、その無活性さを遙かかなたの水平線に至るまで恰も無感覚さの共鳴とも言うべき様態の内に渾融させている。それらを見つめていると私は、次第に私を包んでいる生命感のない静穏さの内に自己を失い、黙想の翼に乗り自己を脱し、言わば幻視の領域とでも言うべき所へと運び込まれて行くのである。そしてそこは天上的なものでも地上的な所でもなく、家々も木々も又鳥達も、そして人間の存在もない所である。そこは又天国でもなければ地獄でもなく、又その中間の人間の存在の舞台としての所謂此世として呼ばれている場所でもない。そこは空乃至は無とも言うべき、無限と永遠とをその存在の「一」性の内に包含し、その広漠さの故にそれへの一切の叙述の試みを拒絶してある様な場所なのである。突然かん高い鐘の音——我々に昼食を知らせる——が、私を短い意識の中断からこの厳格な現実へと覚醒させ、無慈悲にもかの繊細な連環を断ち切ってしまった。その連環とは、人間と無限とを予想と予知を超えた様な瞬間に於て結び付けるものであり、又人をして激昂と錯乱の只中にあって、絶対の王国と澄明さの領域、そして真の活動性の世界を垣間見せしめるものである。その真の活動性とは、運動でもなければ休息でもなく、我々がそこから来り又そこに帰して行く所のもの、しかも我々が人生と呼んでいるこの現象界の現在にあって正に生きてある様な所でもあるのである。(「断片」明治三三・一〇)

これは明治三十三年の十月英国留学の途次、ドイツ汽船プロイセン号の甲板から眺望されたインド洋上の景観と断想とである。先に引用した「草枕」に於ける人間的なるものの消失点の叙述の行文、「雲と水が自然に近付いて……」が、この英文「断片」の最初の二文に相似するものとして理解可能なことは必ずしも否定はし得ないであろう。「草枕」では「主人・娘」等々の行方としては別に又、

卒然と春のなかに消え失せて、是迄の四大が、今頃は霊氛《れいふん》となつて、広い天地の間に、顕微鏡の力を藉ると も、些《さ》の名残を留めぬ様になつたのであらう。(六)

とも比喩されているが、この文章は上の「断片」の、

While I gaze at them, I gradually lose myself in the lifeless tranquillity which surrounds me……

の部分と、少くとも内容的な対応を示しているということも矢張否定し得ない所と思われる。インド洋上での漱石はこの地点から「the wings of contemplation」に運ばれるままに「a realm of vision」に入って行ったのであるが、それを「草枕」の画工に現成した先述の「境界」「心持ち」として見立てるなら、「草枕」がその境涯の説明とする、

余は明かに何事をも考へて居らぬ。又は慥かに何物をも見て居らぬ。……如何なる事物に同化したとも云へぬ。去れども吾は動いて居る。世の中に動いても居らぬ、世の外にも動いて居らぬ。只何となく動いて居る。花に動くにもあらず、鳥に動くにもあらず、人間に対して動くにもあらず、只恍惚と動いて居る。（六）

の語はその等価的な文章を、先の英文中に、

a realm of vision which is neither aesthereal [sic] nor earthly, with no houses, trees, birds and human beings. Neither heaven nor hell, nor that intermediate stage of human existence which is called by the name of this world, but of vacancy, of nothingness……

といった様なそれぞれの部分に求め得ると考えられる。英文「断片」では更に「the kingdom of absoluteness」・「the realm of transparency」・「the world of real activity」等の語が連ねられ、最後の「真の活動性の世界」については、

an activity with no motion and rest from whence we came, whither we tend……

の説明が加えられている。一方の「草枕」の画工の「境界」の説明としては、

只夫程に活力がない許りだ。然しそこに反つて幸福がある。偉大なる活力の発現は、此活力がいつか尽き果てるだらうとの懸念が籠る。常の姿にはさう云ふ心配は伴はぬ。常よりは淡きわが心の、今の状態には、わが烈しき力の銷磨しはせぬかとの憂を離れたるのみならず、常の心の可もなく不可もなき凡境をも脱却して居る。淡しとは単に捕へ難しと云ふ意味で、弱きに過ぎる虞を含んでは居らぬ。（六）

といった仕方でもなされており、説明としては「草枕」の方がより精解と言えよう。

以上煩瑣な対応を試みたのは、「草枕」に於ける言わば芸術一元論の可能根拠ともいうべきその原理的世界である筈の第六章の画工の「境界」「心持ち」が、嘗てのインド洋上での漱石の体験の質と深くかかわるものであ

り、或いは臆測が許されるなら、「草枕」第六章の執筆は嘗てのその英文「断片」を傍にしながら、そのパラフレーズとして書かれたものという様な見方をすら可能にするのではないかと言うことである。ただ英文「断片」により虚無的な情調が濃いとするなら、それは先の引用部分に接続する形で記された、

Indeed we are 5000 miles from home, still sailing toward the west as if intent to overtake the fast declining sun or avoid the hot pursuit of the dark night.

(確かに我々は五千マイルも家を離れ、恰も速い速度で沈みゆく太陽を追いかけるかの如く、或いは暗い夜のきびしい追跡からのがれるかの如く、尚も西の方へと航海を続けているのである。)

(「断片」明治三三・一〇)

といった、「夢十夜」第七夜にも描かれた様な、留学の途次にある者の不安定な心境の反映としても見られるであろう。インド洋上の体験が素材とされたと思われながらも、「草枕」第六章に漂う一種の明るさは、嘗てのインド洋の体験と思惟との何か異質なものへの変容ということではなく、寧ろその嘗ての体験の質とその意味とが、明治三十九年という時点迄の約六年間の思惟の濾過を経て、ある確かな形の下に文学的な昇華を果たし得ているが故のものと考えておきたい。

(六)

「草枕」第六章では画工の「境界」「心持ち」への説明は結論的には、

沖融とか澹蕩とか云ふ詩人の語は尤も此境を切実に言ひ了せたものであらう。

という方向に収斂し、「沖融」「澹蕩」といった漢語の形容語が指定されている。これらの詩語は漢詩本来では、前者は杜甫・韓愈・白居易等の使用例、後者は楊炯・李白の使用例等を代表とするものである。併しそれと共に漱石自らの愛語で、それらの詩語はあったかに思われる。例えば「沖融」は明治二十二年(二十三歳)九月脱稿の「木屑録」中に已に、

余観《ルニ》二其風物之沖融光景之悠遠《タルヲ》一心甚《ダ》楽《メリ》焉

として見え、熊本期明治三十一年三月作の漢詩「菜花黄」にも、

曠懐随雲雀　曠懐雲雀に随ひ
沖融入彼蒼　沖融彼の蒼に入る

として使われている。又「澹蕩」も同じく熊本期明治三十二年四月作の「失題」に、

澹蕩愛遅日　澹蕩遅日を愛し
蕭散送流年　蕭散流年を送る

という対句中の一語として認められるものである（なお「沖融」の語は、『文学論』第四編第五章にも）。そしてこれらの事柄は、漱石の感性面での嗜好の持続を物語ると共に、そうした人間の心的様態の現成を可能にする様な思想性の模索、或いはそうした境涯の自《おのずか》らなる整いとしてのある思想的な形への問が、漱石の長い間の大きな課題として孕まれていたと言うことであろう。明治二十七年歳晩から二十八年年頭にかけての鎌倉円覚寺での参禅もそうした彼の問題意識と無縁なものではなかったと思われる。熊本時代の漱石詩は「草枕」中に使われた二首（六・十二の各章）をも含めて、その詩の基調はおおむね老荘であり禅である。先に引用の英文「断片」の体験的な究極性ということからすれば、それは質的には寧ろ宗教以前、即ち老荘や禅すらもそこから生れ又そこに消えて行く様なある究極的な世界の現成として自覚されていたであろうことは、先の引用部分とパラグラフは別であるが、同時期の矢張英文「断片」の中で漱石は「my religion」という様な命題を立て、その「my religion」の基底を「absolute」な「nothing」とし、その視点から、当時漱石達と同船していた、義和団事件の余波による清国帰りのキリスト教宣教師達の所説を根本的な批判の対象としている所にも明らかである。「草枕」の第六章が素材としてこのインド洋上の体験に多くのものを負うであろうことは、先の簡単な対応関係の検証からも言え

ることと思われる。そしてその「草枕」の基底も矢張老荘であり、それ以上に禅であることは、「草枕」の登場人物間のいわば思想的ヒエラルキーの頂点に禅僧大徹の位置があることによっても明示的である。漱石と禅とのかかわりも単純ではないとして、上の「my religion」（明治三三・一〇）に照応する様な形で晩年期の漱石漢詩の中に「吾《ガ》禅」という様な措辞のあることは（大正五・一〇・一二作七言律参照）、漱石の歩みの大凡の道筋を窺わせるに足るものと言えよう。従ってかのインド洋上での英文「断片」もそうした漱石的な文脈の中に読み取られるべきものであり、それを例えば江藤淳の如く、「母の胎内の安息の世界」（江藤『漱石とその時代』第二部第四章新潮社）という様な曖昧な比喩の内に解消することは、漱石そのものによって拒絶されているとしなければならない。比喩の意図が分らない訳ではないが、併し主観的にも客観的にも漱石にとり、その「母の胎内の世界」こそが最も危殆を孕んだ世界に外ならなかったことは周知の筈であり、そのことは上の比喩の意味性を寧ろ破却するものでしかあり得ないであろう。

三

「草枕」の那美さんの「出返り」（五）としての人物形象には如何なる意味が求められていたのであろうか。それをモデルとされる前田卓子《つなこ》の投影として片付けることも可能であるが、那美の出返り迄の経過は、那古井から京都への遊学、そこで知り合った男性の存在、那美の心のその男性への傾斜、併し両親は城下随一の物持ちの男性との結婚を言い、那美は両親の意に屈する形で城下に嫁ぐ。そして那美はその夫の勤め先の銀行の倒産（日露戦役の余波）を機に那古井の実家に帰った、即ち出戻ったのであり、その那美が「世間」からは「不人情」「薄情」として非難されているのである（一二）。こうした那美の姿が如何なる寓意性の下にあるかは、例えば『虞美人草』の小野清三との類比の内に明瞭である。小野はその出生の不分明な人間——「小野さんは暗い所に生れた」或いは「私生児」(『虞美人草』四)——であり、その育ての親井上孤堂は、子昂流の書を書き(同前)、『史記』を講じ(十二)、又「義董の幅」を秘蔵する(十四)、近世風の漢学者、娘の小夜子と共に「過去」の世界の人(四・九)である。京都の孤堂の下を離れ東京で学問(英文学)を修めた現在の小野の心を占めているのは、その小夜子ではなく、クレオパトラにも比される(二)自意識に充ちた新しい紫の女藤尾である。『虞美人草』ではその藤尾か小夜子かという二者択一に揺れるある日の小野の「歩行方《あるきかた》」が、友人の宗近一《はじめ》により、「何だか片足が新で片足が旧の様だ」といった揶揄の対象とされるといった場面が設定されており(十四)、そこに小野に於ける人間的な課題性の寓意が示唆されている。

　男女両性間の変換があるとはいえ、又一方の小野が「私生児」という様な血の伝統を断たれた人間であり、一方の那美が「代々気狂が出来」る「志保田の家」の出自という(『草枕』十)、いわば芥川龍之介的な血の、或いは家の伝統を背負わされた人間であるという各々の人間的な背景に異相をみせながらも、漱石の問題意識が、新・旧双方の時代相の錯雑の中での知性の現実の担い方といったそうした事柄の内にあったことは明らかである。『虞美人草』の小野では結局藤尾が断念され半ば許嫁であった小夜子に復するという——いわば新・旧両者間での思想的出戻り(?)とでも言うべき——形の下に終結され、藤尾には死が与えられている。そしてこうした『虞美人草』の構成を支持するものは、宗近の口から出る「真面目」(十八)であり、その「真面目」の対象は孤堂の口から言われ(十八)又小野自らも纏綿とせざるを得ない(十四)「人情」であり、これらを総体として統括するものは、甲野欽吾の日記に記された「悲劇」の哲学の中核としての「道義」の語(十九)である。『虞美人草』の結末は、その「道義」の自己実現が「悲劇」であるとし、その「悲劇」の自己表現を「死」の内にみる甲野の「悲劇」の論理を書き送られた、今は倫敦在住の外交官となった宗近の返書中の一句、

「此所《こゝ》では喜劇ばかり流行《はや》る」（十九）

の語で結ばれており、それは「生」のみで「死」の媒介性を欠いた、その意味での「道義」を欠落した当代西欧への批判（藤尾の死はその影）として読み得る。併し事柄はそれ程の自明のものであり得たであろうか。

『虞美人草』は失敗作とされるのが通例である。そしてそれが漱石自らの認識でもあったとした場合、その作品の位相の失敗――即ち漱石の作品系列に即しての逆行性――そのことを根本的に自明ならしめるのは「草枕」の那美である。先述の那美の出戻りの経過からしても、その「出返り」という人物形象の意義は明らかであった。しかも那美の位相がある意味では已に『虞美人草』の小野を追い越して仕舞った様な地点に設定されていることも自明なのではあるまいか。即ち那美は藤尾を断念し小夜子を選んだ小野が、更にその小夜子の許から出戻った或いは飛び出した様な、そうした地点に立たされているのである。その那美の苦衷を暗示的に告げるべく、『萬葉集』の妻争い伝説に着想された「長良《ながら》の乙女」の説話は語られる。さゝだ男とさゝべ男との双方に求婚された長良の乙女は、

　あきづけばをばなが上に置く露の、けぬべくもわは、おもほゆるかも

の一首を遺して入水した（「草枕」二）。那美がこの那古井に伝わる古伝説に執心する、或いは執心せざるを得ないことの意味は明らかである。併し画工にこの歌の「憐れ」を言われた那美はその「憐れ」を、従って上の歌を、又乙女の入水そのものを強く否定する。

「憐れでせうか。私ならあんな歌は詠みませんね。第一、淵川《ふちかは》へ身を投げるなんて、つまらないぢやありませんか」（那美）「成程つまらないですね。あなたなら如何《どう》しますか」（画工）「どうするつて、訳ないぢやありませんか。さゝだ男もさゝべ男も、男妾《をとこめかけ》にする許りですわ」（那美）　（「草枕」四、（　）…論者）

那美には『虞美人草』の小野清三に於ける様な二者択一の道は却って許されていないと言うべきである。さゝ

だ男さゝべ男双方の男妾化という那美の言葉も、単なる自意識の次元からの揚言というよりは、近代という歴史時代に不可避な人間の現実の誠実な担い方の逆説的表現として理解されるべきものの様に思われる。小野清三にあっても藤尾小夜子双方の妾婦化こそが、奇矯ではあっても方向としての正当性は持ち得るものであったと言えよう。藤尾の死にしても、この時期の漱石が単なる西欧近代への批判という様な地点に佇立することを許されていたとも思えない。

併しそういう那美にも或いは先の様な那美であるが故に、彼女にも「死」への思いはある。場所は那古井の「鏡が池」であり、そこでの入水への志向である。その「鏡が池」は那美より遙か以前の矢張「志保田の嬢様」が、半ば行き摺りの「虚無僧」への叶わぬ恋故に身を投じた所である（十）。併し那美の入水により深い自覚性が認められるとするなら、彼女の死は、そうした悲しい先蹤を秘めた、「代々気狂が出来」るという「志保田の家」のその家の伝統性からの自己超出としての「死」であった筈であり、彼女は、例えば後の『彼岸過迄』の須永市蔵が、那美とは逆に自己の母との血縁の断絶、それ故の自己の「狂」性に悩み恐れざるを得なかった様なそうした事態をも含めた、いわば血縁性の総体を超えた、しかも血縁はもとより血縁としてある様な（後年の『道草』）、そうした広い人間性の実現の場を開示するものとしての「死」、その「死」を死ぬということであったと思われる。那美は言う。

「え、鏡が池の方を廻つて来ました」（那美）「その鏡が池へ、わたしも行きたいんだが……」（画工）「行つて御覧なさい」（那美）「画にかくに好い所ですか」（画工）「身を投げるに好い所です」（那美）「身はまだ投げない積りです」（画工）「私は近々投げるかも知れません」（那美）　余りに女としては思ひ切つた冗談だから、余は不図顔を上げた。女は存外慥かである。「私が身を投げて浮いて居る所を——苦しんで浮いてる所ぢやないんです——やすく〳〵と往生して浮いて居る所を——奇麗な画にかいて下さい」（那美）

（同前九、（一）…論者）

画工と那美とのこうした会話に唐突さはない。第二章以来のミレーのオフェリアの画のイメージのリフレーンである。後の『行人』の三沢によって絵に描かれる薄倖の女性、矢張出戻りであり精神病に罹患したというその女性の面影もオフェリアに見立てられることになることは周知である（『行人』塵労十三）。漱石に於て画は女性が女性であることの或る極限の場である。然も「草枕」の画工にあって彼の描くべき入水者の画の「精神」はミレーのオフェリアとは異なるのであり（七）、そのことは那美の入水志向の意味をも明らめるものと思われる。

第七章に於て画工は水死者即ち「土左衛門」を「風流」とし、その理由を温泉《ゆ》に入ってその「温泉《ゆ》のなかで、温泉《ゆ》と同化した」時の心持ちに求めている。

世の中もこんな気になれば楽なものだ。分別の錠前を開けて、執着の栓張《しんばり》をはづす。（七）

明らかに近代の自意識を問題にした言い方であろう。

流れるもの程生きるに苦は入らぬ。流れるものゝなかに、魂迄流して居れば、基督の御弟子となつたより難有い。（同前）

宗教も又別の事柄ではない。

成程此調子で考へると、土左衛門は風流である。……余は余の興味を以て、一つ風流な土左衛門をかいて見たい。然し思ふ様な顔はさう容易く浮んで来さうもない。（同前）

後にこの「思ふ様な顔」の持ち主として那美は選ばれるのであるが、併しそれ以前に上の第七章の叙述の展開は、先の那美の「鏡が池」への入水志向の意味を本質的に語り尽していると言えるであろう。それは「温泉《ゆ》」即ち「鏡が池」のその「水」との「同化」という形での漱石的に根源的な「自然」の自己への現成を確証するものとしての「死」であり、その「水」即ち「自然」は、第六章の画工が「冲融」「澹蕩」等の語彙の内に一つの姿を示し、芸術的表象化に腐心していたあの画工の「境界」の場であり、それが又かのインド洋上の体験に一つの源を帰せられるべきものであることは言を俟たない。そこは人間が人間でないもの（非人情）になり得る場であり、又その人間が人間でないこと（非人情）に於て人間が真に人間（人情）であり得る世界ということであった。「鏡が池」への入水者としての自己の画を「苦しみ」の姿ではなく「やす〳〵と」した「往生」の姿として措定する那美に、或いは画工の作った句を、

○海棠の露をふるふや物狂↓海棠の露をふるふや朝烏

○花の影、女の影の朧かな↓花の影女の影を重ねけり

○正一位女に化けて朧月↓御曹子女に化けて朧月

（四、それぞれ前者が画工、後者は那美）

の如く「添削」乃至は「風流の交はり」を為し得る那美に、「非人情」や「自然」が、そして自己の入水即ちその「死」の意味が分っていないとは考え難い。従ってその「死」は、長良の乙女の様な悲しさだけのそれとも、又藤尾の様な救いの全くない死とも異なるものと言うべきであろうし、作中人物の「死」ということでは、例えば『こゝろ』の先生の自殺は「不自然な暴力」による死として（『こゝろ』上二十四）、いわば「自然」な那美の「死」を逆説的な形で死んだ人物と見られるのである。『こゝろ』擱筆後の漱石には、周知の著名な死生観の披瀝がある。

私は意識が生のすべてであると考へるが同じ意識が私の全部とは思はない死んでも自分〔は〕ある、しかも

本来の自分には死んで始めて還れるのだと考へてゐる　（「書簡」大正三・一一・一四付、林原耕三宛）

「死んでもある」自分、即ち「本来の自分」とは漱石の用語法からするなら、「自然」であり「非人情」であろう。「死」は即ち「意識」の死は、その「死んでもある」「本来の自分」への帰還であるとする漱石の立場に従うなら、那美は「鏡が池」の水に已にその「本来の自分」を観てしまっているのであり、そこでの入水への志向ということは、その「本来の自分」の隠蔽でしかない「意識」としての自己に死のうとしている那美ということであろう。その「意識」に死んでも「自分」はあるのであり、「本来の自分」（自然）はそこに始めて現成するのである。一方の『こゝろ』の先生に於ける「自殺」は、「意識」の死ということを本質的には知らない先生が、自己の「自然」の遮蔽（「食ひ留」）としてある「私」（『こゝろ』下四十六）の中に「自然」の現成を企図した時、その方途は「意識」の死、「意識」に於ける死という形ではなく、「意識」の「意識」自らによる「殺」、即ち「私」の「自殺」という形しかあり得なかったと言うことであろう。「自殺」が「不自然な暴力」による死とされたことの意味はそういうことであり、本来「自然」には「自殺」ということはあり得ないのである。「自然」にはない筈のしかもその「自然」を追わざるを得ない人間に「自殺」が「自殺」としてある所に人間が人間であることの悲しみがあるとも言えよう。『こゝろ』の先生の告げる「人間の罪」（下五十四）にしても、「意識」が「意識」である限り、「意識」が「意識」として留まる限りそれは免れ得ないのであり、その「罪」からの人間解放は、神を言わない漱石では、「意識」がその「意識」としての自己を超えた深く「自然」への目覚めに於てしかあり得ないのである。キリスト教的な「原罪」の観念は漱石にはなく又彼はそうしたドグマを認めないが、そのことが直ちに罪の観念の浅さということにはならないし、寧ろ神を持たない「意識」の地平にのみ限定された罪への思惟は、「意識」としてしかあり得ない人間の日常性への徹底した絶望の視線を物語るであろう。併し現実の「意識」としての自己の背後にその「意識」を超えたある実在的な世界を目覚め得た者は、人間の罪性からの離脱である「意識」への死を死に得るものとして、現実は異なった光芒の下に開示される筈なのであり、那美は已にそのことに気付き得ているのである。『こゝろ』以後、『道草』の健三や『明暗』の津田に孕まれた彼等の意志的課題も、つまりは嘗ての那美の「死」を彼等が果して死に得るか否かの問に外ならなかった。

四

然し日本の山水を描くのが主意であるならば、吾々も亦日本固有の空気と色を出さなければならん。いくら仏蘭西の絵がうまいと云つて、其色を其儘に写して、此が日本の景色《けいしょく》だとは云はれない。矢張り間のあたり自然に接して、朝な夕なに雲容烟態を研究した揚句、あの色こそと思つたとき、すぐ三脚几を担いで飛び出さなければならん。（十二）

西欧と日本の間で所謂「自己本位」を言った漱石の意識は、こうした画工の何げない言葉の中にも影を留めたと思われる。この画工に着想された「風流」な「土左衛門」の画は、「鏡が池」に、

椿が長《とこしな》へに落ちて、女が長へに水に浮いてゐる感じ（十）

の画であり、「さういふ心持ちさへ出ればいゝ」（十）のである。その「水に浮い」た女性のモデルとして、「あれか、これか」の模索の後に、

矢張御那美さんの顔が一番似合ふ様だ。（同前）

として那美の顔が選定されることとなる。そしてそれは次の様な形で現代の危機を明察し得ている画工にとり那美は、矢張そうした現代の人間的状況の縮図を一身に典型的に生きつつある人物として見極められているからに外ならないであろう。画工は語る。

文明はあらゆる限りの手段をつくして、個性を発達せしめたる後、あらゆる限りの方法によつて此個性を踏み付け様とする。……文明は個人に自由を与へて虎の如く猛からしめたる後、之を檻穽の内に投げ込んで、天下の平和を維持しつゝある。此平和は真の平和ではない。動物園の虎が見物人を睨めて、寝転んで居ると同様な平和である。檻の鉄棒が一本でも抜けたら——世は滅茶々々になる。第二の仏蘭西革命は此時に起るのであらう。個人の革命は今既に日夜に起りつゝある。（十三）

「個性」（自意識）の「文明」の危殆としての時代把握である。こうした画工により志向される画は、嘗ての第六章で工夫されたものが画の「境界」「心持ち」の「永久化」（六）であったと同様に、「長へ」であり「永久」の表現としてのそれである。

人間を離れないで人間以上の永久と云ふ感じを出す、（十）

とも言われるが、目指されているのは、「意識」である「人間」がその「人間以上の」何か、即ち「永久」に生かされている姿とも言えよう。併し現実の那美は、そのままでそうした画中の人ではあり得ない。

第一顔に困る。あの顔を借りるにしても、あの表情では駄目だ。（同前）

那美の顔には「物足らな」さが残るのであり、その「物足らな」さは、「色々に考へた末、仕舞に漸くこれだと気が付」かれる。

多くある情緒のうちで、憐れと云ふ字のあるのを忘れて居た。……御那美さんの表情のうちには此憐れの念が少しもあらはれて居らぬ。そこが物足らぬのである。（同前）

として那美の画の顔の表情に「憐れ」が選ばれ、それが作品の結末に於て、満洲行の嘗ての夫との車窓を通した瞬時の邂逅の内に、那美の「憐れ」の画の成就があることは周知の如くである。併し那美の顔に「憐れ」が浮ぶとは如何なる事柄なのであろうか。

さゝだ男さゝべ男双方の間で入水した長良の乙女の「憐れ」とは、結婚拒否という現実受容の仕方が同時に自己存在そのものの無化即ち入水死でしかあり得なかった者の「憐れ」、消えゆく尾花の露の「憐れ」、漱石の所謂「薤露行」、「薤《おおにら》の露」の「行《うた》」というそうした古代的な挽歌の情感にも通う「憐れ」と言うことであろう。併しその乙女の「憐れ」は那美に於ては寧ろ否定の対象とされた。その那美の「憐れ」の否定、即ちさゝだ男さゝべ男双方の「男妾」化ということは、同じく結婚拒否でありながら、寧ろ自己の無化を伴なわない、自主的或いは自律的たるべき近代の自覚に通底したものと言えよう。だがその「憐れ」否定的な那美の「顔に普段充満して居るものは」、

人を馬鹿にする微笑《うすわらひ》と、勝たう、勝たうと焦る八の字のみである。（十）

人から馬鹿にされているという被害意識と負けて仕舞った人間としての自己焦躁、それが人間としての那美の日常であることの裏返しということであろうか。その焦点にあるのは彼女の結婚の失敗であり、自律的である筈であった結婚に他律性を強いられ又それを受容した自己、しかも結果的にはその自律性・他律性の双方に、その各々が象徴する時代相の凡てに挫折した自己への果てしない苛立ち、それが現実の那美の姿なのであり、彼女への「狂印《きじるし》」「気狂《きちがひ》」としての世評（五）、先の「鏡が池」への入水（九）、更には大徹の下での参禅も（十一）、那美のそうした現実の自己からの超出への志向の変奏として見られるべきものである。「草枕」の結末ではその那美の顔一面に「憐れ」が浮びそこで画工の胸中の画は成就するのである。従ってその「憐れ」は嘗て結婚という最も緊密な生の場を共有した人間との別離、満洲の野に流離して行くその前夫への「憐れ」みの「憐れ」ということであろう。そしてその言わば日常の那美を出し抜く形で表出された「憐れ」に於て那美は、否定し得ない事実（破婚）を否定すべくその事実と激しく抗《あらが》うという形に於て、つまりはその事実（破婚）に負の意味性を付与している所謂「世間」と角逐し合うといった、そうした日常の自己を深く超え得ていると言えるのである。例えば後

の『明暗』の津田は、矢張満洲に行く友人の小林に那美と同様「金」は与えながらも、那美に於ける様な「憐れ」は持ち得ない人間であった。漱石に於て「憐れ」が、

神の知らぬ情で、しかも神に尤も近き人間の情、（十一）

として定義される所以であろう。その「憐れ」は長良の乙女を、そしてかの小林をも「憐れ」として観じてやれる様、そうしたいわば他者包摂的な「憐れ」みの場である。併しそこに全く問題がない訳ではない。上のこの「神」を存在の窮極性、そしてそれを人格性の面に即してみたものという程の意に解するなら、「憐れ」がその「神の知らぬ」、しかも「神に尤も近き」「人間の情」即ち「人情」とされているということは、「憐れ」が、「非人情」に於ける「人情」、「意識」の「死」というその否定性に於て現成する「人情」とは未だに微妙な落差を残したものとする漱石の視線が窺われるのであり、

人間を離れないで人間以上の永久と云ふ感じ、（前出）

という「永久」の表現の下に構想された筈の画も、その「憐れ」の表情に於ける画にはその背後になお大きな超越性が描き残されたものとせざるを得ない様に思われるのである。

五

那美の「憐れ」の画に於ても猶残る余白の問題、「非人情」との落差は、「草枕」発表後森田草平の問に答える形で記された「草枕」自註と見得る漱石「書簡」（明治三九・九・三〇付、草平宛）にも窺える。又画工にあって、大徹と自己との決定的な落差の認定は「草枕」の基本的な構図に外ならなかった。即ち「観海寺の和尚の如きは」「最高度に芸術家の態度を具足したるもの」（十二）であるのに対し、画工は、「探偵に屁の数を勘定される間

は、到底画家にはなれない」のであり、画工として彼は勿論「画架に向ふ事は出来る」のであるが、「然し画工にはなれない。」（十二）と自照されているのである。画工でありながら画工たり得ないというその彼が一往「画工」たり得るのは、

かうやつて、名も知らぬ山里へ来て、暮れんとする春色のなかに五尺の痩軀を埋めつくして、始めて、真の芸術家たるべき態度に吾身を置き得るのである。（十二）

画工は、「自然」に於ける「非人情」化に自己の「画工」「真の芸術家」への転成を見ているのであり、

一たび此境界に入れば……尺素を染めず、寸縑を塗らざるも、われは第一流の大画工（同前）

たり得るのである。併しその「境界」は画工の日常性とは遙かに遠く、観海寺の大徹こそはその「芸術家の資格」を有するのである。

彼の心は底のない嚢の様に行き抜けである。何にも停滞して居らん。随処に動き去り、任意に作《な》し去つて、些の塵滓の腹部に沈澱する景色がない。もし彼の脳裏に一点の趣味を貼し得たならば、彼は之《ゆ》く所に同化して、行屎送尿の際にも、完全たる芸術家として存在し得るだらう。（同前）

大徹に「無底の心」を言う画工の言である。「随処作主」（『臨済録』）とも言えよう。画工の陳述の仕方からしても彼の言う「芸術家」は単なる普通名詞としてのそれではなく、いわば日常性そのものの芸術化として、人間の日常的生の全体が「自然」なあるかたちへの整いの下に統括されてあるということに外ならない。しかもそれは「無底」としての「心」の場に於てなのであり、そこでは出会われる事象の凡てがそのものとしてそれ〴〵固有の「自然」性の基礎付けを得て現われるということであろう。「自然は芸術を模倣する」という様な言葉が一つの逆説としてではなく、その文字通りの意義を実現するのは、そうした「無底」に於ける人間の「心」のその「芸術」に於てであり、その「心」に於て「自然」はその「自然」としての意味を真に「芸術」的に証されると

言えるのである。「草枕」の漱石は好んで、「其儘」(一)「純客観」(一)「其儘」(三)「其物」(三)「同化して其物になる」(六)「其儘」(七)「其儘」(十二)等一連の言い方を用いているが、これらの語の使用は漱石がその文学に於て目指したリアリズムの質を暗示するものであり、それを「非人情」のリアリズムと呼んでもいいが、晩年期の漱石はそうした自己の所期したリアリズムの手法の文学的な熟成の方向に於て、例えば「則天去私」と語ってみたのであり、「草枕」の大徹はそのリアリズムを日常的な現実に於て生きつつある者として庶幾の対象とされていたのである。その大徹には又次の様な言葉もある。

　静かな庭に、松の影が落ちる。……「あの松の影を御覧」(大徹)「奇麗ですな」(画工)「只奇麗かな」(大徹)「えゝ」(画工)「奇麗な上に、風が吹いても苦にしない」(大徹)　(十一、(　)…論者)

画工に、

　旅などはせんでも済む様になる　(同前)

と語るのは、上の様な人生への処し方を語り得る大徹である。そしてこうした大徹の「風」のままなる自在さに比べれば、那美の「美的生活」とも言われるその日常の「美しき所作」も猶「芝居」という性格を脱し得ないのである(十二)。那美のその「芝居」は「普通の役者」以上に「天然自然」に近接したものではあっても、併し「芝居気」を免れ得てはいないのであり、那美に於ても「非人情」との落差は明らかなのである。併し大徹にも全く問題が言われていない訳ではないかも知れない。先の大徹を「完全たる芸術家」とした部分では、「彼の脳裏に一点の趣味を貼し得たならば」という附帯条件とも見られる様な言葉が言われており、それを「無底の心」に於て出会われる事柄の各々が「人の世」の自然として現成する、即ち「芸術家」であり得るための一つの契機として捉えるなら、「孤峯頂上の十字街頭、十字街頭の孤峯頂上」[2](『臨済録』)とされながらも、「孤峯頂上」的に持続されて来た既成の伝統禅への漱石の批評的な立場の反映とも言えるであろうし、それが仏前で那美に抱き付かれて（九）「大事の究明」に赴かざるを得なくなった若僧《にゃくそう》の泰安（十一）に於ては、禅家では著名な公案「婆子《ばす》焼庵《しょうあん》」にも類する事柄として、一種の「法縛」にも連なる禅の問題が問われており、漱石の視線は深く、単なる一つの挿話に終るものではないと考えておきたい。

陶淵明や王維の詩に「非人情」な「自然」の文学（芸術）的形象化をみるという、第一章の「非人情」という独特な概念の導入に始まった「草枕」は、その「非人情」を志向する画工が那美の画の成就を模索するというそのことを縦糸に展開される。そして那美の「入水・狂気・参禅」という基本的な在り方が、後年の『行人』の、「死ぬか、気が違ふか、夫でなければ宗教に入るか。僕の前途には此三つのものしかない」（『行人』塵労三十九）という一郎の言葉に通ずるものと考え得るなら、しかも『彼岸過迄』（↓狂気）『行人』（↓宗教）『こゝろ』（↓死—自殺）と一応理解し得るなら、那美の姿が後期三部作の全体をその在り方の基本に於て包含するものであることは否定し得ないであろう。従ってそのいわば近代日本の縮図であり得る那美の画を「非人情」の方向に構想する画工は、その日本に於て文学する漱石その人の相似であり、その画工の求めるリアリズムの質とそのリアリズムの日常的な表現者とも言うべき大徹といった、そうした「草枕」の総体が示唆している一種の思想的ヒエラルキーは、後の漱石文学全体の構造的な縮図としても見られるのである。「草枕」執筆の頃の漱石が、現実の職業的な進路に於ても大きな岐路にあったことは冒頭にも触れたが、諸価値の相対性を「笑い」の内に描いた『吾輩は猫である』の「猫」を「無何有の郷」に葬送した後（『猫』最終第十一章）、明確な価値的世界の構築を期した「草枕」の旅が一応踏破されたという、その漱石的な自信が、明治四十年四月の「朝日」入社以後約十年の『明暗』に至る迄の文学的旅程の道標であり得たと考えておきたい。

（1）『硝子戸の中』二十七と関連のある大正四年の「断片」に、「芸術ノミ豈一元論ヲ許サンヤ、萬法帰一」の語がある。『硝子戸の中』の所論では漱石は「芸術一元論」に否定的であるが、上の「断片」は寧ろ「草枕」に近く、「萬法帰一」という禅家の語を引く漱石の姿も、講演「文芸の哲学的基礎」に於ける同語の使用と共に留意される所である。又その「一」の漱石的風光については以下の所論にも明らかと思われる。

（2）「十字街頭」の語は「草枕」第六章に漱石も使用。

四　漱石と自然
——動・静論の視座から——

一

漱石は自己の文学の基底に、常に「自然」という課題的な或るものを凝視していたと考えられ、そうした「自然」についての思惟は『明暗』（大正五）の頃には、「大きな自然」と「小さい自然」（『明暗』百四十七）という、「自然」の内に一種の重層性を認めるという所にまで深化された形が遺されている。漱石の作品系列に即して、作品内に具体的な「自然」の語が点綴されその追究が開始されるのは、周知の如く『それから』（明治四二）以降のことであるが、漱石の「自然」についての関心は已に早く、明治二十四年（二十五歳）の十二月、当時帝大英文科の講師職にあったJ・M・ディクソンの依頼の下に行われた、鴨長明『方丈記』の英訳（英訳題名「A Description of My Hut」）の序文に一つの萌芽をみせ、次いで明治二十六年一月の帝国大学文学談話会での講演「英国詩人の天地山川に対する観念」（同年三―六月の『哲学雑誌』に掲載）の内に明確な濫觴を見せているものである。又幼少年期に於ける自然との交感は、漱石の過去追想に於ける一つの顕著な傾向であり、「草枕」（明治三九）第十二章で漱石が木瓜の花に関する少年期の追憶を「出世間的」なものとして仄かな懐かしみを以て語る時、――「守拙」の花としての木瓜が終生の思想的な関心の対象であったことからしても――そこに動いていたものも矢張「自然」についての思いであったと見得るなら、問題はそうした無意識のままに「出世間的」たり得た嘗ての自己と、人の世にあって自然を喪失してしまった後のいわば「迷へる子《ストレイシープ》」（『三四郎』）としての自己との、漱石内部に於ける明らかな断絶の意識であったと思われ、その断絶の意識の最初の表明が、「自殺」の言葉をすら見せている、明治二十三年八月九日付の子規宛「書簡」に於ける深い厭世観の表白であったとするなら、先に挙げた明治二十四年・二十六年という学生時代の漱石の論攷の性格及びその漱石に於ける内的必然性の如何も自ずと明らかになるものと思われる。そして言う迄もなくこれらは、「漱石」「狂愚」としての自己の基底に「一片烟霞の癖」を据えた、二十三年の著名な房総紀行「木屑録」の後に来るものである。漱石にあって「自然」の問題、即ち人間に於ける「自然性」獲得の課題は終世に亙る長い間の懸案であったのである。

併し人間に於ける「自然性」の如何、即ち「自然」と「人間」との相互の関連性への問は、無論単なる漱石の専有物でもなければ又その独壇場であった訳のものでもない。その問題には時代を超えた普遍的な性格が宿されているのであり、特に所謂「近代」に於ては自然科学等とも複雑に絡み合って問題が深刻化し、「反科学」や「反近代」或いは「ポストモダン」等の語が一種の流行語ともなっている現代にあっては、「自然」と「人間」との相互関聯の問題は時代の根柢に横たわる抜き差しのならない〝近代のアポリア〟として、東西の別を問わず多くの思想家文学者の思索の中心的課題とされて来ているのである。それではそうした多様性を秘めた近代の思索者の列に伍した漱石の、「自然」と「人間」との相互関聯の問題に対するその思惟の独自性は一体如何なる所に求められるのであろうか。

こうした問に応じて漱石の立場の独自性或いは卓越性を明示するものとして想起されるのが、漱石に於ける一貫した「動」と「静」の問題についての関心であり、その視座からの追究は、漱石が自己の中心課題である「自然」の問題を登り詰めるべく辿った、一つの不可欠の道筋であったと考えられる。

一見奇異な、理論物理学か何かの問題でもあるかの様な「動」と「静」の問題が、漱石の中で色々な表現形式を伴いながらも持続的に求め続けられていたことは、漱石の生涯のそれぞれの時期を示す次の様な恣意的な引用からも明らかと思われる。

(1)　不変既に楽しからず変亦楽しからず気むづかしきは人間なり変にして不変不変にして変なるものを求めよ
而して海は始終大安楽なるべし

（「断片」明治三二・三三頃）

(2)　翌日《あくるひ》も我々は同じ所に泊つてゐました。朝起き抜けに浜辺を歩いた時、兄さんは眠つてゐる様な深い海を眺めて、「海も斯う静かだと好いね」と喜びました。近頃の兄さんは何でも動かないものが懐かしいのださうです。その意味で水よりも山が気に入るのでした。……それは下に挙げる兄さんの言葉で御解りになるでせう。「斯うして髭を生《は》やしたり、洋服を着たり、シガーを銜《くは》へたりする所を上部《うはべ》から見ると、如何にも一人前の紳士らしいが、実際僕の心は宿なしの乞食見たやうに朝から晩迄うろ〳〵してゐる。二六時中不安に追ひ懸けられてゐる。情ない程落付けない。……」

（『行人』塵労三十三、大正二）

(3)　大正四年十月〇日

先生（漱石）は、今夜、雪舟の絵に就て大いに論じられた。

「あれ位調子の高い、あれ位崇高な絵は、一寸、珍しいね。あゝいふ絵の気品といふものは西洋にはない。……何しろ、西洋の絵は人情が主である。……人間を離れた、人情をとり除いた、気高い芸術品を絵の方に求めると、まあ、雪舟がそれだ。が、文学にはない。文学は人情から出来てゐるからだ。」

森田さんや久米君達が、それならどういふ所が雪舟の絵は気高いのですと、詰問した。

「雪舟の絵にはムービングがないね。馬一匹描くにしても走つてゐたり、跳ねてゐたりしてゐる所を描かない。北斎はさういふマンネリズムをやつてゐるのだ。が雪舟の馬は落付いて、ちやんと坐つてゐる馬でなければならない。雪舟はさういふ馬を描いて、馬の本態をよく現はすのである。又馬のエッセンスはさういふポーズでなければ出ないのである。……水でも、水の本性を描くのである。風が吹いて立つ浪の所は描けても、静かな水の本性の所を捉へて描いてゐる人は、あまりない。要するに雪舟の絵は気高い。デイバインである。……」

先生は、最後に、次のやうな断案を下された。

「全体、動くといふことは下品なものだ。動くより凝つとしてゐる方が品がよい。だから、文学や音楽は動かない絵より下品なものだ。」

（松浦嘉一「漱石先生の詞」、岩波昭和三年版『漱石全集』月報、（ ）…論者）

(1)は明治三十二・三年頃、即ち後年の作家漱石などは夢想だにもされなかった、英国留学以前の孤独な一人の英語教師漱石の書き留めた「断片」であり、その内容も一般的な人生論風の憧憬の世界の素描である。(2)はそれが後期三部作中の『行人』の一節であることからも明らかな様に、漱石の創作活動が身心の両側面に亙って最も熾烈を極めた頃の作中人物についての記述であり、表現もそうした文脈に沿ったものとなっている。(3)は漱石晩年期、即ち創作家としては所謂『道草』以後の円熟期に入った頃の面会日木曜会の席上で語られた談話の筆録である。談話であり又筆録である以上漱石の真意がどこまで正確に伝えられているかは問題であるとしても、雪舟に即した画論の披瀝という形態の下に、漱石の言わんとしていることはほぼ臆測されよう。

以上のそれぞれは、語られた時期も又記された表現形態も互に異なっているとは言え、その底を流れる漱石の視座或いは問題意識の一貫性及びその問題解決の一定の方向性には明らかなものがあるとしなければならない。

漱石が動・静論、「動」と「静」との視座の内に意図していたことは、我々人間の意識のベクトル、或いは動静常ない人間の意識のその平衡感覚についての物理学的な計量であった、と言えば比喩になるが、併しともかくそうした意味での人間の自己統一の課題が問われていたと考えられる。しかもそういう人間の自己統一にかかわる問題が、先の(3)にも見られる如く、東西（雪舟画対西洋画）古今（雪舟対北斎）の芸術論の基礎ともなり得るものと漱石が自覚していたということは、動・静論の視座が文化や広く文明の本質的な性格付けにも作用し得るものであることの証であり、そのことは「動」と「静」の問題の根源性を暗示しているものとすべきであろう。

明治四十年の講演「文芸の哲学的基礎」（於東京美術学校）は漱石文学の哲学的構造の自註と見得るものである。その講演で漱石は、「あるものは、真にあるものは、只意識ばかり」であり、その意識は「連続」するとし、「吾々の生命は意識の連続」であると規定する。従って人間の問題は、「如何なる内容の意識を如何なる順序に連続させるかの問題に帰着」する。そして「意識の連続」の問題解決の標準は「理想」の語で言われ、文芸家の「発達した理想と完全な技巧と合した時に、文芸は極致に達」し、「文芸が極致に達したときに、之に接するものはもし之に接し得る丈の機縁が熟して居れば、還元的感化を受」けるとされる。しかもその「還元的感化」は更に二分され、「意識の連続」の問題の内で、連続の「順序」を主とした理想の表現、それは即ち「文学」であり、そこに感得されるのが「動の還元的感化」、又連続の「内容」を主とした理想の表現、それが「絵画」であり、そこには「静の還元的感化」があると漱石は類別する。これらから言えることは、動・静論の視座が、創作者・享受者の総体を包含した芸術的営為一般の根柢にかかわることとして、漱石の芸術論の内に作用していたということであり、そこには又、文学の人漱石に於て絵画が何故あれ程までに生涯に亙る関心の対象となり、鑑賞されつつ創作され、又文学作品中での言及が持続されて行ったのかという、そのことへの示唆もあるものと為し得るであろう。

ところで「意識」は、眼前の対象（「物」）につれて、又意識自ら（「我」）の内的な要因に従っても、常に動くものである（「文芸の哲学的基礎」）。或いは意識が動くと意識が意識を意識する、意識させられると言った方が漱石的により正確な言い方であろうか。問題は物・我の相関的なそうした意識の構造性にある訳であり、そうした意識の「動」きという言わば底無き意識の本性が、人間に対してその心の全体的統一の破綻或いは撹乱として作用することは、漱石作中の人物達が不断に実体験し知悉させられている所である。人間の実在的な自己統一即ち心の平静な平衡の状態は、自己内外の諸々の「動」きによって破られざるを得ないのであり、そこに「動」きを忌み「静」かさを希求するという人間の一般的傾向が必然的に生まれて来るものと言えよう。漱石の基本的な志向も「動」よりは「静」にあったことは、先に引用の三つの文章に即して明らかであり、「動」を忌みつつ「静」に就くという漱石の志向は、矢張同じく彼の生涯に亙って認められる――「厭世」の思いと相即した――「死」への憧憬及びその「死」についての深い存在論的な探究とも明らかな照応を見せているものであった。併し常識的な立場に従っても、人がこの世に生きるということは不断に何らかの「動」きを孕んだものであり、「動」を避け「静」に就くという意識の行為、及び「静」の持続というそのこと自体が已に外ならぬ「動」きである以上（前引の漱石の言「不変既に楽しからず」）、完全な「動」の排除と完璧な「静」の保持とは、即ち現実の人間にとっては自殺の論理以外の何ものでもない。事実、現実の漱石及びその作中人物の多くが自殺への意向を告げること、又『こゝろ』（大正三）の先生及びその友人であるKが自殺に果てていることは、漱石にあって動・静論の視座が如何に深い次元にまで掘り下げられねばならなかったかを如実に物語るものと言える。併し『こゝろ』に於けるこれらの人物の自己目的の窮極が自殺そのものの内にあった訳ではないし（後述）、又現実の漱石の最後的な立場が自殺肯定にあった訳でもない。

動・静論の視座、その問題性には本質的なディレンマが潜んでいる。「変」と「不変」、「動」と「静」との論理的矛盾、それは漱石にあっては何よりも先ず現実に生きる人間の生命《いのち》の矛盾した実相であった。そうしてそのディレンマの内にあって漱石の辿った方向が、「動」を内に含み持った様な「静」、「動」を包含した「静」の達成への歩みであったと一応は言えるのであり、そのことは先の三つの引用文にも示唆的であった。そこでは漱石は、「動」を包摂した「静」を、「変にして不変」「不変にして変」なる「海」に譬え、又雪舟の絵に即しつつ、走り又浪立つ馬及び水、即ち「動」きある馬及び水の本性《エッセンス》を内に湛えた、「静」かなる馬及び水を描き得た雪舟画の、高度の殆ど神的《ディバイン》とも言うべき象徴性について語っていたのである。従ってその意味では、先の引用文の(1)と(3)とは漱石の視座の一応の帰着点の呈示であったとも言えるであろう。併し(1)は単なる一片の人生論に過ぎず、(3)も又美術評論風の一場の談話でしかない。動・静論の視座を秘めた漱石文学の実質は(2)の『行人』、即ち『吾輩は猫である』から未完の『明暗』に至った具体的な小説作品の中に求められなければならないであろう。ところで例えば『彼岸過迄』(明治四五)の須永市蔵は、羞じらい勝ちにせよ、自己の窮極の関心事が、「長火鉢や台所の卑しい人生の葛藤」にある、と告げている(「須永の話」三十三)。この須永の言葉には漱石に於ける文学の場の呈示としての意味もあったと考えられ、「長火鉢や台所」、即ち換言するなら最も瑣末で日常的な人間の生の舞台、それが漱石文学の場であったこと、それをその須永の言葉は告げようとしていたものと思われる。多様な人間の想念、分断された諸種の身分、政治的経済的立場或いは学問的芸術的及び宗教的立脚点を異にする人々等々、無限大の拡散を示す人間意識の絡み合う近代の日常性、それが漱石が動・静論を問うべく対峙した終極的な文学の場であった。

二

漱石が如何ともし難い厭世観の到来を告げたのは、明治二十三年二十四歳の時である。その頃を起点として開始されたであろう自己統一の課題追求の過程で、「動」と「静」との相互関連という形での問題の仕方が、果し

て何時頃から明確に自覚されるに至ったのであろうか。詳細には辿れないが、併し先に引用の明治三十二・三年頃の「断片」に、

　変にして不変不変にして変なるものを求めよ

という、問題の一応の素描が見られること、そしてこの自戒の言葉が、自己に於ける「狂気」の襲来を言った、熊本時代明治二十九年十月発表の随想「人生」(五高『龍南会雑誌』所収)中の、

　不測の変外界に起り、思ひがけぬ心は心の底より出で来る、容赦なく且乱暴に出で来る、海嘯と震災は、啻に三陸と濃尾に起るのみにあらず、亦自家三寸の丹田中にあり、険呑なる哉、

という自己認識を経由して、そこから屈折して出て来ていたと考えられることからすれば、漱石の中で動・静論が本格的な思惟の対象となり始めたのは、松山・熊本時代の所産にかかるものと言えようか。そしてその後たとえ断続的な形にせよ一貫して持続されていたであろうその視座が、一応の文学的表現を伴って結晶されるのは、「草枕」(明治三九・九)に於てであった。

「草枕」の縦糸を形作る画工と那美さんとの交渉の中で、画工の目に映じた那美さんの第一印象は次の如きものであった。

　口は一文字を結んで静《しづか》である。眼は五分のすきさへ見出すべく動いて居る。……元来は静であるべき大地の一角に陥欠が起つて、全体が思はず動いたが、動くは本来の性に背くと悟つて、力《つと》めて往昔《むかし》の姿にもどらうとしたのを、平衡を失つた機勢に制せられて、心ならずも動きつゞけた今日は、やけだから無理にでも動いて見せると云はぬ許りの有様が――そんな有様がもしあるとすれば丁度此女を形容する事が出来る。

(「草枕」三)

那美の中に「動」と「静」との視座を問おうとする漱石の意図は容易に透視出来るであろう。ところで画工は同一の箇処でこうした那美の日常を解釈して次の様な叙述をも見せている。

どうしても表情に一致がない。悟りと迷が一軒の家で喧嘩をしながらも同居して居る体だ。此女の顔に統一の感じがないのは、心に統一のない証拠で、心に統一がないのは、此女の世界に統一がなかつたのだらう。不幸に圧しつけられながら、其不幸に打ち勝たうとして居る顔だ。不仕合な女に違ない。（同前）

ここで言われているのは、心の統一の破綻した、即ち一箇の統一ある全体的存在としての自己が分裂したままになって仕舞っている人間那美の姿である。

那美に関して言われた上の二つの叙述の対照によっても明らかな様に、「草枕」の漱石は、心的統一の破綻者としての那美を、「元来は静であるべき大地」が「動」の撹乱に会い、その結果「平衡」の状態を喪失し、混乱のままの状態を半ば自棄的に持続せざるを得なくなった人間として、「動」と「静」との相互関連の視点から見ようとしているのである。那美は一般には「き印（気狂《きちがひ》）」として理解されており（五）、そうした那美の狂気が単なる世間の風聞といった以上に現実的のものであり、その狂気の基底にあるのが結婚の失敗という具体的な現実の事実であったことは作品に即して明らかである。「動（破婚）」による心的「静」の撹乱、それを漱石は那美の狂気として問うている訳であり、禅刹観海寺での大徹への参禅も（十一）、又鏡が池への投身自殺という形での自殺志向も（九）、畢竟は那美の根源的「静」への志向の変奏に外ならない。画工が出会うのはそうした状況の那美であるが、画工の志向は「非人情」にあり、その「非人情」とは外ならぬ「自然」の謂であった。何故なら、「非人情」の試みとしての画工の旅即ち〝草枕〟は、

淵明、王維の詩境を直接に自然から吸収して、すこしの間でも非人情の天地に逍遙したいからの願。（同前一）

に淵源したものだったからである。「淵明、王維の詩境」は即「自然」の現成としての芸術世界であり、それが「非人情の天地」なのである。画工も又「非人情」の絵を描きたく思い（七・十）、その絵の対象として那美は選ばれるのである。併し現実の那美はそのままでは画工の求める絵の中の人物にはなり得ない（十）。何故なら那美は何よりも先ず「動」と「静」との視点からの問題性を背負う人間だからである。それではそうした「動」と「静」、「非人情」、「自然」等の概念は、「草枕」に於ては、それぞれが如何なる形で関連付けられていたのであろうか。或いは「草枕」の漱石は、動・静論の窮極の相を如何なる事象の内に認めようとしていたのであろうか。

第九章、那美と画工とがメレディスの小説の「非人情」な読書の最中、突発的な地震に見舞われる場面があるが、その直後の自然の描写には暗示的なものがあると思われる。

岩の凹《くぼ》みに湛へた春の水が、驚ろいて、のたり〳〵と鈍《ぬる》く揺《うご》いてゐる。地盤の響きに、満泓《まんわう》の波が底から動くのだから、表面が不規則に曲線を描くのみで、砕けた部分は何所《どこ》にもない。円満に動くと云ふ語があるとすれば、こんな場合に用ゐられるのだらう。落ち付いて影を蘸《ひた》してゐた山桜が、水と共に、延びたり縮んだり、曲がつたり、くねつたりする。然しどう変化しても矢張り明らかに桜の姿を保つてゐる所が非常に面白い。

「こいつは愉快だ。奇麗で、変化があつて。かう云ふ風に動かなくつちや面白くない」（画工）「人間もさう云ふ風にさへ動いて居れば、いくら動いても大丈夫ですね」（那美）「非人情でなくつちや、かうは動けませんよ」（画工）「ホ、、、大変非人情が御好きだこと」（那美）　（九、（　）…論者）

波立ちながらも円満具足した春の水、曲折しつつも融通無礙の花の影、それらはいづれも「自然」の実相であり、画工と那美の言葉に即しても、そこに「動」と「静」との相互聯関の窮極相が見られていることは明らかである。語られているのは、不統一のさなかにあっても統一性を失なうことのない、従ってその意味では「動中の静」、或いはより端的に「動即静」とでも言うべき根源的「静」の表現体としての「自然」の姿である。「自然」にあっては「静」を離れた「動」はなく、「動」を離れては「静」も又あり得ないとするなら、「静」の撹乱としての「動」、即ち突発した「地震」すらも又本質的には根源的なるものとしての「静」の一表現に過ぎない。換言するなら、「動」は「動」のままに已に「動」ではなく又「静」でもなく、しかもより深い「静」の現成としての自然性の表現である——とまで言い切ることは「草枕」の漱石には不可能のものであったとしても、そうした根本的な方向性は認められねばならないであろう。画工の口にする「非人情」も、そうした「動即静」としての「自然」にかかわって出て来ていたのである。現象する「波」が本体（実在）としての「水」と分断したものではなく、一体不二のその本性からの現成である、という様な所謂「水波の譬喩」は、伝統的な仏教の好んで口にしたものであるが、先の春水の叙述に際して漱石の念頭にそのことへの顧慮があったものか否かは不明である。併し両者のそうした暗合は、画工と共に「非人情」を憧憬する那美の、禅僧大徹への参禅の意義付けにはなり得るであろう。上に引いた地震直後の春水や花影の自然描写に於けると同様の「自然」の実相は、大徹の話頭にも上って来るからである。月明の夜の観海寺での画工との対話の時である。

　静かな庭に、松の影が落ちる。遠くの海は、空の光りに応《こた》ふるが如く、応へざるが如く、有耶無耶のうちに微かなる、輝きを放つ。漁火《いさりび》は明滅す。
「あの松の影を御覧」（大徹）「奇麗ですな」（画工）「只奇麗かな」（大徹）「えゝ」（画工）「奇麗な上に、風が吹いても苦にしない」（大徹）
（十一、（　）…論者）

大徹が象徴的に告げるのは「人の世」（一）への処し方であるが、そのいわば倫理（人情）は倫理を超えたもの（松の影＝自然＝非人情）に基礎付けられた倫理（人情）でなければならず、その具体相は、「風が吹いても（動）」「苦にしない（静）」である。しかもそうした「動即静」としての人間的営為は、美的性格（「奇麗」）と離れたものではないとするのが、先の地震時の引用部分の「奇麗」とも符号した漱石的立場なのである。「鏡が池」への入水者としての自己の画を「奇麗な画」として措定する那美の言（九）も、同様の方向性からのものと言えるであろう。

併し宗教性にも接した上述の境地も、那美のものでもなければ又画工のものでもない。「草枕」の結末は周知の様に、那美の顔に「憐れ」の表情が一面に出た所でその那美の姿が画工の胸中の画面に収まるという形で終結している。画中の那美の顔の表情が「憐れ」のそれでなければならないのは、那美の普段の顔に充満しているのが、「人を馬鹿にする微笑《うすわらひ》と、勝たう、勝たうと焦る八の字のみ」だからである（十）。ということは、那美が「静」の基盤を喪失した「動」の人ということであった。そしてその那美に欠如の言われている「憐れ」とは画工に於ては、

神の知らぬ情で、しかも神に尤も近き人間の情　（十）

として定義されるものである。伝統的な「もののあはれ」の系譜からしても、又西欧流のそれに即しても、「憐れ」に宗教（神）とのかかわりを見る漱石の意図に誤まりはないと思われるが、ともかくその「憐れ」の表情に於て那美の画は成るのである。ところで「草枕」の第十章で「鏡が池」の池の端に佇んだ画工によって構想された絵は、池に、

椿が長《とこしな》へに落ちて、女が長へに水に浮いてゐる感じ　（同前）

の絵であり、同じことは、

人間を離れないで人間以上の永久と云ふ感じ　（同前）

の表現としても言われている。この「池の水に女の浮いてゐる」絵に関しては、第七章で画工が温泉に入る場面からの流れが想起されるべきであり、そこでは、「成程……土左衛門は風流である」として、水死体である「土

左衛門」が「風流」という価値付けの下に見られていた。そしてその「土左衛門」が「風流」であることの理由は、温泉の「温泉《ゆ》」に入り「温泉《ゆ》のなかで」その「温泉《ゆ》」と「同化」した時の画工自身の在り方が、「土左衛門」との完全な相似の内にあると認められるからである。画工に於て「温泉《ゆ》」との「同化」とは、自己の「分別の錠前を開けて、執着の栓張《しんばり》をはづす」ということに外ならず、それがその言辞に即しても「温泉《ゆ》（＝水）」としての「自然」との「同化」に於ける近代の知性の自己呪縛からの開放の課題の示唆以外のものではない以上、上の画工の「鏡が池」への入水者の絵という構想も周到な内的必然性の下に生れて来ていたと言える。

画工には已に、

動か静か。是がわれ等画工の運命を支配する大問題である　（三）

の語があり、「動と名のつくものは必ず卑しい」（三）の言もあった。その文脈の中に上の画工の絵の構想、「椿が長へに落ちて（動）」「女が長へに水に浮いてゐる（静）」「感じ」を置くなら、それは明らかに「動即静」に於ける「長へ＝永久」の表現への意図として理解可能であろう。しかも「動即静」の場を「非人情」としての「自然」とする漱石の立場からするなら、その画工の絵の構想は「非人情」の絵画化への企図であったとも言え、そこには淵明・王維等の詩人ならざる画人としての画工の「非人情」の表現への意志があったということになるであろう。ともあれ那美の顔への「憐れ」の涌出に於て那美は画中の人となった訳であり、その那美の画中への収斂の意味は、「草枕」の一年前明治三十八年九月発表の「一夜」での、

「――画から抜けだした女の顔は……」……「描けども成らず、描けども成らず」

からの、或いは、

「私も画になりましょうか」（女）……「其儘、其儘、其儘が名画ぢや」（男）「動くと画が崩れます」（男）「画になるのも矢張骨が折れます」（女）　（（　）…論者）

からの展開としても、又後年、已に引用の、「文学や音楽は動かない絵よりも下品なもの」から言っても、「動」の人那美の「静」の人への転成として理解される。従って那美の顔に欠如の言われていた「憐れ」とは、そうした「動」の人那美の「静」への転成或いは転生への契機及びそれの機能であり、又その所産としての形《かたち》である。併しながらそうして画工の胸中に成就された「憐れ」の那美の絵は、「鏡が池」での画工の所期であった「動即静」に於ける「永久」の絵画化、即ち「非人情」の表現そのものたり得るであろうか。先に引用の漱石の「憐れ」への定義付けの気になる所であり、「憐れ」は深く「永久」即ち永遠への通路ではあり得ても、永遠自体との逕庭は明らかの様に解される。ということは「憐れ」の那美の絵の、「非人情」の表現との隔たりということに外ならず、「憐れ」に於ける「動」・「静」の相即性は、未だに「非人情」の自在さの内にはないということである。そして「非人情」の自在さ、つまり「非人情」の人間的な具体相とは、已にみた様に地震直後の「動即静」としての春水や花影等の自然の自然《じねん》さとしての姿であり、又「松の影」の無礙自在を言う大徹の、同様な行住坐臥の姿の内に見られるものであった。「草枕」以後漱石の作品世界から「非人情」の語は消えるが、その理由は「非人情」という言葉（漱石の造語とされる）の特異さ唐突さに対する漱石の用心にあったものと思われる。併し「非人情」という言葉でしか言い様のないものが、漱石の内に蟠って持続していたことは、雪舟画の神的性格を言った先の『道草』擱筆後の漱石の談話の中に、内容的に「非人情」と全く同一の言葉遣いのあることによっても首肯されるであろう。漱石文学の内に「草枕」の落とした影は深く又長かったのである。

三

後期三部作の中間部に位置する『行人』の長野一郎が、「水よりも山が気に入る」「動かないもの」への「懐かし」みを口にする人物として造形されていることは、この論の冒頭に引いた「塵労」篇の一節の告げる所であった。従って一郎は作中人物の系列としては「草枕」の那美の流れの内にある「動」の人ということに外ならない。そして一郎がそうした「動」の人でしかないことの所以は、例えば次の様な一郎の姿の内にその端的が語られている。矢張「塵労」篇、一郎の夏期休暇を利用した友人Hさんとの旅行中、箱根に於ける彼の姿である。

其日は夜明から小雨が降つてゐました。……午少し過には、多少の暴《あれ》模様さへ見えて来ました。すると兄さんは突然立ち上つて尻を端折ります。是から山の中を歩くのだと云ひます。凄《すさ》まじい雨に打たれて、谷崖の容赦なく無暗に運動するのだと主張します。……兄さんはすぐ呼息《いき》の塞《つま》るやうな風に向つて突進しました。水の音だか、空の音だか、何とも蚊とも喩へられない響の中を、地面から跳ね上る護謨球《ゴムだま》のやうな勢ひで、ぽん〳〵飛ぶのです。さうして血管の破裂する程大きな声を出して、たゞわあつと叫びます。……しかも其原始的な叫びは、口を出るや否や、すぐ風に攫《さら》つて行かれます。それを又雨が追ひ懸けて砕き尽します。兄さんは暫くして沈黙に帰りました。けれどもまだ歩き廻りました。呼息《いき》が切れて仕方なくなる迄歩き廻りました。……（宿へ帰つて）湯に這入つて暖まつた時、兄さんはしきりに「痛快だ」と云ひました。

（『行人』塵労四十三、（ ）…論者）

これは一郎の狂態に外ならないが、意識的な「動」の極限への自己使嗾による束の間の「静」の保持とも、或いは自虐的な肉体の酷使がその疲労の代償として齎す暫時の心の平静への投企とも言うべきものである。一郎には、

纔に自己の所有として残つてゐる此肉体さへ、（此手や足さへ）遠慮なく僕を裏切る、

（同前三十九）

といった自己表象もある。そこからみれば、上の一郎の行為、その自虐は、「自己」への「裏切り」[1]としてしか作用しない「肉体」へのいわば「自己」自らによる復讐としてなされたものということでもあろう。ところでこ

うした箱根での一郎の姿の描写には、明らかに現実の漱石の自画像の象嵌がある。

理性と感情の戦争益劇しく恰も虚空につるし上げられたる人間の如くにて……去月松島に遊んで瑞巌寺に詣でし時南天棒の一棒を喫して年来の累を一掃せんと存候へども生来の凡骨到底見性の器にあらずと其丈は断念致し候故踵を回らして故郷に帰るや否や再び半肩の行李を理して南相の海角に到り日夜鹹水に浸り妄りに手足を動かして落付かぬ心を制せんと企て居候折柄八朔二百十日の荒日と相成一面の青海原凄まじき光景を呈出致候是屈《原》究と心の平かならぬ時は随分乱暴を致す者にて直ちに狂瀾の中に没して瞬時快哉を叫ぶ折柄宿屋の主人岸上より危ない〳〵と叫び候故不入驚人浪難得称意魚と吟出したれど主人禅機なき奴と相見（え）問答も其丈にて方がつき申候……

（「書簡」明治二七・九・四付、正岡子規宛）

明治二十七年湘南海岸の漱石である。『行人』の一郎の場は「山」であり、この漱石は「水」の漱石である。併しその相異にもかかわらず、狂雨狂風の中での「痛快だ」と、狂瀾に没しての「快哉」の姿には明らかな照応があると言える。又真意の程はともかく、上の「書簡」には松島瑞巌寺での参禅への意図が記されており、漱石の現実の円覚寺参禅がこの年二十七年の歳晩から二十八年年頭にかけての約十日間程であること、『行人』の一郎に宗教殊に禅僧香厳への憧憬のあることなどからも、上の青年期の自画像が『行人』に象嵌されることの必然性はあったのであろうか。所謂青春彷徨というなら、明治二十五年、北村透谷の松島行、翌二十六年、島崎藤村の関西放浪、そして二十七年、漱石の松島湘南海岸漂泊と、明治に於ける一連の青春群像は鮮明である。併し彼等のそれぞれが自己の旅心の基底に何を凝視し何を思惟していたのかというその異相が、遺された彼等の人及び文学の懸絶を結果したのである。漱石は中空の存在としての自己を、「理性と感情の戦争益劇しく」として伝えているが、この明治二十七年の翌二十八年四月には松山への西下があり、更に翌二十九年には熊本への移居がなされている。そしてその年十月発表の随想既引の「人生」では、「人生」中には「一種不可思議のものある」こ

とを言い、それを、

われ手を振り目を動して、而も其の何の故に手を振り目を動かすかを知らず、

という点に置いている。即ち身体各部位の行為の統率者たり得ない自己の姿への注視がある訳であり、叙述は続けて、

因果の大法を蔑にし、自己の意志を離れ、卒然として起り、驀地に来るものを謂ふ、世俗之を名づけて狂気と呼ぶ、

としてそこに「狂気」がみられている。

箱根の山中で顕在化した「動」の人一郎のその「動」性の問題が、その尖端に近代的知性に於ける身・心の二元的な分裂分断への問いかけをも含むものであり[2]、そこに漱石その人の青春時代以来の長い間の課題をも見なければならないとするなら、『行人』を次いだ『こゝろ』の序章部に描かれた、語り手である私の姿、即ち先生との最初の出会いの場であった鎌倉の海中で先生の側にあって、

自由と歓喜に充ちた筋肉を動かし海の中で躍《をど》り狂い、（『こゝろ』上三）

青空の色がぎら〳〵と眼を射るやうに痛烈な色を投げ付ける真夏の陽光のもと、（同前）

「愉快ですね」と「大きな声を出」す「若々しい書生」時代のその私の青春の姿は、先生にとっても、そしてそれを描く漱石の視線からも極めてアイロニカルな陰画的なそれとして見られていたと言うべきであろうか。そうした私の次元での身心の一如性とそれを基体とした私の青春が、やがて避け難く見舞われざるを得ないであろうその危殆は已に十分に自明であったと考えられるからである。私の「愉快ですね」と、嘗ての漱石の「快哉」、一郎の「痛快だ」との逆説的な逕庭がその自明性を物語っているとすべきであ

ろうし、「狂気」の媒介を欠いた、「狂気」を知らない、動・静未分以前の私の身心の一如、その「若々しさ」は、未だに盲目であること免れない虚妄としてのそれでしかないということであろう。そういう私をそばにした先の鎌倉の海中での先生の姿態が、

ぱたりと手足の運動を已めて仰向けになつた儘浪の上に寐た。（同前）

という形のそれであったことは、かの「草枕」の画工の構想になる「鏡が池」の水面上の那美の姿態をも想起させるものとして、その先生の「土左衛門」の擬態とも言うべき所作は、この時まで已に深く「死」への志向を内在させていた先生にあっては、単なる一般的な泳ぎの形、遊びの姿としてよりは寧ろ、漱石の作品系列に即してやがて来たるべき先生の「死」＝自殺の内包を暗示した象徴的形姿として読まれるべきものの様に思われる。

先生は始終静かであつた。落付いてゐた。けれども時として変な曇りが其顔を横切る事があつた。窓に黒い鳥影が射すやうに。（『こゝろ』上六）

死と隣合せの日常を生きる先生に、『行人』一郎の狂奔は已にない。寧ろどこか「草枕」の那美を想起させる上の叙述にも、その深い内面化は明瞭である。一郎の口にした「死・狂気・宗教」という三者択一の状況は（『行人』塵労三十九）、『こゝろ』に至り死（自殺）へと帰一した。その時動・静論の視座は如何なる帰結を見ていたのであろうか。

『こゝろ』に於ける主要な人物である先生とKとの対照は、「動」と「静」とのそれぞれへのその偏向としてのそれであったと考えられる。

例えば房州旅行の海浜での二人。

ある時私は突然彼の襟頸を後からぐいと攫みました。斯うして海の中へ突き落したら何うすると云つてKに

聞きました。Kは動きませんでした。後向の儘、丁度好い、遣つて呉れと答へました。（下二十八）

死の前に動じないK。それに対する先生の姿には、『行人』の一郎の面影（かの箱根の山中での）が尾を引いているかの如くである。

私は（海岸の岩の上に）坐つて、よく書物をひろげました。Kは何もせずに黙つてゐる方が多かつたのです。……私は時々目を上げて、Kに何をしてゐるのだと聞きました。Kは何もしてゐないと一口答へる丈でした。……すると（私は）落ち付いて其所に書物をひろげてゐるのが急に厭になります。私は不意に立ち上ります。さうして遠慮のない大きな声を出して怒鳴ります。纏まつた詩だの歌だのを面白さうに吟ずるやうな手緩《てぬる》い事は出来ないのです。只野蛮人の如くにわめくのです。（同前、（ ）…論者）

こういう二人である。又、告白されたKの御嬢さんへの恋を脇へ逸らそうと試みる、その先生の前でのKの姿。

「精神的に向上心のないものは、馬鹿だ」私は二度同じ言葉を繰り返しました。……「馬鹿だ」とやがてKが答へました。「僕は馬鹿だ」Kはぴたりと其所へ立ち留つた儘動きません。彼は地面の上を見詰めてゐます。私は思はずぎよつとしました。私にはKが其刹那に居直り強盗の如く感ぜられたのです。（下四十一）

死の「覚悟」（下四十二）へと転位して行くKの佇立（不動）である。

こうした先生とKとの対照は、これより先先生に御嬢さんへの心を打ち明けた直後のKと、Kに先んじられた先生との姿の内にも鮮明である。

私はKが再び仕切りの襖を開けて向ふから突進してきて呉れゝば好いと思ひました。……併し其襖は何時迄経つても開きません。さうしてKは永久に静なのです。……仕舞に私は凝として居られなくなりました。……それで方角も何も構はずに、正月の町を、無暗に歩き廻つたのです。……私は夢中に町の中を歩きながら、自分の室《へや》に凝と坐つてゐる彼の容貌を始終眼の前に描き出しました。しかもいくら私が歩いても彼を動かす事は到底出来ないのだといふ声が何処かで聞えるのです。つまり私には彼が一種の魔物のやうに思へたからでせう。（下三十七）

併し以上の、先生の動に対するKの静という対照の顕著さは、それがその儘Kの人間的な根源性を意味するものなのではない。先生・Kのそれぞれは、根源の視座からは、可変性可逆性を欠いた動・静それぞれへの固着の姿でしかない。

周知の如くKは伝統的修道者苦行僧の相貌を以て「明治」の現実に処した。Kの静の根拠にあるのは、古典的な求道者のそれである。そしてそのことはKが先生よりは遙かに死、宗教的死に近い位置に立っていたことを物語るものであろう。従ってKのそうした姿、即ち彼の静は、動の時代である明治の社会現実への原理的批判としての意義を担い得る筈のものであったと言えよう。Kと先生との人生論的対立はそこにも起因している。併しそうしたKが御嬢さんへの恋に動いた時、又動こうとした時、彼の心が如何なる逆接的顚倒に見舞われざるを得なかったかは、容易に臆測可能のことである。Kは瞬刻にして自己の静の虚妄性を開示せられたのであり、Kの言う、「『馬鹿だ』……『僕は馬鹿だ』」という「如何にも力に乏しい」（下四十一）言葉の真意、その「力の乏しさ」はそこに起因しており、Kが自殺に際して遺書の「最後に墨の余りで書き添へ」た、「もつと早く死ぬべきだのに何故今迄生きてゐたのだらう」（下四十八）という文句の「もつと早く」は、厳密にはその時点に溯源するものと言えよう。併しこれらKの心に生起した事柄は、その当座、友である筈の先生には殆ど理解されていない。先生がKの死の基底に、御嬢さんへの失恋、恋の闘争に於ける敗北、或いは先生のつまり友の出し抜き裏切り等々とは全く異なった次元の、Kの死のいわば実存的な純粋性或いは理念的な普遍性を見出す迄、換言するなら自己の自殺をKの自殺と同一次元に迄昇華させるにどれだけの時間的経過を要したかは、「先生と遺書」の詳述に即して明らかである。「明治の精神」への「殉死」、即ち先生の死の「時代性」はそうした自己解析の尖端で初めて告げられていたのである。

恋愛がKの静の破綻の契機であったのに対し、先生ではその動の試金される場であった。Kに於ては恋愛の場に入ること自体が已に自己の基盤の動揺喪失を意味するものであったのに対し、先生にあってはそうした事情はない。先生の動とは「人間らしさ」（下三十一）を求め、人間の自然な性情を認める立場、いわば近代の人間主義《ヒューマニズム》に外ならないからである。併しそういう先生の立脚点は、それが恋愛の場に於けるKとの葛藤から自己の「良心」（下四十六）の遮蔽として結果した時、本質的な罪性を露呈させることになる。しかもその「良心」の遮蔽は、人間に根源的な「自然」の喪失に外ならず（下四十六・四十九）、それは『こゝろ』ではやがて「人間の罪」（下五十四）として歴史的な普遍性の下に見られて行くものである。

『こゝろ』に於て漱石は、先生・Kそれぞれの人間的基盤の試金として恋愛の場に佇立させているのであり、近代的な人間主義の立場も、又伝統的古典的な修道者の立場も、共に動・静それぞれへの偏向を免れ得ないものとして、より深い立場への脱皮が求められたことになろう。K自殺の後、御嬢さんと結婚した先生は、やがて自己の心に「恐ろしい力」「不可思議な力」の襲来を覚える様になる。

死んだ積で生きて行かうとした私の心は、時々外界の刺戟で躍り上がりました。然し私が何《ど》の方面かへ切つて出やうと思ひ立つや否や、恐ろしい力が何処からか出て来て、私の心をぐいと握り締めて少しも動けないやうにするのです。さうして其力が私に御前は何をする資格もない男だと抑え付けるやうに云つて聞かせます。……私は歯を食ひしばつて、何で他《ひと》の邪魔をするのかと怒鳴り付けます。不可思議な声は冷かな声で笑ひます。自分で能く知つてゐる癖にと云ひます。（下五十五）

先生に外在的且内在的な（下五十四参照）この何者かの「力」とその「声」は、超越性を帯びた、従ってその意味では宗教性にかかわるものとしての「力」であり、それはつまりは「良心」の源、即ち「自然」の裏返しとしての「力」及びその「声」に外ならないと考えられる。そして先生にあってこの「声（力）」は死の呼声へと帰結する。

何時も私の心を握り締めに来るその不可思議な恐ろしい力は、私の活動をあらゆる方面で食ひ留めながら、死の道丈を自由に私のために開けて置くのです。（同前）

先生を「死」へと使嗾するこの「力」が、先生にとり自己の認識能力の限界を超えた「不可思議」なものでしかなく、又「恐ろしい」ものとして映らざるを得ないのは、それが超越性即ち宗教的否定性の下に現出しているからである。漱石文学に於て「恐れる男」の主題は『彼岸過迄』の須永市蔵以来の懸案であった。そしてその「恐れ」は本質的にはこうした超越的な「力」にかかわって出て来ていたのである。その「力」とその「声」とは「自然」の返照であり、従って『行人』からの展開が辿られる『こゝろ』に於ける先生の「死」＝自殺のいわば宗教的構造は明らかである。先生とKとはその死を介してその死の彼方に於てのみ初めて「友」として共にあり得るのであり、そしてその死は又先生と奥さん（御嬢さん）との間にもなければならないであろう。『こゝろ』に於ける「恋愛」の「罪悪と神聖」（上十三）、「結婚」の「幸福と不幸」（下五十四）、といった叙述の錯綜は、この「死」の視座からのみ理解可能のものであろう。『行人』に於ては「結婚」は、人間の「天真」の阻礙以外のものではなかったし（「塵労」五十一）、一郎の妻お直は「立枯《たちがれ》」の「淋しい秋草」でしかあり得なかった（「帰ってから」四、「塵労」四）。

『こゝろ』に於ける先生とK、その動・静それぞれへの偏向と固着には、二人が背景とした時代性歴史性の象徴としての意味が求められていた。彼らの死（自殺）には、その時代性の徹底化に於けるそこからの超出が見られていたのである。換言するなら「動即静」としての場、即ち「自然」それが外ならぬ二人の「死」の地点であり、先生とKとは互いに逆の方向からその場に帰一したということである。

『道草』の執筆後大正四年十月の木曜会の席上、漱石が雪舟に対して極めて高い評価を与え、東西・古今及び文学音楽等に冠絶したとするその芸術世界の性格を、「動」と「静」との視点から規定したことは已に触れた。漱石のそうした雪舟評価は、同年の十二月十一・十二の両日に開催された美術雑誌『國華』創刊二十五周年記念展覧会の感想を記した「書簡」（寺田寅彦宛）にも、

　小生の好な画少々御吹聴申候、まづ第一に雪舟の着色山水(3)に候あれを見ると張瑞図のクシや《ママ》クシや《ママ》山水などはなくもがなと思ひ候実に偉い高い感を引起し候……　（大正四・一二・一四付）

としてその持続が窺われる。ここで雪舟との比較から貶されている張瑞図は中国明代の画人であり、董其昌等と併称される書家でもある。書簡前後の文脈からして寺田の嗜好は「紫式部日記絵巻」にあった様であるが、漱石はその絵自体の記憶がないとし（但しそれは「日記絵巻」に対する批判の意ではない）、又一般には中世水墨画の劃期とされる周文の著名な「三益斎図」には必ずしも評価を与えておらず、そこにも漱石の雪舟評の如何が透視される。併しこの時期からは約十年以前の「草枕」に於ける漱石の雪舟評は、例えば次の如きものであった。

　惜しいことに雪舟、蕪村等の力《つと》めて描出した一種の気韻は、あまりに単純で且つあまりに変化に乏しい。筆力の点から云へば到底此等の大家に及ぶ訳はないが、今わが画にして見やうと思ふ心持ちはもう少し複雑である。　（「草枕」六）

　画工の言葉であるとしても漱石自身の意見の陳述とみて誤はないであろう。又蕪村が雪舟と併置されていることも戸惑いも感ずるが、漱石のこの場合の蕪村評価はその人物画に限定されていた様である（「草枕」六参照）。「草枕」執筆の明治三十九年の時点で雪舟画がどの程度まで一般に公開され、漱石が現実にそれを観ていたかの問題はあるにしても、又雪舟画の世界に、「泰西の画家」にはない「神往の気韻」「物外の神韻」の汪溢を認める

に吝ではなかったとしても（「草枕」六）、漱石がそこに「複雑」の欠如という一種の物足りなさを見ていたことは明らかである。「単純」「変化の乏しさ」というその理由からしても、「複雑」を要請する漱石の基底に「動」の時代としての「近代」があることは見易い。上の引用に続けて、「複雑である丈にどうも一枚のなかへは感じが収まりかねる」という、「画にして見やうと思ふ心持ち」の具体的表現が、詩の形態へと転化され、しかもその詩（漢詩）が熊本時代の漱石自身の作品であることにもそうした事情は推測される。それではその十年後、『道草』の頃の雪舟評は既述の如き殆ど絶讃の域に類するものであった。併し「草枕」からは十年嘗ての「複雑」の欠如という言わば雪舟批判の焦点は如何なる帰趨を見ていたのであろうか。或いはそういう方向での雪舟解析は途中で放擲されたまま捨て置かれたのであろうか。この疑問に対する答を現実の漱石の『全集』の中に見出すことは不可能の様である。唯言えることは、大正四年の雪舟評にその「複雑」の欠如といった口吻は認められないこと、寧ろ雪舟画の神的性格の指摘が、「動を本性とした馬や水」のその「動」の包摂としての「静」態に於ける表現の内に認められていること等からして、初期漱石の要請であった「近代」の「複雑」が如何なる収束の方向を辿っていたかは臆測可能の様にも思われる。嘗ての漱石では批判的にしか見られなかった雪舟画の所謂「単純」「変化の乏しさ」は、それ自体が「複雑」をも含めた意味でのその次元を超えた或何ものかであったこと、それへの驚嘆が大正四年、即ち『こゝろ』『道草』透過後の雪舟評の背後にはあるかに見えるからである。

「草枕」の漱石が雪舟画の内に「変化の乏しさ」「複雑」の欠如を言った時、その漱石に評価の規範としてあったのは、同様の規準でのいわば歴史の遠近法に外ならない。併し近代の「複雑」と古代或いは中世の「単純」との比較といった命題が果して如何なる意義を持ち得るのか。というより、そうした古典的「単純」さが少なくともその第一級の表現に於て、その内に如何に多くの「複雑」を蔵したものであったのか等々、雪舟評価の問題は漱石にとっては、「草枕」に於ける様な寧ろそれ自体が「単純」でしかない歴史の遠近法そのものへの自己検証の場であったということにもなるであろう。近代小説の登場人物の性格の「複雑」さという様な問題も無論こうした事柄と無縁のことではない。『こゝろ』の先生に遺言を托された彼の「たつた一人」の「信用」の対象としての私の人間的性格が、その「単純」さの内に見られていたことも想起されてよいであろう（『こゝろ』上三十一）。

周知の様に、洋画日本画を問わず漱石の日本近代画壇に対する評価の仕方には極めて厳しいものがあった（「文展と芸術」大正一等参照）。その厳しさが何に由来するものであったかは、如上の雪舟画に関する漱石の評言の内にも臆測可能のことと思われ、そうした漱石の絵画論の基底には一貫した動・静論からの視線が作動していたということが言える。

漱石の晩年期大正初年の日本の画壇は、当時西欧の新興芸術であった未来派・立体派等の潮流の下に次第に洗われつつあった。そしてそうした近代絵画の大きな転回は漱石の中でも確実に捉えられていたと思われ、『明暗』第百六十三章前後の数章は、そうした漱石の確かな視線——芸術と社会構造との相関といった事柄——を暗示するものである。やがてダダイズム・シュールレアリスム等を生み出して行った近・現代の芸術諸派に対する漱石の立場からの言説は結局聞き得ないものであるとしても、漱石の逝去による『明暗』の未完、即ち漱石文学の断絶は、動・静論の視座のその作品化に於ける未完成ということでは必ずしもなかったと考えたい。

四

「僕から見ると、君の腰は始終ぐらついてるよ。度胸が坐つてないよ。厭なものを何処迄も避けたがつて、自分の好きなものを無暗に追懸けたがつてるよ」（『明暗』百五十七）

『明暗』の津田に対する自称「無頼漢」（百五十九）の友人小林の批判である。併しこうした津田の「動」性への問いかけが以前の作品例えば『こゝろ』迄の作品に於けるそれとは異なると考えなければならないのは、津田のその「動」性の基底に彼の「余裕」（百五十七）、即ち経済的基礎の存在が指摘され、その結果津田の「動」性が社会現実との密接な関連の場に置かれ、それまでの作品に於ける様な孤立した一種の思想実験室的性格を脱した広汎な社会的聯関総体の内にその検証の場が持たれていると考えられることである。上の引用にすぐ続く小林の言葉。

「そりや何故だ。何故でもない、なまじいに自由が利くためさ。贅沢をいふ余地があるからさ」（同前）

津田の経済的余裕の所産としての「自由」を言う小林である。その小林にも「自由」はある。

「……僕は味覚の上に於て、君に軽蔑されながら、君より幸福だと主張する如く、婦人を識別する上に於ても、君に軽蔑されながら、君より自由な境遇に立つてゐると断言して憚からないのだ。つまり、あれは芸者だ、これは貴婦人だなんて鑑識があればある程、其男の苦痛は増して来るといふんだ。何故と云つて見給へ。仕舞には、あれも厭、是も厭だらう。或は是でなくつちや不可い。彼《あれ》でなくつちや不可いだらう。窮屈千万ぢやないか」（百五十九）

津田の「自由」と小林のそれ。そして何れの「自由」も自己完結的なものではあり得ない。選択に於ける自由と執着からの不自由（津田）、執着からの自由と選択に於ける不自由（小林）。このそれぞれの偏向の背景にあるのは、二人の経済的基礎の落差である。

津田の「自由」――彼の「動」性――に対する小林の批判は、一般論としては小林の「自由」と相互相殺的な循環論でしかない。併しそれが津田の現実に於ける倫理の場、即ち妻お延との実存照応の問題つまりは嘗ての恋人清子との事柄に触れて行く時（百六十）、『明暗』の本質的な主題が露わになって来る。そこではおおむね物質的に基礎付けられた近代の自我の「自由」のその質が課題的に照らし出されて来ていると考えられるのであり、「思慮に充ちた不安」（十二）と端的に指摘されている津田の課題、いわば現実に人間として存ることの意味が津田自らへの問として問われていると言える。併し小林にそうした心の奥底を指摘された筈の津田は、小林の前では猶自己の動揺を糊塗するだけの心のゆとりを見せる。そしてその津田の心を支えるものは矢張彼の経済である（百六十七）。そういう津田に対し小林は、「事実の戒飭」を予言しつつ去って行った。

「……畢竟口先ぢや駄目なんだ。矢ツ張り実戦でなくつちや君は悟れないよ。僕が予言するから見てゐろ。今に戦ひが始まるから。其時漸く僕の敵でないといふ意味が分るから」（百六十）

「よろしい、何方が勝つかまあ見てゐろ。小林に啓発されるよりも、事実其物に戒飭される方が、遙かに観面で切実で可いだらう」（百六十七）

いずれも小林の言葉である。かくして津田は流産後の身体を静養中の清子に会うべく「温泉《ゆ》の町」（湯河原とされる）へと赴くのである。遺された限りでの『明暗』から、清子との出会いが小林の所謂「事実の戒飭」とどの様に関連するかは測り難いとしても、清子との出会いが少なくともその「事実」を分有していることだけは言い得るであろう。そこでは津田の「動」性が明確に試金の場に曝されているからである。

温泉宿での津田と清子との出会いは半ばは偶然の所産であった。宿到着の夜、津田は湯に入りその後で自分の部屋に帰るべき道を見失う。[4]「夢中歩行者《ソムナンビユリスト》」（百七十七）「夢遊病者」（百八十二）と後に振り返られるその時の津田の頭上で障子を開閉する音が聞え、階上に人の接近して来る気配がする。

けれども自然の成行はもう少し複雑であつた。（百七十六）

という津田の心理的な曲折を含んだ、二人の逢着前後の叙述は次の如きものであった。

「ことによると下女かも知れない」……「誰でも可い、来たら方角を教へて貰はう」彼は……階子段《はしごだん》の上を見詰めた。……其時彼の心を卒然として襲つて来たものがあつた。「是は女だ。然し下女ではない。ことによると……」不意に斯う感付いた彼の前に、若しやと思つた其本人が容赦なく現はれた時、今しがた受けたより何十倍か強烈な驚ろきに囚はれた津田の足は忽ち立ち竦《すく》んだ。眼は動かなかつた。（同前）

その時の一方の清子の姿。

同じ作用が、それ以上強烈に清子を其場に抑へ付けたらしかつた。階上の板の間迄来て、其所でぴたりと留まつた時の彼女は、津田にとつて一種の絵であつた。彼は忘れる事の出来ない印象の一つとして、それを後々迄自分の心に伝へた。……彼女は……棒立になつた。横から肩を突けば、指一本の力でも、土で作つた人形を倒すより容易く倒せさうな姿勢で、硬くなつた儘棒立に立つた。（同前）

それではこういう忘我の驚愕の淵から二人は如何に処したか。

清子の身体が硬くなると共に、顔の筋肉も硬くなつた。さうして両方の頬と額の色が見る〱うちに蒼白く変つて行つた。其変化があり〱と分つて来た中頃で、自分を忘れてゐた津田は気が付いた。「何うかしなければ不可《いけな》い。何処迄蒼くなるか分らない」津田は思ひ切つて声を掛けやうとした。すると其途端に清子の方が動いた。くるりと後を向いた彼女は止まらなかつた。津田を階下に残した儘、廊下を元へ引き返したと思ふと、今迄明らかに彼女を照らしてゐた二階の上り口の電燈がぱつと消えた。（同前）

偶然の齎した二人の出会いに対するこのような漱石の周密な叙述には、それなりの意味が求められていたとしなければならない。上の場面に象徴的なのは、忘我の驚愕の淵に於ける二人の自己回復の如何であり、「其途端に清子の方が動いた」というその清子の「動」に対する、その場では「動」き得なかった津田の、通常に於ける「動」性（小林の指摘する）の虚妄性、いわば「事実」に即してのそれの無力さに外ならない。清子の「動」は、

「偶然性」（津田との突然の邂逅）からの「自由」としてのそれであり、それは本質的には清子の「動」（津田との逢着に於ける自己喪失）を「即静」（自己の統一性の回復）へと転じて行くその「静」の自己表現としての「動」として見られるべきものである。その二人の対照性の含意については後にも触れるが、津田との出会いの場面から浮き彫りにされて来る清子の姿には、嘗ての「草枕」に於ける、突発的な地震直後の水に映じた桜の影にも通うものがあるとも言えるであろうし、

　　どう変化しても矢張り明らかに桜の姿を保つてゐる、　（「草枕」九）

と言われた水上の花影こそは、つまりは「自然」の実相であった。『明暗』の百四十七章で漱石は「自然」の概念を二分し、「大きな自然」と「小さい自然」とする思惟を見せるが、その視座から先の津田と清子との対照を見るなら、清子の行為は「大きな自然」とのかかわりの中から出て来ていたと一応は言い得るのであり、それに対する津田は「小さい自然」の悪無限性を脱却し得ぬものとせざるを得ないであろう。そういう津田にとり逢着の瞬間の清子の姿は一幅の「絵」として印象されたのであった（前引百七十六）。所謂「絵になる」人物としての清子の措定であろうか。「草枕」に即しても清子の「絵」ということの意味は軽くはない筈である。そして漱石に於て「絵」の主人公は常に女性であり、男性は常にその見者としての位置にある（『三四郎』『行人』等々）。
　併し清子の前でこうした落差のある姿となる津田にも、既述した様な意味での「自由」はあった。清子との別離の後現在の妻お延との結婚も彼の「自由」な意志の発現に外ならなかった。

　　彼はついぞ今迄自分の行動に就いて他《ひと》から牽制を受けた覚がなかつた。為《す》る事はみんな自分の力で為《し》、言ふ事は悉く自分の力で言つたに相違なかつた。　（『明暗』二）

　こうした自我の自立と自由とはお延にあつても同様であり（七十二章参照）、そこでは従妹である継子《つぎこ》に「岡目八目」的な他律的な結婚に対する拒絶を助言するお延の姿として語られている。併しこの様な現代的な自我の自

立・自由の成立とその持続を脅かすものとして、『明暗』では已に冒頭部で津田の痔疾という肉体の病が設定され、[5] その肉体の疾患から津田は直ちに精神の不測な変動にも思いを致さざるを得ない。

「精神界も同じ事だ。精神界も全く同じ事だ。何時どう変るか分らない。さうして其変る所を己は見たのだ」（同前）

この津田の想念の中核にあるのが、かの恋人であった筈の清子の突然の翻身である。津田にとって根本の問題はその清子の翻身の原因であり理由である。彼はそこにポアンカレーの「偶然」論を適用しようと試みもする。

「何うして彼《あ》の女（清子）は彼所《あすこ》（関）へ嫁に行つたのだらう。……さうして此己は又何うして彼《あ》の女（お延）と結婚したのだらう。……偶然？　ポアンカレーの所謂複雑の極致？　何だか分らない」（同前、（　）…論者）

これが「思慮に充ちた不安」と規定される人間津田の「思慮」の実際、従って「不安」の実相であり、この近代科学思想に於ける「複雑」の概念が、「草枕」期の漱石が雪舟画の中での不足を告げていたあの「複雑」と如何なるかかわりの内にあるのか、又『道草』以後の雪舟評の嘗てからの変移の中でそれがどの様な位置付けにあったかは心引かれる事柄であるとして、こうした自己の認識能力の限界性から、同じく自己の自立と自由への脅威にも思いを致さざるを得ない津田にあって、次の想念の去来は必至であった。

暗い不可思議な力が右へ行くべき彼を左に押し遣つたり、前に進むべき彼を後ろに引き戻したりするやうに思へた。（同前）

津田に不可知でしかないこの「暗い不可思議な力」は、已に『こゝろ』の先生を死へと追いやっていたあの「声」の主であることは自明である。『こゝろ』の先生にとりその超越的な「力」は彼の「恐れ」の本質的な誘引でもあった。とするなら、『明暗』の津田にもその「恐れ」は必然でなければならない。

冷たい山間《やまあひ》の空気と、其山を神秘的に黒くぼかす夜の色と、其夜の色の中に自分の存在を呑み尽された津田とが一度に重なり合つた時、彼は思はず恐れた。ぞつとした。（百七十二）

これは「温泉《ゆ》の町」到着の夕方、即ち時間的には清子との偶然の出会いから数時間以前の津田を襲った一時の感慨である。津田の前にあるのは津田を併呑し尽して憚らない「大きな自然」の峭立であり、「小さい自然」の津田に「恐れ」は免れ難い。津田がそうした自己の「恐れ」の構造に十分自覚的ではないとしても、彼がその「恐れ」から、清子がいる筈の温泉《ゆ》の町の灯火を遠望しながら、

「運命の宿火だ。それを目標《めあて》に辿りつくより外に途《みち》はない」（同前）

と呟き「運命」の導きの前に頭《こうべ》を垂れようとした時、彼は「動」性常ない現代的な自我の自立と自由との本質的な無力さに囚われていたのである。

津田の現実の精神的な蹉跌は清子の突然の翻身から来た。津田は、

突然清子に背中を向けられた其刹那から、……既に……夢のやうなものに祟られていた。しかもその清子の津田からの離反、関との結婚は、（百七十一）

「……本当を言ふと、突然なんてものは疾《とつく》の者に通り越して……あつと云つて後を向いたら、もう結婚してゐた……」（百三十九）

という体のものであった。「優悠《おつとり》」した「緩漫」な清子が、何故「身を翻がへす燕のやうに」「突如として…関と結婚」して仕舞ったのか（百八十三）。

「あの緩《のろ》い人は何故飛行機へ乗つた。彼は何故宙返りを打つた」（百八十三）

津田の関心はこの清子翻身への「何故」という理由の内にあるのであり、清子への所謂未練情痴が津田の問題

の中核なのではない。ところで清子に対するこうした津田の問は一つの比喩としては、津田からの突然の離反という清子のその「動」への「何故」という疑義に外ならないと言える。小林によって批判的に言われた所謂「動」性の人である津田が、清子の前では言わば逆説的に彼女の「動」の始源を問わざるを得ない人という姿で描かれているのである。併し無論そこに矛盾がある訳ではない。然も燃焼しつゝあった津田との愛の最中に於ける清子の突然の翻身——そうした清子の「動」——は、その相似形を例えば前述した温泉宿での二人の偶然の邂逅とその忘我の驚愕の淵に於ける清子の「動」の先取りという事柄の内にも見出し得るのではあるまいか。そしてこれらと同様の状況は、その突然の出会いの翌朝の二人の姿の内にも顕著な形での浮彫りがある。名刺を通じて清子に面会を求めその部屋を訪ねた後の二人の姿である。

「昨夕《ゆうべ》は失礼しました」津田は突然斯う云つて見た。それが何んな風に相手を動かすだらうかといふのが、彼の覘ひ所であつた。「私こそ」清子の返事はすら〳〵と出た。其所に何の苦痛も認められなかつた時に津田は疑つた。「此女は今朝《けさ》になつてもう夜の驚ろきを繰り返す事が出来ないのかしら」もしそれを憶ひ起す能力すら失つてゐるとすると、彼の使命は善にもあれ悪にもあれ、果敢《はか》ないものであつた。（百八十六）

津田の「使命」とは清子の津田からの離反の事由の確認の謂であろうし、その「使命」への答の一つの縮図がこの場面の二人の対話の示唆する内容であるということの暗示をも含むと考えられる。が、それはともかくここにあるのは津田の予期に反した、昨夜の驚愕とは異なった平静に復した清子の応対挙措である。或いはより明確には、津田の仕掛けた「突然」に対し、それに「動」じない清子の姿であると言える。そしてその清子の平静さを齎しているもの、それは矢張昨夜の津田に対して先取りされた「動」と同様の清子の心意識の転換ということに外ならないであろう。

ところで論をやや元に戻して、清子の「動」が「静」への転位の機縁としてのそれ、或いは「静」の自己表現としてのそれであったということは明らかとしても、その清子に津田の次元での「動」、即ち驚愕がなかったという訳では無論ない。昨夜の、

彼女は驚いてゐた。彼よりも遙か余計に驚いてゐた。（百七十七）

のであり、津田はその「驚ろき」を津田との「複雑な過去を覿面に感じてゐ」（同前）たが故のものではなかったかとも臆測している。津田のこの臆測の当否は半々と思われるが、清子のそうした「驚ろき」が翌朝即ち今日にまで尾を引く程の深いものであったことは、彼女の毎朝一定時の入湯にその朝は変調が生じていることにも語られている（百七十八・百八十七）。その昨夜の驚愕と今朝の平静との相違を、

「たゞ昨夕《ゆうべ》はあゝで、今朝《けさ》は斯うなの。それ丈よ」（百八十七）

と告げ得る清子にもそうした「動」の撹乱のあること、あったことは見落されてはならないし、そうした驚愕の淵からの自己回復の契機として清子の本質的な「動」は作用していたということになるであろう。そしてその場合注目されるべきことは、そうした清子の驚愕による「静」からの顚落がその中核に当の相手である津田の人間性への疑念或いは忌避を深く含みそこに端を発していたと考えられることである。前述、温泉宿の夜の突然の邂逅の時の清子の驚愕についてはその経過が、「無心が有心に変る迄にはある時が掛つた」（百七十六）という津田の解析が置かれ、清子の「有心」即ち極度の驚愕は、

驚ろきの時、不可思議の時、疑ひの時、それらを経過した後で、彼女は始めて棒立になつた。（百七十六）

とされている。「驚ろき」「不可思議」は、偶然の出会いに於ける人間一般の意識の経過と言えよう。併し清子にはその先更に「疑ひ」が来たと言うのであり、そこに清子の津田へのある特殊な意識内容の示唆があることは明瞭である。そしてその清子の意識内容は翌朝即ち今日、今の津田との応対の中でその説明がなされている。清子は自己の驚愕の起因となった津田との突然の出会いの内に津田の「故意」、即ち彼の「待伏せ」を考えていたの

であり、清子のその指摘に対した津田の、「馬鹿にしちや不可《いけ》ません」という反論には、
「でも私の見た貴方はさういふ方なんだから仕方がないわ」（百八十六）
として応じている。問題は津田の「待伏せ」の事実性云々――それは現実にはなかった訳であるが――よりも、已にそうした津田の人間的傾斜を見て仕舞っている清子の在り方ということであろう。そして以上と同様のことは、定刻の毎朝の入湯のその朝の乱調について、そのことを知る筈のない津田からそれを指摘された時の清子の言辞にも現われて来る。
「然し貴女《あなた》は今朝何時《いつ》もの時間に起きなかつたぢやありませんか」清子は此問を掛けるや否や顔を上げた。
「あら何うしてそんな事を御承知なの」（百八十七）
これは矢張清子の驚愕であるが、それは、
「成程貴方は天眼通でなくつて天鼻通ね。実際能く利くのね」（同前）
という一言へと転じられて行く。この清子の言葉は「冗談とも諷刺とも真面目とも片の付かない」（百八十七）ものとされており、内容的にはその凡てと考えられ、津田への辛辣な人間的批評、そしてより深く批判となり得ていると考えられる。前の「待伏せ」という清子の指摘に対しては、「津田は腕を拱《こまぬ》いて下を向いた」（百八十六）と叙述され、この場合は上の一言の前に、「津田は退避《たじろ》いだ」（百八十七）と注記されている。これら清子の前での津田の拱手や退避《たじろ》ぎを、津田が清子の言辞の中に自己の人間性への直截的批判を感得したが故のものと直ちに解釈することは必ずしも妥当とは思われない。併し清子の口から出る津田への疑念が単に清子個人にのみ限定的なものでないことは、例えば上の清子の「天鼻通」云々はこれより先百八十二章の、「天眼通ぢやない、天鼻通と云つて万事鼻で嗅ぎ分けるんだ」という、津田が宿の下女に向って言った自負の言葉に連接するものであるが、その津田を清子の部屋へと案内して来た下女は部屋を去る最後に、

「旦那様は嘸猟がお上手で入らっしゃいませうね」（百八十四）

という「一句の揶揄」を残しており、清子の「成程」にはそうした文脈の流れも含まれている。下女の言葉は無論「揶揄」でしかないが、「嘸猟がお上手」は、一つの解釈としては、この章の前後の状況及び温泉宿の下女の言葉であることからも、「猟」の対象を女性とする響きが考えられる。とすれば、津田の現実からはその言葉の表面の意味は問題にならないとして、それは内容的に嘗ての小林の言、即ち津田の経済的余裕が齎すものとしての選択に於ける自由故のより本質的な彼の執着性の指摘（前引百五十九）とも明らかに呼応することとなる。

清子の「天鼻通」云々による津田への評言が、小林・下女のそれと完全に重なるものか否かは問題である。ただ、知る筈のないこと、或いは知るべからざるものへの知解とその自負という津田の在り方への評言としてみるなら、そしてそうした自己の知解を超えた「不可思議」の前では「恐れ」る者でしかあり得ない津田への評として、その示唆は深いとも言えよう。津田の「退避《たじろ》」ぎはそこにかかわるものと考えられ、その意味では津田にとっての清子とはその「不可思議」なものへの通路に外ならなかったということであろうか。

『明暗』の主要な主題の一つである筈の津田と清子との対照の中に見出される特徴的な事象は、既述の意味での清子の「動」に対する津田の立ち遅れ或いは出遅れとでも言うべき事柄である。然も出遅れ立ち遅れた津田が先取りされた清子の「動」の始原を問う時、そこに彼の見出さざるを得ないものは、外ならぬ津田自らの人間的な傾斜の事実であり、そうした自己の壁ということの様に思われる。そのことに津田自身は未だに自覚的ではないのであるが、津田と清子との対照の中で清子に「何故」を問う津田の問は常に津田自らへの反射物として跳ね返らざるを得ないというのが『明暗』の実際である。中絶のまま遺された『明暗』の最終章百八十八章には次の様な津田と清子との姿がある。これまでは被質問者であった清子が質問者へと転じている場面であり、その質問の内容は、清子としては意想外な吉川夫人からの見舞を同様に外でもない津田が携えて来たことへの不可解さである。そしてその答を津田から待ち受けるべき清子に対した津田は、彼を見守る清子の眼の「其光に対する特殊な記憶を呼び起」されざるを得ない（百八十八）。

「あ、此眼だつけ」　（百八十八）

遺された『明暗』の中で過ぎ去った津田と清子との愛の日々の描かれる唯一の箇処である。

其時分の清子は津田と名のつく一人の男を信じてゐた。だから凡ての知識を彼から仰いだ。あらゆる疑問の解決を彼に求めた。……従つて彼女の眼は動いても静かであつた。何か訊かうとする内に、信と平和の輝きがあつた。[6]　（同前）

こうした二人の在り方を『明暗』総体の内に如何に位置付けるかは必ずしも容易ではないとして、併し清子が嘗ての愛の日々そのままのまなざしを今も尚持続していることは何ら不自然ではない。「昔の儘の眼が、昔と違つた意味で、矢つぱり存在してゐるのだ」（百八十八）と註される所以である。このまなざしを前にした津田は清子に、そのまなざしによって象徴された筈の二人の愛が今では已に過去のものでしかないのか否かの問をもって臨む。過去からの持続の眼を以て現在を問う清子と、現在の眼を以て過去からの持続を追う津田との相対《あいたい》である。そしてこの場合にも取り残されたのは矢張津田であった。

津田の疑問と清子の疑問が暫時視線の上で行き合つた後、最初に眼を引いたものは清子であつた。津田は其退《ひ》き方を見た。さうして其所にも二人の間にある意気込の相違を認めた。彼女は何処迄も逼らなかつた。何うでも構はないといふ風に、眼を余所へ持つて行つた彼女は、それを床の間に活けてある寒菊の花の上に落した。　（同前）

津田の出遅れが彼の清子との愛への拘泥に起因したものであることは言を俟たない。「二人の間にある意気込の相違」とはそのことである。一方最初に「眼を引いた」、寧ろこの場の問の主体であった清子の「其退《ひ》き方」は、「逼らない」「何うでも構はないといふ風」とされている。問の内容がそうさせたとも、清子の在り方——「不可思議」というものへの——からの挙措とも言えよう。併し嘗て清子が津田を「信じてゐた」頃には、先のまなざしの下での問は津田からの十全な、或いはそういう次元での答が得られていた。そしてそこに二人の愛の実際もあったと臆測されることからすれば、視線を引いた清子にある種の断念は認め得るのではあるまいか。そしてその清子の断念の起点は本質的には、嘗てのある時期に生起した筈の津田との愛への断念でなければならないであろう。「逼らない」「何うでも構はないといふ風」の彼女の視線の行方が、「床の間に活けてある寒菊の花の上」であることは一つの象徴ではあるまいか。

津田の清子への問の中核は彼女の翻身の事由であった。もしそこに何らかのより現実的な理由があるとするなら、津田と清子との愛の再燃という様な可能性も出て来ることになるが、遺された限りでの『明暗』に即してもその可能性は考えられない。清子への津田の問に津田に了解可能な答が与えられ得るのなら二人の離別という様な事態は寧ろなかったとすべきであろう。津田は清子との再会の冒頭で彼女に次の様に語っていた。

「相変らず貴女《あなた》は何時でも苦がなささうで結構ですね」……「些《ちつ》とももとと変りませんね」（百八十四）

清子は昔と変ってはいないのである。併しその清子の「不変」さは、津田の「満足」の対象ともなれば同時に「不満足」の対象でもある（百八十五）。同様の津田の心象は清子の「微笑」とそこに現われた彼女の「余裕」に対しても、津田の「平気」（百八十四）と「我慢しきれな」さ（百八十七）という、平安と苛立しさとへの二極化的分裂の形として現われている。この今現在の二人の姿が嘗ての日々の二人そのままの持続と見得るのか否かは問題としても、清子の「静」と津田の「動」という対照性は言えるであろう。無論その清子にも「驚愕」があった様に、嘗てからの彼女に「変」がない訳ではない。関との結婚は彼女の流産という様な事態を招来したし、然もその流産が夫である関の遊蕩に起因したらしく考え得るということは周知の如くである。それが清子の「変」でないことはあり得ない。併しその夫関との間で彼女は津田のことを普通に話題にしているし（百八十五）、――津田は妻お延との間に清子を話題にすることは未だになし得ない秘事である――津田と清子との間柄は関にも周知の事実であったと思われる。

津田と離別後の清子にも「変」はあった。併し彼女にはその「変」を貫道して「不変」なる何物かがあるのであり、津田はその清子の「不変」の前で自己分裂が避け難い人間である。そしてその津田の自己分裂の避け難さを漱石が津田の「『私』」として剔出していることは、所謂「則天去私」の視点からも留意されてよいと思われる（百八十五章参照）。とするなら清子の津田からの遁走、そして関との結婚という彼女の「変」即ちその「動」は、清子の或る人間的な「変」貌に起因したというよりは、寧ろ津田との結婚による自己の「変」、そこでのある種の自己変異への忌避によるものではなかったか、即ちいわば彼女の「不変」の自己表現としてなされたものではなかったかという臆測を可能にするであろう。そして津田との結婚に拒否的な清子の在り方とは、津田に「故意」「待伏せ」「天鼻通云々」を指摘する彼女の言辞の内にも暗示的なのではあるまいか。「故意」「待伏せ」「天鼻通」、これらの含意する人間的内容、それが「小さい自然」としての津田の人間的傾斜・偏向の事実ということである。

清子に対した津田が不断に襲われざるを得ない彼の出遅れ、清子の「動」の先取りが以上の様な経緯を含むと見得るなら、清子のその「動」の始原を問うという津田の問は矢張内実的に津田自身への返照として投げ返されざるを得ない性質のものであろう。清子と出会う以前の津田には次の様な逡巡があった。津田の独語である。

「今のうちならまだ何うでも出来る。……今のお前は自由だ。自由は何処迄行つても幸福なものだ。其代り何処迄行つても片付かないものだ。だから物足りないのだ。それでお前は其自由を放り出さうとするのか。

……御前の未来はまだ現前しないのだよ。お前の過去にあつた一条《ひとすぢ》の不可思議①より、まだ幾倍かの不可思議②を有つてゐるかも知れないのだよ。過去の不可思議を解くために、……今の自由を放り出さうとするお前は、馬鹿かな利巧かな」

（百七十三）

津田の現実の「自由」は「不可思議」と拮抗し合う次元のものでしかないのであり、そしてその「不可思議」も①の「不可思議」と②のそれとは無論異なっている。①は清子への問の次元でのそれであり、②のそれは①の答の得られなさ（少なくとも清子の自己原因としては）から生れて来る津田自らへの問として、津田はその「幾倍かの不可思議」という形での「大きな自然」の前に立たざるを得ないことになると思われる。そしてそこに『明暗』の帰趨もあったということになるであろう。

『明暗』が中絶された作品である以上、清子やその夫関の人物像を明確に定位することは不可能に近い。津田と清子とのかかわりも、過去・現在にわたってもっと多くのものが語られた筈である。『明暗』のそうした状況から周知の様に、清子の聖女視やそのアンチテーゼとしてのエゴイスト説等も生まれた。併し『明暗』期の漱石がその創作方法として「聖」という様な立脚点を必要としていたとは思われないし、又清子をエゴイストと規定することが『明暗』の解析に格別の奥行きを齎すものとも思えない。(7)ただ津田と清子とのかかわりを最も単純に、追う男と追われる女、去った女と去られた男としてそこに動・静論を介在させた時、浮き出て来るのは清子の「動」の前に常に佇立を余儀なくされ、そこに「何故」を問わざるを得ないそうした津田の姿である。(8)それは清子の「動」に追い付けない、ということは嘗ての小林の口からやや乱暴に語られる、「一朝事があつた」時に、津田が、

「やつといふ掛声と共に、早変り」

（百五十八）

出来るか否かということである。清子の「動」が彼女の「不変（静）」の持続の内的発現としてのそれであったと見得るなら、普段に「静」の基底を持たない津田という、その「早変り」を為し得ない津田ということである。清子の「動」性の人である津田は、「静」の契機は無論、ある場合に不可欠な「動（早変り）」の機縁も持ち得ない人物でしかないのである。(9) そして『明暗』での漱石はそうした津田をその所謂性格の問題として描くというよりは、より厳密な彼の存在論的命題として扱っていたと見るべきであろう。「大きな自然」と「小さい自然」はその漱石的存在論の構図・構造ということになるが、清子の「動」への津田の問はその問の自己への返照として津田にとっての人間的な壁なのであり、『明暗』の行方はそうした自己が自己自らへの壁として聳立する様な「小さい自然」としての津田の自己崩壊の過程ということであったと思われる。

『明暗』に於ける漱石の動・静論の適用には一見錯綜の様相を見せながらも、その内実は固定的な論理を超えた極めて自在なものがあったと言える。そこに「形式論理」ならざる「自然の論理」を言った漱石（大正四年「断片」）を想起してみることも可能であり、動・静のそれぞれは単純に二項対立的な平面上の相互排除の概念なのではなく、それぞれが互いに浸透しつつ互換性の下にあり、然も全体の視点は搖らぐことなく保持されており、小説の行文には方法として漱石の所謂雪舟画の趣に通うものがあったとも言えよう。それではこうした『明暗』の世界は、大正期初年の日本の日常性を生きる現実の漱石と如何なるかかわりを持つものであったのであろうか。

五

『明暗』執筆の大正五年の年頭所感「点頭録」は、第一次世界大戦に即した漱石の時事評論であり、それは「また正月が来た」という首章を持つ。漱石には「元日」と題された文章が二篇あり（明治四二・四三の各々）、そこに看取される一種の正月忌避の姿勢は、年賀状の廃止（明治三九以降）等にも現われており、「また正月が……」という語感に即しても、漱石の対正月意識は大正五年にあっても不易と見得る。併しその「点頭録」首章の内容は、漱石の単なる正月意識といったものとは又異なった地点で語られていたと思われる。

「また正月が来た」には、

わが全生活を大正五年の潮流に任せる覚悟、

が告げられ、それは更に、

天寿の許す限り趙州の顰にならつて奮励する心組、

或いは、

羸弱なら羸弱なりに、……自己の天分の有り丈を尽さうと思ふ、

としても展開され、結語には、

自分は点頭録の最初に是丈の事を云つて置かないと気が済まなくなつた。

という、漱石としては珍らしく清朗の響きが取られている。ところでこれら漱石の「覚悟」の底に見られているのが、自己の生に対する漱石の所謂「一体二様の見解」であり、そしてそれは漱石に於ける「動」と「静」との相関に対する思惟の最終の形であったと考えられる。それではそれは如何なるものとして語られていたのであろうか。漱石は言う。

また正月が来た。……過去が丸で夢のやうに見える。……過去は夢としてさへ存在しなくなる。全くの無になつて仕舞ふ。……時々たゞの無として自分の過去を観ずる事がしば〳〵ある。

これは併し単なる一場の無常感の披瀝なのではない。そこには次の様な思惟の必然があったからである。

いつぞや上野へ展覧会を見に行つた時、公園の森の下を歩きながら、自分は或目的をもつて先刻《さつき》から足を運

ばせてゐるにも拘はらず、未だ曾て一寸も動いてゐないのだと考へたりした。……自分は其時終日行いて未だ曾て行かずといふ句が何処かにあるやうな気がした。

自己の生の現実を「夢」「無」として観ずる漱石の思惟が、この様に自己の「歩み」へと回帰して行ったとしても、小説作品に於ける人間の「歩行」というものへの漱石の持続的な注視からすれば唐突なことではない。漱石は現に歩きつつあり、しかも歩いていないという心持ちを告げ、それを集約した一句として、

終日行いて未だ曾て行かず

という句が、「何処かにあるやうな気がした」と、不確実な半ば曖昧な言い方でしか言わないが、その句は無論あるのであり、『碧巌録』第十六則「鏡清《きやうしやう》啐啄ノ機」の垂示がその典拠である。

垂示ニ云ク。道ニ無シ二横徑一立者孤危ナリ。法ハ非ズ二見聞ニ一言思迥《けい》絶ス。若シ能ク透二過シ荊棘林ヲ一。解二開シテ仏祖ノ縛ヲ一。得バ二箇ノ穏密ノ田地ヲ一。諸天捧グルニレ花ヲ無クレ道。外道潜カニ窺フニ無ケンレ門。終日行而未曾行。終日説イテ而未ダ二曾テ説カ一。便チ可シ下以テ自由自在ニシテ。展ベ二啐啄ノ之機ヲ一。用フ中殺活ノ之剣ヲ上。……

漱石は当該の箇処を「終日行いて……」と「歩行」の意に訓んでいるが、禅家の訓みは「終日行《ぎやう》じて……」と「行道《ぎやうだう》」の意が本来であるらしい。(10) それはともかく、『明暗』期の漱石の連作漢詩に『碧巌録』出典の語彙が夥しいこと、又漱石自ら「禅語」とする『明暗』の「明暗」の典拠も恐らくは『碧巌録』(第五十一則)と見得ることなどからも、先の「終日行いて……」の出典に漱石が十分に意識的であったことは疑い得ないことと思われる。併しそれが「……といふ句が何処かにあるやうな……」という言い方でしかなされないのは、漱石の関心が思想の範型《モデル》・論理の形式《フォルム》というよりは寧ろ、それと日常性に於ける自己の生とのかかわりの如何、換言するなら「形式論理」ならざる「実質の推移」、所謂「自然の論理」こそが漱石の最終的な問題でなければならなかったからである。思想や論理そのものは何ものでもない。漱石は所謂思想には已に飽き疲れていたのである。

終日行いて未だ曾て行かず

の禅的宗教的意義は引用の垂示にも明らかであり、それは人間の宗教的に根源的な「自由自在」の在り方の禅的表象に外ならない。即ち「終日行」の「動」が、「未曾行」の「即静」へと転ぜられるというその在り方は、「終日行」(動)というその行為に於ける人間のいわば自縄自縛からの自己解放として、「未曾行」(即静)の現成があるということであり、しかもそれが「終日行」というその「動」の否定としてではなく、「終日行」自体が直ちに即「未曾行」、つまりは「動即静」乃至は「動即不動」として、「終日行」の絶対的な肯定として「未曾行」の否定性が対応せられるということである。そしてそこにはそうした論理表象が開示する宗教的な場の成立が認められなければならないであろう。

「夢」「無」という人生観照に促がされつつ、そこから、

終日行いて未だ曾て行かず

という禅語に想到する漱石が、その時その禅語に含意された上の様な宗教性の構造に無自覚のままであったとは考えられない。何故なら「また正月が来た」の中で漱石は、上の禅語に即した一時の思念を記した後、「これをもつと六づかしい哲学的な言葉で云ふと」と但し書きをしながら、

畢竟ずるに過去は一の仮象に過ぎないといふ事にもなる。

或いは更に、

金剛経にある過去心は不可得なりといふ意義にも通ずるかも知れない。

と自註することを忘れてはいないからである。そしてそうした「当来の念々」の在り方は「過去」「現在」「未来」に貫道するものであり、従って、

一生は遂に夢よりも不確実なもの、

という冒頭の思念が再び呈示される。この自己即夢或いは無が「一体二様の見解」の「一様」であり、他の「一様」は無論、

これと同時に、現在の我が天地を蔽ひ尽して儼存してゐるといふ確実な事実である。

これは言う迄もなく有としての自己である。漱石の言う「一体二様の見解」とは、論理的には有即無或いは無即有といった有・無の相即的な在り方を根本とする人間の現実的な生の実相の体認であり、それを漱石は又、

普通にいふ所の論理を超越してゐる異相な現象、

とも告げる。それでは「普通」の「論理」の「超越」とは何か。そこに『金剛経』の引証に赴く漱石の姿が留意されて然るべきであろう。

漱石には『般若心経』の書写（大正四・八・二付、西川一草亭宛漱石「書簡」参照）及びその劈頭の語「観自在」の書の揮毫なども遺されており、従って仏教般若部経典として同一系列に属する『金剛経』の引証とそれへの関心も単なる一時の思い付きの域に留まるものとは考え難い。般若の空観の日常的実践が禅の中核であることからしても、先の「終日行いて……」の禅語を想起する漱石のその心の内は見易いものとも思われる。或いは又例えば漱石が早く『吾輩は猫である』の終章第十一章に引く、

応無所住而生其心

は禅家の金科玉条であり、漱石の『猫』に於けるその出典は江戸期の禅匠沢庵宗彭の著『不動智神妙録』であるが（『猫』第九章との関連から見て）、沢庵の念頭にあるのは中国禅の実質的始祖曹渓六祖慧能の『六祖壇経』（漱石蔵書中にもあり）に於ける六祖の発心及び嗣法の故事にかかわるものとしてのそれであると考えられ、更にその語の本来の典拠が外ならぬ『金剛経』であることは周知である。六祖慧能の故事は『明暗』期の漱石漢詩中にも見出され（大正五・一〇・一二作の七言律参照）、これらの諸経緯は『心経』『金剛経』等の仏教経典へと溯源していった

漱石の思惟の方向性の示唆ともなり得るものと思われ、合わせて「点頭録」首章の内的位置をも自明ならしめるものであろう。「点頭録」が引くのは、

過去心は不可得なり

の一語に過ぎない。併し漱石の視野がその一語にのみ局限されていたとは思わない。

仏告《ゲタマウ》二須菩提《ニ》一。爾所《そこばくノ》国土中所有《ノあらゆる》衆生《ノ》若干種心《ノヲ》。如来悉知《ハクル》。何以故《ヲテノニ》。如来説《ハキテ》二諸心《ノヲ》一皆為《セバナリ》二非心《ト》一是名《ヲヅケテ》為《ス》レ心《ト》。所以者《ハ》何《いかニ》。須菩提《ヨ》。過去心《モ》不可得。現在心《モ》不可得。未来心《モ》不可得《ナレバナリ》。（『金剛経』）

これが前後の文脈である。ここには人間の心の根源的な在り方が「非心」という仕方の内に生起するものであること、そしてその基礎付けは「過去」「現在」「未来」、いわば尽未来際尽過去に於ける「心」のその「不可得」という仏教の所謂空義の中に求められるものであるという、般若の空観の中核的主題の展開がある。「心」は「不可得」であること、即ち「心」は「心」で「非《あら》」ざるが故に「心」であるのであり（「非心即心」）、それが人間に於ける「心」の「得」の仕方の根源的な姿であるとされている。「心不可得」が「心」の「得」の実相である。言う迄もなくこれらのことはその論理の形（言わば「普通の論理の超越」）からしても漱石の「草枕」に於ける「非人情」の語の呈示の仕方、その「非人情」と「人情」とのかかわりを思い起させるものである。そしてそのことは「非人情即人情」、即ち「人情」は「人情」で「非《あら》」ざるが故に「人情」であり得るという在り方が「草枕」の漱石に於ける「人情」、従って人間観の基本であったということでもあり、そうした嘗ての思惟の日常性に即したその熟成として「点頭録」の首章が見られるべき側面を持つことをも告げ知らせるものと言える。

「点頭録」からは一年前、大正四年の一月に書かれた『硝子戸の中』には、漱石と或る女との次の様な対話が記されている。

「……頭の中がきちんと片付かないで困るのです」「……形や色が始終変つてゐるうちに、少しも変らないも

のが、何うしてもあるのです」

（『硝子戸の中』十八）

或る女の言葉である。これに対する漱石の答。

「其変るものと変らないものが、別々だとすると、要するに心が二つある訳になりますが、それで好いのですか。変るものは即ち変らないものでなければならない筈ぢやありませんか」

（同前）

「変」即「不変」の「一心」を告げる漱石である。『明暗』の清子を想起させる言辞でもあるが、言葉は更に続く。

「凡て外界のものが頭の中に入つて、すぐ整然と秩序なり段落なりがはつきりするやうに納まる人は、恐らくないでせう。失礼ながら貴方の年齢《とし》や教育や学問で、さうきちんと片付けられる訳がありません。もし又そんな意味でなくつて、学問の力を借りずに、徹底的にどさりと納まりを付けたいなら、私の様なもの丶所へ来ても駄目です。坊さんの所でも入らつしやい」

（同前）

これらの言葉は「点頭録」首章に於ける「一体二様の見解」の日常的な意味を明らかにするであろうし、又先の「趙州の顰にならう」うの語が、禅の門外漢漱石の如何なる自覚内容を含むものであるのかをも物語る筈である。[11]

『碧巌録』や『金剛経』の語を援用して語られた「動即静」「動即不動」の自己、「非心即心」としての「心」こそは、漱石文学がその中核の主題として来た「自然」（「大きな自然」）の根本の相であったのであり、「点頭録」の漱石はそれを思想や論理の単なる概念的形式としてではなく、現実に生きる「羸弱」な自己の生の体認の形として語っていたと言える。そしてそれが同時に第一次大戦が戦われつつあった大正五年次、一九一六年代の「世界」を鳥瞰する作家漱石の、従って『明暗』の視座でもあったのである。

完成期の西田哲学に於て、京大の哲学講義の壇上の西田幾多郎は、屢々次の様なしぐさを好んでしたと伝えられる。即ち我々人間の行為は現在の同一地点で足踏みをしつつある様なもの、或いは硝子板に書かれた文字の様なものであり、人間の生の営為は日々硝子上に文字を書き列ねつつある様なものだと言うのである。そして西田は硝子上に書かれた文字はすぐにも消せると言いつつ、着物の袂で硝子を拭うしぐさをすることが屢々であったという。

この西田のしぐさの意味、その哲学的思惟の内実は明らかな筈である。西田が自己の哲学のいわば文学的な表現として上の様なしぐさに赴いていたと見得るなら、漱石は自己の文学の哲学的構造を「動即静」として言取していたのである。漱石と西田とをつなぐものとしては、禅やウィリアム・ジェームズが語られることは周知の如くであり、同様の位置はベルグソン哲学にもあるであろう。日本に於けるベルグソンの最も早い真の理解者は西田とされており（澤瀉久敬「ベルグソン哲学の素描」『ベルグソン』中央公論社世界の名著53）、その西田がベルグソン哲学に最も深く共感を示しつつ自己の思索の糧としたのは、『自覚に於ける直観と反省』の頃、即ちほぼ大正二年から大正六年までの時期であった。そこにはベルグソンのかの「エラン・ヴィタール」等が西田の哲学体系の根本的思惟の一つとしてその位置付けを見ている。大正二年から大正六年といえば、『行人』以後の漱石文学の凡てを含みつつ漱石の没後にまで及ぶだけの期間である。その間に漱石は、「動即静」の「自然」を自己の文学の中核的思惟として定位しつつ去ったのである。そしてその漱石にもベルグソンへの深い共感のあったことはよく知られた事実である。ところで西田が先の様な硝子の比喩を好んで用いたのは、『働くものから見るものへ』（昭和二）や『一般者の自覚的体系』（昭和五）の後、即ち昭和期初年代の西田に於てである。そして昭和十六年『自覚に於ける直観と反省』の改版に当って、それに序文を寄せた西田はその中で次の様な言葉を見せている。

その時（『自覚に於ける直観と反省』の頃）、私の取つた立場はフイヒテの事行に近きものであつた。併しそれは必ずしもフイヒテのそれではなかつた。寧ろ具体的経験の自発自展と云ふ如きものであつた。その頃ベルグソンを読んで、深く之に同感し動かされた。さらばと云つて、無論ベルグソンでもない。最後の立場として絶対意志の立場と云ふのは、今日の絶対矛盾的自己同一を思はしめるものでもあるが、……

(『西田幾多郎全集』第二巻岩波書店、( )…論者)

昭和十六年の西田は『哲学論文集』第四の頃の西田であるが、彼は根本的にはベルグソンとは異なっていたと言うのである。西田のベルグソンへの評価の高さは周知であり、それはベルグソンこそ「二十世紀前半のただ一人の哲学者」とまで極言されたものであった(澤瀉前掲論文参照)。併しその西田にして上引の言辞があるのである。ということは西田はベルグソン哲学に対して十分批評的な立場の内にあったということを物語るものであり、同様の事情は漱石の内にもあったと思われる。そしてベルグソン哲学に対する彼等のそうした位置を明らかにするもの、それが漱石の「動即静」としての「自然」の論理であり、又西田の硝子の比喩に籠められた同一の思惟表象であることは言を俟たない。詳論はしないが、確かに「動即不動」つまり、

終日行いて未だ曾て行かず

に於て現成する様な「人間」の形相は、ベルグソン哲学の内には見出し難いものとしなければならないであろう。そしてそのことは終極的には、三者に於て志向された宗教性の質的構造的異相にかかわる問題でもある。

昭和六年二月の「暖爐の側から」と題された随筆の中で西田は、愛猫の死に即した心の寂寥を語りつつ、詩人キーツの臨終、その遺言の状況を記した次の様な文章を引いている。

Among the many things he (キーツ) has requested of me (キーツの友人ゼヴルン) to-night, this is the principal——that on his grave shall be this, 'Here lies one whose name was writ in water……'

(「暖爐の側から」『西田全集』第十二巻岩波書店、( )…論者)

水に記された文字というこうしたキーツの自照を引く西田の内に、先の硝子の比喩の思想の日常性への還元を

見ることも可能であろう。無論水に書かれた文字という形での無常の観想など、洋の東西を問わない人間の普遍的な現実観照の一形式に過ぎず、ましてや西田幾多郎のそれは愛猫の死といった日常の瑣事に於けるそれでしかない。併し「動即静」と言取される様な場に於ては、愛猫の死といった日常の瑣事も、又それに触発された心の寂寥も、凡てが相対化を許さない絶対的経験の事実である。人間が心の寂寥を寂寥とし、その寂寥に真に出会い得るのは、「動即静」「動即不動」の場、即ち「非心即心」のその「心」の場以外にはあり得ない。併し『明暗』の中で漱石が描いたのは、嘗ての恋人との別れをも別れ得ない、従ってその別離の悲愁をも悲愁として体感し得ない様な一箇の自我、そしてその結果何よりも現実の自己の妻との出会いを出会い得なくなって仕舞った「夢中歩行者《ソムナンビユリスト》」即ち「思慮に充ちた不安」としての人間津田の姿であった。無論この場合にも、離別した嘗ての恋人への愛惜の念を断ち難く現在の妻との疎隔、心の不和に悩む男の姿など、今も昔も変らない在り来りの男女の相に過ぎないとも言える。それが嘗てのそして今の古典的、というよりは古《ふる》物語的な文学世界の風景でもあった。併し漱石がその在り来りを敢えて問題とするのは、それが現代の自我の自己定立に不可避の課題であるからに過ぎない。自己の自立と自由とが現代の自我の窮極の希求であるなら、その自立と自由への本質的な脅威である津田の様な自我の構造から目を外らすことは許されないであろう。津田は「夢中歩行者《ソムナンビユリスト》」「夢遊病者」として自照する人間であり、彼は自己のそうした「夢中」への顚落の契機を清子の突然の翻身の内に見ていた。そしてこの津田を凝視する漱石が「夢十夜」（明治四一）の漱石であることも見易い。「夢十夜」の漱石とは、夢をも夢として見得ない、つまり現実のみならず夢の世界をも脅かされざるを得ないもの、換言するなら所謂想像力の世界を本質的に破却されて仕舞った存在として現代の自我を見る漱石ということである。夢裡の人津田の問題が彼の「不安」の「思慮」性、即ち先には清子の「動」に「何故」を問わざるを得ない津田の在り方として見た様な津田の自我の構造の内にあることは已に辿った如くであり、動・静論の視座からは、その清子に「何故」を問う津田の意識の崩壊に津田の自己解放の契機が求められるべきものであった。もっともその清子の「動」に「何故」を問う意識の崩壊と言っても、それは無論単なる「思慮」の否定、即ち人間の知的立場の放擲を意味するものではない。そのことは「動即静」が「非心即心」の「心」に於て現成するものであること、そしてその「心」が「心不可得」をこそ「心」の「得」の根源的な姿とするという、「点頭録」首章の漱石の思惟に即して明らかである。「心不可得」を「心」の「得」の真景と為し得る場は、「心」を単に「可得」の内にのみ追い求め、しかも求め得ない通常の知性の在り方、その「何故」を問う意識を大きく超え出た世界であり、そこは仏教的には「大智」或いは漱石の好んだ言葉で言えば老荘的な「大愚」[12]として一般に定位されて来た様な人間の心の開示の場ということである。「点頭録」から『明暗』期の漱石に、そうした世界への明らかな予望がなかったとは考え得ない。

漱石が自己の文学の中核に据えた「自然」の追究の過程で主要な関心の対象とした動・静論、「動」と「静」との視座は、本質的には仏教殊に禅仏教の内にその発想の淵源が見出されるべきものであった。併し漱石の現実の歩みは、その禅仏教という鏡の前に立ちそこに写し写された自己の姿をその鏡に向って整えるというそうした仕方ではなかったし、又それは漱石に許された道でもなかった。「草枕」に於ける「非人情」の、漱石自らにも十全な説明がつきかねる様な難解さの誘因も、基本的にはそうした漱石の歩みの屈折率の多寡に起因していたと考えておきたい。そこには漱石が自己の文学の内に担おうとした、或いは担わざるを得なかった課題性のその起伏に充ちた難渋さがあったのであり、換言するならそのことは所謂伝統性の継承の如何という極めて現代的な課題であったとも言える。併し『明暗』期の漱石には次の様な思惟の熟成とその表出が自己の文学的な決算として措定されていた。

古往今来我独新
今来古往衆為隣
横吹鼻孔逢郷友
豎払眉頭失老親
合浦珠還誰主客
鴻門玦挙孰君臣
分明一一似他処
却是空前絶後人

古往今来我れ独《ひと》り新たなり
今来古往衆を隣と為す
横に鼻孔を吹いて郷友に逢ひ
豎に眉頭を払いて老親を失ふ
合浦《がっぽ》珠還りて誰か主客
鴻門玦挙りて孰か君臣
分明なり一一他に似たる処
却《かえ》つて是れ空前絶後の人

（大正五・一〇・一七作）

逝去から約二ヶ月前の作であり、「伝統」と「創造」との不二一体を告げる漱石の思惟である。思惟の新しさを言うのではない。ただこうした漱石の背後に例えば当面の禅に即して、嘗ての一時期に於ける既成の伝統禅への言い知れぬ苛立たしさの表明、或いは冷厳な徹底した批判者否定者としての漱石の姿を二重写しにして見た時、そこには苦渋に充ちた漱石の歩みの実相も浮び上って来ると為し得るのではあるまいか。漱石に於ける「伝統」の対象が禅（宗教）のみに限らなかったことは言うまでもない。そして最晩年の漱石に於けるこうした「伝統」と「創造」との一如性への思惟の熟成を、日本に於ける芸術思想史の展開という視点からみた時、そこには「其貫道する物は一なり」（『笈の小文』）と言い、その「一」を基盤に「不易流行」（『三冊子』）を言い得た、かの芭蕉の思惟に通ずるものがあったとも言い得るであろう。動・静論の論理的構造の伝統的性格は自明としても、漱石に於てそれは或る新しい何物かを内実として成立していたと言うべきなのである。

（1）こうした一郎に現われた様な人間の自虐の姿は、同じく『行人』の序章「友達」では、危険な胃病を病む（二郎の友人）三沢と彼の宴席に侍した一人の芸者が、互いの胃病の発作を自ら惹起せしめるべき過度の飲酒を敢えてするという様な姿で描かれている（「友達」二十二）。一郎では病める心がその捌け口を肉体の過度の使役という方向に求めていたと見得るなら、三沢と芸者とでは病める肉体がその痛苦の捌け口をその病の更なる亢進という様な悪無限性の内に追い求めて行ったと言うことであろう。そしてそれを描く漱石自身は身・心共々の病者に外ならなかった。明治四十四年十二月五女雛子急死後の漱石の「日記」には次の様な言葉が見出される。
「○自分の胃にはひゞが入つた。自分の精神にもひゞが入つた様な気がする。如何となれば回復しがたき哀愁が思ひ出す度に起るからである」（「日記」明治四四・一二・四）。

（2）このことに関して例えば大正五年の漱石「断片」には、「○トルストイのアンナの中のレヸン草を刈る処（一生懸命になると）無心になる時あり。鎌に精神があつて一人手に動くやうに思はれる」の記述がある。これは『アンナ・カレーニナ』の第三編第四・第五章中に描かれたレーヴィンの姿についての覚書きであり、『明暗』（大正五）の内容から言ってもこれも矢張人間に於ける身・心の二元的な分裂、その相関性を凝視した漱石の視線からの注記と見得る。已に明治三十八年四月発表の短篇「幻影の盾」の主題も「一心不乱」であった。『アンナ・カレーニナ』のレーヴィンの問題が近代ロシアに於けるその知性の行方、在り方であった以上、漱石も又トルストイ同様の課題を担いつつ近代の日本に対していたのである。

（3）ここで漱石の言っている「雪舟の着色山水」が具体的に雪舟画のどれであるのか、この時の展覧品の細目については知り得ない。或いは牧松周省・了菴桂悟の賛を持つ雪舟晩年作の「山水画」（国宝指定）であろうか。同画は『國華』VolumeXXVI, Number310, MARCH1916. に近年の発見として紹介がある。今後の精査を期したい。

（4）この時迷路の様な旅館の廊下に於て津田は、その廊下の一つの突き当りの洗面所で次の様な光景に出会わされる。
「きら〳〵する白い金盥が四つ程並んでゐる中へ、ニツケルの栓の口から流れる山水《やまみづ》だか清水《しみづ》だか、絶えずざあ

〳〵落ちるので、金盥は四つが四つとも一杯になつてゐるばかりか、縁を溢れる水晶のやうな薄い水の幕の綺麗に滑《すべ》つて行く様が鮮やかに眺められた。金盥の中の水は後から押されるのと、上から打たれるのとの両方で、静かなうちに微細な震盪《しんたう》を感ずるもの丶如くに揺れた。……白い瀬戸張のなかで、大きくなつたり小さくなつたりする不定な渦が、妙に彼を刺戟した。あたりは静かであつた。……大方此位だらうと暗に想像したよりも遙かに静かであつた。客が何処にゐるのかと怪しむどころではなく、人が何処にゐるのかと疑ひたくなる位であつた。其静かさのうちに電燈は隈なく照り渡つた。けれども是はたゞ光る丈で、音もしなければ、動きもしなかつた。たゞ彼の眼の前にある水丈が動いた。渦らしい形を描いた。さうして其渦は伸びたり縮んだりした。」（『明暗』百七十五）。重松泰雄はこのあたりの描写に、「ほとんど一つの象徴にまで深められた感」を読み取っているが（「『明暗』──その隠れたモティーフ」『夏目漱石必携』学燈社）、そこに「一つの象徴」を言うのなら、それは漱石に於て観想された〝世界〟の象徴に外ならないであろう。段々の迷路の様な温泉宿の構造が已に「草枕」の舞台（更には「坑夫」）を想起させるが、垂直方向の水の不断の落下とそれを受ける水平方向への波紋の広がり、それは「草枕」の画工のかの「鏡が池」での画の基本的構図でもあったし、それらの景の全体としての言わば永遠の静中の永遠の動（上引『明暗』の後半部）、そこには漱石に於ける「自然」の原理的構造の象徴としての意味が認められるべきである。清子に逢着する直前の津田にこうした場所の通過が設定されていることの意味は十分に暗示的であるし、又そこには本稿で後述している様な津田にとっての清子の意味の示唆も已に出ていると言えよう。

（5）　その際自己の痔疾が、不治とも言うべき「結核性」のものなのか否かの不安から「私のは結核性ぢやないんですか」と問う津田に、「いえ、結核性ぢやありません」と答えた医者に、更に確言を求めるべく対した津田の前で、その「医者は動かなかつた」という医者の「不動」が指摘されていることは留意されてよい（『明暗』一）。又文脈の異相は問わないとして、津田の妻お延に関しても同様のことが、観劇の場での吉川夫人に対する態度として、お延の叔父岡本の次女百合子との対照の中で、百合子が「少しも応へなかつた」「百合子は矢張り動かなかつた」のに対し、「動」かざるを得ないお延の姿として指摘されている（四十九）。百合子のそうした在り方はその「子供」故の「腕白」に起因し得たものと言われているが、お延の「動」は已にそうであることを許されない、いわば「技巧」に赴かざるを得ない彼女の在り方という事になるであろう。

（6）清子の「眼」に関するこうした叙述の仕方からは言う迄もなく嘗ての「草枕」の那美についてのそれが想起されて然るべきであり、双方の対照の内に二人の人間としての異相も又明瞭に看取されるであろう。

（7）清子をエゴイストとみる見方の提起者は飛鳥井雅道であり（「『明暗』をめぐって—夏目漱石の晩年—」『人文学報』京大人文研昭和四一・一二）、その説に賛同する形で清子の性格を論じた大岡昇平（「『明暗』の終え方についてのノート」『図書』岩波書店昭和五九・一）は、百八十七章中の清子が「俯向いた儘」の「顔を上げな」い姿勢で津田と応対していることに、清子の「天上的無垢」（聖女性）への否定の理由を求めており、その根拠としては大岡が「十年ばかり前」に会った「ある夭折詩人の宿命の女性」の、大岡との対談の折の挙措からの憶測を述べている。併し清子の所作は「林檎の皮を剝」くというその場合の行為の自然な延長線上にあり、「津田を見ず」のままの応対に特別の意味を見る必要はないと思われる。寧ろ問題は、本稿で已に指摘した様な、大岡が問題にしている文脈の直後で、その朝の入湯の乱調を言われた清子がそれまでの下を向いたままの平静さから、その「問を掛けるや否や顔を上げた」というその清子の驚きの姿の内により多くのものがあると考えたい。

（8）遺された『明暗』の最終段落では、「貴女《あなた》は何時頃迄お出です」と清子に温泉宿での滞在期間を問う津田に、「予定なんか丸でないのよ。宅《うち》から電報が来れば、今日にでも帰らなくつちやならないわ」という清子の答があり、それに対して、「津田は驚ろいた。」とされている。そして津田は更に問う。「「そんなものが来るんですか」「そりや何とも云へないわ」清子は斯う云つて微笑した。津田は其微笑の意味を一人で説明しようと試みながら自分の室《へや》に帰つた。」と結ばれている。これも明らかに「電報」という文字通りの突然の「変」に対して「驚ろ」き「退避《たじろ》」がざるを得ない津田と、「予定」の無さの前で「微笑」し得る清子との対照であり、その清子の「微笑の意味を説明しようと試み」ずにはおれない津田とは、矢張その突然の「変（動）」に「何故」を問わざるを得ない津田ということになるであろう。

(9)「静をあらはすものはポテンシアリチーであるポテンシアリチーは何に変化するか分らない。静変じて動となるときアクチヸチーとなる。アクチヸチーは盛なると同時に限られて居る。其無能を発表する其微弱なる事を証明する」（「断片」明治三八・九年）。時期的には寧ろ「草枕」に連接するこの「断片」は、清子と津田との対照性の内包をも語るものであろう。

(10)この禅語の「訓み」に関する漱石に於けるその経緯については、本書「漱石に於ける「歩行」の問題」の章参照。

(11)「趙州」は、「僧問う「狗子に還《かへ》つて仏性有りや也《ま》た無しや」州云く「無」」。又、「僧問う「如何なるか是れ祖師西来の意」州云く「庭前の栢樹子」」等の所謂「口唇皮《くしんぴ》禅」として著名な中国唐末の禅の巨匠（七七八―八九七の人）である。「庭前の栢樹子」は「草枕」にも出てくるが（同書十一）、趙州従諗《しん》については漱石は屢々触れている。

(12)大正五年十一月十九日作の漱石詩の第一句に、「大愚難到志難成」の語がある。

五　〈自然〉と〈法〉——漱石と国家——

一

輓近の法学界に於ける「自然法」の復権を言うA・P・ダントレーヴは、その著『自然法—法哲学序説』（久保正幡訳、岩波現代叢書）のプロローグとして次の様なパスカルの言葉を使っている。

神と自然との法をすべて否認して、みずから法を作りそれに厳格に服している……ような人々が、この世に存在するということは、考えてみると、おかしなことである。（パスカル〔瞑想録〕第三九三章）

近代の人間主義《ヒューマニズム》というものへの深い洞察に充ちた言葉であるが、屢々デカルト的明晰性を以て見られ、「自然」は言っても「神」を語ることのなかった漱石の中にも、上のパスカルと同様の心情の蟠りがあったことを仮想してみることは、漱石というこの理解されざる作家の或る断面——例えば漱石と国家とのかかわり——に関して従来とは異なった視線を許すことになるものであるかも知れない。

漱石と国家という問題が正面から取り上げられたことは殆んどない。漱石文学といえば誰しも念頭にするのは、近代に於ける人間の個我或いは個人としての可能性の分析探究を一つの極限にまで進捗した文学としてのそれであろうし、漱石は人間の持つ社会的全体性、即ちその一つの典型としての国家とは対極の所で自己の文学を営んだ作家として見られるのが常である。漱石と国家とのかかわりが問われるとしてもそれは、生涯にわたって国家との濃密な結縁の内に文学に従事した鷗外等との比較から、その鷗外の特質を際立たすべく、漱石が如何に国家との因縁の稀薄さの内に在ったかを指摘するという方向になされるのが常套である。例えば山崎正和は、『鷗外闘う家長』（河出書房新社）の序章に「二つの不安」と題し、留学期の漱石と鷗外との対照を詳述し、次いで荷風にも触れつつ三者と国家とのかかわりを論じている。氏が言わんとするのは、ドイツ留学時の鷗外の姿は「明治国家が近代世界の中で置かれた状況の縮図」であったこと、鷗外は「国家の「子」であるよりも「父」であらねばならなかった」こと、その国家への「父」としての意識がドイツでのナウマンの日本論に対する、感情的とも言える反駁の貫徹という形で噴出していたのに対し、「漱石にはナウマンにたいして怒るという側面がなかった」こと等であり、結果的には鷗外のそうした「父」としての国家とのかかわりが彼の悲劇、より正確には「反・悲劇」の根本的な形成因となっていたこと、即ち氏の所謂明治最盛期の「ある二十年」に生起した近代日本国家の変貌が、「小倉左遷」に典型的な鷗外と国家との乖離を招来し、乖離しつつも猶後見人としてあらねばならなかったそのアンビヴァレンスの所に「父」としての鷗外の苦渋があり、彼の文学の場もあったと告げるのである。更に氏は漱石を傍にしつつ、「このふたりの文学者を較べて見た場合、近代日本の青春としてより特殊で、孤独であったのは疑いなく鷗外の方だといえる」と結論する。併し果してそうであろうか。漱石と鷗外の「青春」に於ける「特殊」と「孤独」とは、氏の如く何れがよりという様な一般的な比較の問題に還元され得る程単純至極のものであったろうか。「青春」に限らず、人は誰しもそれぞれの「特殊」と「孤独」とを心に秘めつつ生き行くものである。漱石と鷗外とに「青春」を問うなら、問わるべきは何れがよりという量的差別ではなく、何れが如何にという「青春」の質的差異の問題でなければならない。

山崎氏は、「荷風や漱石がけっして触れ得なかった国家のリアリティーに、鷗外が一度は触れ」たことが鷗外の「不幸」、「もっとも典型的な日本の青春の不幸」の因であったという。「不幸」という様な曖昧な概念は憚かられるが、確かにそうであろう。併し鷗外の「不幸」は「青春」を持ち得た者の、持ち得たが故の「不幸」である。「青春」を持つことすら許されなかった者の幸・不幸は鷗外以前の或いは鷗外以後の問題でなければならない。漱石が問題となるのは正にそこに於てである。

山崎氏のいう「国家のリアリティー」は正の方向に限定的なものであろう。併し負の「国家のリアリティー」も厳然として存在するし、寧ろその方がリアリティーはリアルに現前するとも言える。人が水の真のリアリティーに触れ得るのが洪水や渇水の時に於てであるのと一般である。漱石にあって負の「国家のリアリティー」は、自由民権運動挫折以後明治二十年代に抬頭した反動的国家主義の潮流の内に体験され、その流れの中で漱石は自己の「青春」の決定的喪失を不可避のこととして甘受せられた。そのことを漱石は大正三年の講演「私の個人主義」の中で回想する。彼の言葉を辿るなら、明治二十二年漱石二十三歳の時、当時の一高校長木下広次の後援の下に一高内に国家主義を標榜する学生結社が成立し、その結社の発会式の席上で以前からその結社に対して批判的立場を表明していた漱石が、全会員を前にしての自己弁明を余儀なくされるに至ったという。壇上に登った漱石は、個人と国家との相互関連の視座から、国家主義の思想的意義の低さを指摘し自己の立脚点の弁明としたと告げている。漱石の「青春」喪失がこうした国家主義的潮流の抬頭に起因したと漱石自らが語っている訳ではない。併し、漱石の生涯に消し難いものとなった「狂気」を孕んだ「厭世」がこの二十三・四歳頃に端を発していたこと、しかもこの頃より顕著となった漱石の極度の心的動揺が二十八歳頃に至って極点に達し、それが明治二十七年歳晩から翌二十八年年頭にかけての円覚寺参禅へと一転し、更には二十八年（二十九歳）四月の突如の松山行へと転化して行ったことを念頭にしつつ、同年齢の鷗外即ち二十三歳（明治十七年）から二十七歳（明治二十一年）への鷗外が、国家との満腔の自己同一化《アイデンティフィケーション》の下にドイツの地で、何の危惧も逡巡もなく如意に振舞っていたのに比すれば、二者の「青春」の懸隔は論外のことと言わねばならない。もし鷗外の「青春」を以て「青春」とするなら漱石のそれはその名に値しない。「青春」喪失でしかない。その意味で漱石の姿は、遙か北陸金沢の地で矢張同じ明治二十二年、薩長藩閥による第四高等学校教育の国家統制への嫌忌から学業を放擲し「行状点欠少」の故に落第せられ、翌二十三年自らの意志を以て退校した、かの西田幾多郎（当時二十一歳）の姿に近似していたと言えよう。西田にあっては以後、自らが「人生の落伍者」（「或教授退職の辞」西田『全集』第十二巻　岩波書店）と観じた思索と体験との苦節の日々が持続された。

漱石文学と西田哲学という屢々類縁性を以て言われる二者の淵源が、国家主義の圧迫とそれへの嫌忌という負の「国家のリアリティー」を媒介にした同様の「青春」喪失の内にあったと見ることが許されるなら、彼等が殊にその晩年期に至って示した国家との独特のかかわり方の内に、文字通り「明治の精神」（漱石『こゝろ』）としか言い様のないものがあったと考えられる。そこからみれば鷗外は、晩年の彼が好んで自己の文学の場を求めたと同様の、寧ろ明治以前の精神であった。

漱石と鷗外とを、現実的な形での国家とのかかわりという視点から見た場合、漱石が鷗外の比でないことは言を俟たない。漱石は、その漢詩の中で幾許かの自負を以て語る様に、東大放棄以後は、所謂「江湖の処士」或いは「林下《りんげ》」として在野に終始したからである。「老来殊《ニ》覚《ユ》二官情《ノ》薄《キヲ》一」（大正四年七月鷗外作七絶中の一句）の如きは遂に漱石詩の感慨ではあり得なかった。併し問題を二者の文学そのものに於ける国家とのかかわりという場に移した時、状況は全く異なった様相を呈する。ここで鷗外について詳説することは出来ないが、鷗外の文学的関心は、山崎氏も指摘する如く、晩年に至って「国家との触れあいを離れ、ますます純粋にひとりの家父長の生活に集中して行こうとする。」ここで氏のいう「ひとりの家父長の」は、「鷗外一個人の」と置き換え可能である。そして鷗外のそうした傾向は、私見によれば、かの「余ハ石見人森林太郎トシテ死セント欲ス」の「遺言書」（大正十一年七月）に至って極限に達した。併し漱石が文学の場で辿った道は鷗外とは全く逆の里程であった。即ち鷗外文学が終曲に至るに従って国家的問題からの離反の方向に傾斜し、「石見人森林太郎」への郷愁を告げて終結しているのに対し、漱石文学は晩年に至って却って国家的問題への言及をより根柢的な形で頻発させて行ったからである。そのことは果して何を意味するものであるか。

二

現実の漱石文学が反国家乃至はより端的に無国家としての印象しか与えない様に見られるのは、「私の個人主義」にも顕著な「個人」の「国家」に対する優位、即ち「個」の「全」に対する第一義性を言う漱石の思想的一貫性の反映とも考えられるが、併し漱石の思索はそれ程隻眼流のものではなかったと思われる。同じ「私の個人主義」には、確信に充ちた、

　事実私共は国家主義でもあり、世界主義でもあり、同時に又個人主義でもあるのであります。

という揚言もあるからである。たとえ観念的な思想の域にとどまるものであったとしても、「個人」「国家」「世界」という人間のいわば存在差別の一切を貫道するものとして「私の（＝漱石独自の）個人主義」を告げる漱石の思想表白には、その背景に『こゝろ』迄と『道草』以後の文学的実践を控えるだけに、看過し難いものがあると言えよう。漱石が「時間」に関して、「一念萬年、萬年一念」（『華厳経』、『猫』十一に漱石も引く）と言われる様な、「瞬間」と「永遠」との同時的現成の内に実在としての「時間」の本来の在り方を見出していたことは、「幻影の盾」「一夜」等の初期作品の終結部に明らかである。そして漱石が「存在」についても、「個」と「全」との同様の現成の仕方の内に実在の真景を観ようとしていたこと、それを上の「私の個人主義」の言葉は示唆するものと言えようか。併しそうした純然たる漱石の思想はともかくとして、現実的な問題に帰るなら、漱石に於て国家主義への嫌忌は生涯に一貫した基本的な政治姿勢であった。具体的な形で漱石が国家主義を忌避したのは、先に触れた明治二十二年の一高時代、そして「国家的道徳といふものは個人的道徳に比べると、ずつと段の低いものの

様に見える」と明言した大正三年の「私の個人主義」から、更により決定的な形では、羅病の故に中絶されたとは言え、明晰な論理性を具えた現実批判として、当時盛んに戦われつつあった第一次大戦に即しつつ、軍国主義的国家主義を徹底的に論難せんとした大正五年一月の「点頭録」へと、漱石の国家主義批判は晩年期に至っていよ〳〵輪郭の明確なものになって行ったと言える。又例えば「文芸委員は何をするか」（明治四四・五、「朝日」文芸欄）等も、文学の国家統制に対する危険を逸速く察した漱石による、文芸広くは芸術の自律性守護への意志の発現として高く評価されるべきものであろう。時は折しも大逆事件の前後であった。

併しこうした漱石の徹底した国家主義批判の姿勢と並行しつつそれ以上に注目されるのは、漱石文学の動機の基底に潜在した、日本の国家的自立への鮮烈な意気である。

「自己本位」という語で回顧された英国留学期の漱石の文学的自覚を如何なるものとして捉えるかは評家の間で諸種の見解の分裂があるとはいえ、又当時の漱石の「自己」はそうした分裂した評家の見解の数以上に渾沌としたものであったと見るのが真相に近いとも思われるが、ともかくそうした「自己」の自覚が帰国後の漱石の文学的開化を芽ぐんだことは否定し得ない。そしてその「自己」の自覚が、一つの側面として次の様な内実を持っていたことは、忘れられてならないものと思われる。例えば留学中の次の様な言葉である。

かう見えても亡国の士だからな、何だい亡国の士といふのは、国を防ぐ武士さ

（「断片」明治三四）

「亡国の士」即ち「国を防ぐ武士」という等式関係は、漱石の文学的自覚の内容が、基本的には近代日本の国家の実情に深く根差したものであったことを告げるものと言える。留学中に構想され帰国後東大で講ぜられた『文学論』の「大要」を十六項目にわたって記した中にも次の如き一項が見出される。

日本目下ノ状況ニ於テ日本ノ進路ヲ助クベキ文芸ハ如何ナル者ナラザル可ラザルカ・V・西洋

（村岡勇編『漱石資料―文学論ノート』岩波書店）

『文学論』の構想もその基底には、「日本目下ノ状況」と「日本ノ進路ヲ助クベキ文芸」への顧慮があったのである。しかもそれは「西洋」との対比（V・）に於てであった。更に次の「Genius」についての記述は殆んど悲憤に近い。

吾ハ我《原》日本ト共ニ生ン事ヲ願フ・二千五百年ノ国家ト共ニワガナカラン後迄モ影トナリ形トナツテ生ン事ヲ願フ・吾同胞四千万ト共ニ生ン事ヲ願フ此誓ヲ空シクセザランガ為ニハ美シト思フ女ヲモ殺サン祖ヲモ殺スベシ仏ヲモ殺スベシ・

（同前書）

こういう絶叫の裏に、日本の前途に確実な「亡び」を観てしまった漱石の絶望を憶測し、彼の現実生活というものへの断念を窺うことはたやすい。

併しこうした漱石の深い憂国の情を読むにつけても、想起されるのは、この漱石と、反国家・無国家としか考えられない様な漱石文学との明白な不連続の事実であろう。そこから漱石に於ける、人間の社会的国家的問題への挫折を指摘することはこの上もなく穏当の如く考えられ、それが一般的な漱石評価となって横行している。次はその代表的事例である。

漱石は「私の個人主義」でつぎのような比喩を語っている。《単に政府に気に入らないからと云つて、警視総監が私の家を取り巻かせたら何んなものでせう。警視総監に夫丈の権力はあるかも知れないが、徳義はさういふ権力の使用を彼に許さないのであります。》やや詭弁と聞えるかも知れぬが、ここには明らかに人格主義への傾斜がある。警視総監に権力の濫用を許さぬのは〈徳義〉ではなくて〈法〉である。法概念を脱落させることで、漱石は論理の飛躍をおかしている。

（三好行雄「漱石の反近代」『日本文学の近代と反近代』東大出版会）

晩年期の漱石に「人格主義への傾斜」と「法概念の脱落」という、いわば前近代に逆流した致命的な思想的欠陥を指摘する三好氏の立論である。そしてその二点の批判に集約される漱石とは、已に社会的国家的次元の問題から乖離し、「個」の殻即ち「硝子戸の中」に閉じ籠って仕舞った漱石ということに外ならないであろう。上の引用と同じ文脈の中で三好氏が、漱石の「個人主義が人間的連帯のモチーフを本質としてふくまない。」或いは、漱石の「個人主義が連帯への方向をみずから閉ざした。」等の論述をみせる所以もそこにあろう。併し果してそうであろうか。問題を「私の個人主義」に限定しても、その漱石、ということは『こゝろ』迄の作品系列を負い、『道草』『明暗』への自展を孕んだ、かの漱石は、果して「人格主義への傾斜」や「法概念の脱落」という様な批判を避け難いものとして甘受せざるを得ない様な、そうした次元の漱石でしかなかったのであろうか。

「人格主義への傾斜」と三好氏は言う。そう語る氏の意図に透視されるのは、漱石をして、阿部次郎――即ちテオドール・リップス等を基盤にしながら『人格主義』（阿部、大正一一）を唱道した――その阿部次郎等を典型とした所謂大正教養派の人々を念頭にしつつ、それらの思想的先蹤として漱石を位置付けたいという、氏の近代思想史のパースペクティヴである。確かに「私の個人主義」に「人格」の語は多用される。又「野分」（明治四〇・一）の主人公白井道也のいわば蓋世の著述は「人格論」の一篇であり、その人格主義的相貌の著るしい道也の姿が、後年の作中人物の「高等遊民」達の半ば不完全な原型であると思惟されることからしても、漱石に於ける「人格主義への傾斜」は否定し得ないかの如くに考えられる。併し注視すべきは、現実の漱石文学の辿った行程が、明らかに道也的人物、というよりはより端的に「高等遊民」達の自己否定の方向であったという厳然とした事実である。それを尖鋭に物語るものは『こゝろ』（大正三・八脱稿）の先生の死であるが、その擱筆の後という「私の個人主義」（大正三・一一）の位置からしても、そこに於ける「人格」概念の内包が、阿部次郎や和辻哲郎等総じて大正教養派の「人格」概念のそれとは全く異質のものではなかったかという疑問は当然持たれて然るべきものであろう。大正教養派が新カント学派に依拠していたことは周知であるが、漱石の「人格」概念の内包は、新カント学派のそれとも、又新カント学派が復帰を目指したカントそのものの「人格（Personlichkeit）」概念とも明確に異なるものであったと考えられる。

漱石晩年期に於ける「人格主義への傾斜」という指摘が、現実の漱石文学が辿った窮極の志向及び彼の「人格」の内包の検覈から必ずしも妥当しないことを簡単に触れた。併し漱石と国家という当面の課題からそれ以上に看過し難いのは、「法概念の脱落」という指弾である。歴史の近代に於て法的主体として絶対的な主権者の位置に立つに至ったもの、それが外ならぬ近代国家であったからであり、「法概念の脱落」を漱石にみる三好氏の論が同時に漱石に於ける国家的視点の欠落をも暗示するものであることは、漱石の「個人主義」に於ける人間「連帯性」からの離反を言う先に引いた氏の行文の内にも明らかである。併しこの断面に於ても氏の論は妥当するであろうか。

三

漱石の内に法概念の有無を問うという三好氏の着眼の卓抜さにもかかわらず、気になるのは、氏が「法」に対置するに漱石の語る「徳義」の語を以てしていること、従ってそこからの当然の帰結として、惜しむべきは、氏が漱石に「法概念の脱落」を指摘する時のその「法」は、所謂「近代法」に限定的なものでしかないと考えられることである。併し歴史の現実的な状況は最早近代法の成立根拠そのものの可・不可が問い質《ただ》される所まで来てしまっているのであり、この論の冒頭にA・P・ダントレーヴを介して引いたパスカルの言葉は、近代の初期にあって已に、近代法即ち神と自然とを離反したその近代法の危殆が、来るべき自明のこととして予知されていた事実を告げているのである。そして「神」の観念をも包摂した絶対に「無」なるものとしての「自然」を、「近代」の総体を疑問符と化しつつ、一貫して尋ねつづけた漱石の内に法概念の有無を問うとして、その「法」が近代法にのみ限定されたものであっては、殆んど問わぬに等しいということはあまりに自明のことと言わざるを得ない。そういう視野からは漱石と国家の真相も又滑り落ちて行くであろう。

法的主体として自立するに至った近代国家とは相補の位置にある近代法が、その成立の根拠を自然法概念の内に持つことは西洋法制史の常識であるが、その近代法の基盤としての自然法概念も又「近代」の歴史的所産である。即ち「自然法」の概念自体はローマ法以来の通時的所与であるとしても、各時代はそれぞれの「自然」概念の奥行に即した「自然法」の内包を個別に形成し保持していたのであった。ダントレーヴはそのことを、「名称を除いては、中世の自然法概念と近代のそれとの間に共通なものはほとんどない」(前掲書)と表現している。漱石に於ける法概念の如何を問うに際してこうしたことを問題にするのは、漱石にあっては具体的な形での近代法、例えば明治憲法等への言及は皆無に近いからである。明治憲法にあって最大の問題とされるのは、昔も今も天皇の地位の問題であろうが、それに関して漱石は、行啓能の場での皇族の振舞に触れつつ、後年の美濃部達吉の天皇機関説とほぼ同一内容の批判を覚書しており(「日記」明治四五・六・一〇参照)、そこに漱石の明治憲法観の一端があると言えばいえるにしても、併しそれはわずかの例外であり、彼が当代の法体系に直接的な言及を示したということは殆んどない。従って漱石に於ける「法」の如何を問うこと自体已に的外れという論も起りかねない。併し上述した様に「近代法」への問がその基底に近代の「自然法」概念の問題を孕み、それが結局は近代に於ける「自然」観の如何という問に還元されるという、「法」というものの本質的な構造性を考慮する限り、「自然」が文学の第一義の課題であった漱石に於て「法」は最も根柢的な姿で問われていたと言い得るであろう。故に漱石に於ける「法」概念如何の問は、彼の「自然」概念の内奥如何への問と不離のものとなる。

四

前・後期の三部作、就中『それから』以降の主人公達は、単に社会的国家的側面に於てのみならず、それ以前に人間の場一般からの遊離を不可避の運命として負わされた所謂「高等遊民」である（『門』の宗助ではそれが負の方向に現われているのみの相違である）。併し已に触れた様に、『こゝろ』の先生はそうした運命的な自己を自らの意志を以て殺した。先生はその時人間の死を二分し、病気その他による逝去を「自然」とし、自殺を「不自然な暴力」によるものとしている（『こゝろ』上二十四）。そして先生の死は、「不自然な暴力」としての自殺の形で、しかも「自然」の名に於て敢行された、と『こゝろ』の叙述は帰結する（下四十九・五十五等参照）。従ってそこからは先生の死が、病歿等に於ける「自然」としての死の襲来（私の父や明治天皇の死）とも一般的な自殺とも次元を異にした、自覚的な「自然」の現成という「近代」の課題的なものを秘めた死に外ならなかったと憶測されるのであり、「自然」が「法」として又「法」が「自然」として人間の生の現実の内に生起する根本の原理がそこにはあると考えられる。

ところで先生は自己及びKの自殺の因を「淋しさ」として語る（下五十三）。それは彼等に於ける、他者との連帯性の運命的な断絶を告げる言葉であるが、友であった筈の互いの自己に於ける連帯性の欠落を彼等はお嬢さんへの恋愛という近代の陥穽を契機として知らされることになっていた。近代の恋愛は個人の自由意志の発現とされる。併しそうした自由意志の発現による近代の恋愛の成就も、他者との連帯性の欠落という致命的な不自由をしか結果し得ないものとする、漱石の鋭い視線が『こゝろ』にはあったと考えられる。かくしてKと先生とは共に自殺へと赴くのであるが、それは近代の日常的な人間現実への徹底した絶望である。併しながらその死は、近代が近代自らを殺すものとして已に「近代」の地平を超えんとする何ものかへの胎動であり、『こゝろ』の内容に即するなら、自己の自由を疎外しない形での他者との連帯、或いは他者との連帯なしには自己の自由もあり得ないとする、人間の「自由」というものの本来的な在り方への模索がそこにはあったと言えよう。「自然」即ち「法」とは、人間のそうした「自由」な在り方の異名でしかない。

『こゝろ』の先生の死の意味が以上の如くである限り、結末の「明治の精神」への「殉死」ということも決して唐突なものではない。「殉死」という言葉は「古い不要な言葉」であっても、先生はそれに「新しい意義を盛り得た」と確信しているからである（下五十六）。そこに先生の死と乃木の殉死との截然とした区別を暗示する漱石の意図は明らかな筈である。先生の死には「明治」という「時代」の全体が、即ち換言するなら近代日本国家総体の命運が担わせられていたと言えるからである。

「私の個人主義」で漱石は、「個人主義」とは「個人の幸福の基礎となるべき」もので、「個人の自由が其内容」であると言う。『こゝろ』迄の漱石文学との深い関連を思わせる言葉である。漱石は又、「ある時ある場合には人間がばら〳〵」になる「個人主義の淋しさ」についても言及する。併しその「淋しさ」は、人間の「個性の発展上極めて必要な」「個人の自由」を容認するが故の、即ち「他《ひと》の存在をそれ程認め」、「他に夫丈の自由を与へ」るが故の「淋しさ」であってみれば、それは最早『こゝろ』の先生等に顕著な所謂「近代」の「淋しさ」ではあり得ない。そこに見つめられているのは、いうならば実在の「淋しさ」とでもすべきものであり、「近代」（『こゝろ』）にあっては「淋しさ」さえも実在的《リアル》には現前しないという、漱石の深い観照がそこにはあると言えよう。

以上の論述からしても漱石の「私の個人主義」に、人間の連帯性への意志を認めないとした、先の三好氏の論の当否は明らかであろう。氏は又漱石の「徳義」に「法」を以て対置し、「法概念の脱落」というより決定的な事柄を見ようとしていた。併し一体「徳義」即ち「道徳」的なるものと「法」とは元来が相反した概念でしかないのであろうか。『こゝろ』までの漱石文学の流れに即しても漱石の中で、「徳義(道徳)」の語が前近代的なものとして、近代的な「法」の概念と背反する様な位置にあったのではないこと、それを論証することは可能であり、又一般の法学理論の立場からしても、「法と道徳との両者の絶縁」は、「近代」の「政治主義」的な偏向の所産に過ぎないとされ(ダントレーヴ、前掲書)、更には、

自然法とは法と道徳との交叉点にあてがわれた名称であるというのが、おそらく、自然法を最もよく道破するものであろう。(前掲書)

とすら断言されるのである。三好氏の立場の近代主義的なゆがみ——神と自然との遺却——は覆い難いものと言わねばならない。

五

「点頭録」を用意したと考えられる大正四年十二月の漱石「断片」には次の様な記載がある。

欧洲戦争　宗教、社会主義、経済、人道、皆国家主義に勝つ能はず

事の必然として軍国主義へと傾斜する国家主義への漱石の批判的視野が何を捉え得ていたのかを如実に物語るものである。主権者としての「国家」の、「力」に基づいた「個人」の「自由」の減却への忌避という形で展開された、「私の個人主義」「点頭録」等に於ける国家主義軍国主義への批判がその背景に『こゝろ』まで及び『道

草』『明暗』の作品世界を持つ以上、それら文学世界の主宰者たる漱石の「自然」、即ち人間の真の「自由性」の根拠としてのその意義が閑却されてはならないであろう。「自然」を軸にしたそれら作品の具体相にここでは触れ得ないが、「点頭録」の序文「また正月が来た」に於ける、「わが全生活を、大正五年の潮流に任せる覚悟をした」の語は、「硝子戸の中」を出た漱石の宣言と見得るし、事実漱石文学の歩みは『明暗』に至って初めて日本の国家的な歴史の現実に追いつき、その流れに棹さした。一高の学生であった若き日々から晩年に至るまで、日本の近代国家は常に国家主義的であったというのが、漱石が遭遇せざるを得なかった苛酷な歴史の現実であるが、日本近代国家の言わば真の国家的自立を担うべく構築された漱石文学が、その文学的な動機に於ても又その帰結に於ても、国家主義への徹底した批判者として終始したというそのことには何の矛盾も撞着もないであろう。鷗外とは異ならざるを得なかった漱石の歩みの困難さは、留学期に自覚された（前述）日本の国家的自立への企図が、目前で日毎に国家主義へと増幅しつつあった現実の日本国家との闘いという形を通じてしかあり得なかったこと、そしてその中で彼の辿った方向がその「国家」の構成員としての「個人」の存立の基礎、即ち実在的な「自然」を「世界」性の果てまで追い求めるという、いわば迂路にのみ限定されていたという点にあったのである。反国家・無国家という漱石文学外面の相貌も、その迂路からは、覚悟された不可避の階梯であったであろう。『明暗』すら中絶のままに他界した漱石にあって、国家の問題はようやく緒に就いた所というのが真実の姿であろうが、併しその方向性には見失われてならないものがあったと思われる。

『明暗』期の漱石は、漢詩中ではあるが、

非《ズ》レ耶《ニ》非《ズ》レ佛《ニ》又非《ズ》レ儒《ニ》　窮巷《ニテ》売レ文《ヲ》聊《カ》自《ラ》娯《シム》

と前置きしつつ、

無法界中法解《ハス》レ蘇《よみがへルヲ》

と詠った（大正五・一〇・六作七言律）。「法」の「蘇《よみがへ》」りの語に漱石が何を托していたかは知る由もないが、それを単なる詩的修辞以上のものと見るなら、それが「窮巷売《ニル》レ文《ヲ》」の「文」に内在的なものであること、しかもその「文」の創作主体が「耶・佛・儒」に「非《あら》」ずとされていることは、「非人情」（「草枕」）等に於ける否定語「非」の漱石的作用からしても、その「蘇」る「法」が「耶・佛・儒」を貫流する普遍的な宗教性に基礎付けられたものであったと言うことだけは辿り得る。とするなら漱石に於ける「自然」の「法」性も又、近代の「自然法」概念にとっては遺却された故郷《ハイマート》としての超越的な宗教性を帯びたものであったと言い得るであろう。第二次世界大戦の末期に於て、自己を『旧約』に於ける憂国の予言者エレミヤに比した、かの西田幾多郎にあっても、

　国家とは此土に於て浄土を映すものでなければならない。

（「場所的論理と宗教的世界観」『西田幾多郎全集』第十一巻岩波書店）

として、国家と宗教性との結節点は不可欠の要請であった。現世的なる国家と来世的乃至は超越的なる宗教との結節の如何は、古今の東西を分たず歴史の永遠の課題であるとしても、「自然」の「法」性からそれらの課題に接近して行った漱石や西田の歩みは、来るべき遠い未来へのほのかな予言であるかも知れない。

六　漱石と陶淵明

漱石に深く淵明への私淑のあったことは周知であり、これまでも断片的、或いはより纏まった形では和田利男・大地武雄等の論稿があるが、例えば和田氏のは一種の優れた随想であり、[1]やや不足を思うので、ここで改めて取り上げてみた。漱石の所謂「左国史漢」(『文学論』序)が如何なる断面を持つものであったのか、そのことのいくらかが垣間見られればこの小論の意図は足りるのである。

一

上代以来圧倒的な中国文学の影響下に文学を営んで来た、というよりは中国文学圏の辺境文学ですらあった日本の古典文学に於て、陶淵明が或る時代の又或る文学者に焦点的な位置を占めていたということは果してあったであろうか。藤原佐世の『日本国見在書目録』は、その「卅九　別集家」の類に「陶潜集十」の記載をみせており(『続群書類従』巻第八百八十四)、吾国への淵明の舶載はかなり早かった筈であるが、藤原公任撰の『倭漢朗詠集』等は淵明には全く顧慮する所がない。公任は『文選』は無論読んでおり、従って淵明詩も確実に視界には入っていた筈である。平安王朝人士の嗜好が白楽天にあったことは周知であり、当時の最も代表的な知識人であった公任が『朗詠集』に示した取捨の意識はその典型的な事例である。「元軽白俗」(蘇東坡)とされる楽天への過度の傾斜も、『新撰髄脳』等公任歌論の通俗さからは無理からぬことと思われるが、清少納言や紫式部等の後宮才媛に於ける中国文学受容も、公任と特に隔ったものでなかったことは、彼女等の作品に即して明らかである。

彼等の眼中にあったのは、白楽天の所謂「諷諭詩」ではなく「閑適詩」或いはより以上に「感傷詩」であり、総じて文学受容の場に於ける或るものの「感傷詩」的なものへの変容すらが平安人士の常であったかにも思われる。そしてそれが王朝の美意識として長く後代の文学を規制した。そういう平安王朝的に局限された日本文学の内容を、京極派和歌に於ける宋詩受容等を中間項とする形で、自覚的に広く中国、即ち当時に於けるいわば「世界」にまで拡大しようとしたのは言うまでもなく芭蕉であり、その芭蕉に次の様な淵明を主題とした吟詠のあることは偶然ではない。

晋の淵明をうらやむ
窓形《まどなり》に昼寝の台や簟《たかむしろ》　（『続猿蓑』）

元禄六年の作である。芭蕉は已に晩年期であり、延宝天和の漢詩文調時代の俳風の揺《ゆ》れが齎した吟詠ではない。この句はその背景に、『蒙求』中の「陶潜帰去」と題された「嘗言夏日虚閒、高ㇾ臥北窓之下ㇾ、清風颯至、自謂義皇上人」（『蒙求』中国古典新書・明徳出版社による）の語を持っており、一種の題詠である。淵明に触れた芭蕉の言葉としては、俳文「竹の奥」の中に次の様なものもある。

……心は高きに遊んで、身ハ芻蕘雉兎の交《まじはり》をなし、自《みづから》鋤を荷て、淵明が園に分入《わけいり》、牛を引て八箕山の隠士を伴ふ……

これは『野ざらし紀行』の旅中に出会った大和の国の或る「星の長《をさ》」の見立てであり、清雅な脱俗に徹した、所謂隠士・高士といった風貌を帯びた芭蕉に於ける淵明像の性格は、これらのわずかな引証にも明らかであろう。先の「窓形に……」の俳句などは一幅の南画の構図を指示しているものとも言え、その文人画風の淵明像が同じく芭蕉の憧憬の対象であった宋代の隠士林和靖(2)にも通っていたことからすれば、そこに（一休宗純の）大徳寺真珠庵蔵曾我宗誉筆「林和靖図」（団扇図）等を思い合わせてみるなら、芭蕉の淵明像が中世五山の禅林系統の流れの内にその淵源を持つものであったであろうことも、一応は憶測可能のことと思われる。淵明の画像を問題にすれば、五山禅林に於ける淵明図の所在は知り得ないが、江戸期の土佐派の祖土佐光起（一六一七―一六九一）は時代的に芭蕉と重なっており、その描く所の淵明図は、構図は先の芭蕉句とは異なるが、風韻の上で時代的な或いは日本的とでもいうべき共有性もなくはない様にも思われ、谷文晁（一七六三―一八四〇）の「帰去来図」等とも合わせて、それを例えば中国明代の李宗謨筆「陶靖節紀年小像」等と比較してみた時、気韻の或る種の変容は矢張争えない。中国禅の日本化という様なことも言われるが、事は「禅（宗教）」のみならず「文学」「絵画」等凡ての問題であったのかも知れない。日本に於ける杜甫の真の発見者として芭蕉は語られている。併しその場合にも著名な「三吏三別」等が表現内容とする、杜詩の持つ重要な性格としての社会史的側面は全くの等閑に附されているという不満が、中国文学者等の口からは屢々聞かれる所である。中国文学の受容に於ける平安人と芭蕉との懸隔は明らかなのであるが、しかも基本的な同一性の持続も又事実なのであり、そこには無論中国と日本に於ける文学の発想される場の相異が認められなければならないであろう。芭蕉の文学史上の位置を、日本古典文学に於ける隠者文学の総決算の内に認め得るとして、その「隠者」の在り方も、淵明が「古今隠逸詩人の宗」（梁の鐘嶸『詩品』）と言われる時のその中国的な「隠」の在り方とは決定的な相違があったということであり、その相違が差し当たっては先の淵明を主題にした芭蕉句の表現の内にも看取されるということである。

　併しそういう淵明像の変容或いは変遷、即ち淵明の全体像からのある部分の剥落という現象は、芭蕉という中国→日本の間に於てのみ起った事柄ではない。寧ろ中国本来に於てそれは甚だしかったとも言える。例えば先の芭蕉句が源としていた『蒙求』中の語であるが、『蒙求』がその語の典拠としているのは淵明の「与《フル》二子儼等《ニ》一疏」という文であり、淵明の当該原文は、

常《ニ》言《フ》五六月中、北窓《ノ》下《ニ》臥《シ》。遇《フ》二涼風暫《ク》至《ルニ》一。

（釈清潭訳註『淵明・王維全詩集』日本図書による）

自ラ謂フレ是羲皇上ノ人ト。

という表現を取っており、淵明は更に続けて、

意浅ク識罕ニ、謂フ二斯ノ言可シト一レ保ツ。　（同前）

と記している。『蒙求』の表現との逕庭は――『蒙求』という本の性格にもよろうが――已に明らかであろう。芭蕉の先の句は、従って二重の濾過の所産であったとすべきなのである。又、『蒙求』は唐末李瀚の撰、流布本は宋代徐子光の補註本であり、淵明没後に於ける淵明像の推移を思えば、杜甫が五言律詩「可シレ惜ム」の中でいう、

寛心応是酒　　心を寛《ゆる》うするは応に是れ酒なるべく
遣興莫過詩　　興を遣《や》るは詩に過ぐるは莫し
此意陶潜解　　此の意陶潜のみ解す
吾生後汝期　　吾が生汝の期に後《おく》れたり

にしても、杜甫に於ける酒の味わいが、淵明のそれに比して果して如何なるものであり得たのかという様なことも思われないではない。

中国には、『文選』巻二十九が収める淵明の同時代人顔延之の「陶徴士ノ誄」から現代の魯迅まで脈々として流れる淵明受容の歴史があり、又それだけの淵明像が織り成されて来た。日本にあっても先の芭蕉の淵明像を古典文学に於ける一つの典型として、近代の石川啄木等にも淵明のイメージは鮮烈なものとしてあった。それではそうした大きな「伝統」と化した幾多の陶淵明への近接《アプローチ》の仕方の内にあって、漱石のそれは如何なる性格を持つものであったのか。即ち中国→日本の場合に通有の「日本化」、或る意味での「和臭」から漱石はどれだけ自由であり得たのか。又中国本来の淵明受容の歴史に於て、漱石のそれが占めるべき独自性は果してあり得るのか。

それらが以下の主題である。

二

雅号「漱石」は『蒙求』を直接の典拠としており（「書簡」大正二・九付、時事新報社宛）、その「枕流漱石」が淵明と同じ晋代の孫楚の故事を本にしていることからすれば、『蒙求』を媒介にして淵明への羨望を句作した芭蕉と漱石とは意外に近い位置にいたとも言える。併し漱石には芭蕉の俳句が、「非人情」ではありながらも（「草枕」二）、「消極的」として見えていたのであり（「文芸の哲学的基礎」）、そうした漱石の芭蕉評価の中に、淵明像の両者に於ける異相を思い見ることも可能であろう。漱石を「隠者」と見る様な言い方は嗤笑の対象でしかあるまいが、漱石には松山期のものではあるが「ハーミット」という自照もあり（「書簡」明治二八・四・一七付、神田乃武宛）、『明暗』期の漢詩にも隠逸の人としての自己措定は屢々である。そういう「隠」を告げる漱石の姿は、日本文学の「隠者」の文脈の中では極めて奇異なものでしかないであろう。併しそれを中国に於ける「隠」の系列の流れの内に置いてみた時、必ずしも畸形なものとばかりは言い難い様に思われる。吉川幸次郎が絶讃した明治四十三年の無題詩の一節、

人間至楽江湖老　　人間の至楽江湖に老ゆ
犬吠鶏鳴共好音　　犬吠《けんばい》鶏鳴共に好音

にしても、淵明の「帰ル二園田ノ居ニ一」其一を典故（classical allusion）とした「隠」への志向であり、詩全体の形而上的な抒情、というよりは所謂「言志」の確かさが、日本漢詩通有の「和臭」の域を脱して、つまりは漱石の淵明受容の確かな質を保証するかの如くである。

憂ひあらば此酒に酔へ菊の主　（明治二八）
菊の香や晋の高士は酒が好き　（同前）
門柳五本並んで枝垂れけり　（明治二九）
五斗米を餅にして喰ふ春来り　（明治三〇）
木瓜咲くや漱石拙を守るべく　（同前）
正月の男といはれ拙に処す　（明治三一）
憂あり新酒の酔に托すべく　（同前）

淵明を題とした、或いは多少とも淵明の面影を宿すと思われる漱石の俳句である。先の芭蕉の句と比較すれば技倆の低さは争えない。又古人を俤とした漱石の俳句の中でも、淵明を主題としたものが質的にも量的にも際立った特長を見せているという訳ではなく、これらの漱石句から淵明との関連を辿ることは、それ程意味のあることではない。同じことは漱石漢詩の中に取り込まれた淵明出典の句々についても言えよう。晩年期の漱石詩への淵明詩文の投影を詩句の異同の面から詳細に触れた大地武雄の論稿[3]は、その労自体は多とすべきであるが、併し漱石詩に流入した古人・古典の詩句として淵明のものが殊に圧倒的なものとは考え難く（大地氏もそう断定している訳ではないが）、寧ろ重要なのは漱石を淵明とのかかわりの本質とすべきものが如何なる所にあったのかであり、そしてそれが結果的に淵明の詩句の摂取という様ないわば派生的な産物を生み出して行ったということであろう。そのことが見極められないと、「真蹤寂寞……」という著名な漱石最後の詩の中に、「白雲郷」や「則天去私の世界」を見るという様な——大地氏のそれ——陳套な錯誤に陥って仕舞うことにもなるのである。

漱石と陶淵明と言えば、想起されるのは「草枕」第一章（明治三九）の周知の引用であり、漱石が表立った小説作品の中で淵明に触れた殆ど唯一の例である。併しそれは或る持続された水脈の時を得た噴出として見られるべきものであった。

明治二十二年一高在学中の漢作文「居移気説」の中で漱石は、㋑浅草・㋺高田・㋩一高という「居」の転移に伴なう「気」の推移を次の様に描き分けている。

㋑浅草之地肆廛櫛比紅塵坱勃其所二来往一亦皆銅臭之児居四年余亦将三化為二鄙吝之徒一

㋺寓二于高田一地在二都西一雖レ未レ能三全絶二車馬之音一門柳籬菊環堵蕭然乃読レ書賦レ詩悠然忘二物我一

㋩入二茲黌一以来役二々于校課一汲二々于実学一而賞レ花看レ月之念全癈矣

脱稿は六月三日であり、この時漱石は已に「漱石」であった。[4] ㋑㋺は『道草』（大正四）が主な回想の対象とした時期であり、㋑㋺㋩三者の内漱石が自らに肯定的であるのは、㋺の一高入学以前の生家での日々である、「読《ミ》レ書《ヲ》賦《シ》レ詩《ヲ》」は当時麴町にあった三島中洲の漢学塾二松学舎に通っていた約一年前後が具体的な意識の焦点であろう。後年の漱石は赤木桁平への談話として、その十五・六歳頃已に淵明への強い嗜好があったことを告げた由であり（荒正人『漱石研究年表』集英社による）、上の㋺の叙述はその事実を保証して十分である。「絶《ツ》二車馬之音《ヲ》一」は淵明の「飲酒」其五を背景としたもの、「門柳籬菊」は「五柳先生伝」と矢張「飲酒」其五の組み合わせであり、「環堵蕭然」は「五柳先生伝」の語彙そのままである。そしてこれら淵明詩文中の語彙に対する漱石の嗜好の持続は、『明暗』期大正五年の漱石詩中の次の様な句々がそのことを物語る。

老去帰来臥二故丘一
蕭然環堵意悠悠

（八月十九日作）

不レ愛帝城車馬喧

故山帰臥掩二柴門一　（八月二十九日作）

描到二西風一辞不レ足

看レ雲採レ菊在二東籬一　（九月三十日作）

ところで淵明詩文の語彙に彩られた、十五・六歳代の少年の心象としてはやや不相応に老成した先の㋺の表現が意味を持つのは、それが㋩の今現在、即ち一高の学生としての漱石の対照の位置に置かれているからである。或いは、㋺の時期は㋩の今現在からその意味付けが為されているのであり、淵明詩文の語彙による潤色が許される様なある何物かの喪失乃至は不在が愛惜されているのである。そしてその時の「役二々于校課一《ニ》汲二々《トシテ》于実学《ニ》二」は単なる一般的な学業への倦厭ではないし、又「全《ク》癈《セリ》矣」という「賞《シ》レ花《ヲ》看《ヲノ》レ月《ヲ》之念」も日本的に伝統されて来た花鳥風月及びその近代的頽落としての虚子の所謂花鳥諷詠ではない。「居移気説」から約三ケ月後、同じ明治二十二年の九月九日に脱稿された『木屑録』は、序文に、

……而時勢一変余挾二蟹行書一上二于郷校一校課役役不二復暇一レ講二鳥迹之文一……

の語を見せ、「自嘲書二木屑録後一」と題されたその後書では、

白眼甘期二與レ世疎一　狂愚亦懶レ買二嘉誉一

為レ譏二時輩一背二時勢一　欲レ罵二古人一対二古書一

才似二老駘一駑且レ駭　識如二秋蛻一薄兼レ虚

唯贏二一片烟霞癖一　品レ水評レ山臥二草廬一

と告げられている。こういう慷慨詩を誇大視する必要はないが、漱石に於ける「隠」も又そうであった様な、社会的現実との強度に緊張した相即性という後年の漱石文学の性格は、こうした所にもその淵源を秘めるものであったとすべきであろう。一高生としての漱石に「校課」や「実学」に対する倦厭の念があったということは、その「校課」「実学」が外ならぬ明治の「開化」と殆ど同義語であった以上、そういう歴史の基本的な方向性からの脱落の契機を当時の漱石が已に孕んでいたということであり、それを漱石は淵明詩文等がその表現内容とする感性と自己周辺の現実とのずれの問題として意識していたと言えるのである。同様のことは子規についても言えよう。一高・東大での子規の学業軽視・皆欠席に近い状態は、結核という宿痾のせいにもよろうが、漱石同様の「校課」「実学」への倦厭がより本質的な要因となっていた筈である。そしてそういう学業軽視乃至は放擲という点では子規は漱石よりは遙かに徹底的であった。俳句、後には短歌という自己の歩むべき道を子規は已に早い時期に見出していたからである。子規にとり一高・東大での片々たる学問などは、心中に跳梁する詩魔の蠱惑に比べれば、殆んど何物でもあり得なかった。併し漱石にそういう自己の業とすべきものが何一つ見えていた訳ではない。『木屑録』前後の漱石にあったのは、公私両面での自己周辺に対する明らかな嫌悪と、漠然とした「文学」という内容のない憧れに似た気分だけであった。そしてその「文学」の中心に淵明がいたこと、或いは淵明詩文等に陶冶された自己の感性の質に飽く迄も固執したことが、漱石の人間的な蹉跎と文学的な豊饒との因を為していったのである。

三

採菊東籬下、悠然見南山。只それぎりの裏に暑苦しい世の中を丸で忘れた光景が出てくる。垣の向ふに隣りの娘が覗いてる訳でもなければ、南山に親友が奉職して居る次第でもない。超然と出世間的に利害損得の汗を流し去つた心持ちになれる。

（「草枕」一）

「悠然見南山」の「見」の字については、『文選』が「望」の字をとる所から古来両者の可否が問われ、蘇軾東坡により「見」字に決着したという著名な挿話があり、上の漱石の叙述は明らかにその事柄を踏まえたものであろう。（二十歳代半ばから漱石の座右にあった『禅林句集』では上の淵明句の欄外註として『詩人玉屑』中の同様の論議を引いている。）

人情・非人情の相関に基づいた東西両文学の価値的な比較という文脈で語られた上の「草枕」に於ける淵明への讃辞も、一見必然的に見えながら、それ程自明のものであったとは思われない。換言するなら、明治四十年代という歴史的な時期及び四十歳代という漱石の年齢からして、「草枕」という所謂「詩法の詩」ならぬ「文学方法の小説」を目した作品の中で、淵明（や王維）の詩を「非人情」とし、又そこに「自然」詩的形象化をみ、その視点から近代世界の一切を仮幻として観るという漱石の立場が、以後の文学創作の上でどれだけの長い射程を覚悟しなければならないかを、漱石は知らなかった筈はないからである。

余は余一人で行く所迄行つて、行き尽いた所で斃れるのである。

（「書簡」明治三九・一〇・二三付、狩野亨吉宛）

といった、当時の漱石に漂う悲愴感も、意図された「文学」の遼遠さ以外のものであったとは思えない。併し漱石に安易な軌道の変更があり得なかったのは、「草枕」に於ける様な形での淵明定立がその背後に、過去の文学的思惟の殆ど全重量を湛えるものであったからである。例えば次の様な覚書がある。

nature. Wordsworth ノ nature ノ interpretation ヲ見ヨ. Arnold, Browning ノ interpretation (Worsfold 参考) ヲ見ヨ. 吾人ハ nature ヲ nature トシテ渇仰スルナリ花ヤ鳥其物ガ愉快デタマラヌナリ. 其裏面ノ主

意ヤontological meaningハ不必要デアル……西洋人ハアク迄モ出《原》間的デアル（ヨシ道徳的ナラザル迄モ）……Hamanistic interest アルナリ．極言スレバ浮世トカ俗社《原》界ヲ超脱スル丁能ハザルナリ．吾人ノ詩ハ悠然見南山デ尽キテ居ル．出世間的デアル．道徳モ面倒ナ丁モ何モナイ．否寧ロコンナウルサイ丁ヲ忘レル為メノ器械デアル．(5)

（村岡勇編『漱石資料―文学論ノート』岩波書店「東西文学ノ違」）

こうした漱石の立論が客観的な意味でどれだけの妥当性を持ち得るものであるかと言うことは今の問題ではない。又この覚書の書かれた時期も確定はし得ない様であるが、先の「草枕」本文との密接な関連は動かし難い。「nature」にかかわるワーズワース対淵明といった比較の中で漱石が言おうとしていることは、例えばベルグソンが形而上学に於ける「絶対」の認識の方法として「分析」と対比的に語った「直観」の方法に似たものと考えれば理解には便宜であろう。漱石ではそういう認識の在り方は『行人』その他に於て、「絶対即相対」「現象即実在」という様な方向に展開していることは周知であり、上の覚書では漱石はそうした直観的な「nature」の認識の内に「道徳」や「世間」以前の或るものがある、とする思惟を示しているのである。そして「悠然見南山」はそうした「自然」の「直観」的認識の極限とされ、ワーズワースその他の西欧詩人は相対化を免れない第二義の「分析」の詩人でしかないと断定されているのである。併しこうしたワーズワース等への漱石の批評が彼等の正当な評価の仕方であるかどうかは疑わしいであろう。彼等西欧の詩人に於ては、漱石の所謂「nature ノ interpretation」や同じく自然への「ontolagical meaning」といった哲学的思弁が、その自然の背後に控える神への通路として、失われ行く近代に於ける神の光の奪回のための唯一の文学的方法とされていた筈なのである。例えばニュートン物理学が、神の宇宙的調和への無限の頌歌に外ならなかった様に。併し漱石の関心は英文学の単なる客観的な把握ということにはなく、又英詩への歴史的視点の欠落を漱石に見るよりは、厳密な意味での自然詩としての質的な比較に於て、淵明詩の優位は疑い得ないものと見られていたと言うことであろう。重要なのは偏向をすら伴った漱石の英詩英文学観が、西欧近代の終末を過たず予見し得ていたと言うことであり、そこから漱石の文学は西欧近代の純粋培養の場として、その終末論的実験室へと化して行ったのである。

漱石の中でワーズワース対淵明といった比較が鋭く対立的に意識される様になるのがいつ頃を起点としたものであったかは明確には規定し難い。併し結果的には価値的な取捨へと傾斜した、「自然」をめぐる東西両文学への思惟が漱石の内で極めて早い時期に始まっていたことは、明治二十六年一月の東大文学談話会での発表が、「英国詩人の天地山川に対する観念」であったことがそのことを告げる。現代的には所謂卒論発表に当るこの論攷の中で漱石はワーズワースを英国自然詩の窮極とし、その文学的意味を説くのに、

　萬化と冥合し自他皆一気より来る者と信じたり。

　玄の玄なるもの、萬化と冥合し宇宙を包含して余りあり。

といった表現で、「萬化と冥合」の語を好んでいるが、この言葉は明治二十二年のかの「居移気説」の中でも已に、淵明の語彙に彩色された高田の地での「悠然《トシテ》忘《ジ》二物我《ヲ》一」た心境の相似として使われているものである（原文は「外二形骸一脱二塵懐一與二萬化一冥合」）。ということは、明治二十二年から「草枕」の明治三十九年迄の間の漱石の文学的思惟に於て、淵明とワーズワースとが如何なる離合の経過を辿っていたかの大凡を憶測可能にするであろう。そしてそのことが『文学論』序に語られた、大学卒業後に於ける「何となく英文学に欺かれたる如き不安の念」の、凡てではなかったにせよ、その主要な断面であったであろうことは言い得る。

四

併し淵明対ワーズワースといった対比の中からのそれぞれの取捨が漱石に、文学的な何物かを直ちに齎し得るものであったとは思えない。即ち淵明対ワーズワースに於けるあれかこれかの取捨は、結果的にはあれでもなければこれでもないという形に了ったということである。「文芸の極致は、時代によって推移するもの」（「文芸の哲学的基礎」）という漱石に、文字通りの「桃源境」文学が許される筈もない。漱石の内に、鷗外に於ける『渋江抽斎』の様な文学への誘惑が動かなかった訳ではない。併し漱石が辿ったのは、鷗外が途中から断念して引き返して仕舞った正にその道の方向であった。

淵明対ワーズワースの思惟の中から漱石に残されたのは、淵明的に直観される「自然」が、「道徳」や「世間（社会）」を超えて、しかも無神論的な現代に於てそれらがそれとしてあり得るための原理的な根拠であるという一片のいわば哲学的構図のみである。それは厳密に認識論的な問題であり、東洋趣味や漢詩俳句趣味といった感性の頽落としての趣味の次元の事柄ではない。併し一片の単なる哲学的構図が、如何なる現実的な意味性をも持ち得るものでないことは自明である。漱石の課題は従って、そうした淵明的「自然」が現代の人間的な虚無の時空の中で芸術（文学）するということが如何なる方向に可能であるのかであり、そのことの見極めは『こゝろ』（大正三）の時点に迄持ち越されている。そして以後は漱石的に文学に於て確認された淵明的「自然」からの、現代の原理的批判へと転ぜられて行った。次はその一つの例である。

『明暗』（大正五）の津田は、軽便鉄道の駅を下り、そこから嘗ての恋人清子の滞在する温泉《ゆ》の町へと駆ける馬車の中で次の様な風光に出会わされる。

一方には空を凌ぐほどの高い樹が聳えてゐた。星月夜の光に映る物凄い影から判断すると古松らしい其木と、突然一方に聞こえ出した奔湍の音とが、久しく都会の中を出なかつた津田の心に不時の一転化を与へた。彼は忘れた記憶を思ひ出した時のやうな気分になつた。

「あゝ、世の中には、斯んなものが存在してゐたのだつけ、何うして今迄それを忘れてゐたのだらう」

（『明暗』百七十二）

典型的な都市インテリゲンチャとしての津田が忘却の彼岸から想起したこうした自然の形姿は、プラトンのイデアの想起にも似た、或る何物かとの出会いであり、上に続く『明暗』の叙述が、

不幸にして此述懐は孤立の儘消滅する事を許されなかつた。津田の頭にはすぐ是から会ひに行く清子の姿が描き出された。……御者は……濫《みだ》りなる鞭を鳴らして、しきりに痩馬の尻を打つた。失はれた女の影を追ふ彼の心、其心を無遠慮に翻訳すれば、取りも直さず、此痩馬ではないか。（同前）

として、清子の幻影を追う津田の姿が、彼自身にも、枯痩した馬車馬に見立てられざるを得ないことも、忘却の彼方にあった先の様な「自然」の想起からは必然であったと言えよう。そしてこれらが漱石文学に於ける淵明的「自然」の顕在化の一つの事例である。

鞭打たれ枯痩した馬車馬の疾駆狂躁としての現代、それは早く「草枕」に於ける現実認識でもあったし、その現代に淵明的「自然」を見失うまいとする漱石の意識は、『明暗』期にあって、

漢水今朝流北向　漢水今朝流れて北に向ふ
依然面目見廬山　依然たる面目廬山を見る

（大正五・一〇・二〇作七言律の尾聯）

といった詩句を生み出していたとも考えられる。漢水が北流したというのは、いわば異常な倒錯の事態である。併し廬山の面目は見失なわれてはいない。廬山は即ち南山であり、この句の直截の典故は蘇東坡にあるが、廬山についての東坡の念頭には、仏教の地としてのそれと共に、彼も私淑してやまなかった淵明その他の面影があった筈であり、漱石がそうした「廬山（南山）」の伝統性に無意識であったとは思えない。

五

在世時その文学は寧ろ殆ど傍流でしかなかった淵明が、その没後に、昭明太子蕭統・王維・杜甫・柳宗元・韋広物・白居易・王安石・蘇東坡・朱子・陸游等々歴代の代表的な中国文人によって敬慕されたのは、その詩文の高雅幽遠もさることながら、「徴士」としての淵明の処世の側面が大きかった。芭蕉に於ける淵明像もそうした中国本来の淵明像の系統を引きつつ、それを日本文学の伝統の流れに中和したものと言えよう。

中国の歴代文人や芭蕉とはやや異なり、淵明と共に自らも又いわば「徴士」であった漱石に於ける淵明の軌跡は、矢張一つの特異さを持つものであり得た。淵明に於ける「徴士」としての処世の仕方、即ち、

吾不レ能《ハ》下為《メニ》二五斗米《ノ》一折《ルコトヲ》上レ腰、拳拳《トシテ》　事《つかヘンヤ》二　郷里《ノ》小人《ニ》一邪　（『蒙求』）

といった伝説的な逸話をも生み出したその姿は、漱石もその相似形であったが故に、単なる憧憬の対象であるには留まらず、そこから更に淵明の詩文そのものが論理的な分析の俎上にのせられ、主要な表現内容としての「自然」が、現代文学の或いは現代の歴史形成の原理としてその芸術化が果たされつつあったのである。但し、淵明詩文へのそうした論理的解析を可能にしたものは、寧ろ漱石に於ける西欧的な思惟の訓練の所産であったと見るべきであろう。一九二七年の魯迅の講演「魏晋の気風および文章と薬および酒の関係」（『魯迅選集』第七巻岩波書

店）が、淵明その他の六朝期文人への分析に於て極めて鋭利且つ客観的であり得たのも、魯迅の内なる西欧的思惟形式の産物であったであろうことからすれば、近代の中国・日本の文学者が西欧的思惟との出会いに示す一つの型をそこに見出すことも可能である。周知の様に魯迅は漱石の愛読者でもあった。

淵明が生きたのは、天人相関といった漢帝国を支えた儒家的自然哲学のドグマが崩壊し、代って老荘的清談や、仏教の老荘的解釈としての所謂格義が盛行した、魏晋南北朝という中国社会の大きな転換の時代――内藤湖南の言う「上古」から「中世」へ――であった。仏教は当時未だに言わば新興の外来思想であり、廬山の慧遠を中心とした仏教結社白蓮社とは淵明は一定の距離を持しつつ、そこに自らを投ずることを潔しとはしなかったと伝えられる。そうした時代状況の中で淵明が赴いたのは、儒・老荘・仏といった思想的ドグマ以前の、眼前に展開する日常的な又それ故に普遍的な「自然」であり、そこでの感性の質的な陶冶であったかに思われる。淵明から約千五百年後、同様に価値規範の崩壊した明治という時代の中で漱石は、淵明と相似した「自然」のサイクルを、淵明等をもとに深く理念化しつつ、単に一廻りしてみせたに過ぎないとも言えよう。それは恰も西欧の思想史文学史が神の観念の、時には無神論という神の概念をまじえたそれの、時代〲の変奏曲を唯飽きもせず奏し続けて来たのと同様の事柄である。併し漱石や淵明の文学にはこうした犬儒主義の届き得ない何物かがあるのである。

（1）和田利男『漱石漢詩研究』人文書院「五　漱石に及ぼせる詩人の影響　I陶淵明」。和田利男『漱石の詩と俳句』めるくまーる社「III漱石と陶淵明」。
（2）漱石にも「梅に対す和靖の髭の白きかな」（明治三二作）がある。
（3）大地武雄「漱石晩年の漢詩と陶淵明詩」『二松学舎大学人文論叢』第17輯一九八〇年三月。
（4）漱石に於ける雅号「漱石」の初出は明治二十二年五月の子規『七草集』に対する批評の署名として。

（5）現代の禅者柴山全慶は「採菊東籬下　悠然見南山」を註して、「仏法世法共に脱け切った大閑人の境界」としている（柴山『訓註禅林句集』其中堂）。見方は漱石と同一の方向である。又このことは漱石の淵明像がどのような系譜の上に位置付けられるかを思わせるものである。

七　漱石と良寛

一

漱石の良寛傾倒が並々のものでなかったことは周知の事実である。併し資料的或いは伝記的に確認し得る漱石と良寛との関聯は寧ろ些少なものであり、それは以下に辿る様な事蹟に尽きる。

明治四十四年五月十七日の「日記」には、熊本五高時代の同僚であった黒本植の来訪の際の話として次の様な記載があり、これが資料的に認められる漱石の良寛についての記述の最初のものである。

（黒本氏が、）良寛が飴のすきな話をした。良寛に飴をやつて、其飴を舐る手をつらまへて、さあ書いてくれと頼んだら、よしと云つて其手は食はんと書いたさうである。　（（　）…論者）

解良栄重《よししげ》（文化七（一八一〇）―安政六（一八五九））の『良寛禅師奇話』に類した話であり、この時期の漱石がどの程度まで良寛に関心していたかは分らないが、漱石の妻鏡子の伝える所（『漱石の思ひ出』）によれば、漱石はこの年四月頃に、所謂修善寺の大患の時の主治医であった越後高田の医師森成鱗造を介して良寛の書、それもかなり「大幅」のものを手に入れていたらしく、或いはそれが書斎にでも懸けてあって良寛が話題となる機縁を作ったのかも知れない。（併しこの時の「大幅」は「あまり出来がよくない」ということで、後に記す様な形での良寛の再入手ということになる。）

この後漱石の良寛への関心は、資料的には大正三年の年頭まで間歇する。即ち大正三年一月十八日付の「書簡」に次の様に記されている。

拝啓良寛詩集一部御送被下正に落手仕候御厚意深く奉謝候上人の詩はまことに高きものにて古来の詩人中其匹少なきものと被存候へども平仄などは丸で頓着なきやにも被存候が如何にや然し斯道にくらき小生故しかと致した事は解らず候へば日本人として小生は只今其字句〔の〕妙を諷誦して満足可致候（山崎良平宛）

山崎良平とは新潟県糸魚川の人であり、荒正人の『年表』（集英社）によれば、「明治四十一年、東京帝国大学文科大学英文科卒」とあるから、漱石とは師弟の間柄にあった人と思われる。ところでこの時漱石が手にした良寛詩集が一体如何なるものであったのかということが問題となるが、現在の「漱石文庫」（東北大学図書館）所蔵の漱石蔵書中に良寛詩集は見当らない。従って憶測の域を出ないが、この時漱石の手にした良寛詩集は、時代的に見ても、小林二郎編『僧良寛詩集』であったとみて相違はあるまいと思われる。同書の初版は明治二十五年に出ており、「大正年間に及ぶまで数回に亘り増版を重ね若干を増補し」、更に「詩集の後半に山崎良平氏の論文「大愚良寛」二十九頁及び良寛の書簡九通を付録として上せた版もある」（東郷豊治編著『良寛全集』東京創元社下巻「解説」）ということで、上の憶測が実証されよう。

先の「書簡」で漱石は、「上人の詩はまことに高きものにて古来の詩人中其匹少なきもの」といった手放しの讃辞を与えており、漢詩総体に格外の嗜好を示した漱石にしてもこうした絶讃は異例のことに属する。良寛詩を禅林詩とすることは妥当でないかも知れないが、吾国に於ける禅林詩の泰斗、即ち五山文学の双璧とされる義堂絶海の詩、殊に絶海の『蕉堅稿』などを、漱石がこの時已に読了していたことを考慮に入れるなら、漱石の良寛傾倒の如何が理解されるものと思われる。

又先の「書簡」は続けて、

上人の書は御地にても珍らしかるべく時々市場に出ても小生等にては如何とも致しがたかるべきかとも存候

へども若し相当の大きさの軸物でも有之自分に適〔当〕な代価なら買ひ求め度と存候間御心掛願度候

といった言葉も見せており、ここに言われた良寛の書の入手過程は、先の森成鱗造を介して以下の様な経過となった。

大正三年十一月には、

良寛はしきり〔に〕欲いのですとても手には入りませんか

（「書簡」大正三・一一・五付、森成鱗造宛）

といった急迫となるがこれは実現されず、大正四年の十一月にも再び、

時々先年御依頼した良寛の事を思ひ出します良寛などは手に入らないものとあきらめてはゐますが時々欲しくなりますもし縁があつたら忘れないで探して下さい

（「書簡」大正四・一一・七付、同前宛）

という依頼がみえている。併しこういう願望が実現したのは、大正五年も三月に入ってからのことであった。

拝復良寛上人の筆蹟はかねてよりの希望にて年来御依頼致し置候処今回非常の御奮発にて懸賞の結果漸く御入手被下候由近来になき好報感謝の言葉もなく只管恐縮致候

（「書簡」大正五・三・一六付、同前宛）

次いで漱石は一種の芸術論を述べている。

良寛は世間にても珍重致し候が小生のはたゞ書家ならといふ意味にてはなく寧ろ良寛ならではといふ執心故菘翁だの山陽だのを珍重する意味で良寛を壁間に挂けて置くものを見ると有つまじき人が良寛を持つてゐるやうな気がして少々不愉快になる位に候

（同前）

前の部分には「懸賞の結果」といった語がみられ一種の異常さも感じられるが、ここには当時次第に一般化しつつあった所謂良寛熱の高揚が窺われよう。鏡子夫人によれば、先の明治四十四年の時は「まだ良寛熱の盛んにならない前のことで、三十五円か何かそんなことのやう」であったという。そしてこの時は相手方から漱石の書を所望され、漱石は半折を書き送りそれに五十円を付けたということである。後の部分の山陽嫌いは「草枕」以

来の漱石の性向であり、その意味については後に触れる。
ところで、この時の「懸賞」が幸いしてか漱石はもう一幅の良寛の書を入手するに至った。そしてこちらの方は、「小品なれど大変結構の出来に候」（『書簡』大正五・四・一二付、野上豊一郎宛）と言う如く漱石の意に叶うものであったらしく、それを入手する際の漱石の口吻は、

良寛和歌につき結果如何と案じ煩居候処木浦氏手離しても差支なき旨の御報何よりの好都合に候十五円だらうと百円だらうと乃至千円万円だらうともと〱買手の購買力と買ひたさの程度一つにて極り候もの其他に高いの安いのといふ標準は有り得べからざる品物に候
（『書簡』大正五・四・一二付、森成麟造宛）

といった昂揚の体であった。が、支払われたのは十五円であった。この「良寛和歌」には後日談があり、漱石没後嘗ての所有者から鏡子夫人宛に、「あの良寛は私の珍蔵品で、先生だったから惜しいけれども手放してあげたのです。けれどももう先生が亡くなられた以上御不用になったでせうから、どうか旧蔵者の私の手元へかへしてください」（『漱石の思ひ出』）という申し込みがあったという。伯牙と鍾子期との故事などを想起させる興趣深い挿話と言えようか。
資料的に辿り得る漱石と良寛との関聯は以上に尽きる。

大正三年春の漱石の句に、
良寛にまり（或いは毛毬）をつかせん日永哉
があり、これは漱石の作品に良寛が直接に現われる殆ど唯一の例である。先に引いた良寛詩への讃辞などからして、漱石詩への良寛詩の投影ということが予想されるかも知れないが、直接的な形では見出し難い様に思われる。併し例えば次の二篇などは、直接的な影響関係の有無はともかくとして、両者の詩的世界の比較の上からは一往

並記するに値するものと思われる。

遊子吟

樓頭秋雨暗《ク》　樓下暮潮寒《シ》
澤國何《ゾ》蕭索《タル》　愁人獨《リ》倚《ル》レ欄

秋暮

秋氣何《ゾ》蕭索《タル》　出《ヅレバ》レ門《ヲ》風稍《やや》寒《シ》
孤村煙霧《ノ》裡　歸人野橋《ノ》邊
老鴉聚《マリ》二古木《ニ》一　斜雁没《ス》二遙天《ニ》一
唯《ダ》有《リ》二緇衣《ノ》僧一　立《チ》盡《ス》暮江《ノ》前

前者が漱石、後者が良寛の作である（漱石詩―大正三年二月作。良寛詩―未詳）。素材的な虚実の差を超えて、両詩には趣向情調の両面に於て深い類縁性が認められる。併しその詩心の根柢に於て、両者は矢張截然と切れ合うものを持っていた様にも思われる。即ち漱石詩は「暗愁」にかかわって生れ、良寛詩は「閑愁」にかかわって生れている、とでもすべきであろうか。もし両詩の間に漱石の良寛受容といった事実が仮定されるとして、そこには漱石の良寛への参入の限りない努力の跡があるとしなければならないであろう。

併し漱石は何故それ程迄に良寛に心惹かれていたのであろうか。答はより深い所に求められなければならないであろう。

二

漱石の良寛傾倒の真意を問う場合、手掛りとなるのは明月の書に関して言われた次の様な言葉であろう。

あの字は…器用が崇《原》つてゐます。さうして其器用が天巧に達して居りません。正岡が今日迄生きてゐたら多分あの程度の字を書くだらうと思ひます。正岡の器用はどうしても抜けますまい……良寛はあれに比べる〔と〕数等旨い、旨いといふより高いのでせうか　（「書簡」大正五・一〇・一八付、森次太郎宛）

漱石のごく晩年の言葉である。ところでここに見られる漱石の子規評には、明治四十四年七月の「子規の画」以来の系譜が辿られ、そこでは次の様に言われていた。

子規は人間として、又文学者として、最も「拙」の欠乏した男であつた。……彼の没後殆ど十年にならうとする今日、彼のわざ〳〵余の為に描いた一輪の東菊の中に、確に此一拙字を認める事の出来たのは、……余にとつては多大の興味がある。

この「拙」と対照的な通常の子規については、「才を呵して直ちに章をなす彼の文筆」という風に言われている。

上に引用の「書簡」（森次太郎宛）に帰って問題を追って行くなら、「草枕」で漱石は頼山陽の書を評し、禅僧大徹に、

「山陽が一番まづい様だ。どうも才子肌で俗気があつて、一向面白うない」　（八）

と言わせ、又山陽自作の端渓硯の蓋についても、

「どうせ、自分で作るなら、もつと不器用に作れさうなものですな。わざと此鱗のかた抔をぴか〳〵研ぎ出

さなくつても、よさゝうに思はれますが」　（同前）

と言わせている。この山陽評中に「才子」「不器用」などの語のあること、又「草枕」第十二章で漱石が木瓜《ぼけ》を「守拙」の花として評価していることなどからして、山陽評に当っての漱石の視座は先の子規評と同一のものと考えられ、良寛の「高さ」はそれらの人々を超えた所に認められていたと言えよう。そして上の引用文相互の年代を比較すれば明らかな様に、漱石の良寛傾倒も又その「高さ」への讃辞も、それは漱石の芸術一般についての思惟のいわば生涯的な決算の意味を持つものであった。

「器用」と「不器用」、「才」「才子」と「拙」、こうした対照の中に漱石は何を見、又何を「天巧」としていたのであろうか。「器用」よりは「不器用」を、「才（子）」よりは「拙」をより高しとする漱石の姿勢は、松山中学赴任直後の詩句、

才子群《ノ》中《ニ》只《ダ》守《リ》レ拙《ヲ》　小人《ノ》圍裏《うちニ》獨《リ》持《ス》レ頑《ヲ》

等を明確な濫觴として、漱石のほぼ生涯に亙っているものと言える。そして「才」といい「器用」といい、それらはいずれも人間の知的な鋭利さ巧緻さにかかわった語である。漱石がそれらの対照として「拙」といい又「不器用」という時、それは一つには対社会的な反骨の姿勢を示唆していたともとれ、事実漱石のある時期はそうした彼の姿を実証してもいる。併し「拙」や「不器用」の意義は、窮極的には、「才（子）」や「器用」の次元を超え、それらを包摂し得るという所に認められていたと考えられるのである。

「才（子）」「器用」、その知的な鋭利さ、それらは現実のうちに「理《ことわり》」を求めその「理」に則して行くという姿勢に起因し、より一般的には現実の所謂「論理」化という行き方に帰着するものと考えられる。そしてそれらが「天巧」に達し得ないのは、「論理」或いは「理論」の、動的「現実」にとっての意味が、その静止化以上の

ものではないからであろう。「拙」「不器用」そしてその芸術的表現の場への現れとしての「天巧」の意味は、その静止した「現実」を再び動性の場に昇華する所にある、と漱石は見ていたものと思われるのである。明治四十四年即ち先の「子規の画」と同じ頃に、「Life, art, philosophy」と題して記された次の様な「断片」も、より一般化されているとは言え、上述のことと無縁ではない。

art ハ philosophy ヲ含ム、

Philosophy itself ハ life カラ content ヲ取ツタモノ、ダカラ art ハ life ヲ構成スルガ philosophy ハ living power ニナラナイ、」

∴Experience ノ importance. 無学デモ無心ニ philosopher. イクラ philosopher デモ action ノ助ケニハナリニクイ、philosopher ハ form カラ contents ヲ逆ニ inspire シナケレバナラナイ、」（「断片」明治四四）

年代的にみてもこれらの「断片」には、後期三部作以降の漱石の課題が秘められていたものと思われるが（後述）、ここで一つの極所とみられている「living power（action ノ助ケ）」は、書画などについて「気韻生動」等と言われる時の、その「生動」の起源をなすものと考えられ、それは「philosophy」ではなく「art」の領域のものとされている。そしてそうした「art」と「philosophy」との関係として一般化された一つの図式は、芸術の諸種の分野（詩・書・画・小説等）のそれぞれに於ても一般論の縮図として同様のことが問題となると漱石はみていたのである。しかも「才（子）」「器用」は「philosophy（philosopher）」に、「拙」「不器用」は「art（action, life ノ content）」にかかわるものであり、両者の関係は、後者による前者の包摂という所にその本質が認められなければならないのである。そしてそうした「art」は人間の「life」と「即」の関係にあるものであった。

ところで漱石は文学を定義して、「文学的内容の形式」は「F＋f」であるとし、「F」（作品）に喚起され感得される「f」即ち情緒が文学の実質であるとしていた（『文学論』）。人間の意識の作用を知・情・意の三態に分類することは、「草枕」等にも典型的に示されている漱石の人間観の基礎であるが、漱石は「人生」の終極を現実に於ける「情」の感受に認め、知性・意志も結局はその「情」の充足に資すべきものとしてその位置付けがなされていた様に思われる。従って詩・書・画等に限らず文学或いは芸術一般は、そこに放散される「情」の質如何にその評価の基底が置かれていたものと考えられる。そして漱石は「才」「器用」に起源する「情」よりは、「拙」「不器用」に発現される「情」をより「living power」、即ち芸術的「生動」性の高いものと考えていたのである。何故なら、芸術的に「生動」した情は、「理《ことわり》」からの直射によっては成立し得ず、それは「理」を内に含みつつしかも「理」を超えた或る何物かの上に成り立つものと考えられるからである。

　併し如上の「情」も芸術の具体的な「表現」なくしてはあり得ない以上、その表現に不可欠の「技巧」が問題となろう。そのことは漱石自身にも、「文芸の聖人は只の聖人で、之に技巧を加へるときに、始めて文芸の聖人となる」、又「発達した理想と、完全な技巧と合した時に、文芸は極致に達」するとして問題にされており（「文芸の哲学的基礎」）、その「技巧」に於て良寛の書は「天巧」に達している、と漱石は考えていたのである。「文芸の哲学的基礎」に於て漱石は、文学の「技巧」に関して、内容的には同一のシェークスピアとデフォーのそれぞれの句（1）をその表現「技巧」の面から比較して、シェークスピアの句が「時間・空間」の両面に於て「詩的」な高さを持っているとして評価している。シェークスピアの句に「詩」をみる漱石の評語から思い起されるのは、『彼岸過迄』で「恐れない女と恐れる男」に関連して言われている「詩と哲学」との区別であり、「恐れないのが詩人の特色で、恐れるのが哲人の運命」とされていることであろう（『彼岸過迄』「須永の話」十二）。（『彼岸過迄』のこの叙述は先に引いた明治四十四年の「断片」とも無論関係する。）そしてそこで漱石は、他者とのかかわりの場に於ける人間の自己表現の問題、そこでの自己表現の技巧の如何を問うていたと考えられ、『彼岸過迄』の千代子に認められた「詩」は、『明暗』のお延にも明確に指摘されており（『明暗』百五十四）、その「詩」は無論「情」に直結するものであろう。彼女らが「情」の源泉としての詩的性格とそれに付随した自己の表現技巧とを保有しつつも救われていないのは、その情的詩性の過多（知的哲学的性格との不均衡）の故と思われ、漱石の理解からすれば、須永・津田等の人物達は逆に、知的哲学的性格の過多（情的詩的性格との不均衡）がその自己解放の妨げをなしていると言うことになろう。知性はその通常の形では、「情」の滞留或いはその切断としてしか作用し得ないのであり、それは結局人間にとっての「life」の遮断でしかないと漱石は考えていたのである（『行人』「塵労」三十九参照）。又知性（哲学）と均衡し得ない情（詩）も結局は盲目以上のものではあり得ないであろう。いずれにしてもここには漱石の人間観の基底が窺われるものと思われる。

良寛の書については屢々「天衣無縫」「格に入って格を出る」等の形容がなされる。漱石はそれを「天巧」の語で言っていた訳であり、良寛詩の技巧について漱石は、詩語の所謂「平仄」の規律への恬淡さ或いはそれへの無視を指摘していた（前掲山崎良平宛「書簡」）。然もそれにもかかわらずそこに無類の「高さ」が言われているのは、その詩の技巧が矢張「天巧」の域にあることを言うものであろう。「平仄」は中国唐代の近体詩の律格である。そしてそれは梵字学に促された中国音韻学の学としての理論的成立を基礎としたものであった。その「平仄」の規律に恬淡な良寛詩に却って「字句の妙」が「諷誦」されるということは、規範化された詩の技法以前の技巧、即ち近体詩の詩法の根源がいわば自然の律動として良寛詩には結晶してある、ということに外ならない。詩の所謂詩法なるものも畢竟はその自然の律動の派生もしくは人為的抽出でしかないのであり、それなくしては成立の根拠を持ち得ないのである。そして良寛の詩・書等に於けるこうした自然の律動即ち「天巧」の現成を支えていたのは、「才」と「器用」の包摂としての「不器用」と「拙」、即ち大愚良寛のその「大愚」の貫道に外ならなかったと言える。そのことは又換言するなら、禅仏教の論理（philosophy）を体した「大愚」としての良寛の日常の起居、その現実での自己表現そのものが、技巧的には「天巧」としての一つの芸術（art）的過程を示現していたと言うことでもあったのである。

漱石が良寛の内にみていたものは上に辿って来た様な良寛芸術の内奥であったと思われる。そのことは、漱石詩の志向が良寛と同様の寒山詩にあったこと、又それ以上に、漱石の良寛傾倒がその深まりを見せ始めたことと相呼応するかの様に、その頃の漱石に、「無論理」及び「形式論理」の超克としての「実質の推移」即ち「自然の論理」の文学的実現への志向が認められることなどにも明らかであろう（大正四年「断片」）。文学の表現技巧という面から言うなら、『明暗』期の漱石詩には、

詩人面目不嫌工　詩人の面目は工《たくみ》を嫌はず
誰道眼前好悪同　誰か道ふ眼前の好悪同じと

（大正五・一〇・九作七現律の首聯）

という宣言があり、続けて

岸樹倒《さかしまニシテ》レ枝《ヲ》皆入《リ》レ水《ニ》　野花傾《ケテ》レ萼《ヲ》盡《ク》迎《フ》レ風《ヲ》
霜燃《ハス》二爛葉《ヲ》一寒暉《ノ》外　客送《ハル》二殘鴉《ヲ》一夕照《ノ》中

の対句構成が記される。(2) これを吉川幸次郎は「先生の詩中、もっとも工《たく》みな句に属する」（『漱石詩注』岩波新書）と評するが、良寛詩の「工《たくみ》」との比較からすれば果してどうであろうか。漱石詩の「工」には、「自然」の自己表現としての自然の律動の現成には至り得ない側面がどうしても残り、自然を自己の外のものとして見るという漱石の姿勢は払拭し切れない様にも思われるのである。併し良寛詩に、自然を自己に外在的なものとする姿勢は

ない。その両者の相異から漱石に、

大愚難《ク》レ到《リ》志難《シ》レ成《リ》 （大正五・一一・一九作七律の初句）

の慨嘆が残る理由があるであろう。漱石の本領とした小説創作にしても、そこには常に、「漱石氏の小説は頭の中でかく器用の小説」（西田幾多郎「書簡」大正六・三・一五付、田部隆次宛）とされる様な危険が伴っていたのである。漱石は評論「素人と黒人《くろうと》」（大正三・一）の中で、黒人に対する素人の高さの論証として、良寛が「詩人の詩と書家の書」とを嫌忌していたという著名な逸話（『良寛禅師奇話』出）を使っている。ところで『明暗』第百八十五章には、清子に対した時の津田に露呈された近代の自我の本質的な断面についての指摘があり、それを漱石は津田の「「私」」、或いは津田の自己の「特殊な人」化であるとし、更には津田の「所謂特殊な人とは即ち素人に対する黒人であつた」としている（同様のことがお延に関しても第六十五章に指摘されている）。漱石の意図は、他者とのかかわりの場で自己を絶対（特殊な人・黒人）視したままでその自己を相対化し得ない津田、即ち「相対即絶対」という「自然の論理」を生き得ない近代の自我の典型としての津田への批判にあったと思われるが、ここで『明暗』について詳論することは出来ない。併し事蹟としては僅少な漱石の良寛へのかかわりが、その文学世界の根柢に根差したものであったことは、如上のことからも確言し得るものと思われる。

（1） 次のそれぞれの句である。

Uneasy lies the head that wears a crown.——（シェークスピア）

Kings frequently lamented the miserable consequences of being born to great things, and wished they had been placed in the middle of the two extremes, between the mean and the great.——（デフォー）

（2） この詩の結句（尾聯）は、

古寺尋ネ來レバ　無ク二古佛一　倚リテレ筇《つえ》ニ獨リ立ツ斷橋ノ東

として終結している。

八　無頼の系譜

――漱石の視野――

一

『明暗』に登場する小林は「無籍のもの」「無頼漢」を自称する人物である（『明暗』八十六・百五十九）。漱石作品にはいわば「無頼の系譜」とでも呼ぶべき人物の系列が辿られ、小林はその最後の形であるが、それは一般に理解されている漱石とはやや異なった彼の文学の姿、即ち漱石の視野が何を何処迄その確実な対象物と為し得ていたのかを暗示すると考えられる。ところでそうした小林を論及の俎上に上せた従来の論のおおむねが[(1)]、小林的人物の始原を求めてそれを「野分」の白井道也・高柳周作等に認めているのは果して妥当するであろうか。詳細は別に譲るとして、人物の位相の表面的な相似は「二百十日」「野分」の人物達と『明暗』の小林との内的な連続性を保証するものではないと考えられ、ここでは一応その所説を取らないでおきたいと思う。それでは小林の人物系列の始原をどこに求め得るのかを改めて考えた時、行き着くのは「草枕」と考えられる。「草枕」は発表の時期では「野分」等の以前に位置するが、『猫』最終章の擱筆という一つの劃期に於て漱石が試みた、彼の時代把握及びその変革への構造の措定であり、その本質的な射程は後の後期三部作即ち『こゝろ』迄の全体をほぼ包摂し得ると考えられるものである。そしてその「草枕」には那美さんとの破婚者が「野武士」の称の下に登場して来る（「草枕」十二）。那美さんには「京都修業」中に出来た一人の恋人がいた。併し親の意に屈する形で彼女は「城下随一の物持ち」との結婚を敢えてした（二）。そこに已に那美の新・旧両世界への分裂分断という漱石の見た明治日本の構造は象徴的であるが、元来が折合いの良くない彼女達の結婚に最終的な打撃を与えたのは、日露戦役の余波としての夫の勤め先の銀行の倒産であったとされている（同前）。画工が偶然目撃することになる那美と前夫との那古井の山中での出会い、最後の別離の場に現われたその彼の姿は、無精髯に形の崩れた茶の中折れ帽子、着物は藍の縞物の尻を端折った素足に下駄履きという文字通りの「野武士」の出で立ちであった（十二）。明治期の銀行家の一般的な服装というのは分らないが、これではどうしても倒産後債権者の追求、或いは官憲の逮捕の手を逃れるために何処ともなく潜伏していたとしか言い様のないものであろう。そしてその「野武士」の落ち行く先は「満洲」である（同前）。那美の甥久一も又日露戦争への召集により「物凄き北の国」満洲に出征の途に就く（十三）。戦争の行方も未だ分明でない満州の野への「野武士」の逃避行が、「御金を拾ひに行く」のか「死に、行く」のか（十二）、結果は自明の筈である。

周知の様に那美の背景には前田卓子《つなこ》という現実のモデルがある。併し漱石が彼女に会ったのは熊本期明治三十年・三十一年の交であり、日露戦役下の銀行倒産による破婚云々が卓子の現実とは別の漱石自らの設定以外のものではないことは明らかである。当時の年表を繰ってみると、戦役下明治三十七年六月十七日に大阪の百三十銀行が臨時休業に入り、それにより名古屋以西九州に及ぶ銀行界の混乱発生の記事がある（岩波『近代日本総合年表』第二版）。モデル問題とは別に「草枕」の那古井を熊本の小天に同定してみた場合、この記載等が差し当り「野武士」の件に符合することになるが、ともかく国力を越えた莫大な戦費の拈出が惹起した日本経済界の極度の褶曲が、一種の淵明的桃源境たるべき那古井の山里をも確実に侵蝕していたこと、それを漱石は明示的に語っているのであり、日露戦役による経済的基盤の喪失崩壊による那美の前夫の日本社会そのものからの脱落が、いわば地方の旧・名家の没落を象徴的に告げているとするなら、その逆に戦争を機に成金的成長を遂げた商・産業・金融資本家、例えば『猫』の金田一家以降の経済人の系列が漱石文学には主に東京を中心として一貫して描かれることになる。

二

『明暗』の小林の始原を「草枕」の野武士に認めその間に一本の線を引いた時、その線上に浮び上って来るのは、『門』の主人公宗助の家主である坂井の弟、及び宗助の嘗ての友人坂井、『彼岸過迄』の森本等の人物達である。これらの人物はそれぞれの理由或いは資質から日本社会の中で生きることをやめて大陸に一種の活路を見出そうとした言わば流民の徒である。無論小林の様に作品の内実に深くかかわるという様な位置は与えられていないが、彗星或いは流星の光芒にも似て作品を横切って去る彼等の姿は一考に値すると思われる。

『門』が漱石が最初に満洲等大陸での具体的な生活者を点綴した作品であり、そこに前年明治四十二年秋の「満韓ところどころ」の旅行の直截的な投影をみ、漱石の「植民地への意識」を捉え様としたのは飛鳥井雅道である（前掲註（1）論文）。無論異論はないが、ただ厳密に言えば、漱石は『三四郎』の三四郎が上京途中に一夜を共にせざるを得なくなる例の女の夫をも、日露戦役時の旅順への出征者、そして戦後は大連への「出稼」者、その夫からの音信不通という様な形で設定しており（『三四郎』一）、そのことも視野の内に入れられるべきものと思われる。そしてここではそれらを「草枕」以降の流れとしてより精しく考えてみたい。又飛鳥井等の論の流れに安井・森本・小林の三人を取り扱った米田利昭の論もあるが（米田「漱石における大陸放浪者たち」『日本文学』一九七六・七）、対象を上の三者にのみ限定しては漱石の意図の全体は覆い得ないかに思われ、後述の「台湾」への視線がないのも惜しまれる所である。本論が精核を期す所以である。

『門』の宗助の家主坂井の弟は学生時代からの「派手好」であり、「銀行」の行員であることには飽き足らず、

「日露戦争後間もなく」「大いなる発展」を夢みて「満洲」に渡った。そこで手掛けた事業が「豆粕大豆の運送業」であったという所には、漱石の大陸旅行中の実地の見聞が影を落している（「満韓ところどころ」十七・二十参照）。併し事業は「忽ち失敗」、やがて彼は「蒙古へ這入」りそこで「蒙古王」との接触等もあるらしいが、その生活の実態は「牧畜」その外定かではなく、坂井の口から「冒険者《アドヱンチユアラー》」の言葉が幾度か語られる所以である（『門』十六）。一方の安井が宗助・お米との事件以後に辿った道は、大学からの退学、帰郷、病臥、そして「満洲行《ゆき》」「奉天」での滞在であり、宗助の得た伝聞によれば満洲の安井は「健康で、活潑で、多忙である」という事の由であった（十七）。この安井の満洲行きについては、彼のいわば前身『それから』の平岡に漱石は已に、

「僕も一人なら満洲へでも亜米利加へでも行くんだが」（『それから』十二）

と語らせており、宗助の「門」が矢張『それから』の最終第十七章の代助の姿の内に明確な暗示があった様に、安井の満洲行きも同様に『それから』の〝それから〟であったと言える。ともあれそうした安井が坂井の弟の同伴者として危うく宗助の傍をよぎる訳である。出会うことを逸れ得た宗助が坂井の口から聞き出した安井の姿は、坂井の弟と「無論一所」であり、その「落ち付いちや居られないと見える」様子は、「元大学生」からの変貌として、「何うして、あ、変化したもの」かと思わせる程のものであった（二十二）。安井も又「冒険者」の一人であることを言うものであろうが、そのことは安井の人間としての決定的な変容を物語るものとして『門』では描かれている。『門』の現実に即して今現在の宗助の健康が最早十分なものでないことは第五章の歯医者の場面等にも示唆的である。併し嘗ての宗助は安井――「よく何処かに故障の起る」――その安井が「羨ましがる」程の健康の持ち主であったのであり、そうした「楽天家」であった（十四）。それに対して安井は「着物道楽」で頭髪にも凝り性の（同前）、「身体《からだ》から云つても、性質から云つても、満洲や台湾に向く男ではなかつた」（十七）と言われている。とするなら満洲に渡り「健康・活潑・多忙」の安井と、お米を得た宗助とでは、その身体の状況は

完全に逆転したということになる。そして安井に傍を通り過ぎられ様とした宗助は、精神的にも禅寺の「門」前の永遠の佇立者として立ち尽くさざるを得ない人間である（三十一）。下級の吏員として年度末毎の人員整理の「淘汰」に怯えながらも佇立を余儀なくされている宗助と（二十三）、日本社会のいわば塞外、「万里の長城の向側」で飽く無き「冒険者」としての自己使嗾に日々を暮らす安井と（二十二）、その齎された宿命の対照は鮮明である。安井の現在の心意への言及がない以上断定は出来ないが、心身共々の頽落を生きざるを得ず、殊に精神上の転換を為し得ない宗助に対して、寧ろいわば野性的に身体の頑健さは得たかに見える安井について漱石の筆が肯定的であるとは考え難い。「冒険者《アドヹンチユアラー》」という坂井の評言の下に宗助が想像したのは、

あらゆる自暴と自棄と、不平と憎悪と、乱倫と悖徳と、盲断と決行と、（『門』十七）

であり、そうした「人格の堕落」であった。併しこれは安井に対する自己「責任」の過重さへと傾斜せざるを得ない宗助の「誇張」された想念に過ぎない（十七）。としてもその一半或いは幾分かは矢張安井等のものでもあろう。

坂井の弟も安井も日露戦争の後急速に増大することになった満洲中国東北部への日本人の流入者中のそれぞれであり、彼等は「満韓ところどころ」でも触れられている（三十九）長谷川二葉亭の様な思想性を帯びた所謂「大陸浪人」の徒とも異なった、「ゴビの沙漠の中で金剛石《ダイヤモンド》でも捜してゐれば可い」（『門』二十二）と坂井が言う様な当時に所謂「一旗組」(2)の人間として描かれていたと言える。『門』には満洲ハルピン駅頭での伊藤博文の暗殺事件（明治四二・一〇・二六）が「五六日前」の号外記事として出て来ている（三）。そしてその事件を介して宗助の弟の小六の口からは、「兎に角満洲だの、哈爾賓《ハルピン》だのつて物騒な所ですね。僕は何だか危険な様な心持がしてならない」（同前）といった当時の日本人の平均的な大陸観が語られる一方で小六は同時に、

「……僕は学校を已めて、一層今のうち、満洲か朝鮮へでも行かうかと思つてるんです」（三）

といった半ば自棄的なことをも口にしており、「企業熱の下火になつた今日」(四)という日露戦争後の日本の経済状況下に於けるいわば「一旗組」予備軍とも言える様な小六の側面も照らし出されている。その意味では一見漱石作品中でも極めて限定的な場をしか持たされていないかに見える『門』の世界も、従って宗助の禅に於けるその坐断も、満洲或いは台湾という当時の日本の版図総体を背景としたその上での坐断であり又その未在でなければならなかったのである。ともあれ宗助参禅の時の「老師」のモデル釈宗演が満鉄総裁中村是公の招請を、漱石・菅虎雄の線を通じて受け入れ満洲巡錫の途に上ったのは大正元年の十月であり、翌年には宗演は更に台湾にも巡化に赴いている。

三

「草枕」の野武士の悲劇性、安井・坂井の弟の日本社会からの局外性、これらの後を受けた後期三部作『彼岸過迄』の森本では漱石の筆はより広く平坦な社会的地平の中に彼を置いている様に思われる。森本の渡ったのは満州大連であり、その満鉄事業下の「電気公園」の「娯楽掛り」が彼の勤め先である(『彼岸過迄』「風呂の後」十二)。併しその「公園」は漱石の満韓旅行時には未だに開場間近という形のものであった(「満韓ところどころ」八)。「電気公園」勤めという森本の造型が西村濤蔭という漱石身辺の人の姿に依っていることは漱石の「日記」(明治四四・五・九)から知られるが、日本の大陸政策もそうした満鉄の事業推進等を軸にしつつその後の展開を見せていたのである。『彼岸過迄』の中で漱石は周知の様に一種の劇中劇の形で自己の講演「現代日本の開化」(明治四四・八・一五於和歌山)を使っており(「松本の話」五)、その朝日新聞主催の一連の関西講演の最初「道楽と職業」(同前八・一三於明石)の冒頭で漱石は自己の前の講演者について、唯今は牧君の満洲問題――満洲の過去と満洲の未来といふやうな問題に就いて、大変条理の明かな、さうして秩序のよい演説がありました。……(「道楽と職業」)

として触れその枕にしている。「牧君」とは当時の大阪朝日の通信課長・論説記者牧巻次郎のことであり、「放浪」がその稚号であった。牧の講演「満洲問題」は、「東洋の平和保障」を「根本方針」とし、「清国の領土保全、機会均等主義」の「尊重」を結論とする、「占領」や「侵略」への抑制を説くものであった(『朝日講演集』明治四四朝日新聞合資会社刊による)。所謂「満洲問題」は依然として朝野に於ける重大問題であったのである。又『彼岸過迄』起筆の約二ヶ月前中国では辛亥革命が勃発しており、それに対して漱石は極めて強い関心を示している(明治四四・一一頃の「日記」参照)。東アジアは已に激動の幕開けを見せていたのである。

『彼岸過迄』の語り手である田川敬太郎は卒業の成績はあまり目覚しいものではなかったが法科の出身であり就職運動中の身である。「遺伝的に平凡を忌む浪漫趣味《ロマンチック》の青年」としての彼は「南洋の蛸狩」を夢想したり、「新嘉坡《シンガポール》の護謨林《ゴムりん》栽培」を実際に「目論ん」だりもする(「風呂の後」四)。そしてそうした彼の就職の希望先として「満鉄」「朝鮮」が考えられていることは(同前五)、それが森本の大連落ちの前であることからも興味深い。満鉄が内地の帝大の卒業生を正式の試験を通じて採用する様になるのは大正八年(一九一九)からのことであり(3)、そのこととのかかわりはともかく敬太郎の満韓行きも「当分望がない」(同前)として断念されている。この彼の大陸志向は「文官試験」を通じた「地道」な世渡りには向かないと友人から評される様な(同前四)その浪漫性の発露でもあるが、帝大法科の出身者である敬太郎に於けるそうした志の出現は、後述もする様な、満洲の大陸或いは広く所謂日本の外地が、野武士・安井・坂井の弟の様ないわば一過性の冒険者達の蝟集の場であるに留まらず、そうした人物達を下層の存在とし、その上に上層のエリート層が君臨する様な――後の「満洲国」がその典型であった――そうした外地の日本人間に於ける階層の発生、植民地内での階層性の分化が歴然とし定着し始めたという、漱石の歴史認識の反映であったと考えておきたい。

已に三十を過ぎ嘗ては妻子もおり、子供は死亡妻とは離別したと言う森本は又「様々な冒険譚の主人公」（同前三）「冒険家」（同前八）でもある。金とのかかわりでは北海道の鮭漁、四国の山中での安質莫尼《アンチモニー》採掘、呑口《のみくち》会社の計画、但し後の二者は失敗、金と縁のない方では筑摩川上流の熊、信州戸隠山《とがくしやま》奥の院への盲目《めくら》の夜中参詣、九州邪馬渓羅漢寺の夕暮れに遭遇した異様な盛装の女等々、その足跡は日本全国に及んでいる（同前三）。又「今から十五六年前」というから森本の二十歳前後の頃のことでもあろう。北海道測量中の彼の所謂「呑気生活」の諸相その野性の様が実在感を伴って活写されたりもする（同前八）。そしてこれら遍歴の後現在の森本は「新橋の停車場《ステーション》」勤めである。併しそれも「三年越」と言えば彼にしては「長い方」なのであり（同前九）、下宿代の半年分を滞納未納のまま彼は大連へと下ったのである。敬太郎にとっての森本が「冒険家」から「失踪者」（同前十）或いは「浮浪の徒」（同前十一）、そしてより端的に「漂浪者《ヷガボンド》」（「停留所」六）へと変って行く所以であろう。併しこうした漂浪者としての森本には、嘗ての野武士や安井等の何か外的要因から来る悲惨さ、或いは坂井の弟の様な特別の山気等がある訳ではない。又彼の漂浪も決して地理的空間的な側面にのみ限られた訳ではなく、朝靄の中に浮び上った電車中の人々の影絵の奇観（「風呂の後」二）、敬太郎の下宿の部屋からの眺望（同前六）、又画、盆栽から金魚（同前）、更には自らの彫刻になる例の蛇の頭の洋杖《ステツキ》（「停留所」五）等々と、日常の瑣事を含めた卑近な事物も彼の漂浪の対象となるのである。それらの各々が彼の自足の場という様なものでないことは自明として、さりとて何か一事に狂奔集中するという訳のものでもなく、大連行きにしろ格別の経済的逼迫に強いられたものとも言えない。併し大連行きの森本の果ては敬太郎により「のたれ死《じに》」として見られている（同前六）。そしてその意味での森本の対照は千代子との結婚の候補者として登場する高木である。

英国から帰ったばかりの「英国流の紳士」（「須永の話」十八）として容貌、身体、社交性等の面で高木の百八十度的な対照とされるのは言う迄もなく須永市蔵である（同前十六）。併し須永・千代子・高木三者間の葛藤という作品内での高木の役割終了の後漱石は高木のその後の赴任地を「上海」として指定している（「松本の話」七）。それ以上の詳述はないが、高木の経歴からして彼の勤務先は例えば外交官としての上海総領事館、或いは三井物産の上海支店あたりであろうか。日露戦役時三井物産上海支店長の職にあった山本條太郎がロシアバルチック艦隊の情報の蒐集とその海軍への報告に当ったことは周知であるが、そのこととは別に『彼岸過迄』明治末年の当時英国帰りの上海勤務と言えば一定の枠があった筈であり、そうした外地人の上層としての『彼岸過迄』最終章での高木の姿の点描は、序章の「風呂の後」の森本の「のたれ死」の姿との対照としても、後期三部作中構成の最もルーズな『彼岸過迄』に於ける一つの内的照応の事例として、そこに作動していたのは外地の日本人への漱石の視線の明晰な重層性であったとしなければならない。しかも漱石に於けるその視線の重層性が『それから』あたり以降の一筋の系譜の下にあることも明らかである。人生場裡での一種の敗者『それから』の平岡に於ける満洲渡航の意図の潜在については先に触れた。一方の代助には「朝鮮の統監府」に友人がおり（五）、その友人は代助宛に「高麗焼」を送るという様な形で（同前）、「arbiter《アービター》 elegantiarum《エレガンシアルム》」（十四）としての「遊民」代助の一翼を担う人物でもある。そしてこの代助の友人が『門』では、矢張同じく坂井を家主とする宗助夫妻の隣人、本田という「隠居夫婦」の一人息子の姿として現わされている。「朝鮮の統監府とかで、立派な役人になつてゐる」というその一人息子は、「月々の仕送」で年老いた両親を「気楽に暮ら」させるだけの経済力の持ち主とされており（七）、その時差し当りその人物の対照となるのはたった一人の弟小六をすら大学にやるだけの力も持たない宗助その人である。併し同時にそこには、平岡対代助の友人の延長としての、安井対その本田の一人息子との対照性、即ち外地への流民とそこの支配官僚とのそれとしての暗示も認められていることは自明であろう。

四

以上の系譜の総体を受ける形で「都落」「朝鮮落」（『明暗』三十六）の無頼漢『明暗』の小林は造型されていたと言え、その設定に於ける漱石には極めて周到なものがあったと言える様に思われる。『明暗』の「時代」は第一次世界大戦時、即ち執筆の大正五年のほぼ真下と考えられるが、そのことを告げるのは岡本の長女継子の見合いの相手として現われる「青年紳士」三好が（四十八）、「戦争前後に独逸を引き上げて来た人」（五十二）とされていることである。そしてその三好の「洋行談」からの縁で岡本・吉川の双方も倫敦滞在を経験した洋行者であることが語られている（五十三）。これら洋行者との明暗の対照として小林の朝鮮落ちはあると言うことになるが、併しその明暗の暗を負うのは単に小林一人のみである訳ではない。というのは、小林の「先生」つまり津田の叔父の藤井には四人の小供が持たされており、四年前に已に片付いたという彼の長女は、

　夫に従つて台湾に渡つたぎり、今でも其所で暮らしてゐた。　（『明暗』二十七）

という様に記されており、その語感に即しても藤井の長女夫妻にとっての「台湾」が栄転の地でないことは明らかである。そのことは酔余の小林の言葉、彼が日本の国内で、

　「みんなに馬鹿にされるより、朝鮮か台湾に行つた方がよつぽど増しだ」　（三十七）

からも言え、[4]藤井の次女も又結婚の「式が済むとすぐ連れられて福岡へ立つてしまつた」（二十七）のであり、長男の真弓の大学の所在地も福岡、ということは九州帝大ということになっている（同前）。これらの事柄は藤井の家族及び小林等藤井周辺の人物達の日本社会の中心性からの離隔の相の暗示以外のものではないのであり、藤井の次男小学生の真事が様々の点で同級生である岡本の長男一《はじめ》との間の落差——経済的なものとしてのそれ——

を小供ながらの不満の形で思い知らざるを得ないのも矢張同様の事柄である。藤井の長女が台湾での滞留を余儀なくされている一方で、岡本の長女継子は三好との結婚を半ば意識する形で新しく「語学」（ドイツ語であろうか？）の「お稽古」に通いつつあるというのも（六十七）、――台湾の藤井の長女が「語学（中国語）」の「お稽古」に励むという様なことが当時の中国の国際的地位からも考えられないことを思い合わせても――「同学」（東大であろう）故の「古くからの知り合」（六十九）である藤井・岡本間のその後に生じた社会的経済的懸隔の一つの顕在化がそこにもあると言うことであろう。そして藤井との間柄が「第二の親子」（二十）とも言うべき、即ち藤井の家で人となった津田もその出自の中心性からの距離は無論免れないのであり。津田が彼の勤め先の社長乃至は重役であるらしい吉川との間に保持しているコネ――それは『それから』の代助の父及び『彼岸過迄』の田口要作と同様所謂「天下り」として「官界」より「実業界」へと転進した津田の父（二十）と吉川との関わりから生じたものであるが――その吉川との間のコネについて、

「津田は吉川と特別の知り合である」彼は時々斯ういふ事実を背中に背負つて……みんなの前に立ちたくなつた。（九）

という様に、津田がそのことに隠微な自恃を持たざるを得ない人間であるということとは、彼の対社会的な志向が藤井的な非中心性からの離脱、つまり日本の社会的経済的中心への転進にあると言うことに外ならない。(5) 津田が妻のお延――外ならぬ岡本を一種の養い親として育った――その彼女との間に、「常に財力に関する妙な暗闘」（百十三）を演ぜざるを得ないのも、上の津田の対社会的志向に起因したものであるし、又子供とてなく典型的な有閑婦人であり、自分の掌の上で演ぜられる若い男女の恋愛劇の見者であることに楽しみを見出す、そうした吉川夫人の一種の人形であることに津田が自ら甘んじているのも同様の事情からと言える。そしてこの津田の中心性への志向の産物としての最も顕著なもの、それが外でもない小林との間の人間的な乖離亀裂の現われである。

遺された限りでの『明暗』に即して一見奇異な寧ろ謂れのないとも見える小林と津田との疎隔と憎悪乃至は敵視とは、同じく藤井の下に人となりながら一方はそこから中心への転身を、そして一方は藤井の、元来が非中心でしかないその圏内からすらも更に脱落を余儀なくされ、「朝鮮三界」（八十二）にまで落ちざるを得ないという両者の社会的立脚点の距離の増大にその本質的誘因を持つものと見るべきであろう。『明暗』の最終、温泉宿に於ける津田の白日夢。

「何しに来た」（津田）「貴様を厭がらせに来たんだ」（小林）「何ういふ理由《わけ》で」（津田）「理由《わけ》も糸瓜もあるもんか。貴様がおれを厭がる間は、何時迄経《た》つても何処へ行つても、たゞ追掛けるんだ」（小林）「畜生ッ」（津田）……「撲つたな、此野郎。さあ何うでもしろ」（小林）　（百八十一、（　）…論者）

こうした二人の泥仕合にも似た熾烈な暗闘の起因、それが上述の事柄の内にあるということである。

『明暗』には「乞食」（十三）「紙屑買、腹掛股《もも》引」（三十四）等の社会の最下層から、吉川・岡本等の上層――岡本はいわば財界人病とも言うべき「糖尿病」を已に病んでいる（六十）――まで、日本の社会的「階級」（七十五）の諸層のそれぞれが周到に配せられている。そして彼等の住居についても東京の下町から山の手或いは場末へと、更にその住居の外貌から内装内部構造にまで描き分けは極めて意識的である。又国外についても既述の朝鮮・台湾・ドイツ・ロンドン、或いは「三角派・未来派」（百六十三）等西欧新興の芸術思潮に至るまで、目配りの対象の正鵠さに翳りはない。そしてこれらのことは、試算によれば僅か十五日間、長く数えてもせいぜい十七日間程の日時の経過に過ぎない遺された限りでの『明暗』が、第一次大戦下の世界の総体を明確な視野の内に納めつつ書き継がれつつあったということを告げる。例えば一つの例示を試みるなら、周知の様に姪の駒子との所謂新生事件を支え切れなくなってフランスへと奔った島崎藤村は、先の『明暗』の青年紳士三好がドイツからの脱出と日本への帰還とに腐心していたちょうどその頃パリで同様の憂き目をみていた。滞欧期の藤村書簡には『破戒』

自費出版の時の出資者神津猛宛の矢張借財依頼の目的のものが屢々見出され、彼の困窮の程も思われるが、そのことはともかく一方藤村の兄、不正事件により収監もされた島崎家の長男秀雄の当時の所在地は彼が新事業を企図しての台湾、即ち藤井の長女夫妻と同一の地であった。藤村兄弟を女性故の『門』の安井や、内地での敗者野武士・森本等に比定するつもりはないが、漱石の文学世界が藤村の家及びその人と文学とを包摂して余りあるものであったことは言を俟たない所と思われる。

五

小林には一人の妹「お金《きん》さん」がおり、彼女は藤井の家でお手伝いの様な形で世話になっている。縁談が纏まりつつあるが、それでは何故小林兄妹が藤井の下に来る様になったのか、彼等の両親はどの様な人々であったのか等の小林の出自の問題については漱石は結局書かないで終って仕舞ったと考えられる。小林がこのまま作品外の人となるとは考えられないことからも、——百六十七章の彼の言葉等参照——小林のいわば「無頼」の由来については更に言及があった筈である。松尾尊兊の「安成貞雄・二郎兄弟」の小林モデル説もあるが（松尾「一九一五年の文学界のある風景と最晩年の漱石」『文学』一九六八・一〇）、自律性自動性の度を強めている『明暗』中の人物を現実のモデルに還元することには寧ろ危険性が伴なうと思われる。

津田は小林との間の「旧い交際と、其交際から出る懐しい記憶」、及び「昔の小林と今の小林の相違」とを語っている（百五十二）。これがお延に対する一種の言い訳、——小林に金をやる為の、であることからは割り引きは必要としても、小林の口からも津田の「昔の親切」（百五十七）は語られており、この「昔」は少なくとも十年、即ち二人の二十歳前後迄は溯り得るものであろう（津田は当年三十歳）。小林は英語は読め（百十七）「相当な頭を持つてる」（百五十二）と言われているが、「不幸にして正則の教育を受けなかつた」（同前）人間であり、無論大学の卒業者ではない。両親の早世故であろうか。小林の独学者としての姿もそこには考えられ、その意味では同じく露西亜文学好みとは言え、大学卒業後自らの選択により文士稼業に入った『それから』の寺尾のその貧と、他律的に貧乏を余儀なくされている小林とでは明らかに異なっており、それぞれの原稿一枚が寺尾は五十銭（『それから』八）、小林は三十五銭（百六十六）というのも、『それから』『明暗』間の七年の開きを考えれば、学歴の差の齎したものとも言えるかも知れない。「生涯漂浪して歩く運命」（三十六）という森本系の漂浪者としての自認が小林にはある。そして彼の差し当っての漂浪先は「朝鮮」の「或新聞社」である（同前）。この「新聞社」は漱石も関係のあった『満洲日々新聞』のことを指すのかも知れないが、いわば社会的敗者の新聞社勤めの線では小林は『それから』の平岡の系譜にあることは明らかである。平岡は勤め先の銀行の部下の起した不正経理から支店長のトカゲの尻尾切りに遭い上京、結局「某新聞社の経済部の主任記者」となる（『それから』十二）。又「銀行」とのかかわりでは平岡は「草枕」の野武士の系をも引いており、それは『門』の坂井の弟に流れつつ、『明暗』にも銀行はある。津田が小林から読まされる「全く未知の人」の手紙のその差し出し人が苦しめられている山師の叔父は、矢張「銀行の整理」にかかわっている人物とされているからである（百六十四）。

小林の無頼の対象は「上流社会」一般と言えるが（三十五）、当面その矢面に立たせられるのは津田であり、又その余波としてのお延である。併しそれが嘗ての津田と清子とのかかわり、「その秘密を知っているのは、吉川夫人と小林だけ」であるが故という飛鳥井雅道の指摘（註（1）論文）は『明暗』の詳細に即して正確ではない。津田と清子とのかかわりについては、藤井の妻お朝《あさ》の口からも諷されているし（三十）、又より明確には津田の妹お秀の口から、清子という名こそ出ては来ないが、お延に決定的な疑惑への確信を抱かせる形で告げられている（九十九・百二・百十二・百二十八等参照）。従って問題は、下位の者への頤使に自己満足を見出す有閑者吉川夫人と、自己の強迫的使嗾に乱れる津田の姿に金と勝利感とを要求する小林という、津田を間にした対極者の中にあって「秘密」への怯えを持たざるを得ない彼のその「秘事」への固執にこそあったと言える。かの清子にあっては、夫関との間で津田は日常的な話題に上っており（百八十五）、お延に清子のことを語り得ない津田とは異なり、清子には嘗ての津田とのかかわりは「秘事」でも何でもない。小林の無頼は他者の心の奥なる翳りをも容赦なく踏み付けにする所に迄至っていることになるが、それは「細君」は無論「親、友達」もない、「つまり世の中がない」。更には「人間がない」という彼のアナーキー性の端的な発露に外ならない（八十二）。何故なら津田の「秘事」は夫婦という社会秩序の一部での自己防衛にかかわったものに過ぎず、無一物の小林にそうした津田への斟酌の起り様筈はないからである。

　ところで小林の津田批判の焦点は、「実戦」（百五十八その他）性を持ち得ない津田、即ち「事実其物」（百六十七）に届き得ない津田のその存在性という点に置かれている。已に『彼岸過迄』の森本も敬太郎に、「実地・経験」の人対「教育・学校・大学」の経由者との対照として同様のことを告げていた（「風呂の後」七）。小林の森本からの深化は自明として、彼は津田に「頭では解る。然し胸では納得しない」（百五十八）とも言う。（同様の表現は事柄の「意味」の理解とその「心持」になり得ることとの乖離（同前）、「心得」と「実践」との距離（同前）、「意解」と「事解」との落差（百六十一）等と多用されている）。そしてそれは禅語『明暗』の「明暗」にも「明―（事）―胸」と「暗―（理）―頭」の対照としてかかわっており、双方（理）・（事）の無礙即ち「明暗雙雙」が津田の課題ということになるが、留意されるのは、そうした課題的な津田の負性の基底に津田の物質的経済的なものへの馴化と狎昵とをその原因として指摘する小林ということであり、そこにこそ彼の無頼性の真価の発現はあったと言い得ることである。ということは、小林からというよりは恐らくは清子との出会いの中から津田が見出す筈の知的主体としての自己偏向からのその脱化の過程に於て、彼は最早現実の社会的経済的褶曲に盲目であることを許されない人間ということであろう。『明暗』が何処迄書かれたかはともかく、例えば先述の津田には「全く未知の人」、――「悪魔の重囲」の下「土牢」中に懊悩する――その文学青年の手紙（百六十四）に津田は一時の自失を経験せざるを得ない。そしてその津田に小林は、「同情心」からの「良心の闘ひ」とその結果としての「不安」の生起とを指摘する。「不安」という形での社会現実の苦窳への醒覚が、知性のそこからの自己脱化の過程に於てその現実の変革を内的な必然とせざるを得ないという、そうした暗示は見得るのではあるまいか。

六

小林の無頼、「貧賤の富貴への復讐」（百六十）は津田の人間的な中核を見事に射抜き得ている。彼のアナーキー性が以後どこ迄その波紋を拡大して行ったかは未知と言うしかないとしても、それは潜在的には吉川・岡本等社会上層を貫いてその頂点としての近代の天皇制そのものをも突き得る筈のものであろう。已に「人間がない」小林に「神――天皇」のあろう筈もない。併し小林は屢々誤解されているが、所謂社会主義者ではない。

「社会主義者？」……「笑はかせやがるな。此方《こつち》や、かう見えたつて、善良なる細民の同情者だ。……」（三十五）

「津田君、僕は淋しいよ」（三十七）

社会主義者からこうした言葉は出て来ないし、「善良なる細民」という様な言い方にも小林のセンチメンタリズムは十分に露呈されている。漱石は『それから』に於て社会主義者幸徳秋水の一挙手一投足に警戒蝟集する明治官憲の生態を、代助に「現代的滑稽の標本」として言わしめていた（『それから』十三）。代助のシニシズムは無論漱石の等価物ではない。併し漱石の作品に所謂真正の社会主義者がその位置を占めることは恐らくはなかった筈である。小林にしても言わば擬似社会主義者、即ち無頼の徒という形象にかかる。そしてそこには文学が社会の政治的経済的状況の変革を担うことが如何にして可能かと言うことへの漱石の深邃な思惟があったと考えたい。このことは後年のプロレタリア文学（日本のそれに限らず）が、作品の自律的な内的聯関総体の中で現実の社会的経済的偏向を突くという様な小林的人物の形象化に殆ど成功しなかったことからも言えることと思われる。ともあれ近代日本の天皇制と言うことからは、

> 皇室は神の集合にあらず。近づき易く親しみ易くして我等の同情に訴へて敬愛の念を得らるべし。夫が一番堅固なる方法也。夫が一番長持のする方法也。

という行啓能観覧の際の漱石の「日記」（明治四五・六・一〇）の記述は、統治・権力機構としての天皇制への洞察に於ける彼の明哲を告げる。時は大逆事件の後、所謂「冬の時代」であった。然も上の「我等」という「臣民」即ち「国民」の第一義、その主権性を言う――例えば「私の個人主義」（大正三）に即しても――漱石は、主権を天皇個人からは奪いながらも結局はそれを国家に帰属せしめたかの美濃部達吉の所説よりは遙かに深くラディカルな地点に立っていたと言える。併しその天皇制の代替として社会主義がという程漱石の政治イズムというものへの視線が単純のものでなかったことは、「イズムの功過」（明治四三）「点頭録」（大正五）等も告げる所であろう。先の代助のシニシズムは漱石にも一脈の流れはあったであろうし、又その『それから』に於て已に旧刑法の「姦通罪」の空洞化を敢行していた漱石であってみれば、所謂「大逆罪」という様な罪刑の存在そのものが白眼乃至は無化の対象であったであろうことは想像に難くない。小林の「無頼」がそこ迄届くものであったかはともかく、第一次大戦という流動性を孕んだ世界性の下、「草枕」の野武士以来の方法的な追求の尖端に位置する無頼の系譜小林の余韻はなお消えてはいない。

（1） 江藤淳（『夏目漱石』勁草書房第二部第九章「「明暗」それに続くもの」）、飛鳥井雅道（「『明暗』をめぐって―夏目漱石の晩年―」『人文学報』京大人文研昭和四一・一二）、瀬沼茂樹（『夏目漱石』東大出版会大七章「三『明暗』」）、桶谷秀昭（『夏目漱石論』河出書房新社第十一章「自然と虚構（二）―『明暗』」）等。

（2） 原田勝正『満鉄』岩波新書五四頁参照。

（3） 註（2）の同書一三八頁による。

（4） 『明暗』に於ける「台湾」の先蹤としては、『道草』の御住《おすみ》が「門司の叔父」と呼んでいる人物は、周囲から「油断のならない男」とされている山師兼詐欺師といった人間であるが、彼は「まだ台湾にゐるのかと思つたら、何時の間にか帰つて来てゐる」様な人物として登場している――『道草』十八。

（5） 津田は「器量望みで比較的富裕な家に嫁に行つた」妹お秀の内に、「成上りものに近いある臭味を結婚後の」彼女に「見出した」としているが（『明暗』九十七）、「成上り」たいという願望は兄である津田も又分有していると見るべきであろう。

九　『道草』論

——虚構性の基底とその周辺——

一

『道草』（大正四）の新聞発表当時、読者はこの作品のどの時点でこれが作者である漱石自ら、及びその身辺の事柄が一往の素材とされた作品であるという事実に気付き得たであろうか。『道草』論の一つの困難はこの漱石自らが作中人物として登場し、それを矢張作者である漱石が描くという漱石のいわば二重性を如何なるものとして捉えるかということにあると考えられる。その両者即ち「健三と作者」とを「峻別」させ、ということは双方の間に絶対の断絶・距離を置き、嘗ての漱石つまり健三の「愚昧さ」「暗愚」さの「検証」に『道草』の主題を見ようとする秋山公男の視点は、氏の文字通りの「鳥瞰図」的に羅列的な『道草』論にとっては便宜ではあろうが（秋山「『道草』―鳥瞰図の諸相」『文学』昭和五七・五）、それは結局『道草』の自伝性にのみ繋縛された――健三と作者（漱石）との「峻別」とはそういうことである――立論でしかないのであり、そういう視点からは『道草』の含む、質的には『明暗』にも連なる、その深い虚構性の内実は視野の外に置かれざるを得ないであろう。同じく氏が『道草』の「方法」とされる「絶対的視点による相対叙法」にしても（秋山「『道草』―構想と方法」『文学』昭和五七・四）、周知の様にこの時期の漱石にあるのは「現象即実在」「相対即絶対」（大正四「断片」）の語であり、そうした漱石の立場即ち『道草』の方法的立脚点は、寧ろ氏の言われる様な「絶対的視点」の破却に於てこそ初めて現出し得るものではあるまいか。「『道草』の作品外に設定された絶対的視点」（傍点論者）という様な言われ方はやや理解の外にあるものであり、仮にその氏の言い方に即するなら、漱石の所謂「相対即絶対」とは、『道草』の作品の内・外への出入の自在さ、或いは内は即外であり、又外は即内であり得る様なそうした方法的な無礙自在ということでなければならない。早く橋浦兵一が『道草』の「方法」として『こゝろ』以前との比較の上に、「固定から流動へ、観念から関係への転化」と語っているのは（橋浦「漱石「道草」の明光度」『文芸研究』第五十四集　昭和四一・一二）、上に触れた様な虚構（内）と現実（外）との相即、或いは真の虚構（内）によって明かされる現実（外）の姿といった、そうした『道草』の虚構性の質にかかわった言葉と考えられる。

確かに『道草』に於て漱石の方法は変化した。例えば柄谷行人が『道草』（及び『明暗』）の内に、「図式をはぎとった漱石の存在感覚がふたたび濃密に露出してくるのを見出す」と告げる時（柄谷「意識と自然─漱石試論（1）」『畏怖する人間』冬樹社）、言われているのは漱石の方法的な変化ということに外ならない。併しその変り方を橋浦兵一の様に、「後期三部作で見失っていた、現実的な人格」の浮上としてみるのは（橋浦、前掲論文）果してどうであろうか。氏の論の内容自体を否定する謂れはないが、後期三部作の漱石の方法からすればその所謂「見失い」は、『こゝろ』（大正三）に於ける人物達の現実性の極度の希薄化──一つには固有名詞の無化等にも象徴的な──と共に、それは漱石の極めて自覚的な方法的取捨の所産であったと思われるのであり、そうした一種の迂路の経由を経て齎された、漱石内のある課題的な落着が『道草』以後の方法を支えるものであったと見られるべきである。柄谷行人は『道草』以後に「ふたたび」涌出を見る漱石の「存在感覚」を、「『夢十夜』や『倫敦塔』」と同様のものとしており（柄谷、前掲論）、それは『道草』に取り扱われた漱石の伝記上の時期がそうした漱石の初期短篇群のそれと重なるものであることからも一つの見方である。併し柄谷自らも言う「実存主義的」なこうした漱石への視線（柄谷「受賞の頃」『隠喩としての建築』講談社参照）は、『道草』の存在性の質をその当体として真に捉え得たものであろうか。「『道草』とはいってみれば、『倫敦塔』の世界を逆様にしたようなもの」とも柄谷は言う（前掲「意識と自然」）。同じ様に、作中に於ける『道草』と同様の漱石の二重性ということからは、『道草』は『吾輩は猫である』を「逆様にしたようなもの」とも言えるであろう。ただその「逆様」の仕方が、嘗ての作品の天地を単純に逆にしただけのものには終っていない筈であり、逆様の「仕方」というその『道草』の方法の内に、『こゝろ』迄の漱石の文学的階梯の総和が見られるべきなのではあるまいか。然もそうした段階に位置する『道草』の自伝性の時期が、一応の幅として英国から帰国後の数年間に取られたということは（作品内の厳密な時間の経過としては、帰国後大学への出講の頃（四・五月頃）から翌年一月の半ばまで）、先の柄谷の見解と共に、その時期が現実的にも実質的にも漱石文学の濫觴であったということであり、そのことは初期漱石に於ける文学の方法的措定と言うべき、例えば「一夜」（明治三八）「草枕」（明治三九）等の作品が、ほぼ『こゝろ』までの漱石の方法を、従って作品『道草』の可能根拠を射程として内包するものであるといったことにも一つの証左を求め得る。それに対し、『道草』の自伝的時期の選択の理由を、漱石即ち「作者から顧みて最も醜悪かつ盲目の時期であった」が故のもの、「己れの卑小な生と精神の検証」のためとする様な秋山公男の論（前掲「『道草』―構想と方法」）は、その断案の根拠を現実の『道草』或いは漱石の書き遺したものの果してどこに求め得ると言うのであろうか。疑問なしとしない。

二

『道草』の健三とお住との対立の結果でもあればその原因でもある、矢張健三との齟齬の立場にいるお住の父には、台湾総督の任を解かれた時の乃木希典への評言として次の様な言葉が記されている。

「個人としての乃木さんは義に堅く情に篤く実に立派なものです。然し総督としての乃木さんが果して適任であるか何うか……議論の余地がまだ大分あるやうに思ひます。個人の徳は……遠く離れた被治者に利益を与えやうとするには不充分です。其所へ行くと矢つ張手腕ですね。……」

（『道草』七十七）

「政治家」（七十一）「事務家」（七十七）として「仕事本位の立場からばかり人を評価した」がる（同前）とされている健三の岳父による乃木評である。乃木の台湾総督任官は明治二十九年十月より三十一年の二月までであり、周知の様にこの赴任は完全な失敗に帰し、彼は解任の上に更に七ケ月の休職処分に処せられた。乃木の後任は児玉源太郎、そして後藤新平が民政長官としてその配下に赴いた。児玉はやがて日露戦役時にも苦戦の乃木の後を襲う形で軍の司令に当ることとなる。お住の父の上の言葉はそうした乃木の解任当時のものとされており、健三夫妻と現実の漱石夫妻とのその結婚の時期等の照応からして、この乃木評が語られたのは結婚後二・三年後の、健三が「まだ地方にゐる頃」（二）の彼（恐らくは上京中の）に向ってであったと見られる。このお住の父の言葉が、漱石の岳父であり、又当時貴族院の書記官長職にあった中根重一のものそのままであったか否かは分らないし、そのことは『道草』論としての問題にはならない。ただこうした健三の岳父の乃木評が、明治の権力機構に於ける政府の中枢近くにいた文官による、乃木という軍人武官への評言、その政治的無能力に対する指弾の一つの典型或いは代弁であり得たことは確実であろう。その後のお住の父の人生は、動揺常なかった明治の政治権力の浮沈の中でいわば一敗地に塗れたものでしかなかったが、併し彼は「侯爵」（七十七）等の華族はもとよりのこと、「三井・三菱」に匹敵し得る様な「財界」人とも知己であり得たのであり（七十六）、又嘗ては「知事」の座をも断然拒絶して顧みないだけの勢威の持ち主でもあった（同前）。併し内閣の瓦解と共に、「貴族院議員」の地位も結局は「総理大臣」の選から漏れて叶わず（九十七）、「ある大きな都会の市長」職も沙汰止みとなって終った（七十五）。

これらお住の父の乃木希典への言及、及び貴族院への登院に於けるその挫折等の事柄を見る時、想起されるのは森鷗外の姿であろう。鷗外の陸軍軍医総監兼医務局長への就任は明治四十年十一月であり、その時中根重一は已にこの世の人ではなく（明治三九・九・一六逝去、腸チフス）、健三の岳父の軍医総監としての鷗外評という様な事態は現実にはあり得なかったが、或る時期の彼は明治の政治機構の内にあって、乃木へと同様鷗外等に対しても十分に批評的であり得る様な地位にいた人物であったと言える。『道草』の作品内に姿を見せるお住の父は、官途より退隠の後「相場」に手を出してそれにも失敗した（五十八）、全くの落魄の人でしかない（中根の現実の死に際しては葬儀費用にも事欠く有様であったという）。ただもし彼が官途に順当であり且つ命長らえて「貴族院議員」にでもなっていたとしたなら、乃木や鷗外との権力機構内部での地位の高下と共に、例えば健三（漱石）との対立の様相も現実の『道草』とはかなり異質のものとならざるを得なかったであろうことは当然の予測である。

漱石の乃木大将への言及は周知の様に『こゝろ』にもある。それより早く講演「模倣と独立」（大正二・一二・一二、於一高）に於て漱石は、乃木の明治天皇への殉死を「至誠」によるものとして評価していた。併し『こゝろ』では乃木の明治天皇への殉死と、先生の「明治の精神」への殉死とは截然と区別されるべき異質のものであった。『道草』のお住の父の乃木評が漱石その人のそれとそのまま重なるものでないことは言を俟たないとして、『道草』が『こゝろ』に於ける乃木の取り上げ方の意識的な展開であったことは明らかであろう。日本近代の精神史の中で乃木は、政治権力により「軍神」という様な方向に、軍国主義的近代国家の守護神の位置に祭り上げられることになる（所謂「乃木神社」の創建）。併し漱石は已に『それから』（明治四二）の長井代助をして、日露戦役時の広瀬中佐に即しつつ、所謂「軍神」なるものの時代的な一過性、いわばその政治的な傀儡性を明確に指摘させていた（『それから』十三）。乃木自らは与り知る所ではなかった彼の死後の日本の近代国家内に於けるその辿るべき命運は、代助の言によってもほぼ予見の埒内にあったと言えるのである。漱石の初期短篇「趣味の遺伝」（明治三九）には日露戦争の凱旋将軍としての乃木の姿も描かれているが、それをも含めて、これらに見られる漱石の乃木への対し方は、『うた日記』（明治四〇）や「鶏」（明治四二）、そして何よりも「興津彌五右衛門の遺書」

（大正一）等に於ける鷗外のそれとも、又武者小路実篤や志賀直哉或いは芥川龍之介等の対し方とも異なるものであり、そこには漱石の時代性と共に、彼の文学、即ち当面の『道草』の虚構の内実にかかわる或る何かがあると言えるのではあるまいか。

『道草』には乃木将軍の台湾治世のいわば攪乱者の一角を占めた筈の「台湾」への渡航者、山師或いは詐欺師とも言うべき、健三・岳父共にその被害者となった人物が、お住の「門司の叔父」という形で登場しており（十八）、又『道草』の地理的な広がりとしては、健三の留学先「倫敦」、彼の友人（現実には菅虎雄）が教鞭を執った「支那のある学堂」（清国南京三江師範学堂）等が配され、日清戦争の戦死者がある一方に、その戦功によるものであろう「金鵄勲章の年金」の受給者等も描かれている。そしてこれら『道草』がその背景乃至は周辺に見え隠れさせている一種の外部的断面は、『道草』の主題である健三の家の日常性の舞台が、近代社会の如何なる波濤の上に浮ぶものであったかを示唆的に物語るものであろう。

それではそうした『道草』の基底には何が認められるべきなのであろうか。

三

細君は突然自分の家族と夫との関係を思ひ出した。両者の間には自然の造つた溝があつて、御互を離隔してゐた。片意地な夫は決してそれを飛び超えて呉れなかつた。（四十七）

斯くして細君の父と彼との間には自然の造つた溝渠《みぞ》が次第に出来上つた。彼に対する細君の態度も暗にそれを手伝つたには相違なかつた。（七十八）

健三とお住の家との乖離、特に先の乃木評を口にしたお住の父と健三との阻隔への描写である。上の叙述から言えることは、双方の離隔はそれが「自然の造つた溝」という様な言い方になっていて、恰も両者の阻隔がそれぞれの主体的な意識の結果として出て来たのではないかの様な叙述のされ方になっているということである。漱石の作品系列を辿る時、「自然」の語がある重みを負荷された形で使われて来るのは『それから』以降である。そしてそれが質的にも使用数の上からも一つの劃期を見せるのが、この『道草』以後、即ち『道草』『明暗』である。先の二つの引用は『道草』に於ける「自然」の性格をよく暗示しているが、健三とお住の父との阻隔への行程は「自然」の媒介の下かなり丹念に追われている。

父は悲境にゐた。まのあたり見る父は鄭寧であつた。此二つのものが健三の自然に圧迫を加へた。……単なる無愛想の程度で我慢すべく余儀なくされた彼には、相手の苦しい状況と慇懃な態度とが、却つてわが天真の流露を妨げる邪魔物になつた。（七十六）

悲境・苦境にありながら表面的には鄭寧と慇懃とを持続する岳父の在り方とは、「官僚式」（七十三）「虚栄心」（七十五）の発現に外ならない。それが健三の「自然」を「圧迫」し「天真の流露を妨げる」のである。そしてそうした健三による岳父への「応対振」は、「愚劣」であり「馬鹿」であり、決して「賢こい男」の所作ではあり得ない（七十六）。或いはお住の父の虚栄も時にはその鎧が取り払われることがある。併しその時の健三は已に次の様である。

斯うした懸け隔てのない父の態度は、動《やゝ》ともすると健三を自分の立場から前へ押し出さうとした。其傾向を意識するや否や彼は又後戻りをしなければならなかつた。彼の自然は不自然らしく見える彼の態度を倫理的に認可したのである。（七十六）

「自然」を核としたものが現実には「不自然」としてしか現われ得ない場合のあること、「自然」の自己表現が人間の場では（＝「倫理的」には）「不自然」として「自然」であること、それがここで言われていることの意味である。現実の健三は依然として「愚劣」で「馬鹿」でしかなく、その健三からお住の父がますます離隔するのも必然であろう。二人の間の「自然の造つた溝渠《みぞ》」とはそういうことなのであり、健三には、岳父との間に「自然の溝渠が出来たのは、やはり父の重きを置き過ぎる手腕の結果としか思へなかつたのである」（七十七）。乃木評にも現われていたこの「手腕」とは、「官僚」「事務家」の所謂「仕事本位の立場」（同前）「役に立つ」（九十二）であり、それは変じては「遣《や》らんでも澄むのにわざと遂行する過失」ともなり（七十六）、更に転じては「手腕《うで》」即ち「金」ということにもなる（八十七）。そうした「手腕」への過重視が健三の「自然」をして「馬鹿」という「不自然」を発現させ、「自然の溝渠」にまで深まったのである。健三と岳父との間にはその「溝渠」を埋めるべき何らの媒介項もない。併し夫婦である健三とお住との間では必ずしもそうではない。

　自然は緩和剤としての歇斯的里《ヒステリー》を細君に与へた、　（七十八）

からである。「歇斯的里」が所謂病であるか否かはともかく、その人間への現われ方は矢張「不自然」の内にあるであろう。然もそれを「与へ」るものを「自然」とした時、漱石には人間に於けるそうした疾患というものの構造は見通されていたと言える。健三・お住間の「自然」は単に上の事例に留まらず、例えば「二人の間」の「仲裁者」でもあり、又「或時の自然は全くの傍観者に過ぎなかつた」といった自在さの内にある（五十五）。そしてこうした「自然」の位相は、健三とその養父母であった島田・お常との間にあっても基本は同一の現われ方をしていたと考えられる。

　併しこれら『道草』に於ける「自然」・「不自然」は、凡て『こゝろ』に於ける先生の死＝自殺の視点から見られるべきものの様に思われる。

　『こゝろ』の先生は、先の病の観点に即するなら、「丈夫」であり「何にも持病」はない、病気とは無縁の人間である（『こゝろ』上十一）。併し彼は実は「大病」それも「死病に罹《かゝ》りたいと思つて」いる人物なのであり（上二十二）、私の父の腎臓病に対しても、「私が代られゝば代つて上げても好いが」（同前）という彼は、単なる挨拶の域を超えて、明らかに病死という形での、例えばその私の父や明治天皇と同様の、いわば自然死の一日も早い到来を望んでいる人物であろう。併し「殆んど煩《わづら》つた例《ためし》」のない彼であってみれば（上三十四）、先生は健康であるべく宿命付けられた、或いはその様に罰せられた人間ということであり、そこにその死が自殺以外にあり得ないという漱石の周到な造形を見ることが出来る。そしてその先生の死は、「自然」ならざる「不自然な暴力」の行使としての「自殺」として規定されている（上二十四）。ただ『こゝろ』に於て留意されなければならないのは、そうして自殺へと赴く先生は自己の死の「不自然」さは知りつつも、自己を自殺へと使嗾するそのものの当体については遂に知らされることはないという事である。

何時も私の心を握り締めに来るその不可思議な恐ろしい力は、私の活動をあらゆる方面で食ひ留めながら、死の道丈を自由に私のために開けて置くのです。（『こゝろ』下五十五）

「牢屋」中の自己（同前）、と自照されている先生の心景である。

先生の自殺が逆説的ではあってもその「牢屋」からの離脱への投企であった以上、たとえ先生にそのことへの明確な自覚は齎されていないとは言え、その自殺は矢張先生に於ける「自然」の回復、「私の自然が平生の私を出し抜」くと言われる様な（下四十九）、そうした「自然」への道であったと一応は言えるであろう。先生に唯一「自由」に「開け」られた「死の道」とは、「牢屋」でしかあり得ない自己からの脱出への道ということである。ただその「牢屋」からの脱出が死即ち自殺という形でしかないのは、先生は最早自己の内のどこにも「牢屋」ならざる自己の場を全く認め得ない人間だからである。即ち「牢屋」としてしかない先生にその「牢屋」からの脱出が可能なのは、その「牢屋」としての自己の完全な崩壊、即ち自殺以外にはあり得ないということである。併し漱石はその場合先生の「自殺」へのその「力」そのものは、明確に「牢屋」としての先生とは別のものに委ねているのであり、先生が自己を自殺へと使嗾するその当体に対して、「不可思議な恐ろしい力」という認識の内に置かれているのはその為である。もし彼がその「恐ろしい力」の本体に自覚し得たならば、その「力」に即する形で「牢屋」としての自己からの、その自己ならざる自己への脱出を果し得た筈である。併しそうした方向は先生には許されていない。彼はその「力」の使嗾のままに「不自然な暴力」による自殺へと赴くのである。明らかな様に、先生にあっても「自然」は「不自然（な暴力）」というその裏返しの形で現われているのである。「自然」を本質的に自覚し得ない、即ちそれを「不可思議」としてしか認識し得ない先生は、その「自然」にはない「不自然な暴力」による自殺という形で、その果てに自己への「自然」の現成を見るしかないのである。或いは換言するなら、『こゝろ』の場合、「自然」は先生を殺すという「不自然」の内に「自然」を実現したとも言えるであろう。ところで『道草』の健三はこうした先生とは明らかに異なる地点に立っているのであり、『こゝろ』『道草』の二つの作品は、その異相を明確に対照させるべき以下に辿る様な叙述を持っている。

四

『こゝろ』の先生は最早現実的な行為の不可能な人間となって仕舞っている。ただその彼も「外界の刺戟」を受けて何らかの行動へと赴きたくなる時がある。併し直ちに、

恐ろしい力が何処からか出て来て、私の心をぐいと握り締めて少しも動けないやうにする…。さうして其力が私に御前は何をする資格もない男だと抑え付けるやうに云つて聞かせ

（『こゝろ』下五十五）

る、とされている。一方『道草』の健三では、彼が学生の試験の採点の所謂「ペネロピーの仕事」（九十四）に耐

え切れなくなって、それを放り出して「人通りの少ない町を歩いてゐる」時のこととして、

「御前は必竟何をしに世の中に生れて来たのだ」彼の頭の何処かで斯ういふ質問を彼に掛けるものがあつた。

(『道草』九十七)

とされ、それは更に、

彼はそれに答へたくなかつた。成るべく返事を避けやうとした。すると其声が猶彼を追窮し始めた。何遍でも同じ事を繰り返して已めなかつた。

(同前)

という様な姿になっている。この後半部は『こゝろ』の先生にあっても、先の「恐ろしい力」からの言葉に対して、

私は其一言で直《す》ぐたりと萎れて仕舞ひます。しばらくして又立ち上がらうとすると、又締め付けられます。

(『こゝろ』同前)

としてその「力」と先生との拮抗は、健三と「其声」とのそれと同様の繰り返しの様が言われている。堪り兼ねた先生は、

私は歯を食ひしばつて、何で他《ひと》の邪魔をするのかと怒鳴り付けます。

(同前)

健三も又、

彼は最後に叫んだ。「分らない」

(『道草』同前)

先生に対する答は、

不可思議な力は冷かな声で笑ひます。

(『こゝろ』同前)

健三には、

其声は忽ちせゝら笑つた。

(『道草』同前)

次いで「不可思議な力」の言葉は、

自分で能く知つてゐる癖にと云ひます。（『こゝろ』同前）

『道草』の「其声」は、

「分らないのぢやあるまい。分つてゐても、其所《そこ》へ行けないのだらう。途中で引懸つてゐるのだらう」（『道草』同前）

結局先生は、

私は又ぐたりとなります。（『こゝろ』同前）

そして健三、

「己《おれ》の所為《せゐ》ぢやない。己の所為ぢやない」健三は逃げるやうにずん〳〵歩いた。（『道草』同前）

『こゝろ』と『道草』とのこの照応は自明であろう。漱石は極めて自覚的に先生と健三との二人を同じものの前に立たせているのであり、その上で両者の異相を、従って『こゝろ』と『道草』との作品の本質的な差異を明示的に告げているのである。上の『道草』の健三の姿を、例えば相原和邦は、健三内面の自問自答という風に単純に解釈しているが（相原『漱石文学』塙書房、Ⅲ第二章「『道草』の性格と位置」）、決してそうではなく、『こゝろ』の先生が自己を死へと使嗾するいわば他殺者を自己の内に抱え込んでいた様に、健三も又同様の「恐ろしい」ものを彼の内に見出さざるを得ないということに外ならない。そのことは論者により屢々好んで言及される、健三の幼児体験の一齣として象徴的な、一本の釣糸を介して幼ない健三を池の水底へと引き込まずにはおかない——それはいわば釣ろうとしたものに逆に釣り込まれるという健三の逆説的な自殺の姿でもある——例の「緋鯉」へのその彼の「恐れ」（三十八）が何にかかわる筈のものであったかを物語るものでもあろう。併し健三と先生との位相は矢張明確に異なると考えられる。

『こゝろ』の先生が「何をする資格もない男」と規定され、その言葉に激しく抗いつつもその理由を「自分で能く知つてゐる癖に」と冷笑され、「又ぐたりとな」らざるを得ないのは、彼が本質的に何かを為すとすればそれは唯一「自殺」以外にはあり得ないということであった。その先生の「自殺」の内包については已に触れた。一方の健三への問いかけである「必竟何をしに」とは、一つ一つの現実的行為としての「何」では無論なく、日々の日常的営為の基底に貫道してあるべき行為の根源性——先生の「自殺」の次元に当る——への問である。「分らない」と叫ぶ健三を嗤笑して「其声」は告げる。「分つてゐても、其所《そこ》へ行けないのだらう。途中で引懸つてゐるのだらう」。言う迄もなくこれが作品『道草』の「道草」たる所以、「道草」の人健三の姿である。

残された唯一の行為として自殺へと赴きつつ、然もその自殺へと自己を追い込むそのものの当体については知り得なかった、知らされなかった先生とは異なり、健三は自己の日々の営為の基底にあるべき「何」か即ち「其《そ》所《こ》」を知っており、又知らされているのである。健三は恐らく彼に問いかけた「其声」の本体についても已に知り得ている筈である。併しその彼は「其所《そこ》」へ行き得た、常に「其所」にある人なのではなく、「途中で引懸つてゐる」「道草」の人でしかない。先の引用で彼が「必竟何をしに」という「其声」の「質問」に「答へたくなく、「返事を避け」たいのも、又「逃げるやうにずん〳〵歩いた」というその「逃げ」も、健三がその「何」を、つまり行き着くべき「其所《そこ》」に気付きつつも、自己が「其所」に達し得ない「道草」の人でしかないという明らかな自認があるからの故であろう。ただたとえ彼が「道草」の人であったとしても、その『こゝろ』からの展開としての現実的な意味は失なわれない筈である。

先生にあった——『行人』の一郎の系譜を引く(『行人』兄十六)——「牢屋」中のものとしての自照は、健三にもある。「学校」「図書館」、そこで営まれた彼の「青春時代」、それは全くの「牢獄生活」に外ならず、今現在の彼もその延長であり、それは又未来への予想でもあった（二十九）。お住からみた「書斎」裡の彼も固より「座敷牢」中の人でしかない（五十六）。それでも健三は、その「牢屋」から足を踏み出すことが即自殺という形しか結果し得なかった『こゝろ』の先生では最早ない。お住・島田・お常・お住の父等々、これらの人々と健三とのかかわりは、如何ともし難い暗鬱な葛藤と確執、不愉快と苦渋とを孕みながらも、その直中で健三はある一定の人間的な方向性を見失ってはいないからである。

健三には島田の代理の吉田に会うことも（十一）、無論島田と「交際《つきあふ》」のも（十三）、「厭で〳〵堪らない」ことである（十四）。それでも彼が会い「交際」ことを断らないのは、そしてそれはお住の目には健三の「例の我」（十一）「例の頑固」（十四）としか見えないのであるが、健三にはそうすることが、「厭だけれども正しい方法だから」（十一）という奥の思いがあるからである。これはお常の来訪に際して（六十二）、又最後の島田へ金をやる件にしても（九十六）同様なのであり、この「厭でも正しい方には従はうと思ひ極《きは》めた。」（十三）というその「厭」という感情と飽く迄も共存しつつ、然も健三の行動に或る方向性を与える「正しさ」を彼に思わせるものが果して何にかかわるものであるかは明らかなのではあるまいか。いさかいの絶えないお住との間にあっても、健三はお住の心を「寒がらせ」る様な応対へと傾斜する自己に対して、「彼は自分に不自然な冷かさに対して腹立たしい程の苦痛を感じてゐた。」とされている（二十一）。同様の彼の心意は、已に斜陽に至ったお住の父が彼に「金策談」をしに来た折にも、岳父の話に健三は、寧ろ「金とは独立した不愉快の為に」「好い顔はし得なかつた」のであるが、「心のうちでは好い顔をし得ない其自分を呪つてゐた。」という叙述の挿入がある（七十三）。これら健三の対お住・岳父の場面での、「冷かさ」「好い顔をし得ない」その「不自然」な自己への「腹立たしい程の苦痛」と「呪い」とが、健三内面の如何なる葛藤と構造とを告げるものであるかは推測可能の事とすべきであろう。これらは総じて「道草」の人健三の姿ではあっても、その「途中に引懸つ」た彼の在り方の現実の人間的な意義は動かない筈である。

健三が身を置いているのは、「凡てが頽廃の影であり凋落の色」である、「血と肉と歴史とで結び付けられた」、その日常性である（二十四）。嘗ての彼は「自然の力」によってそれらの世界から「独り脱け出してしまつた」（二十九）。帰って来た彼が見出したのは「魚と獣《けだもの》程違ふ」自己と他者との異質さである（四十七）。そうした中に身を置く彼が他者とのかかわりの中で自己の内に涌出させる、「不快」（四・六十六）「辛さ」（十三）「苦しみ・苦痛」（十五・二十四）「悲しみ」（三十三・六十三）「気の毒」（三十七・四十八・六十三・八十九）「憐れ」（四十八・五十五・五十七・六十三・七十二）等々の思念が、それぞれの場面に応じつつ常にそこに他者を含めた人間が人間として在ることの意味への視線とも言うべき一定の方向性の下に見出されたものであることは、「道草」の人健三が自己の基底に見出しているある確かな予覚、即ち先に辿った健三への問いかけと「其声」の示唆する「其所《そこ》」という形での、「自然」への健三の自覚とそれとの距離への自認を思わせるものとして、そこに『こゝろ』の先生の自殺からの展開、従って『道草』の虚構性の基底が跡付けられるのである。

五

『道草』の最終近く新しい年を迎えたその日、健三は「成るべく新年の空気の通はない方へ足を向け」、郊外に至る（百一）。彼の目に入ったのは、

冬木立と荒た畠、藁葺屋根と細い流、（百一）

等であり、

然し彼は此可憐な自然に対してももう感興を失つてゐた。（同前）

と言われている所には、『道草』中の「自然」に対してもある示唆を与えるものがあるであろう。やがて彼はそこに佇んだままで「絵を描《か》」くことを試みる。併しその「写生」の「絵」は「あまりに不味《まづ》」く、彼を「自暴《やけ》にするだけであつた」(同前)。この健三の姿には『道草』がその素材とした時期の、『猫』の苦沙彌にも写された様な、漱石の姿がかなり正確に反映されていると言える様に思われる。然もそれはより深く理念的な意味に於てもそうなのであり、即ち健三の「絵」は、「一夜」「草枕」等その時期の作品を背景にして言うなら、「描けども成らない」のであるが(「一夜」)、併し『道草』執筆時の漱石は、その嘗ての「描けども成らな」かった「絵」の「成就」(「草枕」)という文学の方法的落着の上に(『こゝろ』以後)、過去の自己の姿の「絵」を描いていたと考えられるのである。『道草』が素材とした時期の漱石の姿は、『こゝろ』以後の漱石の画題としても堪え得るだけのものを持っていた、或いはその嘗ての自己は『こゝろ』以後の漱石にして始めて絵筆の対象と為し得る様なそうした自己であったということでもある。『道草』の「存在感覚」を「倫敦塔」(明治三八)「夢十夜」(明治四一)と同質のものとした、已に言及した柄谷行人の論もそこにかかわることになるが、ただ『道草』の存在性の質が、柄谷の言う様な「倫敦塔」等の作品の単純な「逆様」乃至は同質の再現のみではないであろうとそこで言ったことの理由が、上に辿った様な所にも求められるということである。

十　漱石の漢詩に於ける「愁（憂）《うれひ》」について

漢詩が「憂愁」の表現に早くから鋭敏であったことは、中国文学の文字通りの濫觴に位置する『詩経』そして『楚辞』の次の様な詩句がそのことを語っている。

出自北門　北門より出づれば
憂心殷殷　憂心殷殷たり
終窶且貧　終《つひ》に窶《く》にして且つ貧なるも
莫知我艱　我が艱《なや》みを知る莫し
已焉哉　已んぬる哉
天實爲之　天実に之を為せり
謂之何哉　之を何とか謂はんや

（『詩経』邶《はい》風、北門）

これは一人の不幸な官吏の、嘆きの歌と見られているものである。

悲哉秋之爲氣也、蕭瑟兮草木搖落而變衰、憭慄兮若在遠行登山臨水兮送將歸。

悲しい哉秋の気為るや、蕭瑟として草木揺落して変衰す。憭慄として遠行に在り山に登り水に臨みて将に帰らんとするを送るが若し。

（「楚辞」九弁）

宋玉の作と言われるこの「九弁」は、悲しみの秋、即ち悲秋の、その秋の憂いを歌ったものとして中国文学最初の作とされるものである。上の引用のやや後には、「悲憂窮戚《シテ》兮獨《リ》處《ル》レ廓《ニ》」の句が置かれており、その「悲憂」の語とも合わせて、紀元前三世紀の中国古代に於ける秋の憂いの深さは極めて鮮明である。唐代の杜甫は、「搖落《シテ》深《ク》知《ル》宋玉《ノ》悲《シミ》」（「詠懐古跡」五首、其二）と告げているが、漱石も又大正五年作の七言律詩に、「素秋搖落變《ズ》二

山容ヲ一　高臥掩ヘバレ門ヲ寒影重ナル」（大正五・九・一五作首聯）の句を見せている。漱石は明治二十二年九月九日脱稿の『木屑録』に於て已に、「江村雨後加ヘ二秋意ヲ一　蕭瑟風吹キテ衰草寒シ」（『木屑録』所収七絶の転・結句）として宋玉の「九弁」、その悲秋への関心を示していた。この「蕭瑟」の語は、明治四十三年、大正五年の漢詩中にも現われており（後に引用）、そうした蕭瑟の秋の思いは漱石詩の基本的な情調の一つともされているものである。

『詩経』そして殊に『楚辞』に淵源した中国文学の中での憂愁の表白は、後代の魏・晋期に於て次の様な詩人の詩句を生み出しており、それは漱石とも密接なかかわりの内にあるものであった。

夜中不能寐　　夜中寐《ゐ》ぬる能はず
起坐彈鳴琴　　起坐して鳴琴を弾ず
薄帷鑒明月　　薄き帷《とばり》に明月鑑《て》り
清風吹我襟　　清風我が襟を吹く
孤鴻號外野　　孤鴻外野に号《さけ》び
朔鳥鳴北林　　朔鳥北林に鳴く
徘徊將何見　　徘徊して将《は》た何をか見る
憂思獨傷心　　憂思して独り心を傷《いた》ましむ

（阮籍「詠懐」其一）

秋菊有佳色　　秋風佳色有り
裛露掇其英　　露に裛《ぬ》れたる其の英《はなぶさ》を掇《つ》み
汎此忘憂物　　此の忘憂の物に汎《うか》べて
遠我遺世情　　我が世を遺《わす》るるの情を遠くす

（陶淵明「飲酒」二十首、其七）

…

吉川幸次郎は、「もし中国の詩のうち、最も調子の高いものはと問われるならば」と語り、「それは阮籍の「詠懐詩」八十二首である」と記していた（吉川『阮籍の「詠懐詩」について』岩波文庫）。上に引用の阮籍のそれは、その「詠懐詩」中でも最も著名なものであり、「竹林の七賢」という様に殆ど伝説化されて仕舞っている阮籍の心意の現実が、癒す術《すべ》のない「憂思」としてのそれであったことを示唆している。漱石は先の『木屑録』の「後書」として七言律一首を付しており、その詩は、「白眼甘《ンジテ》期《シ》二與《と》レ世疎《ナルヲ》一　狂愚亦《タ》懶《ものうシ》レ買《フニ》二嘉誉《ヲ》一」の書き出しで始まっている。この「白眼」が阮籍にかかわっての故事であることは周知である。『晋書』阮籍伝はそのことを、「能為《クシ》二青白眼《ヲ》一、見《ルニ》二礼俗之《ノ》士《ヲ》一、以《テ》二白眼《ヲ》一対《ス》レ之《ニ》。」と叙している。漱石詩中に「白眼」の語は、上の外にも明治二十八年五月、即ち松山西下直後の詩中にも、「青天獨《リ》解《ス》詩人《ノ》憤《いきどほり》　白眼空《シク》招《ク》俗士《ノ》咍《わらひ》」の句があり、これが上引の阮籍の故事を典故としていることは自明であろう。

陶淵明と漱石とのかかわり、漱石の淵明への私淑の深さは周知の如くである。阮籍・淵明共に、その生涯に酒は不可欠不可分のものであった。と同時に二人の酒に対しての姿は、極めて対照的なものであったとも言える。漱石が明治二十八年十月作の俳句に、「憂ひあらば此酒に酔へ菊の主」と詠んだ時、その念頭に先の淵明の詩句が想起されていたことは明らかである。

それでは中国文学の中に一つの奥深い底流としての流れを形成していた「愁《うれひ》（憂）」の詩的形象は、漱石の漢詩に於てどの様な姿を見せていたのであろうか。以下そのことにつき辿ってみたい。

一

眼識東西字　　眼には識る東西の字
心抱古今憂　　心には抱く古今の憂
（明治二二作）

漱石熊本期の漢詩の一聯である。何げない句であり、内容的に「憂」にかかる「東西」・「古今」の対は漢詩に常套的な修辞ともみられる。が、已に「人生」（明治二九・一〇）での自己省察、即ち自己に於ける「険呑」な「狂」の奔騰を自認した後の漱石であってみれば、単なる詩的修辞の枠を越えた、実感の表出であったと見るべきものであろう。

青年期、漱石の思索と体験とが如何なる内容の下に又如何なる方向を以て進捗されたのかは、必ずしも明らかではない。併し彼がその姿を分明にし始める頃、即ち居処を転々とするという、後年のロンドン時代を予知させる様な一種の錯乱を経過した後（二十七・八歳頃）の漱石は、重い「愁（憂）」の一字を負荷された「厭世」の人として現われて来るのである。

君痾猶可癒　　君が痾は猶ほ癒やす可し
僕癡不可醫　　僕が癡は医す可からず
素懷定沈鬱　　素懐定めて沈鬱
愁緒亂如絲　　愁緒乱れて糸の如し
…
（「書簡」明治二三・八末付、正岡子規宛中の五言古詩の一節）

漫識讀書涕涙多　漫《みだ》りに読書を識りて涕涙多し
暫留山館拂愁魔　暫く山館に留まりて愁魔を払ふ
（明治二三・九作七絶の起・承句）

離愁似夢迢迢淡　離愁夢に似て迢迢と淡く
幽思與雲澹澹閒　幽思雲と与に澹澹と閒《のど》かなり
（明治二八・五作七律の頷聯、於松山）

心似鐵牛鞭不動　心は鉄牛に似て鞭うつも動かず
憂如梅雨去還來　憂は梅雨の如く去り還《ま》た来る
（同前七律の頷聯、於松山）

松山に至るまでの漱石の「愁」に於ける心の推移である。そしてこうした「愁」の人としての漱石の自照がより明瞭な表現を伴って現われて来るのは、先の引用からも明らかな様に熊本期の漢詩に於てであった。

熊本期の漱石は、俳句と漢詩とを自己表現の手段として持っていたと言えるが、「漢詩は、夏目氏の文学において、……俳句よりも、より多くの比重を占める、」といった評語（吉川幸次郎『漱石詩注』序　岩波新書）もある様に、当時の漱石の胸中を最もよく写し得ているのは漢詩であり、従って漱石にあって漢詩は所謂「述懐」の場としての意味を担うものであった。そしてその「述懐」の基調は「愁」の一字に帰している。

出門多所思　門を出でて思ふ所多く
春風吹吾衣　春風吾が衣を吹く
…
孤愁高雲際　孤愁雲際に高く
大空斷鴻歸　大空断鴻帰る

…

三十我欲老　　三十我れ老いんと欲し
韶光猶依依　　韶光猶ほ依依たり
逍遙隨物化　　逍遥として物化に随ひ
悠然對芬菲　　悠然として芬菲に対す

「春興」（明治三一・三作）の結構である。

吾心若有苦　　吾が心苦しみ有るが若し
求之遂難求　　之を求むるも遂に求め難し
俯仰天地際　　天地の際に俯仰して
胡爲發哀聲　　胡《な》ん為《す》れぞ哀声を発するや

…

前程望不見　　前程望めども見えず
漠漠愁雲横　　漠漠として愁雲横たはる

「失題」（同前）の始終である。

青春二三月　　青春二三月
愁隨芳草長　　愁は芳草に随って長し
閑花落空庭　　閑花空庭に落ち
素琴横虛堂　　素琴虚堂に横たはる

…

會得一日靜　会《たま》たま一日の静を得て
正知百年忙　正に知る百年の忙
遐懷寄何處　遐懐《かかい》何処《いづこ》にか寄せん
緬邈白雲鄉　緬邈《めんばく》たり白雲の郷

「春日静坐」（同前）の書き起こしと結びである。これら詩篇から髣髴される漱石その人の姿は、「幼児の時と異なり、沈鬱に傾き、快活の性を一変せし」（篠本二郎「五高時代の夏目君」（岩波昭和十年版『漱石全集』月報））といった、漱石の本質的な変容を物語る言葉とも明確な照応を見せており、写真等から知られる当時の漱石の風貌も「愁」の人としてのそれを裏書きしているものと言える様に思われる。それでは当時の漱石の「愁」は如何なる事柄に起因していたのであろうか。

この問題に対する一応の解釈としては、粗密の差はあれ、明治四十年春の「朝日新聞」入社まで絶えることのなかった進路決定上での迷い、そこに「愁」の起点を求めるという行き方があるであろう。その漱石の迷いは、漢籍一切の売却、即ち漢文学の放擲と英文学への転換という少年期（十六歳頃）の事柄の内に早い萌芽があるとも言え、松山行直前のジャパンメール社への記者志願等の動揺を経て、熊本期にあっても顕著であり、後年の漱石はそうした嘗ての自己の姿を、〝五里霧中の彷徨者〟或いは錐を持たない〝嚢中の錐〟として回想の対象としている（「私の個人主義」）。又例えば明治三十三年九月の英国留学に際しての漱石には次の様な述懐が記されていた。

長風解纜古瀛洲　長風　纜《ともづな》を解く古瀛洲
欲破滄溟掃暗愁　滄溟を破らんと欲して暗愁を掃ふ
縹緲離懷憐野鶴　縹緲たる離懐野鶴を憐れみ

蹉跎宿志愧沙鷗　蹉跎たる宿志沙鷗に愧ず　（明治三三作七律の首・頷聯）

ここで汎汎として去来する自由な「沙鷗」に対して「愧」ず、とされている「蹉跎たる宿志」の人は、その「宿志」の内容の如何にかかわらず、直進すべき道を見出し得ず、半ば他律的に「解纜」せざるを得ない迷いの人漱石の姿の反映であり、それが「暗愁」の内実をも示唆しているかに見える。「私の個人主義」（大正三・一一）に回想された、ロンドン時代の「自己本位」の自覚と文学論の構想、帰国後の諸種の経過、東大放棄と「朝日」入社、そしてそれらと相前後してなされた本格的な創作活動の開始等と辿る時、そこには同時に熊本期の「愁」の溶解への道程があったとも見られ、それは外ならぬ漱石その人の心意に沿うものであったとも考えられる。併し結果的な事実は果してどうであったろうか。

散來華髪老魂驚　華髪を散じ来りて老魂驚く
林下何曾賦不平　林下何ぞ曾て不平を賦せん
無復江梅追帽點　復《ま》た江梅の帽を追うて点ずる無く
空令野菊映衣明　空しく野菊を令《し》て衣に映じて明らかならしむ
蕭蕭鳥入秋天意　蕭蕭として鳥の秋天に入る意
瑟瑟風吹落日情　瑟瑟として風の落日を吹く情
遙望斷雲還躑躅　遙かに断雲を望みて還《ま》た躑躅《てきちょく》す
閑愁盡處暗愁生　閑愁尽くる処暗愁生ず　（大正五・九・四作）

大正五年『明暗』執筆期の漱石の思念である。「閑愁」と「暗愁」との弁別は、漱石に於ける内観の深化、自己凝視の透徹の所産とでもすべきものであろうか。

漱石にあって心奥に蟠る「愁」は、彼の生涯のいわばアルファでありオメガであった。その「愁」は単に進路上での迷いといった皮相に根差したものではなく、捨象せんとして如何とも払拭し得ぬもの、殷々として底知れぬ深さを湛えたもの、それが漱石に於ける「愁」、即ち「愁の魔」（前引漢詩中）とも言うべきものであった。従って、漱石の人及び文学をその如何なる断面で切ってみても、そこに「愁」の痕跡を認めるのであり、漱石の生涯に亙る思索は、自己に宿命的な「愁（憂）」の行方に向けられ、殊に晩年の漱石にあっては、「閑愁」と「暗愁」との相互性の内にその心的内容が措定されていたとも見られるのである。

「愁（憂）」という人間の情調は分析的には様々な説明の仕方が可能であろう。ともあれ例えば熊本期の漱石の内に詩的結晶を見ていたかの「愁（憂）」は、後の彼の歩みからしても、明治以降の近代日本総体の基底にその淵源を持つものであったと言える。「近代」の歴史時代に特徴的な人間に於ける不安への顚落、安心の欠落の返照、そしてその心の空隙に涌出する悲哀の情調、それを所謂〝近代の憂愁〟として捉えるなら、漱石詩に頻出する「憂・愁」は、その日本的典型としての意味を担うものであった。漢詩に於ける詩的伝統を問うなら、既引の「漫ニ識リテ二読書ヲ一涕涙多シ　暫ク留リテ二山館ニ一払フ二愁魔ヲ一」、「眼ニハ識ル東西ノ字　心ニハ抱ク古今ノ憂」等の詩句は、吉川幸次郎も告げる様に（吉川・前掲書）、その典故を蘇東坡の七言古詩「石蒼舒ノ酔墨堂」の内に負うものであろう。

人生識字憂患始　　人生字を識るは憂患の始め
姓名粗記可以休　　姓名粗《ほぼ》記すれば以て休《や》む可し
何用草書誇神速　　何ぞ用いん草書の神速を誇ることを
開巻惝怳令人愁　　巻を開けば惝怳として人をして愁へしむ
…　　　　　　　　　　　　　　　　（蘇東坡「石蒼舒ノ酔墨堂」）

併しこの東坡詩の「識字」の「憂」が書芸術に於けるものとしてのそれであるのに対し、漱石はそれを明確に思想の場に移し換えており、近代日本の「愁（憂）」の集約の場としての自己に於けるその「愁（憂）」の思想性・歴史性の構造を、漱石は「東・西」「古・今」のそれとして自覚していたと言えるのである。松山行直後の漱石には、「人間五十今過《グ》レ半《なかばヲ》 愧《はヅラクハ》為《ニ》二読書《ノ》一誤《マルヲ》二一生《ヲ》一」（明治二八・五作七律の尾聯）といった詩句もあり、そこにあるのも内容的にはこれらと同一の感慨であり思惟であったと見られる。総計二百十首弱を遺している漱石漢詩の内に、「愁《うれひ》（憂）」の文字は三十九首中に現われており、一首内の重複を含めれば計四十二字の「愁（憂）」の文字が使用されているということは（「愁」―三十六例、「憂」―六例）、漱石詩はその主要な詩題の一つとして「愁（憂）」を持っていたということであり、漱石文学の歩みは、それ自体としては全く個人的な「愁（憂）」の普遍性への還元、即ち散文芸術としての小説による歴史包摂という方向に認められるということである。

二

「草枕」（明治三九・九）に於て漱石は主人公の画工に五言の古詩を二首作らせており、その画工作として使われている漢詩のそれぞれは已に引いた「春日静坐」「春興」と題された熊本期の漱石自らの作品である（但し「草枕」では双方共無題）。ということは、それらの漢詩の一つの焦点である「愁」と共にその詩的な内容が「草枕」の主題とも深くかかわるものであったことを暗示するであろう。

例えば「春日静坐」が使われているのは第六章であるが、その場合画工により志向された表現の内容は、那古井の宿の春の夕暮れに於ける画工の心、即ち「余が心は只春と共に動いて居る」という、春との「同化」に於ける画工の心的世界であった。「此境界」は、「目に見えぬ幾尋《ひろ》の底を、大陸から大陸まで動いてゐる瀇洋たる蒼海の有様と形容する事が出来る」とも言われ、「冲融とか澹蕩」といった詩人の詩語がそれを「尤も切実に言ひ了せたもの」とされている。画工はその心の「境界」を先ず「画」にしようと試みる。併し一幅の画には収まりかねるものとされ、ついで「音楽」への表現も断念され、結局一篇の「詩」への表出として五言の古詩への定着がなされている。然もその場合にも、画工により作られるべき「詩」は、例えばレッシングが『ラオコーン』の中で述べた様な詩と画との区劃、文学と絵画との限界ということの、寧ろそれ以前のもの、即ち時間・空間の限定以前をその表現内容としたものとされている。

こうした「草枕」特有の芸術論乃至は認識論の経過を踏まえた上で、画工による先の「境界（神境）」の詩への表現は試みられ、それに当てられているのが「春日静坐」の一篇である。

他方の「春興」が使われた第十二章について言うなら、ある日の散策として那古井の岨道を登り切りそこの草むらに横になった画工の近くには幾株かの木瓜がその花を咲かせている。画工にとり、「木瓜は二十年来の旧知己」であり、それは「出世間」たり得た幼少期の追憶のよすがとなるもの、そして彼にあっては「木瓜」は、「愚かにして悟つた」、「守拙（拙を守る）」の花としての形姿の下に見られるものである。その木瓜の花の内に画工の詩興は醸成され、五言の古詩一篇が写生帖に記されることとなる。「寐ながら木瓜を観て、世の中を忘れて居る感じ」、それがその詩の表現の内容たるべきなのであり、詩の詩材として「木瓜が出なくつても、海がなくつても、感じさへ出れば夫で結構」なのである。意図されているのは前述の第六章にあってと同様の、画工の「心」であり「境界」の表現であったと言える。

画工、つまり画家である主人公のいわば「心図」或いは「境致図」とも言われるべきものが、画ではなく詩の形で現われているということに関しては、「草枕」に於ける詩と画との相互性の問題、即ち、先の画工のレッシング評にも語られていた様な、詩と画、文学と絵画との境界以前の、芸術一般の原理性への問、それが「草枕」の内にはあると言うことであろう。従って詩と画とは、「草枕」では別であって別でない。

先の第六章の画工により目指されていた表現の内容――それは「神往の気韻」「物外の神韻」の語でも言われていた――は、その絵画表現の具体例として、「文與可の竹」「雲谷門下の山水」「大雅堂の景色《けいしょく》」「蕪村の人物」等の内にその先蹤が認められるものであった。併し同時に画工は、「雪舟、蕪村等の力《つと》めて描出した一種の気韻は、あまりに単純で且つ変化に乏しい。」とも告げ、彼の「画にして見やうと思ふ心持ちはもう少し複雑である」とし、その「複雑」さに彼の「心」の一枚の画への収まり難さの原因を認めていた。

漱石と例えば雪舟とのかかわりも決して単純なものではなかった。がともかく「草枕」の漱石は雪舟画の不易性を十分に認めつつも、その流行の相に於ては画工の時代性（「複雑」）に力点を置くという行き方をとっているのである。とするなら画工が対雪舟・蕪村的な自己の時代性を背負う形で、然もそれら先人とも通底するものとしての自己の「心」に表現の形を与えようとしたかの五言の古詩（「春日静坐」）は、表現の形式面での漢詩といういわば伝統性とは別に、それが明瞭な「近代」詩としての意識の下に作られていたものであることは言えるのではあるまいか。そしてその「近代」詩としての所謂「複雑」さ、それを「青春二三月　愁《ハ》随《ツテ》二芳草《ニ》一長《シ》」（「春日静坐」）という時のその「愁」の質の内に見ることも可能なのではあるまいか。

第十二章の古詩（「春興」）に関しては、「守拙」の花としての木瓜の下に意図されたその詩は、「木瓜を観て、世の中を忘れて居る感じ」の表現であり、「出世間的」という言葉がその表現内容を一語の下に尽くしていた。そしてこうした画工の言い方は、「非人情」という「草枕」独自の語彙が導き出されて来る時の、第一章の行文を想起させるものである。周知の様にそこでは、淵明・王維の詩句が引かれ、「暑苦しい世の中を丸で忘れた光景」、「超然と出世間的に利害損得の汗を流し去つた心持ち」、「別乾坤の建立」とされるそれぞれの詩句が、その表現内容に於て、東西の別を超え古今に貫道するものとされている。「二十世紀に睡眠が必要ならば、二十世紀に此出世間的の詩味は大切」であり、画工の那古井行は、「淵明、王維の詩境を直接に自然から吸収して、すこしの間でも非人情の天地に逍遙したいからの願。一つの酔興」に外ならない。「非人情」の語の初出箇処である。これら第一章の淵明・王維の詩句に関する言葉と、第十二章の画工作の漢詩への言及のそれとの相似は、先の第六章の漢詩が雪舟画等の不易性を背景とした「近代」の流行に即しての画工のその表現への試みであったと同様の、淵明・王維の詩句の東西古今を超えた矢張不易性の場への参入の試行、それが第十二章の漢詩であったことを告げるものであろう。木瓜の内に見られた画工の「守拙」が外ならぬ淵明詩（「帰二園田居一」其一）に淵源するものであることもそこでは示唆的である。

漱石が「草枕」の内に自己のいわば旧作とも言うべき熊本期の漢詩二篇を象嵌したということは（「春日静坐」の一節は已に小品「一夜」（明治三八・九）の内にも使われている）、それが単に「自信作」であったから（吉川幸次郎、前掲書）というよりは、或いはそれが「自信作」であったことの意味は、「草枕」に集約された様な漱石の対「近代」の思惟が、詩的形象化を伴った一往の思想的観想として結晶したもの、それが先の古詩二篇であったからと言えるのではあるまいか。そしてそのことは二篇の詩が「草枕」の内実そのものとの明確な照応の内にあるということでもあろう。

「春日静坐」に於て、「芳草」に「随」って「長」い春の「愁」は、詩の終結部に至り「遐懐何れの処にか寄せん」と転ぜられ、それは「緬邈」としてはるかな「白雲の郷」の内に雲散されている。同様のことは「春興」にあっても、「雲際」に「高」い「孤愁」、即ち煢然として「大空」を行く孤独な鴻《おおとり》、「断鴻」にも比せられるその「愁」は、結びに至り「逍遙」として又「悠然」として「物化」に「随」い「芬菲」に「対」すと詠《うた》われ、そこでも矢張「孤愁」の消失が果されていると言える。両詩の思想的類似は明らかであり、「悠然トシテ対ス二芬菲ニ一」は漱石の意図として、「物化」に則る『荘子』の所謂「逍遙遊」の境涯に通ずるものであろう。そしてそのことは最晩年大正五年『明暗』期の連作漢詩に『荘子』出典の語が多出することを予知させるとして、その「物化」に於ける「逍遥遊」は、「草枕」の第六章で「冲融」「澹蕩」といった詩人の詩語によって形容されていた「同化」の境涯に通い得るものと考えられる。然もその「同化」の境涯の成立根拠は「非人情」にあり、その「非人情」の場が即ち「自然」であるとするのが「草枕」に於ける漱石の思惟なのである。「吾人の性情を瞬刻に陶冶して醇乎として醇なる詩境に入らしむるのは自然であ」り（「草枕」一）、「縹渺」とした「白雲の郷」はその具象的な典型であった。

漱石漢詩が「白雲」乃至は単に「雲」を頻出させることは周知であり、「愁（憂）」も多くはその何れかを伴った形の下に現われている。そして「白雲」がおおむね「愁」の消失の場であるのに対し、「雲」はその内にそれと共に「愁」が涌出されるものという明確な使い分けが為されている。

漱石には、「思《フ》二白雲《ヲ》一時心始《メテ》降《くだり》」（大正五・九・一六作七律の第一句）といった措辞があり、「儘《まかス》レ遊《ブニ》碧水白雲間《ノ》仙郷自《リ》レ古《いにしへ》無《シ》二文字一」（『木屑録』（明治二二・九）中の七絶の承・転句）という様な初期漱石詩の言い方とも合わせて、漱石漢詩の「白雲」は寒山詩・淵明詩等に淵源する、老荘道家系及び禅の底流を引くものとしての自然の典型であったと考えられる。漱石詩の「白雲」には辿り行く旅路の前路の遙けさという使い方もあるが、それも上の意義と全く断絶したものではないであろう。

「青春二三月」の春「愁」が、「閑花」の「落」つる「空庭」、「素琴」の「横」たわる「虚堂」内での、「隻語」をも滅却した「独坐」の中で「方寸」（心）への「微光」の生起が「認」められ、その「忘」る「可」からざる「境」、即ち「遐懐」が「縹渺」とした「白雲の郷」の内に「寄」託され、そこに「愁」の消失が果されるのは（「春日静坐」）、漱石に於ける「白雲」の意義を抜きにしてはあり得ない。「東西」の文「字」を「識」ったが故の

「古今」に深き「憂」、その「憂」が矢張「静坐」に於ける「復・剝」(共に易の卦の名)への観想を介して、「虚懐」「剛柔」を「役」すと転じられ、「鳥入《リテ》雲《ニ》無《ク》レ跡《あと》　魚行《イテ》水自《ツト》流《ル》」の佳句を経由しつつ、「人間」は「固《も》」と「無事」、「白雲」「自ずから悠悠」と結ばれ、そこでも「憂」の無化の地点に至るのも(本論に既に引用の「無題」詩)、時の流れの終極に迥然とした「白雲」の世界が措定されているからに外ならないであろう。

併し「白雲」を離れた単なる「雲」にあっては事情は全く異なる。例えば「春興」に於て、「門を出」でて「多」い早春の物「思」い、即ちその「孤愁」は、「雲際」にまで「高」いのであり、その「雲の際《きわ》」つまり「雲」は、「孤愁」の「高」さ深さの象徴でこそあれ、それ以上のものではない。同じ熊本期、既引の「失題」では、「有」るが「若」き「吾」が「心」の「苦」しみ、それは「之《これ》」を「求」むるも「遂」に「求め難」く、「烏兎」の時の流れの速さの内に「哀声」のみ多い。味爽の「夢醒」めて後、「楼に登」りかなたの「前程」を「望」む。併し「前程」「望めども見」えず、ただ「漠漠」として「愁雲」のみ「横」たわる。ここでも言い知れぬ「心」の「苦しみ」、「哀声」は、「漠漠」とした「愁雲」の内に帰結するのであり、その「雲」は単に「愁」の象徴といった或る距離を帯びたものとして見られてあるのではなく、それがそのままに「愁」との等価、そして「雲」即「自己」として、「愁」の従って「愁雲」としての漱石の自己なのである。この詩に評を加えた漢詩人の長尾雨山——漱石の五高での同僚——が、「長歎深喟《き》、慨乎として之を言う。……高唱三復、覚えず襟を斂《おさ》む。」と記す所以であろう。

漱石詩に於ける「愁」と「雲」との相関は、『明暗』期にあっても、「驚《けい》二残《シテ》楚夢《ヲ》一雲猶暗《ホク》　聴《てい》二尽《シテ》呉歌《ヲ》一月始《メテ》愁《フ》」(大正五・八・一八作七律の頷聯)といった措辞を見せつつ、やがて已に触れた大正五年九月四日作の七言律に於ける、「断雲」の下での「閑愁」と「暗愁」との交錯という漱石の自照へと流れ込んで行く。

漱石漢詩が「愁」との相関に於ける「白雲」と「雲」との使い分けに極めて自覚的であったことは、中国に於ける、単に文学のみならず、思想史・文化史の総体の中での「雲」「白雲」、特にその「白《はく》」というものの意義への漱石の確かな視線を告げるものと言える様に思われる。「草枕」に取られた二篇の詩が一方は「白雲」を他方は単に「雲」をと、「愁」とのかかわりのそれぞれに明示的な内容を持つものであったことは、漱石がそのことに意識的であったか否かはともかくとして、留意されて然るべきものであった。

三

漱石漢詩の「愁」は熊本期迄に一つの流れを見せ、その後約十年の詩作の中断を経た明治四十三年の所謂修善寺の大患の時期の作に、当時の漱石の心象に即した形での姿を現わす。

病骨稜如劍　　病骨稜として剣の如く
一燈青欲愁　　一燈青くして愁へんと欲す
（明治四三・九・二〇作五絶の転・結句、於修善寺）

夢繞星潢泫露幽　　夢は星潢を繞りて泫露幽なり
夜分形影暗燈愁　　夜分の形影暗燈愁ふ
（同前一〇・二作七絶の起・承句、於同前）

吐血五〇〇グラム、三十分間の人事不省からの意識の回復後、その予後を養いつつあった時期のこれら詩句は、行く秋の宵の燈《ともしび》の下、客中に大病を得た漱石の心景であり、この燈火に映じた「愁」は、修善寺からの帰京後作の次の五言古詩へと収斂されて行くべき筈のものであった。

孤愁空遶夢　　孤愁空しく夢を遶《めぐ》り
宛動蕭瑟悲　　宛として蕭瑟の悲しみを動かす

江山秋已老　　江山秋已に老い
粥藥髩將衰　　粥薬髩《びん》将に衰へんとす
廓寥天尚在　　廓寥天尚ほ在り
高樹獨餘枝　　高樹独り枝を余す
（同前一〇月作五言古詩の一節、於東京長与胃腸病院）

生と死との交錯の場、即ち「縹緲《タル》玄黄外《ノ》」（上引詩第一句）という「天地」そのもののその外からの危うい帰還者としての自己への視線を背景としたこの「孤愁」は、現実の人間社会はもとよりのこと、文学や思想の影をすら擺落した文字通りの「孤」としてある「愁」であり、そうした漱石が更に再び文学の場に帰らざるを得なかった時、そこに後期三部作以降の近代の個の孤としての徹底した淋しさに充ちた作品世界の展開が為されなければならなかったのは、上の「孤愁」の位相の如何を告げるものでもあろう。漱石詩の「愁」はここから『明暗』期の連作漢詩へとその場を移して行く。

漱石逝去の年、大正五年の八月十四日から十一月二十日迄の三ケ月余りの間に、漱石は七十五首の漢詩を作っており、漱石詩全体の約三分の一を占めるそれらの詩は、『明暗』の執筆と並行しつつそれだけの短日月の間に作られた。詩と詩との相互にある一定の層次を見せながら多様な内包を示しているのが『明暗』期の漢詩であり、そのことは「愁」に関しても同様の様に思われる。

例えば、
經來世故漫爲憂　　世故を経来りて漫りに憂を為す
胸次欲攄不自由　　胸次攄《の》べんと欲して自由ならず
（大正五・八・三〇作七律の首聯）
と語られ、

百年功過有吾知　　百年の功過吾の知る有り
百殺百愁亡了期　　百殺百愁了期亡《な》し
（一〇・四作七律の首聯）

とされる時、そこにあるのは、自己の人生或いは人間の一生（「百年」）というものを「愁（憂）」との相関、不可分の内にあるものとする漱石の実感であり観想である。

忽怪空中躍百愁　　忽ち怪しむ空中に百愁躍《おど》るを
百愁躍處主人休　　百愁躍る処主人休す
（一〇・一〇作七律の首聯）

これも出自の不可解な、いわば自己ならざる自己とも言うべきその「愁」との相関の深さへの視線からのものであろう。ただこれらの「愁」が、嘗ての熊本期に於ける様な、孤独な「近代」の思惟する人としてのその主観の内景の抒情表白という側面にのみ終っていないと見られるのは、

苦吟又見二毛斑　　苦吟又見る二毛の斑《まだら》なるを
愁殺愁人始破顔　　愁人を殺愁して始めて破顔す
（九・二三作七律の首聯）

という様な詩句が、漱石内での「愁」への対し方のある種の変容を思わせるものとして考えられるからである。「愁‐殺ス二愁人ヲ一」は、一般的な詩語としてのそれと言うよりは、『碧巌録』等を出典とする禅語であった筈であり、漱石がそのことに意識的であったことは、上に続く頷聯が、

禪榻入秋憐寂寞　　禪榻秋に入りて寂寞を憐み
茶烟對月愛蕭閒　　茶烟月に対して蕭閒を愛す

の措辞を見せている所にも明らかである。無論この対句の直接の典故は杜牧詩の内にある（杜牧「題ス二禅院ニ一」）。併しその杜牧詩への想起すらが禅を背景としたものであったであろうことは、漱石の上の句が杜牧詩よりはより深く禅の表現たり得ている、或いは表現たろうとしている所にそのことが語られていると見られる。但し禅家では、

「愁人莫《レ》㆘向《ツテ》㆓愁人《ニ》㆒説《クコト》㆖説㆑向《スレバ》愁人《ニ》㆒愁㆑殺《ス》人《ヲ》㆓」（『碧巌録』第四十則著語）といった形であるのに対し、漱石はそれを「愁㆑殺《シテ》愁人《ヲ》㆒始《メテ》破顔《ス》」として転じている。

「苦吟」の内に於ける自己の老いへの再認、或いはそうした老いの下での「苦吟」、その「苦吟」が「愁人」の「愁」の内容、或いは逆に「愁」故の「苦吟」であるのか。ともかくその「愁」はその「人」を「愁殺」してという一つの終極に於て、そこに「始めて破顔す」とされる様なある境涯の開示があるというのである（上引詩）。「愁殺」の「殺」は、強意の助辞であると共に、禅家の用例からは所謂「殺」としての意味をも含むとも言える様に思われる。「愁人」の「愁殺」、そしてそこに齎される「破顔」の境とは、例えばこの詩では、「禪榻入《リテ》㆑秋《ニ》……」以下の詩句の告げる世界であり、「一味吾家《ガノ》清活計　黄花自《ツトひらキ》發　鳥知《ハル》㆑還《ルヲ》」という淵明詩の面影を宿した句で詩の全体は結ばれている。

「愁㆑殺《ス》愁人《ヲ》㆓」という言い方で、「愁殺」されるのは漱石自らである。そのことは、「百殺百愁亡《なシ》㆓了期㆒」（前引）、又「百愁躍《ル》処主人休《ス》」（同前）ではあっても、それらの「百愁」自体が「愁㆑殺《ス》愁人《ヲ》㆓」という様なある種の自己内運動を孕む様なものとして在るということではあるまいか。「愁」がそれ自体の内部に相互性を持つものというこうした漱石の観想からは、已に引いた矢張『明暗』期の、「閑愁」と「暗愁」との相互性を告げたかの漢詩が想起されて然るべきであろう。

遙望斷雲還躑躅　　遙かに断雲を望みて還《ま》た躑躅す
閑愁盡處暗愁生　　閑愁尽くる処暗愁生ず
（既引九・四作七律の尾聯）

漱石に於ける「愁」と「雲」との相関性の持続を語るこの詩句は、この時期に於ける漱石の「愁」の内的構造の示唆としても留意されてよいものの様に思われる。

「閑愁尽《クル》処暗愁生《ズ》」と漱石は言う。それではその「閑愁」と「暗愁」との弁別とは如何なることなのであろうか。漱石漢詩の全体は、「閑愁」「暗愁」の語のそれぞれについて次の様な使用例を見せている。

故国《ノ》烟花空《シク》一夢　不レ耐《ヘ》他郷《ニテ》写《スニ》二閑愁《ヲ》一　（明治二二・五「七艸集評」中の七絶の転・結句）

剣上《ニ》風鳴《リテ》　多《ク》二殺気一　枕辺《ニ》雨滴《したたリテ》　鎖《とざス》二閑愁《ヲ》一　（明治二八・五作七律の頸聯）

南出《ヅル》二家山《ヲ》一百里程　海涯月黒《クシテ》　暗愁生《ズ》　（明治二三・九『木屑録』中の七絶の起・承句）

客中《ニ》送《リテ》レ客《ヲ》暗愁微《ナリ》　秋《ハ》入《リテ》二函山《ニ》一露《ハ》満《ツ》レ衣《ニ》　（明治二三・九作七絶の起・承句）

長風解《ク》レ纜《ヲ》古瀛洲　欲《シテ》レ破《ラント》二滄溟《ヲ》一掃《フ》二暗愁《ヲ》一　（既引）

併しこれら他の漱石詩の用例は、二語の或る外延の示唆ではあり得ても、今問題の詩の「閑愁」「暗愁」についてのその内包の限定的な明示ではあり得ない様に思われる。或いは嘗てはそれぞれに分離して用いられていたその二つの詩語が、一首の詩中に互に対照される形の下に会されていること、そこにこそ先の詩の意味はあると言える。

「林下」、「りんか」或いは「りんげ」の人、つまり隠逸者としての自己の老いへの意識と蕭瑟の秋の思い、それが「遙《カニ》望《ミテ》二断雲《ヲ》一……」の句に至るまでの詩全体の内容である（既引参照）。従ってその「閑愁」とは、「江梅の帽を追うて点ずる」こととて「無」い、即ち暖日和風の春は彼方の、ただ「空しく野菊を令《し》て衣に映じて明らかならしむる」のみの秋、そうした閑寂の秋の淋しき思いである。詩の冒頭の老いの意識ということからすれば、頷聯の「江梅」と「野菊」との対照は、詩中の人の人生の春、そして秋、そうした春秋としての一生の齢《よわい》の経過をも暗示するかも知れない。併し同時に「林下何ぞ曾て不平を賦せん」なのであり、季節、人生の何れにせよ春は春秋は秋の思いであり得る。そして今は正《まさ》しく秋、「蕭蕭《トシテ》　鳥《ノ》入《ル》㆓秋天《ニ》㆒意　瑟瑟《トシテ》　風《ノ》吹《ク》㆓落日《ヲ》㆒情」、それがその点景として蕭瑟の秋の深き愁いは、それ故の「閑愁」、即ち「林下」の隠逸者の心景なのである。併しかなたの「断雲」への逢着は、その「閑愁」をすら許容しないものとして立ち現われる。然も又してもである。「遙《カニ》望《ミテ》㆓断雲《ヲ》㆒還《タ》躑躅《ス》」。この「還《ま》た」が一再ならずの意であることからすれば、結句の「閑愁」から「暗愁」への転化も又一再ならずでなければならないであろう。それでは「断雲」への遠望が「躑躅」へと結果し、そこに「閑愁」は「尽」き「暗愁」の涌出が不可避であるとは如何なる事態であろうか。

「躑躅《てきちょく》」とは、「踟躕《ちちゅう》」とも通う、「たちもとおること。行きつ戻りつの足踏みの様。」である。併しそれが何故「断雲」との逢着に於てなのであろうか。ちぎれ雲、片雲の意のその語は漱石詩に他の用例がなく、帰納的な明示はなし得ない。「断橋」「断碣《かつ》」等の詩語は使われているが、それらが「愁」との相関の下にあるということはない。「断鴻」という既出の語もあるが、それと「断雲」とでは矢張異質であろう。漢詩の措辞としての伝統に即しても、この語がある一定の方向性を帯びたものとも言い難い様に思われる。漱石に於て「断雲」への遠望が「躑躅」でしかないのは、その「雲」が「白雲」でも、又単なる「雲」でもなく、「断」というある存在性の本質的な分断・断絶を孕む様なものとして見られているからではあるまいか。そしてそのことは、「断雲」との遭遇が「躑躅」の姿を齎し、そこに「閑愁」の消失と「暗愁」の涌出が不可避であることの意味をも語るものと言える様に思われる。その場合「暗愁」とは、「閑愁」の「閑」の質的な変容乃至は否定態であり、「閑愁」の語により示唆されていたある存在性のレベルからの脱落ということに外ならないであろう。

『明暗』期の漱石に於て「愁」、例えば「閑愁」は、単に避けられるべき、消失されるべきものとして見られていたのではない。それは寧ろ「林下」の人としてのその受用されるべき日々の心の景であり、物外の風趣とも言うべきものであったと思われる。

透㆓過《シテ》藻色《ヲ》㆒魚眠穏《ヤカニ》　落《シ》㆓尽《クシテ》梅花《ヲ》㆒鳥語愁《フ》　（八・一九作七律の頷聯）

縹緲《タル》孤愁春欲《シ》㆑尽《キント》　還令《タム》㆔一鳥《ヲシテ》入《ラ》㆓虚空《ニ》㆒　（八・三〇作七律の尾聯）

三伏点《ズルハ》㆑愁《ヲ》惟《こレ》泫露　四時関《スルハ》㆑意《ニ》是《レ》重陽　（九・二作七律の頸聯）

最《モ》喜《ブ》清宵《ノ》燈一点　孤愁夢《ミテ》㆑鶴《ヲ》在《リ》㆓春空《ニ》㆒　（九・一三作七律の尾聯）

愁前剔《きりテ》㆑燭《ヲ》夜愈《いよ〳〵》静《カニ》　詩後焚《ケバ》㆑香《ヲ》字《モ》亦《タ》濃《シ》　（九・一五作七律の頸聯）

逆《ニ》追《イテ》㆓鶯語《ヲ》㆒入《ラシメ》㆓残夢《ニ》㆒　応《ニ》㆘抱《イテ》㆓春愁《ヲ》㆒対《ス》㆗晩花《ニ》㆖　（九・二〇作七律の頷聯）

これらの詩句に於ける「愁」は、そのそれぞれの詩の全体とのかかわりから見ても、忌避されるべきものとしてのそれなのではない。二例を見せている「孤愁」にしても、それは嘗ての孤独な「近代」の人としてのそれというよりは、その「近代」からの脱化に於て現成するいわば実在的なものとしての個の「愁」、即ち「孤愁」ということでなければならない。総じて「閑愁」の種々相とも言うべき上引の詩句の「愁」は、その四例までが現実の詩作の季節からは離れた春季のものとされている所にも、漱石が自己の嗜好した春の季節、その春「愁」の虚構性の内に於ける「閑愁」への投企ということでもあった筈である。併しかの「断雲」との逢着はそれら「閑愁」の消失への促しなのであり、「暗愁」の浸潤は避け難いのである。その時「断雲」とは已に単なる具象的な自然物の域を越えて深く象徴性を帯びたものとなるであろう。
杜甫には、「近《キハ》レ涙《ニ》無《ク》二乾土一　低《たレテ》レ空《ニ》有《リ》二断雲一」（「別二房太尉墓一」）という形の「断雲」の語の使用例があるが、その杜甫は著名な「北征」の詩に於て、

　乾坤含瘡痍　　乾坤瘡痍を含む
　憂虞何時畢　　憂虞何れの時か畢《をは》らん

と告げている。「乾坤」即ち天地そのものの「瘡痍」、それ故の「畢」りなき「憂虞」。こうした杜甫詩の措辞は、「杜甫は一生を愁う」と評されたその詩人の在り方を象徴的に語るものであった。同様の生涯を「愁（憂）」との相関の下に生きた漱石が、併し儒家の人としての杜甫と異なるのは、「愁」がそれ自体の内部に相互性を孕む様な形で、そこに例えば「暗愁」との対照、そこからの透過としての「閑愁」といった心の場が観られ、詩の詩たる所以がそこに置かれたと言うことであろう。「閑愁」と「暗愁」との相互性という様なことの内に、『明暗』執筆者としての自己の内景の措定が試みられていたこの時期の漱石には、嘗ての「草枕」の頃とは又次元を異にした「愁（憂）」と文学の創造との相関性の風光が認められると言い得るのではあるまいか。

漱石は、死を二十日後に控えた大正五年十一月二十日夜、最後の漢詩を、

　眞蹤寂寞杳難尋　　真蹤は寂寞として杳かに尋ね難く
　欲抱虚懐歩古今　　虚懐を抱いて古今に歩まんと欲す

と書き起し、

　眼耳雙忘身亦失　　眼耳雙《ふた》つながら忘れて身も亦た失ひ
　空中獨唱白雲吟　　空中に独り唱ふ白雲の吟

として結んでいる。ここに記された「白雲の吟」の「独唱」は、「寂寞」とした「真蹤」の「杳《はる》」けさへの何であったろうか。「白雲吟」に関して、例えば『佩文韻府』は中国詩に於けるそのいくつかの用例を載せるが、ここでの漱石の用語がそれらの何れかを直接的な典故としたものとは必ずしも考え難く、寧ろ漱石漢詩本来の流れの内にそれは置かれるべきものの様に思われる。そしてそのことは、「白雲の吟」の「独唱」がその背後に、いわば「白雲」と不可分のものとしての「愁」を潜在させたものであることを語るものとも言えるであろう。

依稀暮色月離草　依稀たる暮色月は草を離れ
錯落秋聲風在林　錯落たる秋声風は林に在り

この頸聯の措辞は、晩秋の暮色に映じた、然も視覚と聴覚との交錯を内包した詩人の深々とした観想、恐らくは「愁」としてのそれを写して余りあるものの様にも思われる。併しその晩秋の風情が観られてあるのは、「碧水碧山何ゾ有ランレ我レ　蓋天蓋地是レ無心」（頷聯）という、山水・天地そのものの無我無心の相に於てである。従って上の頸聯の示唆する景情も又そうした無我無心の場に於て出会われた自然の実相ということに外ならない。結句の空寂とした「白雲の吟」の「独唱」が、「眼耳雙つながら忘れて」「身も亦た失い」という、いわば人間としての身・心を透過した或る絶対性の場でのそれでなければならないのは、その「白雲の吟」の対象が、無我無心の矢張絶対の相に於て出会われた頸聯の「眼耳」の「雙つ」を包含したかの景情であったが故のものであろう。漱石に於ける「愁」と「白雲」との一つの最終の形を臆測させるこの漢詩は、漱石漢詩の最終的な姿としても、詩の表には現われない「愁」の文字が、「白雲の吟」の余韻として絶えざる響きを遺し続けているとも言える様に思われる。

註　同じく「うれひ」である「憂」「愁」の二語に関して漱石詩では、それぞれの詩の内包に応じた使い分けがなされていると考えられる。ただ本稿に於ては、煩を避ける為の意味もあり、漱石漢詩中での使用頻度（既述の様に「愁」―三十六例、「憂」―六例。又一首内の重複は三首中に見出されるが、三首共に「愁」字の重複使用である）、ということはその主題的な比重の如何ということからも、「愁」の文字に代表させ、「憂」の方は適宜に書き添えるという形をとった。尚漢詩の韻字としては「愁」「憂」は共に、下平声十一尤の韻である。

十一　漱石の言語観
――『明暗』期の漢詩から――

『英文学形式論』『文学論』等の英国から帰国後の漱石の東大での講義は、言わば意識の立場に即した言語論の試みであったと言える。併しそれらは創作に決定的に傾斜しつつあった頃の漱石により、「学理的閑文字」として半ば捨て去られた（『文学論』序）。そういう漱石が創作家としての歩みをも総合した形での言語論の場所としたものが、『明暗』時代の漢詩であったと思われる。以下はその論である。

絶好文章天地大　　絶好の文章　天地大に
四時寒暑不曾違　　四時の寒暑　曾て違はず
夭夭正晝桃將發　　夭夭　正昼　桃将に発《ひら》かんとし
歷歷晴空鶴始飛　　歴歴　晴空　鶴始めて飛ぶ
日月高懸何磊落　　日月高く懸りて何ぞ磊落たる
陰陽默照是靈威　　陰陽黙《もだ》し照らすぞ是れ霊威
勿令碧眼知消息　　碧眼をして消息を知ら令むる勿かれ
欲弄言辭墮俗機　　言辞を弄せんと欲すれば俗機に堕《お》つ

大正五年九月五日の作である。この七言律詩は『明暗』期の漱石詩にあって特に佳品に属するという訳ではない。ただこの詩の評釈に関して、従来の諸註釈では必ずしも十全とは思われず、その註釈の不備不徹底への闡明が、ここでの話題である漱石の言語観という事柄に交叉して行くと考えられるのである。

問題は第七句に現われる「碧眼」の語にある。現代の我々にとり「碧眼」即ち碧《あお》い眼の語の意味する所は自明である。上の漱石詩への諸註釈もおおむねはその現代人にとっての「碧眼」の意味の埒内からのものである。第七句の釈義について、註釈書の刊行順に例示してみるなら、最も早い松岡譲では、「これら這箇の消息なんぞ、毛唐の奴等にわかつてたまるか。」(『漱石の漢詩』十字屋書店。次いで同名書、朝日新聞社もほぼ同じ)であり、吉川幸次郎は、「碧眼」の語釈として「西洋人、毛唐。」とした後、「それらについての微妙な消息を、毛唐たちは知るまい。知らしてやりたい気もするが、知らすのはよせ。」という釈義を見せている(『漱石詩注』岩波新書)。又飯田利行の解は、「が、碧眼紅毛の徒に大自然の広大さが、そのまま絶好の文章であるという事情のなんたるかを知らしめてはいけない。」というもの(『漱石詩集訳』国書刊行会)。そして佐古純一郎は、「青い眼。西洋人。」として語釈を示し、「この間の事情を西洋人に説明しようとするのは止しなさい。」という解釈を記している(『漱石詩集全釈』二松学舎大学出版部)。

これら註釈書の描く上の七言律に於ける漱石の姿は言わば純然たる東洋主義者、ナショナリストとしてのそれである。そしてそうした漱石への素描は、太平洋戦争がなお盛んに戦われつつあった昭和十八年の時点で先の評釈を書いた松岡譲には、或る時代的な意味があった筈である。「特に珍重」というのが松岡の評語である。併し戦後も四十年近くを閲した頃の註釈者としての佐古純一郎では最早松岡の様な揚言はあり得ない。氏は自著を引く形で次の様な評語を見せている。「佐古純一郎は『夏目漱石論』の中で「東洋復帰の面目を示すものであるが、逆に考えるなら、その辺りに漱石の限界があったともいえなくない」とし、さらに「普遍のものであるのなら、それも碧眼にも教えて知らせねばならない」と評している。」(佐古、同前書)。松岡譲が純正な東洋主義の旗手としての漱石をイメージしたとするなら、同一の詩句の矢張全く同一の解釈に於て佐古純一郎は逆に、漱石の「限界」性の指摘という方向に赴いているのであり、その両者の間に介在しているのは日本の敗戦という歴史的な事実である。併し先の七言律の、例えばその第七句に象徴的な漱石の姿は、果してこれらの註釈書が語る様な東洋主義者としてのそれであり、又それ故の「限界」性の不可避なそうした漱石でしかなかったのであろうか。差し当り基本的に言えることは、『明暗』期の漱石漢詩の内に、東洋対西洋といった二元論、そして何れか一方の優劣という様な次元での思惟及びその残滓は皆無であるということである。このことは松岡譲もその所謂「東洋主義」者としての漱石の立場の宣明が、「他の文章には全く見られないもの」として、自己の解釈に従った場合の先の漢詩の例外的な特異さについては触れ得ていた。とするならこの七言律への註釈者の嚆矢に位置していた松岡としては、より広く「碧眼」の語の源へと遡るべき筈であった。

以上の諸註釈の流れの中で一人だけ異説を立てた人がいる。中村宏がその人であるが、氏は「碧眼」の語釈として、「碧眼は普通西洋人と解釈されている。しかし碧眼胡僧すなわち達磨と考えることも不可能ではない。」とし、「かりにそうだとすれば、」とした後第七句の釈義として、「①道の究極はダルマにも知らせることが出来ぬ」「②ダルマにも説かせることが出来ぬ（説かせてはならぬ）」の二解を示している（『夏目漱石の詩』大東文化大学東洋研究所、後に『漱石漢詩の世界』第一書房）。併し中村宏は漱石のこの詩に於ける「碧眼」を即ち達磨とする解釈には必ずしも確証を持たれなかった故であろうか、上の語釈の箇処とは別に置かれた通釈の口語訳の所では「碧眼」の語への解釈言及を避けていると見られる。

「碧眼」を達磨とする解釈の可能性を告げた中村宏の註釈は、先の註釈書の刊行順では吉川幸次郎と飯田利行との間に入るべきものである。従ってその所説への以後の指示不指示の相は明らかである。

漱石詩の「碧眼」の語への解として現われた西洋人・達磨の両者の内、果してどちらが是とされるのであろうか。或いは双方共に許容され得るのであろうか。現代の日本語での「碧眼」つまり青い眼が欧米人の意味であることは言う迄もなく、そういう意義での「青い眼」を大正期風の浪漫的なエキゾチシズムの内に唄い込んだ童謡

「青い眼の人形」「赤い靴」（共に野口雨情の作詩）が発表されたのは大正十年である。一方中村宏も言う様に禅書、或いは広く禅家即ち禅仏教に於て「碧眼」と言えば禅宗の初祖菩提達磨に外ならないことも自明なのであり、そのことが漱石と禅との広汎なかかわりを想起させるものであることは言を俟たないであろう。併しこれら周辺的な事柄をも考慮に入れつつ、先の漢詩を如何に熟読熟視してみても、西洋人・達磨の両説の何れが必然性を帯びた正しい解釈であるかの根拠はこの詩自体の内からは出て来ないと考えざるを得ない。従って「碧眼」の語の至当な釈義に到るべき道はその迂路を辿ることが不可避であるかの如くなのである。

明治二十五年の十二月に文科大学の教育学論文として提出された漱石の「中学改良策」の「序論」は次の様に始められている。

尊王攘夷の徒海港封鎖の説を豹変して貳千五百年の霊境を開き所謂碧眼児の渡来を許したるは既に廿五年の昔しなり

この行文は漱石内での、「碧眼」を西洋人の意で用いるという当時としては已に通念であった筈の語彙感覚の存在を知らせる。漱石の『全集』中に「碧眼」の語の使用はここと先の七言律詩との二箇処だけと考えられ、漢詩中の「碧眼」を西洋人とする解は上の漱石の遣い方に即しても差し当り全否定は出来ない。併し上の漱石の言い方で留意されるのは、「所謂碧眼児」として「所謂」の語が敢えて付されていることであり、その意味は恐らく「碧眼（児）」即ち西洋人という語の意味的な聯関が、単線的に一義的な等式関係の内にのみあるのではないとする漱石の意識の存在ということではないであろうか。そのことは「碧眼」の伝統的な字義は寧ろ外のもの、例えば達磨、とする漱石の意識への推測を許容するが、併し漱石の内に禅に於ける「碧眼」即ち達磨というその遣い方への認識が確実に存在したということを文献的に確証することは、単に二例というそれの使用数の上からも不可能である。ただ漱石に禅に於ける使用の仕方への知識が確かに存在したであろうことを、言わば間接的に指摘することは不可能ではない。

中国に於ける「碧眼」の語の歴史は、最初は西域渡来の碧い眼を持った人々を指す普通の名詞であったと思われる。そしてそれが禅宗の世界に入った時、例えば「如何《ナルカ》是《レ》祖師西来《ノ》意」といった禅家の代表的な公案にも語られている様に、禅に於ける西来の最大の人といえば外ならぬ初祖菩提達磨その人であり、そこから「碧眼」或いは「碧眼《ノ》胡僧」といえば即ち達磨という慣用的な言い方が生れ、禅家に長く伝統されることになったと考えられる。『佩文韻府』は「碧眼」の項に、「達磨眼《ハ》紺青《ノ》色、称《ス》二碧眼《ノ》胡僧《ト》一」の記述を『高僧伝』出として載せるが、現在の『高僧伝』及び『続高僧伝』等の『大蔵経』所収のそれの中に上の記述は見出し難い様に思われる。が、ともかくそういう形で「碧眼（の胡僧）」即ち達磨という禅に於ける慣用は成立したのである。漱石は熊本時代明治三十二年四月作の五言古詩「失題」の中に、「胡僧説《キ》二頓漸《ヲ》一　老子談《ズ》二太玄《ヲ》一」の対句を見せている。この「老子」が道家の祖としての固有名詞であることが自明と言えるなら、「胡僧」も又一般的な胡の僧の意味というよりは、ある特定の人物を指したものと考えられるべきであろう。その場合、「頓漸」の語を天台教学に於ける頓教・漸教の意にとれば「胡僧」を釈尊と見ることも可能であるが、禅に所謂頓悟・漸悟の意にとり、「説《ク》二頓漸《ヲ》一」とは要するに禅を語ったという意に解すればその主語である「胡僧」とは、道家に於ける老子と同様の位置を占めるべき禅の始祖としての達磨を指すと言えることになる。従ってそのことは達磨即ち「（碧眼の）胡僧」という言い方が当時迄の漱石の内に確実に知識として存在したであろうことを語るものと言える。

漱石の松山時代明治二十八年の句、「廓然《かくねん》無聖《むしやう》達磨の像や水仙花」は、言う迄もなく『碧巌録』の開幕第一則達磨廓然無聖を背景とし、そこに水仙花を配した冬季の句である。『禅林句集』『無門関』等と共に常に漱石の座右にあった筈の禅籍『碧巌録』に「碧眼」「碧眼《ノ》胡僧」の使用例は極めて多い。ここでは漱石の視野に入ったことの確実と思われる二つの例を例示し、先の七言律の「碧眼」が達磨と解し得るであろうことの傍証としたい。『碧巌録』の第四十二則は馬祖道一下の居士として禅宗史に著名な龐居士にかかわっての、「龐居士好雪片片」の章である。そしてその雪竇による「頌《じゅ》」中には、「碧眼胡僧《ノ》難《モシ》二弁別《シ》一」の句が見え、又その語に対する圜悟の著語は、「達磨出来向レ你道二什麼一。」というものである。この雪竇の頌の意味は、龐居士の禅の境涯はたとえ碧眼の胡僧即ち禅の始祖である達磨といえども知ることは困難であるということ。ということは無論、禅の宗教的真理は「弁別」といった所謂分析的知の、そうした知性のレベルにはないということを語っているに外ならない。一方それに付された圜悟の著語は、それを反語の意に訓めば、たとえ達磨がこの場に出現して来たとしてもお前雪竇に向って例えば龐居士の境涯について何かを語り得ることはあり得ないであろうということ。又単純な疑問の意に取れば、達磨が出て来てお前に向って一体何と言ったのだ、ということであり、要は禅を「道《い》」う、即ち言語の俎上にのぼすことは、たとえ達磨といえどもその可能性の埒内にはないということ、つまり禅に於ける言語と表現の問題を示唆するものである。併しこうした禅の孕む宗教哲学的な問題はともかく、この『碧巌録』の第四十二則が、「碧眼胡僧《ノ》」即ち「達磨」というそのかかわりに極めて明示的な事例であることは明らかである。ところで漱石は、馬祖道一に参じ大悟した時の龐居士と馬祖との問答中に現われて著名な馬祖の言葉、「待《ツテ》三你《なんぢガ》一口《ニ》吸二尽《センヲ》西江水《ヲ》一、即《チ》向《ツテ》レ汝《ニ》道《いハン》」の語を、明治三十四年英国留学中の「断片」の内に見せており、又同一の語句は『我輩は猫である』の第九章中にも使われている。そして漱石に於けるこの馬祖の語の典拠としては、上の『碧巌録』の第四十二則、つまりその「本則」に対する圜悟の「評唱」中に引かれたそれとほぼ確定してよいと思われるのである。

漱石が『明暗』の「明暗」、所謂「明暗雙雙」の語を「禅家で用ひる熟字」として芥川龍之介・久米正雄両者宛の書簡（大正五・八・二一付）の中で解説的に語っていることは周知である。それではその「明暗雙雙」の語の漱石に於ける典拠は如何なる禅籍の内にあったとすべきなのであろうか。それを単一に限定する必要は無論ないが、最も確実性の高いものと考えられるのが『碧巌録』の第五十一則雪峯是レ什麼《なんゾ》に於ける雪竇の「頌」中の語、「明暗雙雙底ノ時節」であるとしてよいと思われる。ところでその同じ頌中には上の「明暗雙雙……」の語脈を受ける形で、「黄頭碧眼須甄別」の句が現われている。この「黄頭《わうづ》碧眼須らく甄別《けんべつ》すべし」とは、直訳的には「釈迦も達磨もきっぱりと判断を下してみよ」程の意味である。そしてこの場合にも圜悟が雪竇のその頌に対する「評唱」の中で上の「黄頭碧眼……」の語に関して、「釈迦達磨也《モまタ》模索不著。」と記す様に、そこには矢張禅の現成に於ける知的了解の如何への問が潜んでいると言える。ともあれ『明暗』の「明暗」「明暗雙雙」が、それの最も有力な典拠と見なし得る箇処に於て「碧眼」即ち「達磨」の語を伴っていたということは記憶されてよいであろう。

以上漱石の内に検証された、「碧眼」＝西洋人の意での使用例、そして「碧眼」即ち達磨という事柄への漱石の認識の可能性の高さ。併しそれらも所詮は問題の七言律中の「碧眼」の語の意義の考証にとっては、ある種の蓋然性の呈示でしかない。とするならそもそも先の九月五日作の漢詩は如何なる詩的内容を目したものであったのか。そこに示された漱石の思惟をそれのみで単独に前後から截断して言わば断章取義的に固定せずに、『明暗』期の連作漢詩という有機的な全体性の内に解放した時、そこに如何なる姿が立ち現われるのかこそが問われるべきであろう。

こうした観点に立ち返って『明暗』時代の漢詩の流れに視線を注いだ時、漢詩制作の開始（八月十四日夜がその始発）から約二週間程を経た大正五年九月期の漢詩が、ある持続的な同一の思惟への反復的な投企を試みようとしていたという事実に逢着するのである。例えば八月三十日作の漢詩は、「昨日閑庭風雨悪《あシク》 芭蕉葉上復《ニまタ》知《ル》レ秋《ヲ》」

として結ばれ、漱石山房への秋の到来が告げられているが、月が改まって九月一日の七言律詩（二首のうち第一首）は、

不入青山亦故郷　　青山に入らざるも亦た故郷
春秋幾作好文章　　春秋幾たびか作る好文章

という形で始められている。この二句の内第一句の内容が、「明暗雙雙」への自註の現われる既述の芥川・久米宛書簡中にも記された八月二十一日作の周知の七絶の起・承句、「尋《ヌルモ》レ仙未《ダ》下向《ッテ》二碧山《ニ》一行《カ》上　住《ミテ》在《リテ》二人間《じんかんニ》一足《ル》二道情二」と同一のものであることは見易い。九月一日の漢詩では上引の首聯に続く領聯に於て、「託《シテ》二心《ヲ》雲水《ニ》一道機盡《キ》　結《ンデ》二夢《ヲ》風塵《ニ》一世味長《シ》」の措辞が置かれ、第一句の意味する所がより説明的に語られている。そしてその「青山（碧山）」に入らざるも、已れの居住の場が即《そく》本源的な「故郷」たる所以は、「春秋」の作りなす「好文章」の故であるとされている訳である。

次いで翌九月二日の漢詩（二首のうち第二首）の首聯は次の如くである。

大地從來日月長　　大地　従来　日月長し
普天何處不文章　　普天　何処か　文章ならざらん

九月一日のそれとの相似性は明らかである。この二日作の詩の結びの一聯は、

詩人自有公平眼　　詩人　自づから有り公平の眼
春夏秋冬盡故郷　　春夏秋冬　尽《ことごと》く故郷

であり、ここにも一日作の首聯との関連の深さは明示されている。そして二日作の七言律で上の首聯と尾聯との間を埋めるべく置かれている領・頸聯の二聯四句は以下の様なものである。「雲《ハ》黏《でんシテ》二閑葉《ヲ》一雪前靜《カニ》　風《ハ》遂《ヒテ》二飛花《ヲ》一雨後忙《ニシ》　三伏點《ズルハ》レ愁《ヲ》惟《こレ》泫露　四時關《スルハ》レ意《ニ》是《レ》重陽」。圏点の付された各句の文字が、冬・春・夏・秋というそ

れぞれの季節を示唆する訳であり、その四季の織りなす好「文章」（「何處《カ》不《ラン》㆓文章《ナラ》㆒」）を背景としつつ結句の「春夏秋冬盡《ク》故郷」の措辞は導き出されているのである。

「絶好《ノ》文章天地大《ニ》　四時《ノ》寒暑不㆓曾《テ》違《ハ》㆒」と書き起され、内部に「碧眼」の語を含む九月五日の漢詩が、上の九月一日・二日のその流れの内にあるものであろうことは明らかである。殊に二日作の詩には、五日作の首聯に限っても「大地」「普天」「文章」、そして冬春夏秋の四季即ち「四時」が凡て出揃っているのである。又五日作の第二句の漱石の初案が、「詩人《ノ》隻眼闢《ひらク》㆓幽微《ヲ》㆒」の形であり、これが二日作の第七句に相似したものであったということも思い合わされてよい（拙稿「『明暗』期漱石漢詩の推敲過程」『宇都宮大学教養部研究報告』第二十二号参照）。と同時にこの五日作の漢詩では一日・二日の詩に於ける思惟からの新たな展開が図られていることも見落されてはならず、「碧眼云々」の句はその為に要請されたものとも見られる。一日・二日の七言律が、天地自然の四季の織りなす「文章」、そしてその本源的な「故郷」としての在り方を語ることに詩の主眼を置いていたとするなら、五日作の漢詩ではそれを首聯二句の内に言わば承前の形で内容的に示し、次の頷・頸聯の四句はその首聯の意味する所をより敷衍して語ったものと解される。即ち桃・鶴という道化風の景物、及び日月・陰陽の様態の描写という前・後聯は共に、絶好の「文章」として在り、然も「不《ル》㆓曾《テ》違《ハ》㆒」ものとして在る四季自然の典型に外ならないであろう。併しこの詩はそれらのことにのみ終始して終っている訳ではなく、最終の二句に到り詩の方向性は新たな要素を付与されつつ転じられている。即ち第七句では前六句の内容が「消息」の一語の内に集約され、且つそれを「勿《カレ》㆑令《ムル》㆑知《ラ》」という禁止の句法が置かれ、結句に到りその理由が「言辞」への依拠が「俗機」への顚落に外ならないものとして提起されているのである。ここで「碧眼」の語の如何に立ち入ることはしなくとも、結びの一聯二句が内容的に、「堕《だス》㆓俗機《ニ》㆒」という言い方での「言辞」への否定を語ったものという解釈は動かないであろう。或いはより厳密に言えば、五日作の詩の首・頷・頸の三聯六句の内に語られている様なその「消息」、外ならぬそれを「令《ムル》レ知《ラ》」媒体・方途としての「言辞」の無力さ無効性として解されるべきものであるのかも知れない。九月一日・二日と辿られて来た漱石の思惟はこの五日に到り、「言辞」という新たな要素を付加しつつ転化の相を見せていたのである。そしてその方向での思惟がより確かな詩的対象として措定されたものが、中五日を置いた九月十日の七言律であったと思われる。

　絹黄婦幼鬼神驚
　饒舌何知遂八成
　欲證無言観妙諦
　休將作意促詩情
　孤雲白處遙秋色
　芳艸緑邊多雨聲
　風月只須看直下
　不依文字道初清

　絹黄婦幼　鬼神驚く
　饒舌　何ぞ知らん　遂に八成《はちじやう》
　無言を証して妙諦を観んと欲す
　作為を将《もつ》て詩情を促《うなが》す休《な》かれ
　孤雲白き処　秋色遙かに
　芳艸緑なる辺り、雨声多し
　風月　只だ須らく直下に看《み》るべし
　文字に依らずして道初めて清し

「絹黄婦幼」はその典拠である『世説新語』捷悟編（第十二）では、「黄絹幼婦外孫齏臼」で「絶妙好辞」の隠語とされているものである。平仄の関係から漱石では文字が転倒されている。

　絶妙な表現の文章は鬼神をも驚歎させるに足る。併し如何なる名文美文といえどもその委曲を尽くした「饒舌」さによって表現し得るものは結局は「八成《はちじやう》」でしかないのであり、ある究極のものの欠落は免れ難い。証され観ぜられるべきものは「無言」と「妙諦」、捨て去られるべきものは「作意」である。上の「八成」とは「十成」に対される仏語ないしは禅語であり、十に到り得ない不充分さの意味である（但し禅家では「八成」を十全性の意で使うものの様である）。『碧巌録』の第八十九則には、「道《いフコトハ》即《チ》太煞《はなはだ》道《フ》、只《ダ》道《ヒ》二得《タリ》八成《ヲ》一。」といった用例があり、もし漱石にその箇処への想起があったとすれば、そうした『碧巌録』読解の広汎さが思われるべきであろう。ところで上引の詩は頸聯に到り秋・春、即ち春秋二季の景物を描出し、それを背景とする形で結びの一聯が導き出されている。「風月」つまり四季の自然はただ「直下」（禅語としては「ぢきげ」）に「看《み》」られ観ぜられるべきなのであり、そこに「文字」言語の介在する余地はない。「道」が道としてある時、そこに「文字」の立ち入るべき所はなく、「直下」に「看」られた「風月」としての自然、それが即ち「道」であり、「清」なる「道」の場である。「不レ依ラ二文字ニ一」とは禅に所謂「不立文字」に等しいであろう。

「文章」としての天地自然と「言辞」という九月五日の詩に対して、上の十日の詩では「道」という新たな概念が姿を現わしているが、一貫した思惟の流れは明らかである。漱石はこの十日の作から一週間余りを経た九月十八日に至り次の様な詩作を見せており、この詩に於て「碧眼」の語は初めてその解釈されるべき限定的な意味を顕在化していると言っていい様に思われる。

飣餖焚時大道安　　飣餖《ていとう》を焚《や》く時　大道安し
天然景物自然觀　　天然の景物を自然に観る
佳人不識虛心竹　　佳人は識らず虚心の竹
君子曷思空谷蘭　　君子曷《なん》ぞ思はん空谷の蘭
黃耐霜來籬菊亂　　黄は霜に耐へ来たりて籬菊乱れ
白從月得野梅寒　　白は月従《よ》り得て野梅寒し
勿拈華妄作微笑　　華を拈《ひね》りて妄《みだ》りに微笑を作《な》す勿かれ
雨打風翻任獨看　　雨打ち風翻《ひるが》へし　独《ひと》り看るに任《まか》す

「飣餖」は「餖飣」とも同じく、原義は食べ切れない程の御馳走を沢山に並べたてること。そこからいたずらに古語・古字等の引用句の多い詩文をも指す様になり、要するに先の十日作の詩の「饒舌」な「絹黄婦幼」の意味である。その「飣餖」を焼却し去った所に「大道」の現成はある。後の十月六日の詩中には「焚書灰裏《ノ》書知《ハル》レ活《クルヲ》」の句も見出され、意味的には通じるであろう。「飣餖」を去り「自然」に「観《み》」られた「天然の景物」、そこにこそ「道」はある、というのは矢張九月十日の詩の結び二句の反復である。以下頷聯・頸聯の四句の内に点描されている竹・蘭・菊・梅の四種の植物は唐画の伝統的な画題としての所謂四君子であり、それらは「天然の景物」の典型としての意義を帯びたものであろう。頷聯の佳人・君子の云々は、佳人と竹、君子と蘭という一般的に行なわれている象徴的な観念連合も、つまりは一種の「飣餖」に類したものであり、竹・蘭を「自然」に「観」るの立場に即すればそうした連合は切断されるべきということであろうか。

この九月十八日の作は、頷・頸聯の二聯四句にそれ自体で一つのまとまりを持った四つの事物が周到に配されているという点では、詩の構造として先に辿った九月二日の詩に相似したものとも言える。と同時に一篇の詩の終結部が、「…勿かれ」という禁止の句法を介在させた形で、それに続いて結句が導き出されているというその在り方が、懸案の九月五日作の詩を思い起させるものであることも留意されてよいであろう。『明暗』期の漱石詩には、「莫《なカレ》レ令《ムル》三李白《ヲシテ》　酔《ハ》二長安《ニ》一」（九月四日作）という、杜甫の「飲中八仙歌」を典故とした禁止の句法も見出されるが、それでは十八日作の詩に於て禁止の対象とされているのはどの様な事柄なのであろうか。

「勿《カレ》三拈《ひねリテ》レ　華《ヲ》妄《みだリニ》　作《ス》二微笑《ヲ》一」。この句の背景にあるのが「世尊拈華《ねんげ》」或いは「拈華微笑《みしょう》」として語られる、霊《りょう》鷲山《じゅせん》に於ける釈迦と摩訶迦葉《かしょう》との所謂以心伝心の仏法単伝の故事であることは言う迄もなく、禅宗はそこに禅の始発をみる訳である。もし漱石に『無門関』第六の「世尊拈華」への意識があったとすれば、釈迦はその時迦葉に次の様に告げたとされている。「吾有《リ》二正法眼蔵、涅槃妙心、実相無相、微妙《みノ》法門一。不立文字、教外別伝、付二嘱《ス》摩訶迦葉《ニ》一。」この一段はキリスト教でいえば言わばイエスの磔刑に相当することになるが、釈迦は「四十九年一字不説」（『碧巌録』第二十八則）とされる様な徹底した「言辞」への否定、「不立文字」を貫いたとされる。そうした漱石の所謂「不《ル》レ依《ラ》二文字《ニ》一」釈迦牟尼（寂黙の意）の事蹟の典型として禅に伝承されてきた「拈華微笑」に於ける釈尊（と迦葉と）の処し方をも、所詮は「自然」ならざる作為、即ち「飣餖」として禁じたもの、それが上の漱石の詩句（第七句）であったと言える。「雨打《チ》風翻《ヘシ》任《ス》二獨《リ》看《ルニ》一」。「拈華」もその下での「微笑」も又不可なのであり、「自然」に「観」られた「天然の景物」としての「文章」、そこにこそ「大道」は在るというのである。

上の九月十八日の漢詩は、詩の表面には釈迦や迦葉といった固有名詞はどこにも現われず、従ってその詩が仏教乃至は禅仏教の始原、それの根柢的な思惟にかかわる内容を包含し得たものであるという事柄は寧ろ見えにくい。そこに漱石は自己の詩的伎倆の所在を見ていたのかも知れないが、その詩が内容的に九月一日作の詩以来の在る持続的な流れの中で必然性を帯びた形で生れて来たものであることは見易く、「勿《カレ》三拈《リテ》レ華《ヲ》妄《リニ》作《ス》二微笑《ヲ》一」にしても、それは「拈華微笑」への単純な批判否定では無論なく、それの言わば逆説的な定位であることは言を俟たないであろう。そして同様の事情は九月五日作の「碧眼」の詩についても言える様に思われる。両詩の対照から明らかなことは、詩の具体的な内容は五日・十八日というそれぞれの詩的位置に即して相違しているとはいえ、詩の基本的な構造に於て二つの詩は近似したものであるということである。即ち首聯二句に或る命題の呈示があり、頷・頸聯の二聯四句がその命題の敷衍された具体相として置かれ、第七句に至り禁止の句法の下に詩の流れが一転され、それを受けつつ結句に最終的な詩意の定位がなされるというそうした詩の構造である。それでは何故五日作の詩では「勿《カレ》レ令《ムル》三碧眼《ヲシテ》知《ラ》二消息《ヲ》一」なのであろうか。ここには十八日作の第七句に於ける様な、「世尊拈華」「拈華微笑」といった形で一句の下に提起し得る様な著名な故事の来歴はないと見るべきであろう。併し、

「碧眼にはこれらの消息、即ち天地自然の究極の存在性について知らせることはするな。」と言われた場合、例えば想起されるのは一般には「達磨廓然」或いは「達磨不識」として言われている禅の公案、そしてそれが背景として持つ『碧巌録』の第一則に周知の達磨と梁の武帝との問答であろう。

武帝に「如何《ナルカ》是《レ》聖諦《しようたい》第一義」と問われた達磨は云く、「廓然無聖」と。帝は更に問うて曰く、「対《スル》レ朕《ニハ》者誰《ゾ》」と。それに対する達磨の答は「不識」の一語であった。この達磨の「不識」、即ちお前は一体誰だ、ということはお前の仏法とはそもそも何物だ、という武帝の間に対された「不《ず》レ識《しラ》」の語は、所謂知る・知らないの「不識」ではもとよりない。それは寧ろ「不立文字、教外別伝」と語るに等しく、つまりは五日作の結句「欲《スレバ》レ弄《セント》二言辞《ヲ》一堕《ツ》二俗機《ニ》一」と答えたと同様である。五日作の詩にあって、その詩の首・頷・頸三聯六句の内に語られていたその「消息」、即ち背後に九月一日・二日作の詩をも潜在させた形でのそれは、「令《ムル》レ知《ラ》」といったこと、つまりは「言辞」というものを本質的に拒絶する様なものとしてのそれなのであり、そうした事情を示唆したものが上の達磨の「不識」の語であった。故に「勿《カレ》レ令《ムル》レ知《ラ》二消息《ヲ》一」のその禁止の対象は「碧眼」、即ち外ならぬ達磨その人でなければならないという逆説的な事態の生起がそこにはあったと言うべきであろう。そして漱石漢詩の流れとしてこの五日作の詩の結びが、十日作の結句の「不《シテ》レ依《ラ》二文字《ニ》一道初《メテ》清《シ》」という、「不立文字」に於ける「道」の現成へと連なって行くものであることは已に辿った如くである。

九月五日作の七言律の第七句、その「碧眼」の語が、大正五年九月期の一連の漱石漢詩、即ち一日・二日、そして五日・十日・十八日（更に後述の十九日）と貫流して行く、同一の主題性を帯びた或る持続的な思惟の内に位置してその流れの下に訓まれるべきことが必然と言えるなら、「碧眼」の語の字義は最早自明なのではあるまいか。その第七句は内容的には『碧巌録』第一則の達磨の「不識」を逆倒させたものとも言え、十八日の詩の禁止の対象が釈迦（と迦葉）という禅宗史の重要な起点であると同様、五日作の第七句が禁止の対象としているのは、禅仏教の実質的な始原にかかわっての事柄、即ち初祖菩提達磨であったと言える。五日作の詩中の語「黙照」「消息」「俗機」等は凡て禅語として見られるべきものであり、それらの語脈の内に置かれた「碧眼」の語のみが近・現代語としての通用の意味で解されるということは、寧ろ奇妙さを免れないであろう。又例えば二十歳代の頃より逝去に至る迄漱石の座右にあったと見得る『禅林句集』は、「碧眼」（即ち達磨）の語例を六箇処にわたり見せており（「達磨」の語では更に十四例）、その内四例迄が「黄頭」つまり釈迦との対の形での句例であることは、五日・十八日の詩中での禁止の対象が達磨と釈迦（及び迦葉）であったということにも何程かの影を落しているかも知れない。

更に言えば、九月五日作の結句の漱石の初案は、「道遠言辭多俗機」であり、十日作の結び二句の矢張初案は、「眼中誰愧《カヅル》無《キ》二文字《ヲ》一　焚《キ》二盡《シテ》經書《ヲ》一道始《メテ》清《シ》」の形とされていた。この十日作の尾聯はここから「風月只須…」の定稿へと進んで行くが、その際にも結句は「不《シテ》レ知《ラ》二文字《ヲ》二」の形を経由しつつ「不《シテ》レ依《ラ》二文字《ニ》一」へと改められて行っていた。そして又十八日の七言律の第二句は、「復剝《ふくはく》陰陽往也還《ゆきまたかへる》」がその初案の形であった（前掲拙稿『明暗』期漱石漢詩の推敲過程」）。これらのことは、五日・十日・十八日のそれぞれの詩作に於ける漱石内での思惟の相互の深い相関性の姿を語るものと言える。初案と定稿との間に横たわる連続と不連続の問題は十分に留意されなければならないとしても、十日作の詩に始めて現われる「道」の概念は五日の詩に已に試みられていたのであり、五日作の「勿レ令レ知」は十日作にもその結句の第二稿に「不レ知二文字二」として流れ込もうとしていたと考えられる。ただ「道遠言辭多俗機」はこのままでは、「道遠《ハク》二言辭《ニ》一多《シ》俗機二」とでもしか訓み様がなく、下の三字が意味を成さなくなり、棄て去られたのであろう。併しこの漱石の初案の形は、五日作の第七句の「勿レ令三碧眼知二消息一」の事由が、定稿からは一見そう取られ勝ちな、「言辞」即ち言葉を惜しむ故といったそうした単純なレベルからのものではなく、「道」という或る究極のものにかかわっての「言辞」の否定であったことを暗示しており、その「道」を根拠に西洋人・毛唐に「勿《カレ》レ令《ムル》レ知《ラ》」という様なこと（諸註釈の方向）では、一つの思惟として殆んど奇異以外のものではないであろう。後述もする様に「道」は漱石にあっては、「行《フハ》レ道《ヲ》是吾《レガ》禪」（十月十二日作）というその「禅」、即ち碧眼の達磨に連なる問題であったのである。又五日作の第六句の「陰陽默《シ》照《ス》」が約二週間を隔てた十八日の詩に、「復剝陰陽」（第二句）として再び現われようとしていたことは、同じく禁止の句法を内包する両詩の深い相同性を告げるものとすべきであろう。

無論漢詩（に限らず）の読解が読者の全くの自由に委ねられる以上、「碧眼」を西洋人・毛唐等として訓む読み方を「…する勿かれ」として禁止することは出来ない。併し仮にそう訓んだ場合の九月五日作の詩の前後の漢詩の流れの中での内容的な特異さ、以上の無稽さは覆い難いのではあるまいか。この「碧眼」の語に関しては所謂両義性の成立の根拠は恐らくはない筈であり、少なくとも第一義の釈義として達磨に言及しない註釈は不可の誇りを免れ得ないであろう。従って「碧眼をして……」の句の内に漱石の東洋への復帰、東洋主義者としての相貌を見、そこに漱石の「限界」を見た嘗ての佐古純一郎の論の当否は明らかである。寧ろ語られるべきは漱石の限界ではなく、逆に佐古純一郎を中心とした漱石漢詩の読解グループそのものの限界性の露呈でなければならない。漱石詩中のかの「消息」は単に西洋人のみならず、一切の他者への「知」的な伝達、即ち「言辞」を拒絶して在る様な或るものに外ならなかったのである。

九月十八日の翌十九日の七言律詩は、「截《せつ》二断《スルヲ》詩思《ヲ》一君勿《カレ》レ嫌《フ》　好詩長《とこしへニ》　在《リテ》二眼中《ニ》一黏《ス》」として始められ、「孤雲無《クシテ》レ影一帆去《リ》　殘雨有《リテ》レ痕半榻霑《うるほフ》　欲《シ》下爲《メニ》二花明《ノ》一看《ントヲ》中遠樹《ヲ》上　不レ令《メ》三柳暗《ヲシテ》　入《ラ》二疎簾《ニ》二」の四句が続き、「年年《ノ》妙味無聲《ノ》句　又被《タル》二春風錦《ニ》上添《ヘ》二」の形で結ばれている。この漢詩も矢張上来の一連の潜在的な思惟の系譜の下にあるものであることは、その第一句の内容が先の九月十日作中の「休《カレテ》下將《ヲ》二作意《ヲ》一促《ス》上二詩情《ヲ》一」という詩句と基本的には通じ合うものであること、そして「好詩長《ヘニ》在《リテ》二眼中《ニ》一黏《ス》」の第二句も又、「詩人自《ヅカラ》在《リ》公平《ノ》眼」（二日）

「風月只須《ダ》《シ》レ看《ラクル》二直下《ニ》一」（十日）「雨打《チ》風翻《ヘシ》任《ス》二獨《リ》看《ルニ》一」（十八日）等と同様の意義を帯びたものであることからも明らかであろう。従って以下頷・頸聯の四句は、前日十八日の詩に所謂「天然《ノ》景物《ヲ》自然《ニ》觀《ル》」の立場に即した春季の「好詩」の風光に外ならない。その内後聯の二句は、南宋の詩人陸游の詩「遊《ブ》二山西村《ノ》二一」中の著名な「柳暗花明又《タ》一村」を典故とするが、陸游のその句は更に王維の七言律「早朝」を典故としたものである。結びの一聯はそれら前・後聯の四句を受けつつ、第七句には「無声句《ノ》」といった言い方が現われている。この「無声句《ノ》」の語は、「詩思」の「截断」に於て観《み》られた頷・頸聯の自然の景物、即ちその「好詩」が、「文字」（十日作）或いは「言辞」（五日作）に「不《ざ》レ依《ラ》」る（十日作）、言わば詩ならざる詩としての「好文章」（二日作）であること、そのことを「無《キ》レ声」の「句」という言い方の内に語ったものであろう。結句の「又被《タル》二春風《ニ》錦上添《ニヘ》一」は、同様に前・後聯の四句が「普天何處不《カラン》二文章《ナラ》一」（二日作）「絶好《ノ》文章」（五日作）であることを告げたもの。そして「錦上云々」は、「錦上添《フ》レ花《ヲ》」「錦上鋪《レク》レ花《ヲ》」等として使われる宋代以来の俚諺であるが、禅家にも用例は多く、漱石は小品「一夜」（明治三八・九）に於て『禅林句集』を出典とする、「蜀川十様《ノ》錦　添《ヘテ》レ花《ヲ》色転《うたタ》鮮《ヤカナリ》」の句を、文脈に即しつつ変容させた形で已に使っていた。

以上漱石詩中の「碧眼」の語にかかわる諸註釈諸の釈義の揺れに端緒を求めながら、大正五年九月期の漱石のある持続的な思惟の流れを辿って来たが、それは上の九月十九日付の詩を以て一応の終息を見せている。それではそれら一連の思惟は如何なるものとして捉えられ得るのであろうか。漱石詩の主意は、「碧眼」の語義の如何といった所にあったのではない。

九月一日、二日、五日の三つの詩にわたって現われる「文章」の語、これは現代的な意味でのそれ、つまり文章を書くといった、漱石詩にあっても「不レ作《ラ》二文章《ヲ》一不レ論《ぜ》レ經《ヲ》」（八月二十一日作）と言われている様な場合の文章の意ではない。古代の漢語としての「文章」、「黼黻《ほふつ》文章」（『礼記』月令）といった形で現われるその意味は、青と赤とのあやを「文」といい、赤と白とのあやを「章」と呼んだのであり、従って「文章」とは、衣服などに施されたかざり、模様、つまりそうした意味でのあや、模様、文采の義が原義である。「文章」には又礼楽法度などの意味もあるが（『論語』泰伯）、現代的な意味でのその使い方は『史記』等言わば後になってからのことの様である。漱石の先の三詩中での「文章」の語の遣い方がそれの原義に即した形であることは明らかであり、あや・模様・文采といった「文章」の意味に漱石が十分に自覚的であったことは、八月三十日作の七言律詩に現われる次の様な対句がそのことを語っている。「誰《カ》道《フ》文章《ハ》千古《ノ》事《ト》　曾《テ》思《フ》質素百年《ノ》謀《はかりごと》」。「質素」、即ち生地のままのかざりのないしろぎぬが原義のその対語とされた「文章」の字義は自明である。九月一日・二日・五日の漱石詩中の「文章」は、春夏秋冬の四季の推移、その天地自然そのものが絶好のあや、模様を織りなす「文章」であること、そしてそれが人間の本源的な「故郷」としての言わば「道」の場でもあることを告げたものである。併しそれではそれらの「文章」の語が後代・現代的な意味での所謂文章、文字言語の含意を全く含まないかと言えば決してそうではないであろう。先に辿った九月一日から十九日に至る六首の漱石詩の後半の三首、十日・十八日・十九日の三首の七言律では詩の表には具体的な「文章」の語は現われない。併し「絹黄婦幼」（十日）「飣餖」（十八日）「詩思」（十九日）のそれぞれは、否定的に見られた形での文字言語としての所謂「文章」の語をその背後に潜在させていると見られ、その意味では六首の詩は「文章」の語を貫流させた形での、自然と言語という漱石的思惟への問いの場であったと言うべきなのである。従って九月一日・二日・五日の詩中の「文章」は、やがて十日以降の詩に来たるべき課題としての所謂文章の意味をも予定的に含み得ていたと見るべきであろう。そしてこの「文章」の語の両義性については、先に引用の八月三十日の詩に於て「質素」の対語とされていたそれに関しても已に言えることである。即ち「文章《ハ》千古《ノ》事」とは杜甫の「偶題」詩の劈頭に現われて著名な句であり、その杜甫詩の「文章」とは言う迄もなく、魏の文帝曹丕の周知の「文章《ハ》経国之《ノ》大業《ニシテ》、不朽之《ノ》盛事。」（『典論論文』）等の流れを受けた所謂文章の義である。漱石はそれらのことを背景としつつ、更にそこに美しいあや、模様という「文章」の原義をも垣間見させながら「質素」（矢張意味は両義的である）の語を対語として置いていたのである。漱石の詩的修辞のこうした周到さはともかく、一日・二日・五日の詩に於て漱石が四季の天地自然そのものの内に「文章」を観《み》、やがてそれを「絹黄婦幼」等の文章の問題へと転化して行ったというその仕方の内に想起されてよいのは、李白の「春夜宴《スルノ》二桃李《ノ》園《ニ》一序」（『古文真宝　後集』の本文による）ではないであろうか。

「夫《そレ》天地者《ハ》萬物之《ノ》逆旅《ニシテ》、光陰者《ハ》百代之《ノ》過客《ナリ》。而《ルニ》浮生《ハ》若《シ》レ夢《ノ》、爲《スコト》レ歡《ヲ》幾何《いくばくゾ》。古人秉《とツテ》レ燭《ヲ》夜遊《ブ》、良《まことニ》有《ル》レ以也《ゆゑなり》。」

と書き起こされた李白の「序」は次いで、

況《ンヤ》陽春召《まねくニ》レ我《ヲ》以《テシ》二煙景《ヲ》一、大塊假《かスニ》レ我《ニ》以《テスルヲヤ》二文章《ヲ》一。

の措辞を見せている。ここに現われる「文章」に関しての註釈は二説に分れ、「大塊」のあやとする解と、文章の才とするものとの両説がある。併しこの釈義は何れか一方というよりは恐らく、李白の意図はその両義性の内にあったとしてよいと思われる。何故なら李白のこの「序」は、「春夜」の「桃李之《ノ》芳園」、即ちそうした「大塊」の「文章《あや》」への「幽賞」と、そしてそれに際会しての「詠歌」、つまり作詩の問題という所謂「文章」にかかわる事柄とのその双方を言わば不可分のものとして含んでおり、「文章」の語の両義的であることはそこからの必然的な要請でもある。上の句中の「大塊」とは、天地、大地、自然、造物者、造化等の意味であり、それが李白に「文章」、そのあや、模様を「仮」したということは先に辿った漱石の思惟に通ずるものである。と同時にその「大塊」としての造化が詩歌等の所謂「文章」「佳作」をも「仮」するということは、盛唐期に於ける唐詩の精華を自ら生きた李白にとっては自然な必然な在り方であったかも知れない。併し漱石にあっては必ずしもそうではなく、「大塊」と所謂文章・言語との断絶に於ける悪戦苦闘の跡が、九月期の先の断続的な漱石詩の背後にはあったと見るべきものの様に思われる。

李白の上の「序」が、「如《もシ》詩不レ成《ンバラ》、罰《ハ》依《ラン》二金谷《ノ》酒数《ニ》一。」と結ばれることは周知である。ところで九月四日作の詩（二首のうち第二首）に於て漱石が、「莫《カレ》レ令《ムル》三李白《ヲシテ》　醉《ハ》二長安《ニ》一」の句を見せていることは已に引いた。この四日作の春を主題とした七言律詩は諸註釈共に難解さを以て語るものであり、剴切な釈義は未だにない。併し詩中の語「百歳《ノ》光陰」（第二句）「桃紅」（第三句）「李白」（第四句）「天地有情」（第七句）「成《ス》レ歓《ヲ》」（第八句）等は凡て李白の「序」中のそれと重なるものである。漱石に李白の「序」への意識があったと見得るなら、「莫《カレ》レ令《ムル》三李白《ヲシテ》醉《ハ》二長安《ニ》一」（第四句）の句の意義も、その典故である杜甫の詩句、「李白《ハ》一斗《ニシテ》　詩百篇　長安市上酒家《ニ》眠《ル》」（「飲中八仙歌」）が李白に於ける詩、即ち「文章」の成立にかかわってのものであることからすれば、上の李白への禁止の句法も、翌五日の達磨、十八日の釈迦へのそれと同様の言わば逆説的意義でのそれであったと言えるかも知れない。李白を長安市上に酔わせてはならないのは、それが「一斗《ニシテ》　詩百篇」とされる様な無際限の詩歌文字の涌出を結果するからであり、「只《ダ》為《メニ》二桃紅《ノ》一訂《スル》二舊好《ヲ》一」のみ（四日作第三句。猶「桃紅」は「李白」即ち「李《すもも》の（花の）白さ」との所謂借対）というその第三句の、言わば「好詩長《ヘニ》在《リテ》二眼中《ニ》一黏《ス》」（十九日）の「不《ル》レ依《ラ》二文字《ニ》一」（十日）「無声《ノ》句」（十九日）を言う立場からは李白の酔は、到底許容し得ないものだからである。

大正五年九月期の漱石の詩は、たとえ釈迦や達磨への言及があるとは言え、所謂禅僧の詩偈に擬せられている訳ではない。又職業的な漢詩人の詩的感興として語られていた訳でもない。それらは飽く迄も、「明暗雙雙三萬字　撫《ぶ》二摩《まシテ》石印《ヲ》一自由《ニ》成《ル》」（八月二十一日作七絶、転・結句）という、『明暗』の作者としての漱石の自照に外ならなかった。九月一日から十九日の漱石と言えば、『明暗』の第百七章から百二十五章の執筆の頃のそれであり、津田の入院先での津田・お秀・お延三者間の葛藤、そしてその翌日の小林の医院への来訪とお延の堀家訪問等が

『明暗』内の現実であった。そうした多端な人間模様の筆を日々の午前中に執った後の午後から夜にかけての漱石に、先に辿った様な極めて論理的、理論的な思惟の詩化、然も漢詩化が試みられていたことは、文字通り漱石的として言うべき心景であった。

先の漢詩群は、「詩人」（二日）「詩情」（十日）「詩思」（十九日）等の語が示唆する様に基本的には詩の問題を扱うかに見えながら、併し現実には『明暗』の作者としての言語の問題、即ち『明暗』の言語世界が如何なる位相の言語たり得るのか、或いは言語たり得るべきなのかの漱石自らへの自認、そういう意味での明確な言語論の場であったと言える。語られているのは四季の日常的な（「不《ル》レ入《ラ》ニ青山《ニ》一」）天地自然そのものの「文章」（「無声《ノ》句」）としての存在性であり、又その本源的な「故郷」としての在り方である（一日・二日・五日・十九日）。そしてその自然の景物即「文章」とする視点から、「言辞」「絹黄婦幼」の「饒舌」な「文字」「飣餖」等の所謂言語は凡て否定焼却の対象とされ、その否定の極に「道」「大道」の現成はあると言うのである（五日・十日・十八日）。ここにあるのは、「文章」（自然）＝「故郷」―「文章」（言語）―「道」（宗教）の相互性を語る、或いは語り得る漱石の姿であり、こうした漱石の言語への思念は、例えば『明暗』が「自由成《ニル》」（前引）と言われる時のその『明暗』言語の「自由」性の「成」立の根拠をほぼ語り尽していると言っていい様に思われる。言語が真に実在的な言語として在り得るのは、嘗ての李白の所謂「大塊」つまり造化自然そのものの自己表現としての「文章」、即ちその位相に於ける「文章」、言語にして初めてなのであり、『明暗』が「自由成《ニル》」と告げ得た時の漱石にあったのは、そうした次元での『明暗』の言語世界への自負と自認とであり、それを可能ならしめる言わば漱石的な「自然」思想への深い思いであった筈である。「春秋幾《タビカ》作《ル》好文章」（一日）と謂われ、「天然《ノ》景物《ヲ》自然《ニ》観《ル》」（十八日）とされる様な『明暗』の言語にかかわっての「自然」の問題は、『明暗』の一句一行のその行文、つまり創作の方法上の事柄であると共に、「大きな自然」「小さい自然」といった形で現われる（『明暗』百四十七）、『明暗』内の具体的な小説言語としての「自然」、その作品の内容内実に連なる問題でもある。『こゝろ』『道草』等に於ては「不可思議な恐ろしい力」として、作中人物の意識・自意識を超えた或るものの「力」として表現の形を与えられていた漱石的な「自然」が、『明暗』では如何なる様相を開示していたのか、そしてそれがどの様な行文、表現の技法により支えられていたのかという問題は『明暗』論としての課題であり、ここではそのことには立ち入らない。

漱石に於ては又「不《ル》レ依《ラ》二文字《ニ》一」、即ち文字以前の然も文字言語の本源でもある「風月」としての自然は、「道」「大道」の場でもあるとされる。そしてその「道」としての自然が釈迦や達磨の立脚点をすら未だしとして否定し得る様な根拠でもあった以上（五日・十八日）、その漱石に次の様な措辞のあることは奇異ではない。

膽小《ナリトテ》　休《なカレ》レ言《フ》レ遺《わすルト》二　大事《ヲ》一
曾《シテ》レ天《ニ》行《フハ》レ道《ヲ》是《レ》吾《ガ》禪
（十月十二日作七言律、尾聯）

「吾《ガ》。禅」（私の禅）と漱石は言う。その内容である「会《シテ》レ天《ニ》」の「行道《ぎょうだう》」を差し当り日々の『明暗』の執筆と見得るなら、漱石の「吾禅《ガ》」の自覚は次の様な内景を持つものでもあった。「非《あらズ》レ耶《ニ》非《ズ》レ佛《ニ》又非《タズ》レ儒《ニ》　窮巷賣《リテ》レ文《ヲ》聊《いさ》自《さカ》娯《カラたのシム》」（十月六日作七言律、首聯）。漱石に於ける「売文」の業である『明暗』の執筆は、「耶・仏・儒」の何れにも「非」ざるものであり、それが同時に「吾禅《ガ》。」の「行道」でもあった。この「仏」と「禅」との重複は決して矛盾ではない。『草枕』の「非人情」からも明らかな様に、漱石にあって「非」の否定性は、その「非」の対象への単なる否定そこからの離脱を意味するものではなく、「非」の対象即ち人情そして耶・仏・儒等が真にそれとしてあり得ることのその真下に立つ営みであったと言える（十月六日の七言律の全体参照。又「不思量底如何《いかんカ》思量《ス》」の問に対する禅僧薬山の答として著名な「非思量」の語、乞参照）。従って漱石に於ける「吾禅《ガ》」、そしてその「行道」とは、そうした耶・仏・儒等々の基底に潜在された本源的な実在（「天」）の自覚（「会天」或いは所謂「則天（去私）」）

の異名に外ならなかった。

ところで上の「非レ耶非レ佛……」の句に関して江藤淳は、ここには「非」の否定の対象として道家が現われないが故に、『こゝろ』以後の漱石の立場は老荘、その例えば「玄牝《ぴん》」の立場であったという論を展開している（江藤淳「漱石――『心』以後」「漱石と中国思想」『漱石論集』新潮社）。併しこうした江藤淳の論が『明暗』期の漢詩論としては、所謂木を見て森を見ない我が田に水を引くのみのものに過ぎないことは、「非レ耶非レ佛又非レ儒」の一句のみに繫縛された氏の立論が、「曾レ天行レ道是吾禪」といった他の詩中での漱石の立言を全く包摂し得ていず、それとの整合性を何一つ語り得ていない、或いは語ろうとすらしていない所にも自明である。漱石の対峙せざるを得なかった思想的・宗教的な近代の現実は、既成の思想・宗教を類型的に概念化し、それを漱石漢詩の一句に対応させつつそこで引き算を試みれば済む様なそうした算術的なありきたりの内にあったのではない。こうした江藤淳の論に即しても、現実の社会・文壇等にあっては漱石の「道」その「行道」はおおむね「道草」（『道草』）としてのそれであることを免れ難い。そこから漱石には次の様な詩的表白も又不可避となる。「天下何狂《ソヘル》投《ジテ》レ筆《ヲ》起《たチ》　人間有《リ》レ道挺《ぬきンデテ》レ身《ヲ》之《ゆク》　吾當《ニ》レ死《スキ》處當《ニ》レ死《スシ》　一日元來十二時」（九月十三日作七言律、頸・尾聯）。『明暗』期の詩中、吉川幸次郎の所謂「もっとも激越」なるものである（吉川『漱石詩注』岩波新書）。これら様々な起伏を内包しつつも漱石の詩は「真蹤」、即ち真なる「蹤《みち》」への意識を語りながら現実的には閉じられることとなる。「眞蹤《ハ》寂寞《トシテ》杳《はるカニ》難《ク》レ尋《ネ》　欲《ス》下抱《イテ》二虚懐《ヲ》一歩《マント》中古今《ニ》上」（十一月二十日夜作最終の七言律、首聯）。

明治二十二年九月九日脱稿の『木屑録』には次の様な七言の絶句が配されていた。

脱《シテ》二却塵懐《ヲ》一百事閑《タリ》　儘《まかス》レ遊《ブニ》碧水白雲《ノ》間　仙郷自《より》レ古《いにしへ》無《ク》二文字一　不《シテ》レ見《ニ》青編《ヲ》一只見《ダル》レ山《ヲ》

古来「文字」の無い場所としての「仙郷」、つまり仙なる故郷《ふるさと》。そして「青編」即ち経書書籍を排し、ただ

「山」を見、「碧水白雲」の内に遊ぶのみの「閑」情。こうした『木屑録』中の一つの詩境が、決定的な次元の異相を含むとはいえ、二十七年程の時間を隔てた大正五年『明暗』期の漢詩と遙かに呼応照応するものであることは明瞭である。漱石が自覚的に「漱石」となった、つまり自らの作品に始めて「漱石（頑夫）」と署名したのはこの『木屑録』がそれであった。ということは当時の漱石にとり上の七絶の様な境涯は結局単なる彼岸としてのそれでしかなかったということであり、『木屑録』の「後書」ではそのことが「自嘲」という形の下に語られざるを得なかった。「白眼甘《ンジテ》　期《シ》二與《と》レ世疎《ナルヲ》一　狂愚亦《タ》懶《ものうシ》レ　買《フニ》二嘉譽《ヲ》一……唯《ダ》贏《かちえテ》二一片烟霞《ノ》癖《ヲ》一　品《シ》レ水《ヲ》評《シ》レ山《ヲ》臥《ス》二草廬《ニ》一」（「自嘲書《ス》二木屑録《ノ》後《ニ》一」）。

こうした『木屑録』から一年後の二十三年九月箱根での七絶中には、「漫《みだりニ》　識《リテ》二讀書《ヲ》一涕涙多《シ》　暫《ク》留《マリテ》二山館《ニ》一拂《フ》二愁魔《ヲ》一」（起・承句）の句が見え、やがてそれは二十八年五月松山西下直後の七言律（四首のうち第三首）に於ける、「人間五十今過《グ》レ半《なかばヲ》　愧《はヅラクハ》　爲《メニ》二讀書《ノ》一誤《マルヲ》二一生《ヲ》一」（尾聯）という慨嘆へと流れて行く。そしてこれら「讀書」即ち『木屑録』に所謂「青編」「文字」にかかわっての漱石の述懐は熊本期に至り、次の様な構造的な思惟の内に措定されていた。

眼《ニハ》識《ル》東西字《ノ》　心《ニハ》抱《ク》古今憂《ノ》

（明治三十二年作五言古詩、第一・二句）

明治二十二年からこの三十二年にわたって断続的に現われ、又大正五年の九月期に集約的に示された漢詩を媒介とした漱石の思惟の姿は、漱石が漢詩という文学形式の内に託した言語的課題の如何を物語るものであろう。そして東・西の文字の狭間、即ち「鳥迹《ノ》之文」と「蟹行《ノ》書」の断絶（『木屑録』序、又『文学論』序）という近代日本の歴史的命運の中から歩み始められた漱石の言語的思惟がどの様な地点に迄辿り着いていたのかは、「不レ入二青山一亦故郷」「普天何處不二文章一」といった『明暗』期の詩句と先の『木屑録』中の七絶との本質的な異相がそのことを語るものと言える。その意味では漱石の歩みは、『木屑録』の漱石のその「漱石」ならざる何物かへの近接の過程であったとも言え、そこに認められるのは、東・西・古・今の本質的な錬成の跡である。

観道無言唯入靜　道を観るに言《ことば》無く只だ静に入り

拈詩有句獨求清　詩を拈りて句有れば独り清を求む

大正五年十一月十九日作七言律詩の頷聯であり、この日は未完の『明暗』の最終から三回前の百八十六章、津田と清子との再会の朝の書かれた日である。「道」には「言《ことば》」はなく矢張「静」なのであるが、その「道」は人間の「詩」、言語を阻碍するものではなく、「道」としての「自然」の自己表現としての「文章」、即ちその位相に於ける「句」文章は、「不《シテ》レ依《ラ》二文字《ニ》一道初《メテ》清《シ》」とされたその「道」の「清」の表現の場でもある。漱石の遺された最終の言語的思惟の確認の姿であった。

十二　漱石詩の最後

――「眞蹤は寂寞として……」――

漱石の漢詩、殊に『明暗』期の漱石詩の本格的に読まれるべきことが言われて已に久しい。併しその試みは未だに為されてはいない。無論近年の佐藤泰正の論考等はある。[1] だが氏の論は、『明暗』期の漱石詩の論である以上に、氏自らの歌に終始しているという嫌いはないであろうか。人はそこに氏とほぼ等身大の言わば思惟的観想の唄を聞くのである。併し『明暗』期の漱石は決して単に歌ったのではなかった。

現在確認されている二百十首弱の漱石詩の総体の三分の一余りに上る『明暗』期の漢詩を、どの様なものとして捉えるかは必ずしも容易ではない。というよりある一義的な理解や定位を許さない様な多様性と多面性とが『明暗』期の詩にはあると言うべきであろうか。従来の『明暗』期の漢詩について触れた論が、その論者の『明暗』論乃至は漱石像に見合った様な形と次元での、そうした文字通りの断章取義的なものとならざるを得なかったということも、つまりは『明暗』期漱石詩の豊潤さを裏面から語るものと言うべきであるのかも知れない。

併しそれら『明暗』期の漱石漢詩の多様性、多義性を念頭にしつつ、そこに一つの基本的な性格を求めるなら、それは例えば吉川幸次郎が『明暗』期の詩を、その「抒情性のとぼしさ」故に必ずしも好まないとしていた所(吉川『続人間詩話』五十七、岩波新書)にも示唆されている様な、ある強靱な思想性、論理性への意志とでも言うべきものである。このことは、七十数首を数えるその漢詩群の個々の詩の季節一つを取ってみても、漱石が漢詩制作の現実的な時期であった大正五年の八月十四日夜から逝去の約二十日前十一月二十日夜迄の、即ち夏から晩秋にかけての季節の推移の中で、その時節の移ろいに見合う様な形で詩の季節を取っているのは、七十数首の詩全体の約三分の一であり、残りの約三分の一は現実の季節とは無縁な春季、そしてあとの三分の一は言わば無季の詩であり、そこは漱石の純粋な思想思惟の表白の場となっている。この『明暗』期の漢詩の季節的な三分の仕方にも、それが漱石の意識的な所産であったか否かの問題と共に、それらの詩の性格は十分に語られていると言える様に思われる。しかもその場合『明暗』期の漱石詩にあってそれの思想性、論理性を担うのは、単に無季の漢詩群のみという訳ではない。詩が春・秋の二季を主な詩題として持つことは漢詩の常套であろう。と同時に漱石の場合には、例えば春風駘蕩の「草枕」が、明治三十九年の七月下旬から八月上旬迄の、つまり盛夏の下の約二週間に書き上げられたといった様な所にも示唆的な、漱石の春というものへの傾斜、それが『明暗』期の詩の三分の一を占める春季の漢詩の上にも反映していることは自明である。そのことはそれら『明暗』期の春季の漢詩群が現実的に担っていると考え得る、言わば詩的な役割区分とでも呼ぶべきものに即しても言えることであり、従ってその意味では『明暗』期の漱石詩中の春季の詩は、個々の詩の具体的な内容以前の問題としても、漱石の単なる季節的な嗜好の域を超えて、無季の漢詩群とは又異なった意味に於て十分に思想性を帯びたものと見得るということである。そして同じことは（夏）秋季の詩についても、それとの対照性の内に語り得るものと見られる。『明暗』期の漱石詩は、その内部にある種の虚構性を内包しつつ、言わばそれ自体の内的な論理に従って流れて行っていたという側面を持つのである。

『猫』の執筆以後『明暗』に迄至った漱石の創作活動の中で、作品の執筆と同時並行的な漢詩の詩作は『明暗』のみであった。『明暗』が書かれなければかの漢詩群は作られることはなかったかも知れず、数多くの作品の中でも『明暗』だけが漢詩の詩作を誘起した。このことは何を語るものであろうか。欧米の小説家にあって、小説の執筆が古典詩、例えばラテン語による詩の日々の連作を必然としたといった事例があるのか否か、私は知らないが、近代散文の一つの極限に位置する筈の『明暗』の作者であった漱石が、それと同時並行的に漢詩の詩作に余念がなかったという光景は、奇異であり且つ稀有でもある。

『明暗』の執筆の一方での日々の漢詩の制作という漱石の在り方に関しては、それら漢詩を作らざるを得なかった漱石という見方が一般的であろう。漢詩作者としての漱石に一種の負性を見る仕方である。併し同時にそれに対しては、漢詩をも、漢詩をすら作り得た漱石という見方を提起することも可能であり、そうしたある種の自恃は漱石の内にもあったのではあるまいか。周知の『明暗』執筆の「俗了」に対する漢詩制作という漱石自らの言葉にしても（「書簡」大正五・八・二一付、久米正雄・芥川龍之介宛）、その場合の漱石の余裕を帯びた物言いには、「俗了」の語の背後に感得されるべき、かなりの心の幅、或いは奥行きが思われるのである。

『明暗』の執筆と漢詩の詩作の相即という事態の起因は、『明暗』という作品の性格そのものにあるであろう。『道草』迄の作品にあっては漱石は、自己の居場所を作品内に持っていた、或いは持たざるを得なかったとも言える。無論このことは、ある作中の人物が即自的に漱石その人に重なる似姿である、という様な意味ではない。そうではなく、例えば『こゝろ』の先生の死に於て、漱石も又その死を死ぬことにより、その死が構造的に孕むある思惟の帰着を体認し得ていた、そしてそこが漱石自らの存在の箇処でもあったということである。併し『明暗』は、少なくとも遺された限りでの『明暗』はそうした性格の作品ではない。『明暗』の内部に漱石の居場所はなく、又漱石は極めて自覚的に作品内に自己の存在の場所を設けようとはしていないと言うべきであろう。より正確な言い方をするなら、漱石は『明暗』の凡ての場所に遍在し、且つどこにも存在しないのである。こうした性格の作品の作者にあって逆説的な形で予測される事柄は、作者としての自己の見失い、つまり自己喪失の事態である。『明暗』が自己の創作意図に即しつつ書き継がれれば書き継がれる程、その作者としての自己の影、存在の場は希薄とならざるを得ないという状況の発生である。言わば作品が作者の存在性を剝奪するという方向に機能するのである。『明暗』執筆の開始から約三ヶ月程を経過した頃の漱石が、「俗了」の語を告げつつ漢詩の詩作へと赴いたということの真景はそうした所にあった。近代散文の一つの極点を行った『明暗』というあの圧倒的な散文世界に自己拡散を余儀なくされるべきその自己の、強靱な凝縮への試行と意志、それが『明暗』期の漢詩群に内在した根本的な詩作の動機であった。そしてその漢詩が優れて思想的であらざるを得なかったということも、矢張り『明暗』からの要請ということであったと思われる。漱石の理解としての禅語（「禅家の熟字」（前掲久米・芥川宛「書簡」）である『明暗』の「明暗」「明暗雙雙」が、華厳に所謂理・事無礙の世界性の表象に外ならない以上、『明暗』の基底には、「明暗雙雙」即ち「理・事無礙」底の根源的な論理、智の統覚がなければならない。[2] そしてそうした論理の統覚点が作者漱石であったとするなら、『明暗』期の漢詩はおおむねそうした世界性とその風光との確認と保持の場とならざるを得なかったのである。『明暗』期の漢詩は、『明暗』が真に「明暗」「明暗雙雙」となるべき、その原理的な場であったと言うべきであろう。従って『明暗』期の漢詩を、「いまひとつの『明暗』」という様に呼び、『明暗』と漢詩との両者を単純に「二者一元」の相に於て見てしまう様な視点（佐藤泰正、前掲論。傍点原文）では、『明暗』期の漢詩について何物をも語り得たということにはならない。『明暗』がその基底に潜在させているのは、背後に『道草』迄の作品系列を湛え、漱石自ら「自然の論理」と呼んだ様な（大正四年「断片」）、ある明確な論理性の自覚である。その論理性、即ち「自然の論理」は、『明暗』では差し当り「明暗」「明暗雙雙」として観られている訳であり、その具体相は、大正五年年頭の『点頭録』の序文「また正月が来た」がそれのある断面を語り、そして『明暗』期の漢詩が屢々裸形の論理表象として表現形を与えているものでもある。そうした『明暗』の作品世界を根柢的に支えるべき論理、論理性への確実な把握がもし為されているのであれば、例えばプリンストン大学の水村美苗の『明暗』続稿の試みも、現実に脱稿されたものとはかなり違った様相を帯びたものとなり得たのではあるまいか。[3] 柄谷行人の推輓にもかかわらず氏の試みは、大岡昇平の『明暗』の結末への推測（大岡「『明暗』の結末について」『小説家夏目漱石』筑摩書房）が、言わば小説家的な余りに小説家的なそれでしかなかったとは異なった意味に於てであれ、『明暗』とは決定的に異質な何物かでしかないとせざるを得ない様に思われる。そしてその異質さを自明ならしめるもの、それが『明暗』の作者としての漱石の端的直截的な表現である筈のかの漢詩群であるとも言えるということである。

『明暗』期の漱石詩、それをその漢詩という詩の形式形態から、伝統的な古典詩という視線枠内に於てのみ読むことは、恐らく正しい把握の仕方ではない。これは入谷仙介の言う様な「近代文学としての明治漢詩」（研文出版刊（一九八九）の入谷氏の著書名）といった、言わば読者としての読みの視点に関してのみの事柄ではない。寧ろ作者としての漱石の自覚にかかわってのことである。漱石が「草枕」（明治三九・九）の中に、「春日静坐」「春興」と題された明治三十一年三月作の五言古詩二篇を象嵌していることは周知である。「近代」の到来（モダン）とその終末（ポスト・モダン）との同時的な把握という、「近代」そのものへの徹底した思惟の場であった「草枕」中にその漢詩二篇が置かれたということは、その漢詩の表現内容が「草枕」の思惟との本質的な相同性の内にあったからに外ならない。漱石熊本期の明治三十一年には無論已に藤村の『若菜集』（明治三〇）は出ていた。併し「近代」への抒情と思惟に於て、漱石のかの熊本期の漢詩が如何なる質と広汎さの下にあり得たかを思えば、いずれが所謂新体詩ならざる近代詩としての視線の内にあり得るかということも、一応留意されてよいのではあるまいか。同様のことはより深い意味に於て『明暗』期の漢詩についても言えるであろう。明治・大正（そして昭和）という様な、歴史限定的な時代性というものの呪縛からの離脱を、已に『こゝろ』を媒介とする形で透過していた筈の漱石の『明暗』期の詩は、単純に近代詩的なるものでもあり得ない。併しその七十数首の漢詩群が内包する抒情と思惟と想念の豊潤さ豊饒さは、所謂近代詩人の如何なる詩集の内にも見出し難いものとするなら、『明暗』期の漱石詩への視線も自明のものとなり得るのではあるまいか。

漱石の漢詩については已に数種の註釈書が公刊されている。併しより本質的、或いは本格的に散文の作家であった漱石の詩に関しては、伝統的な訓詁註釈の方法のみによっては十全にその内景を明らめることは出来ない様に思われる。より開かれた論攷の試みがなされて然るべきであろう。以下はその一つの試みに過ぎない。

眞蹤寂寞杳難尋
欲抱虛懷歩古今
碧水碧山何有我
蓋天蓋地是無心
依稀暮色月離草
錯落秋聲風在林
眼耳雙忘身亦失
空中獨唱白雲吟

真蹤は寂寞として杳《はる》かに尋ね難く
虚懐を抱いて古今に歩まんと欲す
碧水碧山　何ぞ我有らん
蓋天蓋地　是れ無心
依稀たる暮色　月は草を離れ
錯落たる秋声　風は林に在り
眼耳双《ふた》つながら忘れて身も亦た失い
空中に独《ひと》り唱う白雲の吟

大正五年十一月二十日夜作の漱石の最後の詩である。この日漱石は『明暗』の第百八十七章を執筆、夜は上の漢詩を作り、翌二十一日、遺された『明暗』の最終章である第百八十八章を書き、併し夕刻より辰野隆《ゆたか》・（江川）久子の結婚披露宴に出席のため漢詩は作られず、二十二日より宿痾に倒れ漱石は再び起《た》たなかった。

漱石の遺した最後の漢詩であるということが大きな要因であろうか。漱石の漢詩の中では最もよく引用されるものと言っていい様に思われる。然も評価は肯定的、或いは絶賛の域に近く、「則天去私」との関連の下に語られることが多い一方、「則天去私」への反撥から、詩としての評価に一定の留保を置こうとするものなど、論は様々である。併し絶賛その外何れの論にあっても、上の詩が一篇の漢詩として如何なる表現内容を具有した詩であるのかということが、精確な論の俎上に載せられたことは未だにないと言わざるを得ない様に思われる。

上引の詩は確かに漱石詩の最終に位置するものとなった。併しそれは結果としての事実でしかないのであり、『明暗』期の漢詩自体の流れからすれば寧ろ新たな詩的方向性の始発を含意した詩として読まれるべきものと考えられるのである。

『明暗』期の連作詩は、八月十四日夜以来十月二十二日迄は、間に一日乃至は二日間の空白が置かれるということは幾度かあるが、ともかく連作の形は持続されていたと見得る。そうした中にあって十月二十一日の日には、七言律が一首とその他に「元是《トレ》……」の書き出しではじまる五言絶句が三首作られ、この「元是」の形の五絶は翌二十二日にも三首作られており、それ迄の七言律が殆どという詩形の選択に変化が見られた。そしてこの二十二日の後漱石の詩作は十月三十一日迄の間中絶され、これは周知の鬼村元成、富沢珪堂の二雲水の来宿によるもの（二十三日がその来訪？）と考えられる。十月三十一日に再開された漱石の詩作は、鬼村元成に贈られた自画賛の七言絶句であり、翌十一月一日の五絶も又富沢珪堂に贈られた自画賛であった。鬼村、富沢の漱石の家からの辞去は十一月一日と考えられ、従って一応漱石の生活の形態は従前に復した筈であるが、併し詩作の方は十一月の十三日迄途絶えている。その理由は分らないが、或いは体調の為であろうか。十三日作の七言律詩はかなり道家的な色彩の濃いものであり、詩の季節は春季である。この十三日の一首のあと詩作は三たび十九日迄途絶える。理由は矢張り明らかにはならない。十九日に書き起された七言律は秋季の詩であり、五十年になろうとする漱石の人生の総体を包含した形での晩秋に即した景情の詩化と見得るものである。翌二十日夜、前引の漱石詩の最後であるが、これも秋季の詩であり、その意味では明らかに十九日の詩との連続性を持った詩である。然も十九日の詩が人生への回顧的要素を基本とするのに対し、この詩では寧ろ詩中の人の姿勢は決して過去へは向いていないと言える。この二十日の次に来るべき詩が如何なるものとなったかは無論不明である。同一の季節の詩が三日にわたって繰り返されることはないという『明暗』期の漱石詩の連環の仕方からみて、或いは恐らく春季乃至は無季の詩が置かれたかも知れず、極めて起伏往還に富んだ『明暗』期の連作漢詩のその幾度《たび》かの起伏往還として十一月十九・二十日の詩の連続性はあったと見るべきなのであり、その二十日の詩のみを結果的な最後の漱石詩として特殊化することは、その詩の読まれるべき本来の内包を寧ろ減却することにもなり兼ねないであろう。従ってその意味では二十日の詩の通釈に際し、「私の人生の最期」「人生のたそがれ」（飯田利行『漱石詩集訳』国書刊行会）、或いは「自分の人生の終り」「この人生の最期」（佐古純一郎『漱石詩集全訳』明徳出版社）という様な語句を以てすることは、その註釈者のこの詩の釈義に於ける外在的な予断の在りかの示唆でしかなく、先の詩はそのどこにも、それが「人生の最期」に際会した者の表白として読まれるべきという様な指示性を含意してはいないのである。このことは二十日夜の漢詩の詩中の人、例えば「白雲の吟」の「独唱」者を漱石その人と一義的に限定する必要性は、又必然性もなく、より無限定な場で読まれることを許容するものという、詩というものが恐らく本来的に孕む基本性に即しても自明の筈である。

「眞蹤寂寞杳難尋」。「眞蹤」は禅家に使用例がある様であるが（飯田利行、前掲書）、漱石に於ける「蹤」字の使用例としては、「風蹤満地去《リテ》無《シ》レ痕」（大正五・九・二四作七律）、「逐《ヒ》レ蝶《ヲ》尋《ネ》レ花《ヲ》忽《チ》失《フ》レ蹤《あとヲ》」（同前一〇・三作七律）の二例がある。「蹤」は「あと」「足あと」が原義であり、「軼《すぎ》二五帝《ノ》之遐迹一《ヲ》兮、躡《ふム》二三皇《ノ》之高蹤一《ヲ》。」（『漢書』揚雄伝上）といった用例がそれを示している。「眞蹤」とは「風蹤」と同じく「眞」なるもののあと、ということは「眞」そのものでもあり、又「逐《ヒ》レ蝶《ヲ》尋《ネ》レ花《ヲ》」ねて「忽《たちま》」ちに「失」ったその「蹤《あと》」が、それまでの自己の足あと、即ちその辿って来た道であると考えられることからすれば、「眞蹤」とは「眞」そのものであると同時に、「眞」なるその道という措定の下にあるということにもなるであろう。従ってその「眞蹤」は「寂寞」として「杳《はる》」かに「尋」ね「難」いともなるのである。「寂寞」に関しては、漱石詩は『明暗』期のそれに於て次の三例を見せている。「寂寞《タル》光陰五十年」（八・二三作七律）、「寂寞《タル》先生日渉園」（八・二八作七律）、「禪榻入《リテ》レ秋《ニ》憐《ム》二寂寞一《ヲ》」（九・二三作七律第一首）。従って上の「寂寞」も又漱石詩中の四例目として、さびしい、ものさびしいの意味であり得る。

併しこの「寂寞」の語は又、「夫《レ》虚静恬淡寂寞無爲者《ハ》、天地之平《ニシテ》、而道徳《ノ》之至《ナリ》。」「夫《レ》虚静恬淡寂寞無爲者《ハ》、萬物《ノ》之本也。」等として（『荘子』外篇第十三天道篇）、その「深い沈んだ静けさ」は、「真実の道とその徳《はたらき》との実質的な内容」の形容、そしてその「道を体得した超越者の心境」の形容語ともなるものである。(4)「眞蹤《ハ》寂寞《トシテ》」は、真なる道を歩まんとする者のその心境であると同時に、「眞蹤」即ち所謂「道」そのものの存在性の様態でもあると言える。

「欲抱虚懐歩古今」。この句の訓読については、「虚懐を抱かんと欲して古今に歩む（めり）」という様に訓みる（松岡譲『漱石の漢詩』朝日新聞社。飯田利行、前掲書）、それを漱石の過去から現在までの事蹟として読む読み方がある（佐古純一郎前掲書も、訓読の仕方は異なるが詩句の解釈はこの方向である）。それに対して「虚懐を抱いて古今に歩まんと欲す」として、「欲」の字を詩句全体にかけて訓む仕方がある訳であるが（吉川幸次郎『漱石詩注』岩波新書。中村宏『漱石漢詩の世界』第一書房。和田利男『漱石の詩と俳句』めるくまーる社、等）、漢詩全体の流れからみて果してどちらが妥当であろうか。「虚懐を抱かんと欲して……」と訓んだ場合、第一句と第二句は言わば並列的な関係となり、「虚懐」は例えば「眞蹤」と同様の探究の対象目的物となる。従ってその「虚懐」のために、「古今の書を繙き、古今の道に参じて来た」といった解や（松岡譲）、「東西古今の道を探ねて生きてきた」といった解釈（佐古純一郎）が為されることとなる。併し「虚懐」はそうした「眞蹤」と同値の位置にある語であろうか。無論その語は漱石詩が二十一ケ所の使用を見せている「虚」字の使用例の一つであり、漱石の堂号「漾虚碧堂」等を想起する迄もなく、「虚」ということが漱石（詩）の重要な主題の一つであったことからして、単純に「眞蹤」の下位にある語という様な見方がなされていい訳のものではない。ところで漱石詩は已にその「虚懐」の語の使用例を見せていた。「眼《ニハ》識《ル》東西《ノ》字　心《ニハ》抱《ク》古今《ノ》憂……静坐《シテ》観二復剝《ヲ》一　虚懐役《ス》二剛柔《ヲ》一……」（明治三二作五言古詩）。この熊本期の五言古詩（全五十字）は、その中に「古今」「虚懐」「白雲」という、今問題の最後の漱石詩とも重なる熟語を持つといった点に於て、両者の間には深い相似性が見られるものであるが、「虚懐」は「静坐」と共にそうした心に於けるその作用性に視線が注がれていると言える。「眞蹤《ハ》寂寞《トシテ》……」の「眞蹤」は、「眞」なるものそのものであると共に、その「眞」なるものが「蹤《みち》」として措定されたものであった。とするなら、「歩《ム》二古今《ニ》一」のその「歩」みは、「眞蹤」への「歩」みとして見てよいのではあるまいか。第一句と第二句とは一つの連続性の内にあるのであり、従って第二句の訓みは、「虚懐を抱いて古今に歩まんと欲す」でよいと思われる。そしてその場合の「古今」とは、上引詩の「古今《ノ》憂」が、時間的に限定された厳密な意味での「古今」というよりは、「憂」の深さの無限性への形容語としての方に重きが置かれていると同じく、「虚懐」の下「眞蹤」への探究の「歩」みの「杳」けさを、その時間性の側面から語ろうとしたものと見てよいであろう。又「虚懐」とは、『荘子』天道篇が先の引用と同一の箇所で、「虚《ナレバ》則《チ》實、實《ナレバ》者備《ハル》矣。虚《ナレバ》則《チ》静、静《ナレバ》則《チ》動、動《ナレバ》則《チ》得矣。」とも述べる様な作用性の内にある、杳然とした「眞蹤」の道行を歩もうとする者の、その心の在り様である。その意味ではこの十一月二十日作の詩は、前日十九日作の詩の首聯が、「大愚難《ク》レ到《リ》志難《シ》レ成《リ》 五十《ノ》春秋瞬息《ノ》程」と言う様には、過去回想的なものではない。寧ろ無限の開放性を内包したものとも言え、「杳《カニ》難《シ》レ尋《ネ》」の語も決して単純な慨嘆や焦躁の表白ではない。それは言わば「寂寞」とした「道」の無限性、例えば道元が、「うを水をゆくに、ゆけども水のきはなく、鳥そらをとぶに、とぶといへどもそらのきはなし。」と語り（『正法眼蔵』第一「現成公案」）、漱石も又この道元の言葉に見合う様な形で、前引の明治三十二年作の古詩中（第七・八句）に、「鳥入《リテ》雲《ニ》無《ク》レ迹《あと》 魚行《イテ》水自《ヅト》流《ル》」と告げている様な、そうした道としての自然の無限性に於ける人間の営みの謂に外ならないであろう。そしてこの一・二句を受けつつ次の頷聯の対句はその所を得たものとなり得ている。

「碧水碧山何有我　蓋天蓋地是無心」。無我無心としての山水天地、それは「眞蹤」の具体、そしてそれの言わば論理的な内景であり、その無我無心、即ち「虚懐」の内包でもあるそれは、所謂論理的な次元の事柄では寧ろない。「道到《ハリテ》二無心《ニ》一天自《カラ》合《シ》 時《ニ》如《シ》有《ラバ》レ意節將《ニ》レ迷《ハント》」（九・三作七律）「絶好《ノ》文章天地大《ニ》 四時《ノ》寒暑不二曾違《テハ》一」（九・五作七律）等と『明暗』期の漱石詩は、無我無心の自然の相を語るが、天地山水が無我無心であるとはそもそもどういうことであろうか。近代の科学的な自然観に馴致された現代の我々にとり、天地山水が無我無心であるということは、或る意味では常識的な通念でもあり得る。併し『行人』に於て現代の「不安」の基底に科学を見（「塵労」三十二）、その科学的な認識論の構図を超えるべきものとして、「絶対即相対」の論理表象が言われ（同前四十四）、それが「山や谷の所有」（同前四十七）、即ち言わば「山水」の「所有」としても語られていたことを想起するなら、天地山水の無我無心ということにも、漱石の或る持続的な思惟の背景が思われて然るべきであろう。『行人』では、石の当った竹の戛然《かつ》とした音に、「亡《うしなフ》二一撃《ニ》所《ニ》知《ヲ》一」という形で知性の自己脱化を為し得た唐代の禅僧香厳《きょうげん》智閑の境が憧憬の世界とされていた（同前五十）。「山水」の「所有」、即ち天地山水の或いは天地山水に於ける無我無心とは、香厳智閑のその「知」から「智」への脱化に外ならないが、再び道元に聴くなら、道元は、「而今《しきん》の山水は、古佛の道現成なり。ともに法位に住して、究盡《ぐうじん》の功徳を成《じやう》ぜり。」と語り、又「古佛云《ク》、山《ハ》是《レ》山、水《ハ》是《レ》水。」の語を引きつつ、「この道取は、やまこれやまといふにあらず、山これやまといふなり。しかあれば、やまを參究すべし。」と告げている（『眼蔵』第二十九「山水経」）。道元に於てこの山水天地は根源的な「道」の現成としてのそれであり、同様の「法」性の現成したそれでもある。併しそうした山水の場は、「やまこれやまといふ」そういう知性のレベルには現成しないのであり、「やまこれやまといふにあらず、山これやまといふなり。」でなければならないのである。論理学的には所謂自同律乃至は同一律の否定を語るこの道元の言葉が、知性というものに不可避の如何なる認識論的な陥穽を示唆するものであるかは自明の筈である。「整つた頭、取も直さず乱れた心」（「塵労」四十二）という形の、近代的知性の限界性の検証の場であった『行人』を経た後の漱石に於ける天地山水の無我無心ということが、どの様な内包を持つものとして読まれるべきかを考えるなら、この頷聯の二句を「稍説明に堕した感がある」（中村宏、前掲書）として済ますことはやや性急に過ぎ、寧ろその「説明」、例えばより説明的な前引の「道《ハ》到《リテ》二無心《ニ》一天自《カラ》合《シ》……」という様な詩句の、漱石の思惟の歩みに即したそれの内実こそが問われるべきであろう。そしてそのことは詩の後半部の解釈にとっても極めて重要な意味を持つと考えられるのである。

「依稀暮色月離草　錯落秋聲風在林」。漱石詩の最終となったこの漢詩の解釈に於ける困難な問題は、詩の前半部と上の頸聯以下の後半部とを如何なるかかわりのものとして捉えるかということにあるであろう。明らかな様に、首・頷の二聯は漱石の或いはこの詩中の人の言わば心中思惟の表白と言える。そして頸・尾の後半二聯は外景とその外景の下に於ける詩中の人のある営みが詩の内容とされている。それではそれらの詩総体は如何なるものとして読まれ得るのであろうか。

「依稀たる暮色月は草を離れ、錯落たる秋声風は林に在り」。「依稀」「錯落」という共に畳韻の二語は、漱石が小説作品中にも使用を見せている語であり、前者については詩中にこの外にも二例の用例がある。「依稀」はここでは詩句が示す様な月が上り初める頃のぼんやりとしたその様。「錯落」は林を吹く風の入り雑じり入り乱れた様なその風の音の形容である。この二句は窓外に或いは戸外に見又聴かれた晩秋の景物に外ならない。併しそれを例えば漱石がその漱石山房の窓外に望み見た夕暮れの景の詩化という様に単純には考え得ない。これは『明暗』期の漱石詩のほぼ凡てについて言えることであるが、漱石はその詩中の場所を日本としての意識の下に詩作していたということは恐らくはない。凡て言わば漢詩がそうであるべく、その詩の場所は本来的に「シナ」中国としての措定のもとにあると見てよいと思われる。このことは漱石山房の漱石自らの事柄が明らかに詩材とされていると言える場所にも、詩そのものの場所は周到にそこからの変容がなされている。無論これらのことは漱石が「満韓」の旅行の経験はあっても、「支那」本土の地は未見であった、という様なこととは全く異質の事柄である。その意味では中国詩人の如何なる詩にも、所謂地理的なものとしての「中国」はどこにも詠われてはいないとも言えるのである。少なくとも『明暗』期の漱石詩は、江戸漢詩が自己周辺の卑近な事物の詩化に晏如としていたのとは本質的に異なるものであった。

併し「依稀たる暮色……」の夕景《せき》が、漢詩としての虚構であるとしても、それが十一月二十日頃の季節の中での漱石の現実的な体験と全く無縁のものであったという様に考える必要もなく、『明暗』期の夏・秋季の詩には常にそうした微妙さが付きまとうのである。ともあれこの晩秋の景物を内容とした一聯については、その解釈に様々の分裂がある。この二句の内の例えば「月」に前聯の「無心」の象徴を読み（松岡譲、飯田利行、佐古純一郎、共に前掲書）、又「風」にも「無我」のそれを読むもの（松岡譲、飯田利行、同前）等がある一方で、それとは寧ろ逆に、この一聯に「鬼気」を読み取り（吉川幸次郎、前掲書）、殊に「錯落たる秋声……」の句に、「死を予兆する」「ある凶々しい異変の前触れ」を読もうとするもの（桶谷秀昭『夏目漱石論』河出書房新社）、そしてその読み方を首肯するもの（佐藤泰正、前掲書）等々と様々である。頸聯二句の釈義に於けるこうした一種の対照的な分裂の現われは、この一聯がその何れの解釈をも可能にする様な詩句としての許容性を本質としているということを語るであろう。ということは、上引の様々な解釈の何れが果して是とされるべきかといった、そうした諸説の是非という様な事柄は問題にならないもの、或いは問題になり得ないものとしてこの詩句は、つまりこの詩はあるということである。已に詩の頷聯は山水天地の無我無心を語っていた。とするならこの頸聯の二句はその天地山水そのものの詩的な現成でなければならない。そしてそのことは、月が無心の又風が無我なるものの象徴であるという様な、そうした象徴のレベルでこの詩句が置かれているのではないということである。「依稀たる暮色……」という自然の実相にあっては、月や風は、無心無我の象徴ですらない。と同様にそれは、「鬼気」や「死の予兆」

「異変の前触れ」等を示唆する様なものとしてある訳でもない。そうしたある概念的なものの象徴ですらなく、又一切の指示性をも持たないという在り方に於てこそ、初めて天地山水は本質的に無我無心であるのであり、天地山水が無我無心であるとはそういうことである。従って頸聯の釈義に於て何か外在的な思念を以て臨むことは、つまりは自己の言わば我見を語っているに過ぎないということにもなるであろう。詩の一・二句が告げていた様な、「虚懐」に於ける「眞蹤」への「歩」みとは、そうした在り方からの透過を語るものに外ならなかった。それでは天地山水、即ち自然の無我無心の場、そこへと到る道、即ち自然が自然としてあるその現成の場に到り得る道は如何にして可能なのであろうか。それが結び二句の主題に外ならないことは自明であろう。

「眼耳雙忘身亦失　空中獨唱白雲吟」。この空寂とした「白雲の吟」の「独唱」へと帰結する一つの営みが、前聯からのいざないによるある方向への歩みであることは明らかである。それでは「眼耳双《ふた》つながら忘れて身も亦失い」とはどういうことであろうか。「漱石文庫」（東北大学附属図書館）収蔵の漱石自筆の『明暗』期の「漢詩ノート」によれば、「眼耳雙忘……」の漱石の初案は「視聴雙忘……」であった[5]。その「視」「聴」は前聯の「月」「風」のそれぞれを受ける訳であるが、「視聴雙《ツナガラ》　忘《レテ》」という言い方は、例えば『楚辞』「遠遊」の末段の、「視《ハ》倏忽《しゅくこつ》《トシテ》而無《ク》レ見《ル》兮　聽《ハ》惝怳《しゃうくわう》《トシテ》而無《シ》レ聞《ク》、超《エテ》二無爲《ヲ》一以《テ》至《リ》レ清《ニ》兮　與《と》二泰初一而爲《ス》レ鄰《ヲ》。」の句を思い起させるものである。『明暗』期の詩が『楚辞』を典故とすると見得る詩句を時に用いている所からすれば、ここにその詩句が想起されることに問題はない。併し「遠遊」の詩題は飽く迄も登仙の神仙思想である。という様な思惟が推敲に際しての漱石の内にあったか否かはともかくとして、「視聴雙忘身亦失」は「眼耳雙忘身亦失」とされた。この推敲は、所謂平仄にかかわっての事ではない。漱石の内には以下の詩句に連なるべきものとして、「眼耳」の語を要請する様な思惟の涌出があったのであろう。「眼耳鼻舌身意」は仏教的には六根とされ、『般若心経』（玄奘訳）では、「無《ク》二眼耳鼻舌身意一。無《シ》二色声香味觸法一。無《ク》二限界一。乃至無《シ》二意識界《モ》一。」と語られ、それは即ち「空中」、

「空の中」に於てのこととされる。又同じく仏教の唯識論の立場からすれば、「眼耳鼻舌身意」の所謂六識は、その上に更に上位概念としての第七識末那《まな》識と第八識阿頼耶《あらや》識とを持ち、その阿頼耶識の根柢的な支配を受けた、「業識」ともされる様な、そうした八識の存在聯関そのものを突破し透過した所に、「無自性空」としての存在の実相の現成があるとされる。そしてそうした自覚の場は唯識論では「円成実性《えんじょうじっしょう》」と呼ばれた。

漱石には『般若心経』の書写も遺されており（「書簡」大正四・八・二付、西川一草亭宛参照）、又『心経』冒頭の「観自在」の語のみの書幅も遺っている。「視聴」から「眼耳」への改稿に漱石の意識的な思惟の歩みを臆測してみることは不可能ではなく、仏教が基本的な方向を指示している様なある存在性の場への近接《アプローチ》の営為がそこにはあったということは言えるであろう。

「空中に独り唱う白雲の吟」。この結句の「空中」を前引の『般若心経』のそれに同定する必要はない。「碧落空中清浄詩《ノ》」（九・三〇作七律）、「忽《チ》怪《シム》　空中《ニ》躍《ルヲ》二百愁一」（一〇・一〇作七律）、「空中《ニ》耳語《ス》啾啾鬼《ノ》」（一〇・一一作七律）等一連の『明暗』期詩中の系列のものと言える。併しそれが前句の、「眼耳」の失忘と「身」の消失という、その過程の流れを受けた「空中」でもあることは留意されるべきであろう。「白雲の吟」の「独唱」はその地点に於て唱されているのである。それでは「白雲の吟」とは何であろうか。「白雲の吟」は「白雲の詩」というのに等しいが、それを「独り唱えた」といっても、それは日本的な所謂詩吟の類では無論ない。寧ろ陶淵明が、「登《リテ》二東皐《ニ》一以《テ》舒《ス》嘯」（「帰去来兮辞」）という様な、そうした趣でなければならない。又「白雲吟《ノ》」は『佩文韻府』等に先人の用例があるが、この語がある恒常的な内容を帯びたものということではないと考えられる。従って漱石詩中のその語は一応漱石的な何かを負わされたものとして見てよいと思われる。ところでその「白雲の吟」が頸聯の示唆する様な晩秋の夕《せき》景の中に浮んだ、現実の景物としての白雲を媒介とした言わば即興詩としての「白雲の吟」ということなのか、それとも別に一つの詩としてある「白雲の吟」ということなのかも、一義的に断定はし得ないであろう。何れにしても、この漢詩総体の流れの収束点として唱されたもの、或いは唱されるべきもの、それがその「白雲の吟」ということに外ならなかった。

『明暗』期の詩には、「思《フ》二白雲《ヲ》一時心始《メテ》降《くだり》」（九・一六作七律）といった詩句もあり、「白雲」の漱石に於ける意味の重さを告げているが、漱石詩は総計十六例の「白雲」の語の使用を見せている。例えば既引の明治三十二年作の古詩、即ち「眼《ニハ》識《ル》東西《ノ》字　心《ニハ》抱《ク》古今《ノ》憂」の書き出しで始まるその詩の結びは、「人間固《もと》無事　白雲自《カラ》悠悠」であり、「草枕」中に取られた明治三十一年作の古詩「春日静坐」（全七十字）の矢張り書き起こしと結びは、「青春二三月　愁《ハ》随《ツテ》二芳草《ニ》一長《シ》……遐懐寄《セン》二何處《ニカ》一　緬邈《タリ》白雲《ノ》郷」である。この両詩では結末の「白雲」に至る迄の思惟が極めて明瞭に辿られており、他の詩中の「白雲」は言わばそれのヴァリエーションとして見得るもの、従って漱石に於て何故「思《フ》二白雲《ヲ》一時心始《メテ》降《リ》」なのかをも語っているといっていい内容のものである。「白雲の吟」の白雲がそうした漱石詩中での背景を負ったそれの最後の形であることは明らかである。「白雲」が雲の一態として、寧ろ思想的な意味に於ても漱石に於ける一つの窮極的な或物であった、即ち「東西」の「識字」者としての「古今」に深き「憂《うれひ》」の消失の場、又近代日本の歴史的な春、即ち「青春」の、そうした所謂「近代」の「憂愁」の寄託されるべきものとしてかの「白雲の郷」が措定されてあるという漱石に於ける「白雲」の意義からするなら、漱石詩の最後に位置する「白雲の吟」には、如何なる意味があるのであろうか。

已に触れた様に、詩の前半部では、杳かな「眞蹤」への道を歩もうとする者の心意と、その「眞蹤」及び「虚懐」の内包たるべき山水天地の無我無心ということが語られ、それは詩中の人の理念的な内景というべきものであった。そして詩の後半に至り、月・風を焦点とした晩秋の暮れ方の景物が描出され、そこで「白雲の吟」は唱されるのであるが、それらは詩の前半に所謂「虚懐」に於ける「眞蹤」への歩み、即ち具象的な自然に際会してのその山水天地への投入の営みということに外ならないのではあるまいか。従ってそこでは「眼耳双つながら忘れて……」という、『荘子』的には「虚（懐）」への下降、仏教的には六根の、又唯識論では六識乃至は八識のその透過がなされなければならず、そうした営為の尖端に於て初めて、「月」「風」に露《あら》わな晩秋の夕暮れの景物は、それら自然の現成そのものの場に於て受用されていたと見得るのである。然もそこで唱されたものが「白雲の吟」のそれであったということも、「白雲」の漱石的意義に即すれば必然的なものであった。漱石に於ける「白雲」が前述の如く自然の窮極的な典型として、ある自覚的な思惟の収束の場を指示し得るものと言えるなら、この詩が示す、首・頷二聯の理念的なものが頸聯の自然の事物実相との出会いに於て、その理念的な立場が自然そのものの現成として証されて行くというその在り方には、理・事の無礙という、外ならぬ「明（＝事）暗（＝理）」即ち「明暗雙雙」の一つの現われがそこにはあるとも見られるということである。従って「白雲の吟」とは言わば「明暗雙雙」底の詩《うた》でもあり得る。「明暗雙雙」の世界、即ち「空中」に「白雲の吟」の唱される場とは例えば晩秋の「月」や「風」が、その空寂とした光や音それ自体として「眼」「耳」に於て、或いは寧ろ「眼耳」ならざる「眼耳」に於て受用され得る世界である。

　それでは「白雲の吟」の場に於て出会われた様な「月」や「風」、即ち「現象即実在」「相対即絶対」という論理表象で語られる様な（大正四年「断片」）そうした漱石的「自然」、「自然の論理」が、作品『明暗』の内にあってどの様な作用性の内にあり得たのかということは、無論『明暗』論としての課題でなければならないであろう。

「白雲の吟」の独唱に終るこの漱石詩が、もし所謂「則天去私」とのかかわりの下に語られ得るとすれば、それはどの様な形に於てなのであろうか。褒貶の語のみ夥しい「則天去私」であるが、ここではその端緒に位置する小宮豊隆の所説から入ってみたい。

　小宮豊隆が先に辿られた詩を引きつつ、「作者の私は悉く脱落し、作者は清空な気体となって天上し、……」

という様に語る時（『夏目漱石』三、七二『明暗』、岩波書店。傍点原文）、そこに「則天去私」の具現としてこの詩を読もうとする視線のあることは明瞭である。更に小宮は特に最後の一聯二句を引用し、「何かそのファウストの霊の天界の旅を思ひ出させるもの、……漱石は、聖母ではなく、天を相手としてゐるだけに、清空な感じに於いては、更に勝れてゐる」等として、この詩の解釈に際しゲーテ『ファウスト』第二部末段の援用を試み、自説への補完としている。こうした小宮の行き方は、「相対即絶対」「現象即実在」ということの釈義にあっても、「是は言ふまでもなくゲーテが『ファウスト』第二部最後でChorus mysticusに合唱せしめた、地上の一切のものは単なる比喩に過ぎないという詩句の思想と同一の思想を表現するものである。」という形でも現われており（同前書七一『道草』）、最後の漢詩、「則天去私」、上の論理表象のそれらを、ゲーテ『ファウスト』の立場に依拠しつつ語ろうとする小宮の視点は動いていない。そこではこうした小宮の立論は果して妥当性を持ち得るものであろうか。

小宮豊隆の「則天去私」解釈、そしてより広くその漱石像が、戦後、特に昭和三十年代以降の文学界の中で如何なる評価の内に置かれて来たかは周知である。併し小宮豊隆の「則天去私」解釈、或いはそれに即した最後の漱石詩等への解釈のその所謂神話性が指弾されなければならないとすれば、それは例えば嘗ての江藤淳が試みた様なものとは全く異質の次元に於てである。寧ろ問題は小宮が漱石の「則天去私」等への解釈に際して援用した、ゲーテ『ファウスト』の世界そのものの言わば「神話性」ということの内にこそある。

「現象即実在」「相対即絶対」とは、「則天去私」の論理、或いはその「天」の論理構造とみるべきものであるが、そうした論理表象の下に語られる世界は、決して「Alles Vergängliche/Ist nur ein Gleichnis ;」（すべて移ろいゆくものは、単なる比喩に過ぎない）（ゲーテ『ファウスト』第二部（12104－12105））という様な立場ではない。寧ろそうしたゲーテ的な世界が更に一歩脱化された様な所に現成して来る世界、乃至は世界性である。そのことを見る為にここでは一人の禅者の偈頌を引いてみるなら、唐末五代の頃を生きた法眼宗の始祖法眼文益には「円成実性頌《じゅ》」と呼ばれるものがあり、そこでは次の様に語られている。「理極《マッテ》　忘《ズ》㆓情謂《ヲ》㆒　如何《ンカ》　有《ラン》㆓喩齋㆒　到頭霜夜月《ノ》　任運《ニ》落《ッ》㆓前溪《ニ》㆒　菓《ハ》熟《シテ》兼《ともニ》㆑猿《ト》重《ク》　山長《クシテ》　似《タリ》㆓路迷《フニ》㆒　擧《グレバ》㆑頭《かうべヲ》　殘照在《リ》　元是《レ》住居西《ノ》」。「理極まって情謂を忘ず」とは、理の極まる所、情謂即ち思慮分別の一切を忘ずる。ということは知性の極限、その限界性の場への歩みであり、そこに於て「如何んか喩斉有らん」と語られる。この「喩斉」がゲーテの所謂「das Gleichnis」に相当するものであることは明らかである。ゲーテにあっては、凡ての地上的に無常なものはある永遠なるものの「比喩（Gleichnis）」、即ち「喩斉」としてしか見られていない。併し法眼に於てはそうした「喩斉」の立場に留まることは許されず、そこからの脱化が告げられているのである。即ち「現象即実在」「相対即絶対」なのであり、一方ゲーテの世界では、その「即」が「Gieichnis」に置き換わり、現象は実在の比喩、相対は絶対の比喩である、という立場にとどまるのである。従ってゲーテにあっては、例えば法眼の偈頌に詠ぜられている、「霜夜の月」や「前溪」、熟した果実、「猿」「山」「残照」等々の山水の景物は、それ自体では実在性を保証されない、或る物の比喩としての存在性をしか持ち得ないものである。併し漱石に於ても已に、晩秋の暮れ方の月や風は、「眼耳双つながら忘れて身も亦た失った」、そうした場に於て受用され得る自然の実在的な実相、即ち「現象即実在」としてのその自然の現成に外ならなかった。漱石も又ゲーテ的な「比喩」の次元にはいないのである。「理」を極め「情謂」を「忘」じた所に現われる自然の事々物々との出会い、それは外ならぬその理を超えたものとしての、より根源的な「理・事無礙」としての「明暗雙雙」の世界でもあり、漱石に於て「白雲の吟」が唱されたのはそうした存在性の場に於てであった。漱石の思惟の立場がゲーテの『ファウスト』ならざる法眼のそれ、その「円成実性」の世界に通ずるものであることは言えるのではあるまいか。法眼の「円成実性頌」とゲーテ『ファウスト』末段との間の本質的な異相については已に西谷啓治に精緻な思惟があるが(6)、ここではゲーテの『ファウスト』に依拠した形での小宮豊隆の「則天去私」等への解釈が、漱石の最終的な立脚点と如何なる落差の内にあるかを自明ならしめる為に、法眼の偈頌にも言及してみた。この法眼の「円成実性頌」は、『碧巌録』にも第三十四・九十の二則中に引証があり、『明暗』期の漱石詩が『碧巌録』出の語彙を多用する所からすれば、漱石の視界に入っていた可能性はあり得る。もっとも漱石詩中の月は上り初める頃のそれであり、法眼のそれは落月であるというその対照性はあるとしても。

小宮豊隆の「則天去私」解釈が、本質的には如何なる形で問題とされなければならないものであるかは、以上の簡単な考察に即しても自明の筈である。単に感覚的或いは感情的に棄却して済む様な浅い次元の事柄ではない。

ゲーテの『ファウスト』的世界からの透過を内包した様な風光の詩化は、『明暗』期の漱石詩中には様々に求め得るものと思われる。併しここではそれらのことには立ち入らない。ともあれ漱石詩の最後が垣間見せている様な漱石の最終的な思惟の世界が、ゲーテ以後の、或いはヘーゲル以後の、西欧近代思潮の根柢的な流れにも即し得るものであったことは、例えばプロテスタントの『神学大全』ともされる厖大な『教会教義学』を未完の内に遺して逝去したカール・バルトの次の様な言葉によっても言えることと思われる。カール・バルトは、「タンバッハ講演」として著名な、『ローマ書講解』の頃の初期の講演「社会のなかのキリスト者」（一九二〇年）の中で、ゲーテに論及しつつ、「われわれは、すべての過ぎ去るもののなかに比喩だけを見るような立場に立ち止まることはできない。」と告げている(7)（傍点原文）。バルトも又「比喩」の突破、「如何《シカ》有《ラン》二喩齊一」の立場への透過を語っているのである。第一次大戦後の西欧世界は已にゲーテ的な世界像によっては支え得なくなっていたのである。ゲーテからバルト迄、西欧百年の知性の陵線を漱石がわずか十年余りの創作活動の中で疾駆したという様な言い方に格別の意味はないとしても、西欧三百年の思想の歩みを（明治の）四十年の内に駆け抜けなければならないというのは（『三四郎』一二）、漱石の見た日本の近代的知性の宿命の構図に外ならなかったということは言えるかも知れない。その意味でも、「眞蹤は寂寞として杳かに尋ね難かった」のである。

（1）佐藤泰正「漱石晩期の漢詩——「明暗」との関連を軸として——」『和歌文学とその周辺—池田富蔵博士古稀記念論文集』桜楓社。又『夏目漱石論』「『明暗』最後の漱石」筑摩書房。
（2）本論文の第一部第七章参照。
（3）拙稿「「明暗」考」『外国文学』第三十五号（宇都宮大学外国文学研究会）、後に拙著『漱石と禅』翰林書房所収、参照。
（4）福永光司『荘子』外篇、中国古典選8、朝日新聞社、金谷治『荘子』第二冊、岩波文庫、参照。
（5）拙稿「『明暗』期漱石漢詩の推敲過程」『宇都宮大学教養部研究報告』第二十二号参照。
（6）西谷啓治「禅の立場」『講座禅』第一巻、筑摩書房。後に『禅の立場』創文社。
（7）カール・バルト、小川圭治訳「社会のなかのキリスト者」『現代キリスト教思想叢書』9、白水社。

十三　漱石漢詩の「元是」

——西欧への窓——

漱石逝去の年大正五年（一九一六年）、五月の下旬から開始された『明暗』の執筆と並行しながら、八月の十四日から試みられた漢詩の制作は、間に一・二日の休止はあっても、ほぼ間断のない形で持続されて行った。然もその殆どが、七言の律詩という詩形式であった。ところがそうした漢詩制作の流れが、開始から二ケ月余りを経た十月下旬に至って、大きく様相を変えることになる。

つまり十月の二十一日、この日漱石は例日通り七言律を一首作っているが、その他に五言の絶句を三首作っている。この五言絶句の試みは翌二十二日にも持ち越されており、矢張三首が作られている。その後漱石の漢詩制作は、十月の三十一日迄休止の状態となり、三十一日に自画賛として七言の絶句が一首、翌十一月一日にも同じく自画賛の五絶が一首作られる。併しその後再び詩作は中断され、十一月十三日に従来通りの七言律が現われるが、十九日迄三たびの休止となり、十九日、二十日と七言律の制作が試みられ、そこからようやく十月二十一日以前の姿に復するかに見えながら、二十一日、そして二十二日には『明暗』の執筆も不可能となり臥褥、やがて十二月九日の死を迎える。

この三回程に亙って現われる詩作の休止の、十月二十二日以降三十一日迄のその理由は、ほぼ明確の様に思われる。鬼村元成、富沢珪堂の二雲水が漱石宅に止宿した時期に当るからである。『明暗』を執筆中の漱石は、自ら東京市内等の案内を務めることはなかった様であるが、午後から夜は二人との談話を楽しみにしていた。十月三十一日、十一月一日付の自画賛は、二人が神戸に帰るに際して贈られたものであった。

一方十一月一日以降十三日迄、そして十三日以後十九日迄のその断絶については、理由は必ずしも明らかにはならない。富沢、鬼村の二雲水の滞在中、漱石は、『明暗』の場面としては、小林の満州行を送別すべく津田が、銀座辺と思われるあるフランス料理屋に小林と会し、別れる迄を書いていたと考えられる。二人の雲水が去った後の十一月一日から十三日、そして十九日迄は、『明暗』は、津田が転地療養を理由に清子の滞在する温泉宿に赴き、その日の夜に突然清子に邂逅して仕舞う場面等の辿られる展開となっている。七言律の持続が再開されるかに見えた十九日・二十日の両日は、邂逅の翌朝の津田、清子の実質的な再会の描かれた日であった。憶測が許されるなら、十一月一日以降十三日を除いた詩作の休止は、『明暗』の第二章以後その存在は暗示されながらも、現実には作品の表に現われることのなかった清子という女性、そしてその清子と外ならぬ津田とのかかわり等の叙述への漱石の表現上の腐心が、漢詩制作の余裕を奪っていたという様なことはなかったであろうか。とするなら十一月十九日以降の七言律の復活の兆しは、『明暗』の最終、即ち津田と清子、御延等々の行方をも見越した形での、漱石のある文学的な意志の発現であったとも見られるが、現実には漱石の身体がそれの実現を許さなかったのである。

『明暗』期の漱石漢詩の軌跡は、「邐迤《りい》を行き尽くして」、又「峆嶆《かふたふ》を踏殘して」（二〇・一五作七律頸聯）といった、重畳の趣に富んだものである。そしてそうした漱石詩の流れに大きな屈折を齎した、十月二十一・二十二日の五言絶句六首の機縁となっていたのは、漱石の「元是」という漢語への関心であった。二十一日の三首、二十二日の三首の五絶は凡て、第一句起句の最初の二文字が、「元是《トレ》」によって始められている。「元是」という言葉はもとより所謂詩語に属する様なものではなく、『佩文韻府』への収録などはない。字義も文字通りのものであり、言葉としては寧ろ平凡なものである。漢和辞典への採録すらもない。併し二百十首弱を遺している漱石漢詩全体の中で、漱石が同一の言葉をこの様な形で反復して使っている事例は外になく、一応の注視はされていい様に思われる。

「元是《トレ》一城主《ノ》」で始まる二十一日作の第一首から、「元是《トレ》太平子《ノ》」に始まる二十二日作の第三首に至る迄の六首の五言絶句は、言わば同工異曲の一種の詩遊びを意識したものであったことは自明である。併し漱石の「元是」の語への留意、或いは拘泥は、その六首の五絶にのみ終始したものではなかった。二十二日から三十一日迄の詩作の中断を経た後の十一月一日に、富沢珪堂に贈られた自画賛の五絶の中にも「元是」の語は現われ、然もその場合は、起句第一句ではなく、第四句結句の最初二文字という位置を占めるものとして使われている。富沢宛の詩の内容は、後述もする様に、宗教と芸術（文学）とのかかわりについての、漱石の最終的な思惟の詩化として読み得るものであり、これらの事柄は、「元是」の語への漱石の関心が、単なる一過性の思い付きという性質のものではなく、ある明確な思想性を背景としたものではなかったかという推測を可能にしてくれる。

漱石に於ける「元是」という語の出所は、どこにあったと考えるべきなのであろうか。その語彙としての単純平易さにもかかわらず、漱石のその語へのかかわり方には、明瞭な出典出所の意識を窺わせるものがあると言うべきであろう。

従来の漱石詩註釈書の中で、この「元是」の出所に触れていたのは、佐古純一郎の『漱石詩集全釈』（二松学舎大学出版部）であった。そこでは『寒山詩』中に見出される、「元是《トレ》昔愁人《ノ》」を引いて、十月二十一・二十二日両日の五絶六首は、「これをもとに作られたものであろう。」としている。この所論については、確かに『寒山詩』の内に「元是」の語は見出される。併し、「聞道《きくなら》く愁い遣《や》り難しと」の第一句に始まり、「月尽くるも愁いは尽き難く、年新たにして愁いは更に新たなり」の五・六句目を経て、上に引いた「元是《トレ》……」の第八句に終る寒山詩は、詩の内容としても必ずしも漱石詩の「元是」の、少くとも唯一の出典にはなり難いものの様に思われる。

漱石の日常的な読書範囲から見て、「元是」の語に出会うべき可能性を最も高く、然も上の寒山詩の詩句をも含んだ形で持っていたのは、『禅林句集』であろう。本稿の源にあるのは、平成七年（一九九五年）六月十一日に、日本文芸研究会で試みた研究発表「漱石漢詩の「元是」」であるが、その場では、上の観点から『禅林句集』出の「元是」の分析へと入った。その後同年十月六日付で刊行された、岩波書店の新版の『漱石全集』第十八巻「漢詩文」では、一海知義により「元是」の出典についての考証がなされている。氏はそこで「元是」の出所について、「仏家の句にヒントを得たもの。」として全体的な提示をされた後、『槐安国語』巻五、及び『臨済録』示衆の双方から具体的な語句を例示し、更に「あるいは旧蔵の『禅林集句』などから拾ったのかも知れぬ。」とも指摘している。又更に、佐古氏の註釈書が已に触れていた寒山詩の先の詩句を引いた上で、その「句があるが、五言八句の末句で、起句ではない。」として、漱石詩の「元是」の典拠としての疑義を言われている。漱石詩の直接的な出典としての寒山詩への疑義という点では私と同じ見方であるが、併しその理由を、「起句ではない」という点に求めているのは、漱石が「元是」の語を起句の内のそれとしてもともと意識していたか否かは疑わしいこと、寧ろ十一月一日作の五絶の結句に使った、その「元是」を本来と考えていたのではなかったかと思われることなどから、一海氏の判断の根拠には、俄には賛同し難い様にも思われる。

(イ) 斧頭元是鐵
(ロ) 元是一精明分爲六和合
(ハ) 擧頭殘照在元是住居西
(ニ) 誰知蓆帽下有此《元是》昔愁人
(ホ) 焦尾大蟲元是虎
(ヘ) 太平元是將軍致不許將軍見太平
(ト) 達磨元來觀自在淨名元是老維摩
(チ) 輕輕觸著便無明只這無明元是道

(リ)　欲知兩段元是一空

『禅林句集』の収める「元是」の語を含んだ句々である。これらは無論一ケ所に集約されている訳ではない。五言、五言対句、七言、七言対句、八言のそれぞれの部に見出されるものである。

これらの内、(ロ)の「元と是れ一精明、分れて六和合と為る」の句。これは『臨済録』「示衆」の内に見出されるものであり、臨済が『首楞厳経』六の一つの偈の句を引いて用いているものである。一海知義氏は、先に触れた様に、漱石の「元是」の出所の一つとして『臨済録』の上の句を例示しているが、その場合の氏の引用は、「本と是れ……」という表記のされ方である。確かに通行の『臨済録』は、「本是一精明……」の表記である。併し『禅林句集』は「元是」の表記を取るのである。又逆の様な場合もある。一海氏が「元是」の出所として矢張例示している、『槐安国語』巻五に見出される、「元と是れ山中の人、山中の話を説くを愛す」の語。これは白隠慧鶴が大燈国師の語録に、垂示、著語、評唱を付したものである『槐安国語』の、大燈の「頌古」のある句への白隠の著語として記されているものである。但しそれは白隠の発想になる句ではなく、『禅林句集』も已に取っているものである。そして『禅林句集』のこの場合の表記は、「元是」ではなく、「本是山中人愛説山中話」である。「元是」と「本是」は、意味的には通用するが、漱石詩が「元是」であることは、矢張区別して考えられるべきであろう。漱石蔵書には『槐安国語』が、同じく白隠の著書『寒山詩闡提記聞』等と共にあり、「元是山中人……」が、漱石詩の源であった可能性はあり得る。或いは考え様によっては、「元是」という漢語に関して漱石と白隠とは、言わば同じ位置に立っていたという様な言い方も出来るかも知れない。猶一海氏は『禅林句集』に関して、『禅林集句』の呼称を用いている。『禅林句集』は、『禅林集句』又『句双紙』等の呼び方もされるが、漱石蔵書の題簽は『禅林句集』のそれである。

漱石が都合七首の漢詩の内に用いている「元是」の語の出所を、単一に限定することは必ずしも可能ではなく、寧ろその必要もないのかも知れない。大正五年の十月二十一日、七言律一首の外に作られた、「元是」で始まる五絶三首で、「元是」云々のその「云々」の部分に当てられているのは、「一城主《ノ》」「喪家狗《ノいぬ》」「錦衣子《ノ》」の三者である。三首の詩はその三者の流転の相を語るが、そこに使われている「広衢」(第一首)「愚」(第一首・第三首)「珠《たま》」(第三首)等の語は、同日作の七言律の内に已に使われていたものであり、漱石には、七言律と三首の五絶とを一種の対のものとするという様な意識があったとも見られる。翌二十二日の五絶三首で、「元是」云々の「云々」の対象とされているのは、「貧家子《ノ》」「東家子《ノ》」「太平子《ノ》」の三者である。以下三首の詩は三者三様の言わば生死流転の相を語っている。そして以上六首の「元是」に始まる五絶は、「—の子」という類型では、後の四首が同一の型に属し、その内第四首目と第六首目は、その人物の「死」に終り、第三首目と第五首目は、詩中の「子」の落魄の姿に終っている。又「—家の」何という類型では、第二首目と、第四、第五首目が同じであり、第二、第四首目は共にその「—家の」何の「死」に終結している。即ち六首の五絶は、二・四・六の偶数首に死を配し、奇数首には零落を配しつつ、且その内の一・三首目は「愚」の一語に収斂させている。「元是」の語の内に見出された漱石の詩に於ける遊びは、かなりに意識的であり又周到なものであったと言うべきであろう。

併し漱石漢詩の「元是」は、上の六首に尽きるものではなく、更に一首を残していた。そして漱石は、こちらの「元是」の用法に、その本来の姿を見ていたと言える様にも思われるのである。

君臥一圓中　　君は一円の中に臥し
吾描松下石　　吾は松下の石を描く
勿言不會禪　　言ふ勿れ　禅を会せずと
元是山林客　　元と是れ　山林の客

この漢詩は大正五年の十月下旬漱石宅に来訪し、約十日間の滞在の後神戸の祥福寺に帰った二雲水の内、富沢珪堂に贈られた自画賛である。賛の付された漱石の画、墨画の構図は、上の五絶の詩序が、「乃ち珪堂禅人の為に、毫を抽《ぬき》んでて松一株を作り、配するに石二三を以てす」と記す様に、一株の松が中央に描かれ、その根方の両側に、二・三の石が配されているというものである。一方の鬼村元成に贈られた画は、竪長の石或いは岩の、向って右側に二竿の竹、そして左に竹一竿の描かれたものであり、その画賛は次の様なものであった。

秋意蕭條在畫中　秋意　蕭条として　画中に在り
疎枝細葉不須工　疎枝細葉　工を須ひず
明朝鐵路西歸客　明朝鉄路　西帰の客
聽否三竿墨竹風　聴くや否や　三竿墨竹の風

この七言絶句は十月三十一日の作。先の珪堂への自画賛は翌十一月一日の作である。

鬼村、富沢と漱石との交渉は、大正三年以来の書信の往来に始まっており、大正五年に漱石の許を訪れた時、鬼村は二十一歳、富沢は二十四歳であった。漱石と二人のかかわりは一般には、「晩年の漱石に深い影響を与える。」という様に(荒正人『漱石研究年表』集英社)、二人の雲水から漱石へという流れの内に考えられるのが常である。禅者対漱石、禅、禅宗と漱石という枠組をそこに見るが故のものであろう。併し一方の当事者であった、例えば富沢珪堂には、晩年の述懐として次の様な言葉が遺されている。

先生はなかなか深い意味をもった話をされたように思われる。……今になって考えると、漱石先生の学問がどんなに広く深いものであったかということが、少しずつわかるのである。

若い私たちが深いことを何も知ることが出来なかったが、今でもその一週間の漱石先生との生活はなつか

しく忘れ難いのである。（『図書』岩波書店、昭和四〇・一二）

明治二十四年生れの珪堂は、後に漱石参禅の、鎌倉円覚寺の塔頭《たっちゅう》帰源院の住持となっており、珪堂の遷化が昭和四十三年であったことからすれば、上の言葉は、七十歳半ばに達した珪堂の禅者としての晩懐である。

珪堂は漱石が元成との二人を相手に語った談話の「深い意味」については、「何も知ることが出来」ず、その後「少しずつわかる」ようになったと語っている。これは禅者としての真情の表白として聞くべきものであろう。漱石が二人に語った言葉には次の様なものがあったと追想されている。「達磨がシナへ行かなくても、釈迦が生まれなくてもいっこうかまわない」。「自分は五分間も三昧に入れないが、あなたたちは偉いものだ」。「一人の人が真面目な生き方をするということがあれば、世の中がたすかる」（同前『図書』）。この内「達磨がシナへ……」は、禅語の「達磨不レ來《ラ》二東土《ニ》一　二祖不レ往《ユカ》二西天《ニ》一」（『禅林句集』）を念頭にしたものであろう。そしてその意味する所は、六祖慧能の所謂「本来無一物」（『六祖壇経』）、或いは道元の「空手還《げん》境」（『永平広録』一）の内にあることは周知である。又「一人の人が……」は、仏家で言われる「芳躅《ちょく》」の語（もともとの出典は『史記』）に当るものと珪堂は語っている。そしてそれらの言葉の含意する真の「深さ」については、「分ら」なかったと告げているのである。珪堂、元成と漱石とのかかわりは、必ずしも前者から後者への流れという様に図式化して済むというものでもなかったと見るべきであろう。二人に贈られた漱石の画と自画賛とは、そうした意味での漱石の心意の表現でもあった筈である。そしてそこに、「元是《トレ》山林《ノ》客」の措辞は置かれている。

「君は一円の中に臥し、吾は松下の石を描く」。あなたは一円の内に住む人であり、それに対して私は、「松一株を作り、配するに石二三を以てす、」という様な営みに日々を送る者である。「一円」は、所謂「一円相」であり、円相によって表示される真如・仏性・法性等の、禅仏教に於ける絶対の真理の示現である。それに対する

「吾」の芸術的営為は相対の、という様な含意が承句にはあるかも知れない。併し、「言ふ勿れ禅を会せずと」と言われる。あなたは禅家の人であり、私は丹青或いは操觚を業とする者、二人の住む世界は截然と異なる。併しだからと言って、「不レ會レ禪」とは「勿レ言」とされている。『明暗』期の漱石漢詩には、「勿」「休」等の語による「…なかれ」という禁止の句法が屢々現われるが、ここもその例である。それではその禁止の句法の根拠はどういう所に置かれているのであろうか。それが「元と是れ山林の客」の結句であることは自明であるが、それではその「元是山林客」の一句は、どうして「勿レ言不レ會レ禪」の事由たり得るのであろうか。漢詩とは元来その様に理詰めで読まれるべきものではない、という様な行き方もあるかも知れないが、「勿レ言不レ會レ禪」とは言い換えるなら、「描二松下石一」というその「吾」の在り方が、「君」とは異なった仕方での「一円中」の事、即ち「禪」内の事柄でもあり得ると語っているにも等しく、「元是山林客」という結句の持つべき意味は、矢張軽くはないであろう。

　といっても結句の五文字が、それ程多様な意義を含み得るものでないことも明らかである。例えば「山林《ノ》客」が「元《ト》是《レ》叢林《ノ》客」という様な措辞にでもなっていれば、自分も嘗ては「叢林」即ち禅林の客であったという様な詩意となり、漱石が自己の参禅の体験を追想したということになる。珪堂、元成の二人を前に漱石は、「ぼくが円覚寺へいって参禅したことを、世間の人は少し買いかぶっているようだ。ぼくは凡夫で何もわかっていないのだ。」と語ったと珪堂は伝えている（同前『図書』）。これは漱石の生前に已に、円覚寺での参禅等漱石と禅とのかかわりが話題になることのあったことを思わせるものであるが、併し「凡夫で何もわかっていない」と告げたその人が、その嘗ての「叢林の客」であったことを背景に、「言ふ勿れ禅を会せずと」とは言い難いであろう。

「山林《ノ》客」、つまり「山林の人」、山林に住む隠逸の人、の意味のその語の用例としては、『佩文韻府』も引く、『文選』巻第二十一に収められている郭景純即ち晋の郭璞の、「遊仙詩」七首中のものがある。七首の内の第七首は、「長二揖《いふシ》當塗《ノ》人《ニ》一　去來《シテ》　山林《ノ》客《タラン》」として結ばれており、その「山林」については第一首の一・二句が、「京華《ハ》遊侠《ノ》窟《ニシテ》　山林《ハ》隠遯《ノ》棲《ナリ》」という形で、それの場所的な意味を規定している。漱石詩の「山林客」の意味もそれと別ではないであろう。併しその語に対する詩中の人の在り方としては、郭璞と漱石とでは全く異なる。即ち郭璞或いは郭璞詩のそれは、「山林の客」たらんことへの憧れ、「当塗の人」つまり官途にある人に別れを告げ、「山林」へと「隠遯」することへの憧憬を語る、文字通りの「遊仙」の詩、「仙に遊ばん」とするの詩である。一方の漱石詩は、決してそうした憧憬に終始するものではなく、より端的に「元と是れ山林の客」と告げ得る所からの措辞である。そしてこの場合の「元是」は、已に触れた十月二十一日・二十二日作の六首の五絶の劈頭に置かれていた「元是」の様に、それ以後に何らかの流転の経過を孕んだものとしてのそれ、つまり元々は何々であったがしかし……という意味でのそれではなく、もともとが何々、元来何々である、という転変の過程を含まない意味でのそれと解されるべきであろう。先に引いた『禅林句集』が、「達磨元來觀自在　淨名元是《トレ》老維摩」といった用例の内に見せている様な、その意味である。

漱石詩の「山林客」が、郭璞の「遊仙詩」中のそれを直接の典故として意識しているか否かはともかくとして、漢詩には「遊仙詩」と同一の方向性、分野に属するものとして、「招隠詩」、つまり「招隠」という詩題がある。然も中国文学の多様性は、その「招隠詩」への一種の反措定として、「反招隠」という詩題をも生み出している。屈原の「離騷」に漢代揚雄の「反離騷」が対されるという性質のものである。『文選』巻第二十二の収める王康琚の「反招隠詩」は、「小隠《ハ》隠《レ》二陵藪《ニ》一　大隠《ハ》隠《ル》二朝市《ニ》一」という句に始まり、そこに「反」招隠詩としての在り方を明確にしている。そしてそれはやがて、「大隠《ハ》住《ミ》二朝市《ニ》一　小隠《ハ》住《ム》二丘樊《ニ》一」（白居易）等を経て、「大隠《ハ》隠《レ》二朝市《ニ》一　小隠《ハ》隠《ル》二山林《ニ》一」（『禅林句集』）といった句を生み出して行く。漱石に於ける隠逸への意識は、松山時代の、「小生如きハーミット的の人間」といった自照の内に早い萌芽が見出されるが（「書簡」明治二八・四・一七付、神田乃武宛）、

『明暗』期の漱石漢詩は、「尋《ヌルモ》レ仙《ヲ》未《ダ》下向《ツテ》二碧山《ニ》一行《カ》上　住《ミテ》在《リテ》二人間《ニ》一足《ル》二道情《ニ》一」と言い（八・二一作七絶起承句）、又「不《ルモ》レ入《ラ》二青山《ニ》一亦《タ》故郷　春秋　幾《いくタビカ》作《ル》好文章」とも告げ（九・一作七言律首聯）、その隠逸の場所的な規定を試みている。こうした漱石の詩的表白は、「五十年來處士分《ノ》　豈《ニ》期《センヤ》二高踏《ヲ》一自《ヅト》離《ル》レ群《ヲ》」（八・一五作七言律首聯）という自覚に支えられたものであろうし、この所謂「江湖の処士」としての意識は、漢詩上の表現としては、「人間《ノ》至樂江湖《ニ》老《ユ》　犬吠《けんばい》鶏鳴共《ニ》好音」（明治四三・一〇作七言律尾聯）に迄溯り得るものである。そしてこれら一連の流れの内に看取される漱石に於ける隠者意識は、漢詩の詩題としての「遊仙詩」「招隠詩」の方向のものというよりは、「反招隠詩」の、「大隠隠《ハレ》二朝市《ニ》一　小隠隠《ハル》二山林《ニ》一」の性格を深くしたものと言うべきであろう。従って漱石が「元是山林客」という時のその「山林客《ノ》」、即ち隠者の位相は、寧ろ「山林」ならざる「山林」の客、或いはより端的には、「孤峯頂上の十字街頭、十字街頭の孤峯頂上」（『臨済録』「上堂」）と語られる様な、孤峯頂上（山林）が即ち十字街頭（朝市）の場であり、逆に十字街頭がそのままに孤峯頂上ともされる様な、そうした位相の内にある「山林客《ノ》」であったと理解されるべきである。そう解することによって始めて、「描二松下石一く人としての「吾」が、その「元是山林客」であることを背景に、「勿レ言不レ會レ禪」と言い得ることの意義は自明となるであろう。併しそれにしてもそれは何故、「元是山林客」でなければならないのであろうか。

『禪林句集』所収の「元是」を含んだ句のそれぞれは、もとより断片的なものである。その中にあって漱石が、その原典となった本文との相互性の内に、意味内容を玩味し得たであろう句のあることについては、先にも触れた。(ロ)の『臨済録』、(ニ)の寒山詩等であるが、(リ)の禅の三祖僧璨の『信心銘』出の句、主観と客観との相即性についての論の流れの内に現れるその句に関しても、『信心銘』が漱石に読まれていた可能性はあり得る。そしてここでは漱石漢詩の「元是」とのかかわり、更には漱石文学そのものへの一つの視線を許す様なものとして、(ハ)

の五言対の部の句に留意してみたい。

先の(ハ)の句は、禅宗五家の一つである法眼宗の始祖、唐末から五代周までを生きた法眼文益《もん》の、「円成実性《えんじやうじつしやう》頌《じゆ》」として知られている頌の、最後の二句である。頌の全体は次の様である。

理極忘情謂　理極まって情謂を忘ず
如何有喩齊　如何んか喩斉有らん
到頭霜夜月　到頭　霜夜の月
任運落前渓　任運に前渓に落つ
菓熟兼猿重　菓は熟して　猿と兼《とも》に重く
山長似路迷　山長くして　路迷ふに似たり
擧頭殘照在　頭《かうべ》を挙ぐれば　残照在り
元是住居西　元と是れ　住居の西

この頌のもともとの出典は、五家語録の一つ『法眼文益禅師語録』であるが、併しこれは『碧巌録』がその第三十四則及び第九十則の二度にわたって、「評唱」の部分に引用するものである。漱石と『碧巌録』、殊に『明暗』期の漱石詩とそれとのかかわりから見て、上の頌が漱石の視野に入っていた可能性は否定し得ない。（猶漱石蔵書中の、『碧巌夾山鈔』四には、この頌についての詳解がある。）

法眼は仏教の唯識論の方向から、禅へと入った人であった。唯識では周知の様に、「三性《しやう》」ということが言われる。「偏計《げ》所執性」「依《え》他起性」「円成実性」の三種がそれであり、それぞれは認識論及び存在論の視点からの規定として、「妄有」「仮有」「実有」のそれとされる。従って「円成実性」とは、唯識論に於ける「実有」としての存在性、そうした実在である。又一般的に定式化した唯識説では、「八識」が立てられる。眼耳鼻舌身の五識、それら諸感覚の統一の場としての第六識「意識」、その意識が対自化され思量という性格の下に現れた、自我、自己概念の成立の場としての第七識「末那識《まな》」。そして唯識説では、その末那識の根柢に更に第八識「阿頼耶《あらや》識」を立てる。阿頼耶識とは、末那識としての人間の自我のみならず、仏教的に考えられる時空、その時空の内に生死生滅し無限に輪廻して行く一切の事々物々の、根本的な動因とされるものである。唯識の「円成実性」、即ち先の法眼の「頌」の内景とは、そうした「阿頼耶識」のその根の切断、「八識田中に一刀を下す」という形での、それの呪縛からの根源的な解放に於て現われる、「無自性空」とされる様な存在性であり、その実相である。

「理極まって情謂を忘ず」。唯識に於ける根源的な存在性への問、その「理」としての問は、その理の極まる所で一切の「情謂」を忘ずる。「情謂」とは、情識と言謂、つまり分別や言語のことであり、人間の知的なはたらきである。それを媒介とした「理」としての問は、その究極の所で「情謂」そのものを「忘」ぜられる様な地点に至らざるを得ない。所謂「言語道断」の所である。その地点で、「如何んか喩斉有らん」と語られる。「喩斉」とは、たとえ、比喩のこと。第八識阿頼耶識の切断に於て現成する世界は、一切の「喩斉」を絶したものとしてのそれであるというのである。存在そのものにとっては、言語が已に比喩であろう。「情謂」としての人間の知的なはたらきが、存在事象の差別化、存在の静的な分断の内にあるとすれば、知性は本質的に「喩斉」つまり比喩としての性格を逸れ得ないということである。それでは、「理」の「極」まり、「情謂」を「忘」じ、「喩斉」を絶した存在性としての「円成実性」とは、つまり何であるのか。「到頭霜夜の月、任運に前渓に落つ。……」。「到頭」は、畢竟、つまるところ。以下四句は、法眼に於ける「山林」の実相、「山林の客」としての法眼に於ける、円成実性の世界、世界性である。「任運」は、自《おの》ずから、いつのまにか。語られているのは、月が落ちる頃の、そして落ちて後の、晩秋の山居の実相である。然もそれは「円成実性」の場に於て出会われたものとしてのそれでなければならない。「頭《かうべ》を挙ぐれば残照在り、元と是れ住居の西」。『禅林句集』が取る結びである。山林の一日は終った。ということはそれ、つまり「円成実性」の世界性とは、彼岸的などこか遠い世界のことなのではなく、それは元々が住居の西の、日々《にち〳〵》の山居の実相以外のものではないということである。その意味ではその「元是」は、彼岸に対されるべきものとしての此岸を、更に徹底化したものとしての「此岸」を指したものとも言うべきである。そしてそこが外ならぬ法眼の心景、心そのものの場である。

こうした法眼の「頌」の世界は、漱石の作中人物の在り方とも決して無縁ではない。「整つた頭、取も直さず乱れた心」という形で、「頭」が「心」の攪乱者でしかなく、「心」としての自己の「破滅」の「凡ての原因」を、「あまりに働き過ぎる理智の罪に帰しながら」、然も「其理智に対する敬意を失ふ事が出来ない」、という『行人』の長野一郎の姿は（以上「塵労」四十二・四十六）、先の法眼の「頌」を逆説的に生きざるを得ない者としてのそれであろう。そうした一郎がその自己脱化の方向として語る、「絶対即相対」としての「絶対の境地」は、その説明として、「有《ある》とも無いとも片の付かない、」「偉大なやうな又微細なやうな、」「何とも名の付け様のないもの」という言葉を見せるが（同前四十四）、その言わば言語道断の言い方は、それが一郎の「理（智）」の「極」まりに於て見出された、「情謂」を「忘」じ「喩斉」を絶した、ある存在性への示唆であることは自明であろう。一郎が矢張憧憬として語る、「あの百合は僕の所有」「あの山も谷も僕の所有だ」の言葉は、同じく「松の所有」「蟹の所有」等と共に（同前四十七・四十八）、それが法眼的な山居への志向、つまり鎌倉紅《べに》が谷《やつ》の山荘に於ける、「元是住居西」への希求であることは言を俟たない筈である。

漱石が珪堂宛自画賛の中で、「勿ㇾ言不ㇾ會ㇾ禅　元是山林客」と告げた時、その背景には、そこに至る迄の漱石の思惟の歩みが控えていたと見られるべきである。上に辿った、『行人』の一郎——彼は法眼よりは一時代前是」の直接的な典拠云々の問題を越えて、例えば大正五年の十月下旬に二人の雲水を前にした漱石が、本質的にはどの様な地点に立っていたのかを示唆するものと言える。それでは現実の漱石は如何なる場所にいたのか。

小宮豊隆は、大正四年の漱石「断片」を介して、そこで言われている「「相対即絶対」・「現象即実在」の立場」に関して、次の様な解釈を示している。

是は言ふまでもなくゲーテが『ファウスト』第二部の最後で Chorus mysticus に合唱せしめた、地上の一切のものは単なる比喩に過ぎないといふ詩句の思想と同一の思想を表現するものである。

（小宮豊隆『夏目漱石』七一『道草』、岩波書店）

小宮の論述は次いで、人間の「生」、つまり現象、相対としての「生」が、「天の「比喩」であり、天への復帰を促がす天の模写であるならば、」といった言い方も見せており、その視線が「則天去私」をも視野の内に入れたものであったことが知られる。

独文学者であった小宮豊隆にとり、漱石晩年の思惟をゲーテとの相似性の内に語ることは、便宜でもあり且つ漱石の立場の称揚にもなり得るという様な意識があったのかも知れない。併し漱石の思惟の現実は、より深く精緻なものでなければならなかった。小宮の引く『ファウスト』の末段、原文では「Alles Vergängliche/Ist nur ein Gleichnis ;」の意味する所は自明であろう。ゲーテの哲学的背景はスピノーザにあるとされるが、それはともかくとして、プラトンのイデア論を想起するまでもなく、現象、相対としての無常なる現実を、ある絶対なるものの影、永遠なる実在の比喩として見る存在論認識論の立場は、洋の東西を問わない。キリスト教、仏教にもそうした立場は常に伴われていた。併しそうした立場の透過に、根源的な実在を観るという在り方も存在したし、又存在しなければならなかった。例えば仏教の唯識論に言われる「円成実性」とは、ゲーテ的な在り方が更に一歩の透脱を余儀なくされた様な地点に開示される存在性の場であり、先に引いた法眼文益の「円成実性頌」は、そうした禅者の行実を告げたものであった。そして法眼はそこで明確に、「如何んか喩斉有らん」と言い切っていた。この「喩斉」がゲーテの言う「Gleichnis」に相当するものであることは自明である。このゲーテの『ファウスト』末段と法眼の「円成実性頌」との比較は、已に西谷啓治にその論があり、西谷はそこで法眼の在り方に、「唯識の円成実性が実存化された姿」を見ると共に、「それにくらべればゲーテすらもなお「理」に堕ちている。」としている（西谷啓治「禅の立場」『講座禅』第一巻筑摩書房）。法眼の地点からすればゲーテの立場は、未だに唯識の三性《しやう》に所謂「依《え》他起性」の在り方、そうした「理」としての知性の仮構性の域を脱し得ていないということであろう。

併し西谷啓治の指摘による迄もなく、西欧の思想史精神史には、ゲーテの在り方の未到性を誤またず剔抉し得た思想家が現われるべき筈であった。ヘレニズムとヘブライズムの総体としての西欧そのものを、ニヒリズムの深淵へと追いやったニーチェである。ニーチェは「An Goethe.」（ゲーテに寄す）と題された詩を、「Das Unvergängliche/Ist nur dein Gleichnis !」、つまり「無常ならざるものは、／ただ汝の比喩にすぎぬ！」として書き出している。このニーチェの指弾が、先にゲーテの在り方を唯識に言う「依他起性」の域を脱し得ぬものとした、その視点と同一のものであることは明らかであろう。「無常ならざるもの」つまり「永遠」は、却って寧ろゲーテ自身の知性の影、その残像に外ならないというのである。『ファウスト』末段へのパロディとして書かれたニーチェのこの詩は、以下永劫回帰への運命愛、そしてその遊《ゆ》戯《げ》というニーチェ哲学の帰趨を、過不足なく語るものと言える。

『行人』の「塵労」編執筆の漱石が、ニーチェの『ツァラトゥストラ』を意識の内に置いていたことは確実である。「神の死」が宣告された後の世界表象としての「永劫回帰」、そして「Sein」と「Shein」、実在と仮象との「混合（mischen）」という形での、「An Goethe.」に言われているニーチェの存在性の措定は、「現象即実在」「相対即絶対」を言う漱石のそれとは、矢張異質のものとすべきであろう。『行人』の一郎がニーチェの立場を、「自我の主張」とすること（「塵労」四十四）もそのことにかかわるであろうし、明治三十八・九年「断片」の漱石の、「超人」への十分に批評的な言い方も、つまりは両者の措定する世界性、存在性の差異に起因するものと言える。ということは、ゲーテ否定的にそこからの透過を課題とした筈のニーチェ、自己のニヒリズムの究極を、「仏教のヨーロッパ的形態」「第二の仏教」という様にも呼んだニーチェ（『権力への意志』）に於ても猶残らざるを得なかった、或何物かということである。

それではニーチェを通り抜けざるを得なかった後のキリスト教では、先の『ファウスト』の命題はどの様に思惟されていたのか。

プロテスタントの『神学大全』とされる、厖大な『教会教義学』の著者であったカール・バルトは、「タンバッハ講演」として著名な、『ローマ書講解』の頃の初期の講演「社会のなかのキリスト者」（一九二〇年）の中で、「われわれは、すべての過ぎ去るもののなかに比喩だけを見る様な立場に立ち止まることはできない。」と告げている（同講演4章、小川圭治訳『現代キリスト教思想叢書』9、白水社）。こう語るバルトは当然、ゲーテ、ニーチェはもとより、キルケゴール、ドストエフスキー等をも視野に入れてのことである。上のバルトの言い方は、それがキリスト教神学の立場からの言及である以上、対ゲーテ的な例えばニーチェとの同一性の相貌を見せながらも、実質的には寧ろ逆方向からの、そして逆方向への言明であることは論を俟たない。従って問題は、「上からの閃光」、「上からの垂直なつらぬき」としての「神の突破」とされる様な、「過ぎ去らぬもの」即ち神の、「過ぎ去るもののなか」への現前、そしてその神の「内在は同時に神の超越」でもあるとされる様なバルト神学の形象が、神の死を告げたニーチェ、そして神を言わず、「現象即実在」「相対即絶対」を言う漱石の、その存在性世界性の形姿と、どの様な点でかかわり又かかわらないのか、ということでなければならないであろう。

ここでそうした事柄の詳細を辿ることは出来ないが、漱石の没後四年、第一次世界大戦の終結後に語られた上の講演でバルト（当時三十四歳）は、自らの立場を、「生の肯定」でもなければ、「東方の文学のある種の形態」の様な「生の否定」でもなく、「両方の要素の調和のとれた均衡」という様なものでもない、と告げている。そしてこのことは、対ゲーテ的な帰趨としては同一の、漱石の「現象即実在」「相対即絶対」という論理表象が、漱石の内に二十歳代の末頃から、その禅との出会いの内に胚胎された、「生死の超越」という命題の帰着であったことを想起させるものである。小宮豊隆がゲーテとの類比の内に語ろうとした漱石晩年期の思惟は、そこに法眼の「円成実性頌」を介在させてみた時、ゲーテからバルトへと展開された、近世近代の西欧精神史の中にその思惟の意味を見出し、又垣間見させる様なものとも言えるかも知れない。そしてそれは「元是」という漢語のもとに開かれた、「西欧への窓」であったかも知れない。「眼《ニハ》識《ル》東西《ノ》字　心《ニハ》抱《ク》古今《ノ》憂」（明治二二作五言古詩の第一・二句）という形で歩まれた漱石の思惟は、そういう東西性の場に出て行ったのである。それが同時に「則天去私」の「天」、「現象即実在」「相対即絶対」の場としてのそれの位相でもなければならなかった。

まきを割るかはた祖を割るか秋の空
瓢簞《原》は鳴るか鳴らぬか秋の風

元成、珪堂の二雲水が神戸に帰って後の、大正五年の十一月に二人宛の「書簡」に記された漱石の句であり、後者は漱石句としても最終のものである（一五日付「書簡」中）。前者は禅の「殺仏殺祖」を詠じたもの。併し単なるそれの一般化としての詠ではなく、当の相手たる元成に、あなたは「殺仏殺祖」は果して出来ているのかどうか。「仏向上」（趙州）とされる様な、祖師を越え仏をも越えた様な所まで行かなければ、という漱石の深い問いかけであろう。

後者の句は、直接には珪堂苑のものであるが、内容的には已に引用の元成宛自画賛の結句、「聴《ク》否《ヤ》三竿墨竹ノ風」と同一のものであろう。「秋意蕭條《トシテ》在《リ》二畫中《ニ》一」というその「畫」中の「墨竹の風」を聴くのも、秋風に鳴る「瓢箪の音」を聴くのも、それが禅の事柄としては同一の事である。禅は、「風性常住、無處不周」を言う。そして「墨竹の風」を聴き、又「瓢箪の音」を聴き得る場、それは、「風性は常住なるがゆゑに、仏家の風は大地の黄金なるを現成せしめ、長河の蘇酪を参熟せり。」（道元『正法眼蔵』「現成公案」）とされる様な場所である。漱石の問は、そこにかかわっている。

それでは「元是山林客」の「描」く「松下の石」とは何であるのか。一つの例示を試みるなら、例えば法眼文益は行脚の途中雪に阻まれて、とある地蔵院に休んだ。雪霽れて辞し去ろうとした法眼に、院主の地蔵が次の様に問いかけた。

雪霽《レテ》辞《シ》去《ルニ》、地蔵門《ニ》送《リテ》レ之《ヲ》問《ウテ》云《ク》、上座尋常《つねづね》説《ク》二三界唯心、万法唯識《ト》一。乃《チ》指《シテ》二庭下《ノ》片石《ヲ》一云《ク》、且《しばらく》道《いへ》此《ノ》右《ハ》在《リヤ》二心内《ニ》一在《リヤト》二心外《ニ》一。師云《ク》、在《リト》二心内《ニ》一。地蔵云《ク》、行脚《ノ》人、著《つク》二甚麼《いかナル》来由《ヲ》一、安《いづくンゾ》片石《ヲ》在《ラシムヤト》二心頭《ニ》一。師窘《きはまリテ》無《シ》二以《テ》対《こたウル》一。……　（『法眼語録』）

中国禅宗史では著名なこの挿話を、漱石が知っていたか否かは分からない。併しこれは極めて象徴的な一文である。法眼では、唯識の教学そのものが、旅行く者がわざわざ無益に心内に運んで歩くその石であった。漱石の作中人物達もおおむねは、何らかの心内の石の重みに堪えかねる人々である。併し無論地蔵の立場は、「心内」でもなければ「心外」でもない。「円成実性頌」の法眼の立場も又然りである。その「頌」中の山居の景物は、法眼の「心内」にあるのでもなければ、「心外」にある訳でもない。禅語としての「明暗」「明暗雙雙」、即ちその内・外二境の破断を言い得た漱石が、「描二松下石一」のその「石」の上に観たものも又同一の存在性であった筈である。

【編注】

以上の第十章から第十三章にいたる、漱石漢詩の問題を扱った論文四篇は、東北大学大学院文学研究科に提出された博士学位論文『漱石と禅』の第二部「漱石漢詩と禅」に収録された。その際に付された「後記」を、以下に掲げる。

後書

本論文に於ける漱石漢詩の扱い方についての、基本的な立場に関して一言しておきたい。一般に漢詩と言えば伝統的には、訓詁註釈による扱い方が第一の基本であり、漱石の漢詩についてもそうした形での註釈書が、已に十冊近くに達している。ここでその一冊一冊に関してそれを批評的に論及するということはしないが、漱石詩の註釈書に特徴的なことは、一方に中国文学者国文学者によるものがあり、その一方に禅学者禅門の人によるものがあり、その両者が截然と分たれているということである。最新の岩波書店の『漱石全集』第十八巻漢詩文の巻の註釈は、中国文学者一海知義氏によるものであるが、それの特に『明暗』期の漢詩の部分は、禅学者入矢義高氏の力の大きかったことは、一海氏自身の語るところである。漱石詩注釈書の二分化という基本はそこでも動いていないのである。こうした漱石詩註釈書の図式をもたらしているものは、漱石漢詩そのものの性格によるものであることは言うまでもない。それでは上述の様に二分化している諸註釈書間の、それぞれの一長一短のその長の部分を集めて、それで漱石詩の論として事足りるかと言えば、必ずしもそうとばかりは言えないという所に、漱石の漢詩を論の俎上にのせることの困難さがある。漱石は国分青厓、森槐南、本田種竹等の様な、漢詩人専門の人であった訳ではなく、漢詩人としての漱石は、同時に『吾輩は猫である』から『明暗』にまで至った、近代の散文作家としての漱石でもあったのであり、それら小説の作者としての漱石は、『木屑録』以来の漢詩文の制作者としてのそれでもあった。漱石の小説作品は、漢詩文の存在がなくとも読まれ論じられたであろうが、その逆が果して成立し得るかは疑義の余地を残すであろう。ということは、漱石の漢詩文は、所謂訓詁註釈の十全さのみによっては覆い得ない或る何物かを包含するということ、或いは訓詁註釈の十全が保証される為には、その背景に何が要求されるのかということでもあろう。漱石の漢詩世界が本質的に訓詁され註釈される為には、その小説世界への十全な理解が欠かせないのであり、その逆も又成り立ち得る筈である。

本論文ではそうした観点に立ち、漱石の、例えば『明暗』期の漢詩を、単に訓詁註釈的な解析の対象とするのみにはとどめずに、一定の論の流れの中に投入しつつ、それら漢詩の内的意味を、漱石文学総体の内に措定することを試みている。もとより漱石漢詩の全体を論の対象とし得ている訳ではないが、漱石詩論としての在るべき方向性は語り得ているのではないかと思う。漱石詩総体の論を向後に期したい。

十四　漱石の血と牢獄

漱石が完成した最後の小説となった『道草』（大正四）は、百二章から成っている。その第百一章に次の様な叙述が現われる。

健康の次第に衰へつゝある不快な事実を認めながら、それに注意を払はなかつた彼は、猛烈に働らいた。恰も自分で自分の身体《からだ》に反抗でもするやうに、恰もわが衛生を虐待するやうに、又己れの病気に敵討でもしたいやうに。彼は血に餓えた。しかも他《ひと》を屠《ほふ》る事が出来ないので已を得ず自分の血を啜《すゝ》って満足した。

（『道草』百一）

健三の「血」への「餓え」、「血」を「啜る」といった特異な行文によって語られている、彼の「猛烈」な「働ら」きとは、「何か」を「書」くこと、即ち恐らく短篇小説の執筆の姿である。それが健三の自虐、嗜虐性に充ちた営為に外ならなかったことを、上の叙述は告げており、これに続く『道草』の行文が、

予定の枚数を書き了へた時、彼は筆を投げて畳の上に倒れた。

「あゝ、あゝ」

彼は獣《けだもの》と同じやうな声を揚げた。

（同前）

と記される所以であろう。「血」に「餓え」、自らの「血」を「啜つて」「満足」したのは、こうした「獣」としての健三であり、「何か」を「書く」こと、小説の執筆とはつまりは「獣」の所行として定位されている。『道草』の終結部に置かれている、健三の野性の発露とでも言うべきものにかかわる上の行文は、冒頭部第三章の、矢張「血」の叙述との照応の下に出て来ていたと考えられる。「始終机の前にこびり着」く、「活字との交渉」のみの、「時間に対する態度が、恰も守銭奴のそれ」の様な健三の学者としての日々は、「索寞たる曠野の方

角」への「路」の「歩」み、そしてそれは又「温かい人間の血を枯らしに行く」それとして語られているからである（三）。そうした健三には併し「一方では」、「心の底」の「異様の熱塊」への「自信」が潜在していた（同前）。その「熱塊」が、「温かい人間の血」の「枯」渇からの「血」の回復、即ち「血」への「餓え」、「血」の「啜」りの行為となって「異様」に噴出したのが、百一章の、「何か」を「書」くという営みであったと言える。

それでは『道草』で健三の「血」への衝動とも言える行為が、「何か」を「書」くという形となっていることには、如何なる意味が認められているのであろうか。そのことの示唆は、前作『こゝろ』の内にあるであろう。『こゝろ』（大正三）で先生の遺書は、先生が「死ぬ前にたつた一人で好《い》いから、他《ひと》を信用して死にたい」という、その「たつた一人」の「私」に託された（『こゝろ』上三十一）。「私」が「たつた一人」の「他《ひと》」であり得た所以は、「私」の「真面目」、「私」の「命の真面目」と「いつた事の真面目」との相即、先生の「思想」の背景として、先生の「過去」を「訐《あば》」き問う、その「私」を先生が認容したからである（同前）。そして遺書の冒頭部で先生は同一の事柄を、先生と「私」との間の「血」の授受として語っている。先生はそこで、うえの「上三十一」章での「私」とのやりとりで、「始めて」「私」を「尊敬」したと告げ、「私」が「真面目」という言葉によって述べていた、「無遠慮に」先生の「腹の中から、或生きたものを捕《つら》まへやうといふ」その「私」の「決心」を、

私の心臓を立ち割つて、温かく流れる血潮を啜らうとした

（『こゝろ』下二）

として言い換えている。先生にとって、「私」の先生の「過去」への「訐《あば》」き問いというその行為、願望は、先生の「心臓」を「流れる」「温か」い「血潮」を「啜」るべき「私」の願望、即ちそうした「血」への「餓え」として捉え直され、換言されており、「私」のそうした「血」への渇望が、外ならぬ先生の「私」への「尊敬」の基底とされているのである。

『こゝろ』扉絵「心」字

私は今自分で自分の心臓を破つて、其血をあなたの顔に浴《あび》せかけやうとしてゐるのです。私の鼓動が停《とま》つた時、あなたの胸に新らしい命が宿る事が出来るなら満足です。（同前）

先生から「私」への遺書の授与とは、言わば「血」の授受、そうした意味での「私」の「心臓」への「新らしい命」の「宿」りに外ならなかったことを、上の行文は告げている。

ここで想起されるのは、漱石自らの装幀になる岩波書店刊行の、『こゝろ』の単行本の意匠であろう。単行本の『こゝろ』が表紙平に、『康熙字典』の「心」字の条の一部を筆写し、貼付した意匠となっていることは周知であろう。ところでこれまで言及されたことは殆どないが、『こゝろ』の扉絵は、石に靠れて地面に足を伸した隠者、乃至は唐人風の人物が、中空の「心」字を見上げる図柄となっている。そしてその「心」字は、『説文解字』の示す象形文字の「心」字、即ち文字通りの心臓の象形であり（左参照）、然も鮮やかな朱色、つまり「血」の色で印刷されている。この「血」の色で印字された、「心臓」の象形としての「心」字が、上の先生の遺書中の叙述、その先生と「私」との間の「血」の授受、つまり先生から「私」への「遺書」の授与に見合うもの、それを想起させるものであることは自明であろう。『こゝろ』の装幀に関して漱石は、「今度はふとした動機から自分で遣つて見る気になつ

心　人心。土臓也。補也字。在身之中。象形。

（段玉裁著『説文解字注』「心」字）

て、」と記している（『こゝろ』序）。この「ふとした動機」にはかなり周到な意図が籠められていた筈であり、岩波書店が後に『漱石全集』の表紙として踏襲して行くことになる、単行本『こゝろ』の表紙の朱色は、『こゝろ』に即する限り、「血」の色でなければならなかった。

併しながら、自己の「過去」を「訐」き問う「私」の行為を、「心臓」を「立ち割」り、「温かく流れる血潮を啜らうとした」と語り、自殺に赴く今、自ら「心臓を破」り、「其血」を「私」の「顔に浴せかけやうとしてゐる」と告げた先生も、現実に「血」を流した訳ではなかった。

　私は妻に血の色を見せないで死ぬ積です。（下五十六）

それでは先生が「私」とのかかわりの中で使っている、「血」そして「心臓」の語は、単なる比喩でしかないのであろうか。恐らくそうではない。『こゝろ』の中では先生のみが唯一、「心臓」の噴出する現実の「血」の洗礼に浴した、浴さざるを得なかった人物だからである。もとよりKの自殺である。「小さなナイフ」で「頸動脈を切つて一息に死んで仕舞つた」Kの「血潮」。Kの「頸筋から一度に迸《ほと》ばしつた」その「唐紙の血潮」を見た先生は、「人間の血の勢といふものの劇《はげ》しいのに驚ろ」いていた（下五十）。Kの先生宛の「手紙」（先生は「遺書」とは言っていない）は、自己の自殺に関して、殆ど何物をも語っていなかった（下四十八）。とするなら自殺に際して、「Kと私の室《へや》との仕切の襖」を「開《あ》」けた形で自殺を敢行した、その「襖に迸ばしつてゐ」たKの「血潮」こそが（同前）、Kの先生への遺書、言わば「血」で記された文字に外ならなかったとは言えないであろうか。従ってそれの判読と解読、つまりKの自殺の真実相への探索と踏破が、Kの自殺の後の、先生の心の営みの半ば凡てであった筈である。先生の自殺はその尖端で自覚されている。

　私はKの死因を繰り返し〳〵考へたのです。……私もKの歩いた路を、Kと同じやうに辿つてゐるのだといふ予覚が、折々風のやうに私の胸を横切り始めた……。（下五十三）

この先生の自殺への「予覚」は、Kの「血潮」への解読の結果として出て来ていたと言うべきものであろう。

先生は例えば、大学二年から三年にかけての夏休みの、房州旅行の時のKに関して次の様に述べている。


　私に云はせると、彼の心臓の周囲は黒い漆で厚く塗り固められたのも同然でした。私の注ぎ懸けやうとする血潮は、一滴も其心臓の中へは入らないで、悉く弾《はじ》き返されてしまふのです。（下二十九）

Kに関する先生の同様の方向からの叙述は、「錆び付きかゝつた彼の血液」（下二十五）、「使はない鉄が腐るやうに、彼の心には錆が出てゐた」（同前）等として現われる。表現としては遺書冒頭部の、已に触れた部分とも軌を一にする、こうした「血」と「心臓」の語彙によって語られている、上の大学時代の先生のKへの評語は併し、飽く迄も遺書を書きつつある今現在の先生の立場からの立言、表現語彙として読まれるべきものではないであろうか。今現在の先生とは即ち、「明治の精神」への「殉死」という自己の自殺の内包を自覚しながら（下五十六）、「私」との間の遺書の授受という事柄を、既述の如く「血」と「心臓」の語彙により意味付けする、その先生ということ（下二）、言い換えるなら、自己の自殺、死の地点から、嘗てのK、自己双方の人間的な位相を、過不足なく語り得る様な、そうした先生ということであり、先生に於ける「血」「心臓」等の語彙の駆使の源は、矢張自殺に赴いたKの、「襖に迸ばしつ」た「血潮」、その「人間の血の勢といふものの劇し」さへの、先生の即物的な体感の内にあったと見るべきではないであろうか。そう解することが、本質的に「死の遁走曲《フーガ》」とも言うべき性格を負荷されている、『こゝろ』からの自然な理解の様に思われる。

「私」への遺書の授与を、自己の「心臓」の破断と「血」の「浴《あび》せかけ」として言っている先生が、それでは何故現実の流血、「血」を見せるという事態から免れ得ている、事実としての流血なしで済ましているのかと言えば、先生はKと異なり、遺書を「書」くという行為、「書」き得るという立場を獲得し得ているからである。

其上私は書きたいのです。義務は別として私の過去を書きたいのです。……私は何千万とゐる日本人のうちで、たゞ貴方丈に、私の過去を物語りたいのです。あなたは真面目だから。あなたは真面目に人生そのものから生きた教訓を得たいと云つたから。（下二）

私が筆を執ると、一字一劃が出来上りつゝペンの先で鳴つてゐます。私は寧ろ落付いた気分で紙に向つてゐるのです。不馴のためにペンが横へ外れるかも知れませんが、頭が悩乱して筆がしどろに走るのではないやうに思ひます。（下三）

私を生んだ私の過去は、人間の経験の一部分として、私より外に誰も語り得るものはないのですから、それを偽りなく書き残して置く私の努力は、人間を知る上に於て、貴方にとつても、外の人にとつても、徒労ではなからうと思ひます。……私の努力も単に貴方に対する約束を果すためばかりではありません。半ば以上は自分自身の要求に動かされた結果なのです。（下五十六）

『こゝろ』の先生に於て、自己の「心臓」の破断と「私」への「血」の「浴せかけ」という行為が、「私」宛の遺書を「書」くというその行為と、全く等価なものとされていること、それを上の引用は明示する。そしてそのことが同時に、流されてしまったKの「血潮」、その「血」への贖いの営みにも外ならないのである。「私が筆を執ると、一時一劃が出来上りつゝこのペンの先で鳴つてゐます。」という言い方は、物を「書」くという行為、文字言語の生成の場の触感、臨場感を伝えて余蘊のないものであり、ペンは疎か万年筆すらも退場を余儀なくされつつある、ワープロ全盛の今日では、先生が「書」くという営みの内に見出し得た筈の、身心両面にかかわっての、或る根源的な何物かが、已に見えなくなってしまっているのではないであろうか。遺書を「書」くという営為が先生の内に齎した筈の微妙な変移は、遺書冒頭部の「たゞ貴方に」（下二）と、終結部の「貴方にとつても、外の人にとつても、徒労ではなからうと思ひます。」（下五十六、傍点論者）との間の、差異の微妙さの内にも看取されるのではあるまいか。遺書を「書」き了えた先生は、自刃の画人、近世江戸の「渡辺崋山」を引き合いに出しながら、「十日余り」の自己の遺書執筆の意味を自認している（下五十六）。

先生の遺書を「書」くという行為への傾注の度合の深さから見て、単行本『こゝろ』の表紙の図柄が、所謂「石鼓文」のそれであったことも、必然性を帯びて解される。東北大学の「漱石文庫」収蔵の「石鼓文」の拓本は、二帖に分かたれた形のものであり、拓本諸本の中では「後頸本」として分類されているものの様である（石川九楊編『書の宇宙』2、二玄社、八二頁参照）。漱石にその拓本を齎したのは、中国湖北省沙市の日本領事館に、領事として滞在中の橋口貢であった（「書簡」大正三・八・九付、橋口宛）。橋口或いは書家としての中村不折等から、漱石が「石鼓文」についてのどの様な知識を得ていたかは分からない。併し例えば清朝末期光緒二十七年、一九〇一年の北京の孔子廟で、「石鼓」の現物を目にしていた池辺三山同様、漱石の「石鼓文」に対する知識が、韓愈及び蘇軾東坡の漢詩「石鼓歌」を介してのものであったとすれば、漱石は「石鼓」を紀元前九・八世紀の、西周宣王時代のものとして見ていた筈である。そしてそれに刻された「石鼓文」は、秦始皇による文字統一以後の小篆に対して、大篆として言われる、漢字文字の始原に位置するものであった。単行本『こゝろ』の表紙の図柄として、「石鼓文」の図案化を試みた漱石の「動機」の根柢にあったのは、文字の始原としてのそれへの視線であり、先生の遺書を「書」くという行為への傾注の深さ、「心臓」（象形文字の小篆「心」字）の破断と、「血」の「浴せかけ」「血」の「啜り」と等価な、その文字を「書」くという行為の根源性への自覚でなければならなかった。『文学論』の「序」に言う「左国史漢」の内の『左伝』は、春秋期周代の諸侯の盟約の儀式として、「血を歃《すす》る」の字句を多用する。『左伝』好みの漱石の念頭にそのことがあったか否かはともかく、『こゝろ』の先生にとって同様の字句は、単なる政治的儀式の域にとどまるものではなかった。

『道草』の健三の「何か」を「書」くという行為、その自虐的に「猛烈」な「働ら」きが、健三の「血」への「餓え」、「血」の「啜り」として語られたことの意味は、如上の『こゝろ』の内に明らかであろう。併し先生と健三との間の逕庭も又極めて自明である。問題はそうした『こゝろ』『道草』間の連続性と非連続性とが、どの様な漱石文学の「実質の推移」（「断片」大正四）の上に出て来ていたのかという事であろう。

先生、健三の両者に於て、「書」くという行為は、「血（心臓）」という、言わば本源的な生命性とでも呼ぶべきものにかかわっている。それではそうした次元での意味を、「書」くという営みの内に見出しながら、先生は何故自殺に終らざるを得なかったのかと言えば、先生にとって「書」くという行為は、「自殺」の正確な対価としてしか許されていなかったからである。併し一方の健三では明らかに異なる。「自殺」の対価としてのみの、先生の「書」くという行為とは、それが「遺書」以外ではあり得なかったということ、即ち先生の「遺書」は、「私」という単一の読者を対象とした、その「私」への「血」の「浴せかけ」、そして「私」の「血」の「啜り」として書かれた。一方健三の場合には、健三の「書」いたものの読者は、限定された自明の形ではどこにも存在しない。というより読者以前にそもそも、健三の「書」いた物自体が、『道草』ではどこにも現われない。健三の「書いたもの」は、養父島田への為に、直ちに「金に換へ」られており、そのことに健三は「大した困難にも遭遇せずに済ん」でいる（『道草』百二）。ということは、健三に於て物を「書」くという行為は、健三自身の中で言わば自己完結しているということであり、「血」に「餓えた」健三が、「他《ひと》を屠る事が出来」ずに、「已を得ず自分の血を啜つて満足した。」と語られたのは、そういう事柄を指している。それに対して先生の「書」くという行為は、決して先生自身で自己完結したものではなかった。新聞発表時、標題「心」のもとの、最初の短篇が

「先生の遺書」の題で書かれたことに示されていた様に、又その「先生の遺書」のみで単行本化され、上・中・下に分かたれた現実の『こゝろ』でも、下つまり先生の「書」いた「遺書」は、分量的に上・中とほぼ等量、過半を占めているが、それは上・中という「私」の「書」くというその行為を不可欠としていた。それでは「私」は何故《ゆえ》に「書」いたのか、「書」き得たのか。この問題については後に触れる。

併し「書」かれた物自体の作品内での位置付け、占有率の自明の相違にもかかわらず、「書」くという行為そのものの根本的性格は矢張通底しており、先生、健三の両者は共に、獄裡の人、「牢屋」「牢獄」内の楚囚としての、その自己否定、自己脱却として、物を「書」くというその営みに赴いていた。そしてその自己否定自己脱却が、先生の場合には端的に自殺という形で、その自殺の対価としての遺書執筆の形で現われていたのに対し、健三ではそれが、「自分の身体《からだ》」への「反抗」、「わが衛生」への「虐待」、「己れの病気」への「敵討《かたきうち》」という自虐、一種の擬似的な自殺の形で現われていたと言える。漱石に於て、「血」の命題にかかわる「書」くという行為は、それと不可分のものとして、「牢獄」の問題を伴っていた。

漱石の作品系列を辿る時、現実の人間の在り方を、「牢屋」「牢獄」中の存在として捉える視点が現われるのは、『行人』(大正一―二)からである。「兄」の章で、長野一郎、二郎の二人が乗った和歌の浦の「東洋第一エレヱーター」の中で、一郎が「「牢屋見たいだな」」と「低い声で私語《さゝや》」く。「「左右ですね」」という二郎の答に対して一郎は更に、「「人間も此通りだ」」と告げる(「兄」十六)。この「兄の言葉」を二郎は、「単に其輪廓位しか」「呑み込めなかつた。」としている(同前)。「エレヱーター」内の自己を、「牢屋」への幽閉の人間の姿として見る、見ざるを得ない一郎にあるのは、二郎には思いも及ばない、深い「孤独」の思念である(「帰ってから」六、「塵労」三十七)。何れにしても後に触れる『こゝろ』『道草』へと連なって行く、「牢獄」中の存在としての人間への視線が、『行人』に始まっている。同様のことは、「血」そして「心臓」に関しても言えるであろう。

中絶後に書き継がれた「塵労」の章の、「Hさんの手紙」の中の一郎は、文明論者としての相貌を深くしているが、その一郎の言葉。

「人間の不安は科学の発展から来る。進んで止《とゞ》まる事を知らない科学は、かつて我々に止まる事を許して呉れた事がない。……何処迄行つても休ませて呉れない。……実に恐ろしい」（「塵労」三十二）

これに対するHさんの、「「そりや恐ろしい」」という同調の言に、一郎は、

「君の恐ろしいといふのは、……頭の恐ろしさに過ぎないんだらう。僕のは違ふ。僕のは心臓の恐ろしさだ。脈を打つ活《い》きた恐ろしさだ」（同前）

と自己解説的に語る。ここで「頭」の対照として語られている、「心臓」と「脈を打つ活きた」言わば血管、即ち「血」が、「牢屋」の語と同様、『こゝろ』『道草』の同一語彙への連続性の内にあることは、言を俟たない様に思われる。但し、同じ「心臓」と「血」の語彙でも、作中人物にとっての現われ方使われ方に、『行人』とそれ以後とでは、負と正と程の差のあることは、看過されてはならない。

「学者」として本来的に「頭」即ち知性の人である一郎の、「頭」否定的な上の様な言い方は、その文明論の物言いが、決して単なる例えば大学の講義レベルでの発言なのではないということであり、一郎の「大学」（恐らく帝大文科）での「講義」の乱れも（「帰ってから」三十）、その間の事柄を逆説的に明示していると言うべきである。「平生から」「明瞭な講義中」の、「矢張り明瞭」ながらの「前後」の「辻褄の合はな」さとして現われている一郎の講義の乱れは（同前）、言うならば知性の論理的脈絡の断片化、断裂という事、つまり次の様な形で言われていた知性の人一郎の、日常的な在り方の特質が、極端な形で顕在化、病的な偏向となって現われたということであろう。

彼は事件の断面を驚く許り鮮かに覚えてゐる代りに、場所の名や年月を全く忘れて仕舞ふ癖があつた。夫《それ》で彼は平気でゐた。（「兄」三）

同様の事柄が、『行人』の前作『彼岸過迄』（明治四五）の須永市蔵に関しても指摘されていた。

僕（松本）は飽く迄も写真を実物の代表として眺め、彼（須永）は写真をたゞの写真として眺めてゐたのである。（『彼岸過迄』「松本の話」二、（ ）……論者）

「写真の背後」の、その「美人」の「名前」「本当の位置や身分や教育や性情」を捨象した形での、「写真」の「たゞの写真として」のみの受容という須永の在り方は、先の一郎と同様の現実遊離、或いは現実性事実性からの乖離を特質とする知性の姿であり、松本はそこに、「市蔵の命根に横はる一大不幸」、「気狂《きちがひ》」への道程を見ていた（同前一）。

「死ぬか、気が違ふか、夫でなければ宗教に入るか。僕の前途には此三つのものしかない」（『行人』「塵労」三十九）

「考へずに観る」ことを標榜して、「気狂」への自滅からの脱却を企図した須永（「松本の話」十二）の後人、『行人』の一郎の言葉である。

考へて〳〵考へ抜いた兄さんの頭には、血と涙で書かれた宗教の二字が、最後の手段として、躍《をど》り叫んでゐる……。（「塵労」三十八）

これはHさんの言であるが、「兄」の章で二郎は、「「あ、己《おれ》は……考へて、考へて、考へる丈だ。」」という一郎の言葉を前に、「ほとんど砂の中で狂ふ泥鰌」としての兄の姿を見ていた（「兄」二十一）。「塵労」の章で一郎の口にする「宗教」は（四十四）、なお「頭」つまり知性の次元ではあっても、「血（と涙）」で「書」かれたものとして、一郎の「牢屋」からの自己脱却への意志の見取り図に外ならなかったと言える。

私がこの牢屋の中に凝としてゐる事が何うしても出来なくなつた時、又その牢屋を何うしても突き破る事が出来なくなつた時、必竟私にとつて一番楽な努力で遂行出来るものは自殺より外にないと私は感ずるやうになつたのです。貴方は何故と云つて眼を睜《みは》るかも知れませんが、何時も私の心を握り締めに来るその不可思議な恐ろしい力は、私の活動をあらゆる方面で食ひ留めながら、死の道丈を自由に私のために開けて置くのです。

（『こゝろ』下五十五）

先生の「私」への「血」の「浴せかけ」として書かれた遺書の核心部分、先生が自己の「自殺」の内景、真景の焦点を記した部分である。本質的に「他殺としての自殺」とも言うべき、逆説の相の内に自覚されている自己の「自殺」を先生は、「牢屋」の楚囚としてのその自己否定、「牢屋」からの脱出の不可能性の内に見ている。先生にとっての「牢屋」とは、先生の「内面」、即ち先生の「心」そのものであり、そこは「恐ろしい力」「不可思議な力」と先生との、不断で熾烈な「戦争」の場に外ならない（下五十五）。「其力」は先生の「心」を、不意に自在に「握り締め」、「活動」を不能にし、「あらゆる」「活動」の無「資格」者を宣告し、その事由を問う先生を却って逆に、「自分で能《よ》く知つてゐる癖に」と冷笑し尽くして憚らない。その「不可思議な恐ろしい力」が唯一先生に許容する、先生の「自由」が、「死の道」への旅立ちなのである（同前）。つまり先生の「他殺としての自殺」とでも言うしかない、「心」の内景である。

ここで「不可思議な恐ろしい力」として言われている「其力」の当体は、先生にとって、或いは『こゝろ』の内側からその言わば本体が、明らかに示されることは遂にない。文字通りの知性の枠を超えた、「思議す可から不る」「恐れ」の内に感受されるものでしかない。即ち『こゝろ』の問題の本質は、已に『行人』迄の「考へ」る知性の域を超えた所にある。

「いや考へたんぢやない。遣《や》つたんです。遣つた後で驚ろいたんです。さうして非常に怖《こは》くなつたんです」（上十四）

先生の内にそうした「恐ろしい影」が「閃めき」始めたのは、妻「静」の母、嘗ての下宿の奥さんが亡くなる前後の頃からである。「初めはそれが偶然外から襲つて来る」と感ぜられたものが、「しばらくして」先生の「心が其物凄《すご》い閃めきに応ずるやうになり」、「しまいには外から来ないでも」、「胸の底に生れた時から潜んでゐるもの丶如くに思はれ出して来た」と詳述されている「恐ろしい影」（下五十四）、つまりより先生に順致され具象化された形では「不可思議な恐ろしい力」（下五十五）は、人間への根源的な否定性の襲来ということに外ならない。そしてその否定性が、「初め」は外来性のもの、外在的に感受されながら、最終的には内在的、寧ろ生来的な内在性の内に感応されるに至ったとされていることには、『こゝろ』に於ける先生の自殺、その人間の自己否定への意志が、如何にして生成し定着への過程を辿ったのかが、精細に示唆されていると言える。先生に於ける「他殺としての自殺」とも言うべき「自殺」のその「他殺」者は、矢張飽く迄も先生の内側から生成しているのである。

併し例えばキリスト教の本質、本体としての「聖なるもの（Das Heilige）」を、宗教哲学として問題にしたルドルフ・オットーは、それを人間にとっての「絶対他者」として措定している（オットー『聖なるもの』第四章四、岩波文庫、山谷省吾訳）。オットーに於て、「聖なるもの」としての所謂「ヌミノーゼ（Das Numinöse）」、即ち言わば逆説的な意味での人間への否定性は、常に外在的な「絶対他者」としての感受の内にある。然もその内在的なものが、人間では、人間への絶対的な否定性は、外在以上により人間に内在的なものである。併し『こゝろ』を根源的に否定するのである。そこに「神」を言えない、或いは敢えて「神」を言わない漱石の（『道草』五十七、九十六）、キリスト教とは異なった、人間の自己否定の構造、そしてそれを介した宗教性への道筋を認めることが可能であろう。外在即内在、内在即外在とも言うべき自己への否定性の到来は、先生を「人間の罪」の自覚へと導いている。

私はたゞ人間の罪といふものを深く感じたのです。（下五十四）

この「人間の罪」の「其感じ」の「深」さが先生をして、「Kの墓へ毎月行かせ」、「妻に優しくして遣れと命《さい》じ、更には「知らない路傍の人から鞭《むちう》たれたい」という「思」いへと駆って行く（下五十四）。そして「斯うした階段」の「段々」の「経過」は、寧ろ「自分で自分を鞭つ可き、」「自分で自分を殺すべき」という極点へと、先生を押し上げて行く（同前）。「死んだ気で生きて行かう」という先生の自己否定、実質的な「自殺」の自覚である。

これより先先生は、自己への否定性の襲来、「恐ろしい影」の「閃めき」を感じ始めた頃の、「妻の母の看護《さい》」に関して、「何かしたくつて堪らなかつた」にもかかわらず、「何もすることが出来な」かった自分、その

世間と切り離された私が、始めて自分から手を出して、幾分でも善い事をしたといふ自覚を得たのは此時でした。（下五十四）

であった、と記している。そして同時にそれを、「ついに」「人間の為」、「罪滅しとでも名づけ」るべき「一種の気分」の「支配」、とも告げている。こうした「人間の罪」「罪滅し」への観想の深さが先生をして、最終的に自殺へと導いて行くものであったことは上に辿った。つまり先生に於ては、他者との本質的なかかわりへの意志の深まりが自殺を思わせ、他者と本質的にかかわり得るのは、自殺を介して以外にはあり得ないという地点に迄、先生は已に追い込まれているのである。ということは、「不可思議な恐ろしい力」が唯一先生に許容する「自由」、「死の道」の開放、即ち先生の「自殺」とは、「人間の罪」を背負うべき「人間の為」という、普遍的な「人間」性の場での行為に外ならなかったということである。先生が自己の自殺を、「明治の精神」への「殉死」という、

時代的な普遍性の場で語り得ている理由も、そのことにかかわっている。「不可思議な恐ろしい力」はその場合、「明治」という時代の全体性に自殺を強いる様な、或る不可抗の「其力」でもある。

併しながら「人間の罪」を負った形での「人間の為」という、普遍性を帯び一般化された次元での先生の「親切」「優しさ」は、「静」という固有名詞を持った「箇人」、個別化され具体性を生きてある女性、妻に本質的に届き得るものではなく、彼女の歎息は避け得なかった(下五十四)。先生は自己の「暗黒」を告げ、妻に詫びているが(同前)、その「暗黒」とは明治近代の罪性を負うべき、思想的文学的な一種の機能と化した存在としての先生ということであり、『こゝろ』上の描く「静」の自責の念に充ちたもどかしさは、そのことに起因している。男女何れであれ人は機能と化した存在と、「心」を「一つ」にすることは出来ない(同前)。周到に固有名詞が排除された『こゝろ』の登場人物の内、例外的に固有名詞を負うのが、先生の妻「静」と「私」の母「光《みつ》」の両者であるのは、明治の女性の、都市と地方の在住者等々様々な意味での、言わば禍福の対照の為ではないであろうか。「静」は恐らく高等女学校の卒業者である(下二十七)。先生とは異なった意味で、「静」も又明治日本の知性の宿命の分有は不可避でなければならなかった。

『こゝろ』の先生の「牢屋」と「自殺」の内景をこの様に辿る時、再び想起されるのは単行本の扉絵の示唆である。そこでは心臓の象形である「心」字が、それとほぼ同大の四角の枠に囲まれている(前掲参照)。それを仮に「牢屋」のそれとして解するなら、『こゝろ』が「先生の遺書」であったことの意味はより自明であろう。先生は自己の存在「心」そのものが「牢屋」としての人間である。「牢屋」でしかない先生が、「牢屋」としての自己の存在に耐えられず、そこからの脱出の不可能をも知悉せざるを得なかった時、先生に唯一可能な脱却の道は、「牢屋」としての自己そのものの解体消去、即ち自殺以外にはあり得なかった。「牢屋」からの脱却が、「牢屋」

としてのその自己否定、自己崩壊以外にはあり得ないという所に、『行人』の一郎や後述の『道草』の健三とは異質な、先生の「牢屋」の位相があったと言える。併し先生にはそうした自らの自殺の内景を「書」くという行為は許されていた。即ち「私」宛の遺書の執筆であり、その「書」くという行為を先生は、自己の「心臓」の破断と、「私」への「血」の「浴せかけ」として告げていた。しかも「心臓」の破断と「血」の「浴せかけ」という先生の営みが、扉絵の示唆する様な、小篆の「心」字を介した形でのそれ、つまり文字言語の生成の場へと転化され得た所に、直截的即物的でしかなかったKの「血」からの先生の距離、Kの対象化とも言うべき先生の位置があったということになる。それでは「私」の「血」の「啜り」はどうであったのか。問われるべきはそのことに帰するであろう。

先生が「私」との間の「血」の授受、「血」の「浴せかけ」として記した遺書（先生自身は遺書という言い方は矢張しておらず、単に「手紙」或いは「自叙伝」と呼んでいる（下五十六））に対した「私」の、「血」の「啜り」の度合の程は果してどこに見出されるのであろうか。と問うことは、先生の「過去を訐」き問うことを敢てして迄、先生の「生きた」「思想」の場に参入したいという「私」の願望、即ち「血」への「餓え」が、如何なる帰趨を辿っていたのかと問うことでもある。それを問える場は、現実の『こゝろ』では上・中以外にはあり得ない。併し上・中が語るのは、「私」の恐らく高校（旧制）一年から二年にかけての夏休みの、鎌倉での先生との出合いから、明治四十五年・大正元年の矢張恐らく九月末日前後の、先生からの遺書の受け取りまでの数年の事柄であり、そこに「心」即ち「先生の遺書」を書いた、今現在の「私」の姿、その「私」の「思想」の「生きた」在り様《よう》を問うことは、ほぼ不可能に近い。

　私は其人を常に先生と呼んでゐた。だから此所《こゝ》でもたゞ先生と書く丈で本名は打ち明けない。（上一）

と書き出される「心」、「先生の遺書」の「此所」を、時間軸として捉えた場合、それが歴史的時間としての何時を指すのかを、「心」の内側から特定することは、周知の如く不可能である。その不可能の原因は言う迄もなく、「心」の続篇、言わば第二篇が書かれなかったことにある。そして第二篇を書かなかったのは、「心」の内側の問題としては、「私」であるが、新聞発表時の「心」としては、外ならぬ作者漱石その人ということになる。しかも作者漱石として見た場合、書かなかったというよりは、書けなかったという趣がより強くなる様に思われる。

もし仮に「私」が「先生の遺書」の後の続篇、第二篇を書いたとすれば、そこには否応なしに「私」の今現在が姿を現わさざるを得なかった筈である。先生没後の「私」の言わば思想的自叙伝、それが考えられる端的な第二篇の内容である。或いは第一篇の「先生の遺書」が已に「私」の思想的自叙伝の第一部であったとも見られるが、何れにしても第二篇には、先生の自殺の後、遺書を受け取った後の「私」の位相が現われざるを得ない。そしてそこに現われるべきは、「私」の先生の「血」の「啜り」の如何、つまり先生の「遺書」への「私」の読解の実相以外のものではなかった。例えば『こゝろ』の上には、次の様な記述が見出される。

先生は、……何時か私の頭に影響を与へてゐた。たゞ頭といふのはあまりに冷《ひや》ゝか過ぎるから、私は胸と云ひ直したい。……血のなかに先生の命が流れてゐると云つても、其時の私には少しも誇張でないやうに思はれた。（上二十三）

これは「私」の大学三年の冬休み、父の病状により早めに帰省した時の「私」の、父と先生を比較しての、血縁非血縁にかかわっての感慨である。この記述の前には、「私は東京の事を考へた。さうして漲る心臓の血潮の奥に、活動々々と打ちつゞける鼓動を聞いた。」といった叙述も置かれている。漱石の作品系列としては、『行人』「塵労」の既述の箇処に連接する形の上の様な「私」の行文は、併し『こゝろ』の内部としては、矢張先生の遺書を受けた形での「私」の叙述と見るべきものである。既引の様に先生は、「私の（心臓の）鼓動が停つた時、あなたの胸に新らしい命が宿る事が出来るなら満足です」（下二、（ ）……論者）と告げていた。従って「私」の大学三年（明治四十四年）の晩秋、先生の「奥さん」との間で、先生を話題にした時のことに関する記述中に現われる、

　奥さんは私の頭脳に訴へる代りに、私の心臓《ハート》を動かし始めた。（上十九）

といった行文も、「私」の先生の遺書読解を通じての、理念概念枠の獲得の産物と見るべきものである。

　こうした『こゝろ』の上・中の「私」の記述行文に関して、「私」の言わば独自の脚色と言うべきものと共に、そこにどこまで先生の遺書の行文の投影と言うべきものが見出せるのか、見出すべきなのか。この事柄は、外ならぬ「私」の「血」の「啜り」の度合の如何にかかわるという性質のものである。ところでこの点に関して、逆説的な形で、「私」の「血」の「啜り」の確かさと言うべきものを指摘した、次の様な発言を引いておきたい。例えば蓮實重彦は、『こゝろ』を対象とした鼎談の中で、「あの「私」の文体と、それから「先生」の文体との差異のなさ、」「あたかも「私」が「先生」になり代わって語っているかのように、ほとんど「先生」と「私」の文体に差異がない」と告げ、そこが「非常に気味が悪い」と語っている（『漱石研究』第六号、翰林書房。「鼎談『こゝろ』のかたち」、他の二人は小森陽一、石原千秋の両氏）。『こゝろ』上・下の「私」の文体と下の「先生」の文体との斉一性、等価性に、「非常に気味が悪い」と感ずるのは、蓮實の文学的な感性の問題、或いは双方の文体上の差異を期待する、或る文学上の概念、理念枠にかかわっての事柄である。併し問題の本質は、「非常に気味が悪い」と慨嘆するだけでは、恐らく済まないという所にある。「私」と先生との文体が斉一であるとはどういうことなのか。斉一であって何故悪いのか……。差し当り言えることは、先生と「私」との文体の斉一性、等価性とは、先生と「私」との間の「血」の授受、つまり先生の「血」の「浴せかけ」と「私」の「血」の「啜り」とが、高度の達成を見ていたということ以外の何物でもないこと、しかもそれが「血」の語彙から連想される所謂血縁の

枠を超えた、非血縁の人間間の、「思想」の「生きた」授受、即ち文字言語を介した「自叙伝」「遺書」の授受として達成されていたということである。「私」が「心」「先生の遺書」を「書」いた、「書」き得たことの事由がそこにあったと言える。両者の文体の斉一性は、決して単純に否定的にのみ見られるべきものではなく、寧ろそれは「私」と先生との共通の自己目的であったとすら言える。その両者の文体の斉一と等価の前で佇立する限り、かの鼎談がそうである様に、『こゝろ』は敬遠の対象にしかならないであろう。現実の『こゝろ』で問われるべき真の問題は、新聞発表時の「心」は、果してその先に、つまり第二篇として何が意図され、しかも実現されなかったのかと問うことである。「心」執筆打ち切りの理由を漱石は、標題「心」の、

其短篇の第一に当る『先生の遺書』を書き込んで行くうちに、予想通り早く片が付かない事を発見したので、……　（序）

と記している。この漱石の言い方は、第一の短篇「先生の遺書」つまり現実の『こゝろ』はまだ「片が付」いていない、即ち未成品だとも読めるし、第一は了えたが、第二篇は書く事をやめたとも読める。本稿では先に、第二篇を「私」そしてより以上に漱石が、書かなかった、書けなかったとして論じてみた。『こゝろ』は「方法的に作品に接近する手がかり」を、「作者・漱石が責任を持って配置してないような気がする」という蓮實重彦の嘆きも、ここにかかわるが（蓮實前掲鼎談）、もし第二篇が書かれたとすれば、それは如何なるものでなければならなかったであろうか。「血」と「牢獄」の命運の本稿からそれを言うなら、「不可思議な恐ろしい力」による「牢屋」への幽閉者の、「他殺としての自殺」という明治日本の命運を生きた、そして死んだ先生の後に、「私」は如何にして在り得るのか、在り得たのか、それがその内実であった筈であり、それは先生、というよりは先生の遺書そのものへの対象化の営みに外ならない。そしてそれを記すのは、最早先生の文体の及び得ない世界であろう。先生の思想的「自叙伝」としての「私」宛の遺書、そして「私」の自叙伝の一部であった筈の『こゝろ』

（＝「先生の遺書」）に続いたのは結局、「心」の第二篇ではなく、漱石自らの「自叙伝」的性格を帯びた『道草』であった。しかもその時漱石は『彼岸過迄』『行人』以来の、第一人称の語り手「私」が作品世界を統轄するような文学形式を、明確に自覚的に捨てていた。

『道草』に漱石の自伝的性格は自明であり、否定はし得ない。併しそれならば何故自叙伝に常套最適な第一人称の主観性の行き方ではなく、それを脱した三人称による客観的形式が選択されたのであろうか。それは一つには『こゝろ』からの距離、それの対象化の為であり、又一つには自己が「書」くことを始めたそのことの意味と意義とを、外ならぬ自己の作品系列の中で定位、確認しておきたいという漱石の企図の反映であったと思われる。『道草』の『こゝろ』からの距離ということから言えば、『道草』の世界を統轄し、その第三人称の語りを支えているものは、『こゝろ』の先生を自殺へと追いやった、「死の道丈」を「自由」に先生の為に「開けて置く」とされた、「不可思議な恐ろしい力」が、語り手、語りの座に坐ったと言えば、解し易いであろうか。

『こゝろ』の先生にとり、他者との本質的なかかわりは、即自殺、自殺を介してしかあり得なかった。即自殺の対価として「書」かれたのが、「私」宛の遺書である。遺書は先生と「私」との「信」の成立の場であった（『こゝろ』上三十一）。それではその様に先生を追い詰めた当体である、先生の内在即外在としての「不可思議な恐ろしい」「其力」が、『道草』の三人称の語りを支えている語り手そのものであるとは、どういう事態であろうか。

『道草』の健三にとっての「牢獄」とは、「「青春時代を全く牢獄の裡で暮した」」と語られ、「人を殺した罪で、二十年余も牢屋の中で暗い月日を送つた、」一人の「芸者」の境涯にも比定されている、「学校」「図書館」での「学問」の日々である（『道草』二十九）。健三のその「牢獄」は、彼の「過去」、「現在」そして「未来」でもあり、

「徒《いたづ》らに老ゆる」という観照の対象にしかなり得ないものである（同前）。健三のこうした自照は、単に彼自身一個のものであるに留まらない。日々「書斎」裡に在るだけの学者としての健三の在り様《よう》は、妻の御住の眼にも「座敷牢」の住人、しかも「夫が自分の勝手」で「座敷牢」を居場所としているとしか見得ないものである（五十六）。併しこうした獄裡の人健三ではあるが、彼は最早『こゝろ』の先生の様に、一人称「私」の意識内のその「牢屋」で、「不可思議な恐ろしい力」との絶えざる「戦争」に明け暮れしていればよい様な、そしてその果てに「明治の精神」への「殉死」という形で自殺を敢行すれば済む様な、そうした人物の造型の内にはない。逆説的に言えば健三は、已に自殺といった退路を絶たれているのである。ということは、『こゝろ』で先生に「御前は何をする資格もない男だ。」と宣告し、「死の道」へと歩ませていた「其力」が、『道草』では言わば逆に、健三に死ぬことを禁じているのである。『道草』の第九十七章で、健三を嗤笑しつつ、彼がこの現実の「世の中」で「何」をすべきなのかを執拗に問い詰める、「其力」ならぬ「其声」は、「「分らない」」と「叫んだ」健三に次の様に告げる。

「分らないのぢやあるまい。分つてゐても、其所《そこ》へ行けないのだらう。途中で引懸つてゐるのだらう」

（『道草』九十七）

『道草』の「道草」たる所以を語るこの箇所で、健三への告知の主体が、『こゝろ』の「其力」ではなく「其声」であるのは、先生を殺すには不可欠であった「力」が、健三を生かすべき「声」へと転じているのである。『こゝろ』で「不可思議な恐ろしい力」として現れ、先生の「私」の内的弁証の場であるその「牢屋」で、先生を死へと追いやれば済んでいたものが、『道草』で自殺の退路を絶たれた健三の、現実の人間の関係性の場での在り様《よう》を語る必要に迫られた時、それは自殺者の第一人称の語りでは不可能であり、『こゝろ』の「不可思議な恐ろしい力」が、位相を変えた形で、語り手、語りの座に位置し、作中人物の第三人称の語りへと転化する必然性があったと言うべきであろうか。そして『こゝろ』の「不可思議な恐ろしい力」の位相の変位、転位として、『道草』（そして未完の『明暗』）の焦点に位置し、その三人称の語り、語り手の営みを支えているのは、漱石の或いは漱石に特有の概念としての「自然」であった。逆に言えば、『道草』以降の漱石文学の語りの主体の座に位置して行く、漱石的「自然」の言わば陰画としての現れ（「（恐ろしい）影」）、それが『こゝろ』の「不可思議な恐ろしい力」であったというべきであろう。『道草』の健三に関して語られる、

彼の自然は不自然らしく見える彼の態度を倫理的に認可したのである。（七十六）

といった行文。即ち現実の人間の場では、或る本来的なもの、本源的なものが、歪んだ形で現われざるを得ないという現実の構造、人間の現実が、常に或る根源的なものの反世界としてしかあり得ないことの認識を語る、こうした「自然（不自然）」概念の駆使、その三人称の語りの可能性の根柢に、『こゝろ』の先生の一人称の「死」の語りがあったと言える。しかも『道草』が三人称の語りの対象としたものは、圧倒的な固有名詞の質量に充ちた世界としての「明治」であった。そこにも『こゝろ』『道草』の陰陽の対応、或いは逆対応があると見得るなら、例えば蓮實重彥が『こゝろ』に見出さざるを得なかった異和に、漱石及び漱石文学が如何に対処していたかは已に自明の筈である。『道草』の「自然」それの孕む宗教性の構造については、別に考察したことがあるので、ここでこれ以上の評論はしない（拙稿「『道草』論―虚構性の基底とその周辺―」『文芸研究』第一一四集、本書所収。「生死の超越―漱石の「父母未生以前」―」『文学』季刊第九巻第四号、拙著『漱石と禅』、翰林書房、所収参照）。

『道草』の健三の置かれた在り方は、併し作品が明示する様に、「牢獄」「座敷牢」での安息もままならない様なものであった。健三がそうした現実の一切からの束の間の超出として赴いたのが、「血」への「餓え」「血」の「啜り」としての、物を「書」くという行為であった。それが健三の擬似的な自殺の営みであったことは先に触れた。健三が創作の筆を取ったのはこれが最初ではなく、「一ヶ月余り前」に已に一度試みられていた。「彼は

たゞ筆の先に滴る面白い気分に駆られた。」（八十六）として、物を「書」くことへの感触が語られている。「学問」の牢獄内とは異質な「頭脳」の「働」きの体験ともされているが、最初のその創作の試みはただし、「ある知人」の依頼を受けての、他律的な産物であった。併しこの度は、自発的自覚的な「書」くことの営みであり、然も島田への金の為という、明確な目的意識を伴ったものであった。歴史的現実の根本動因としての経済への問、それは『道草』に限らず、漱石文学の本質の一つでもあった。それと共に、或る種の「爛熟」（十八）の澱みを帯びた、「学問」の「牢獄」「座敷牢」とは異質な、知性のレベルへの飛躍飛翔。健三の「書」くことの後背にあるそれらの事柄は、明治三十七・八年頃の現実の漱石の境涯とも重なるものであった。そしてそれが「血」への「餓え」、自らの「血」の「啜り」という、自虐と野性を帯びた、「獣」の所行として措定されたことの意味も、恐らく以上の論述の内に明らかなのではあるまいか。

自己の創作活動の創始期を、「血」と「牢獄」の命題の内に置く『道草』の漱石から聯想されるのは、健三の二作目と同様、漱石の二作目でもあった外ならぬ「倫敦塔」であろう。

「倫敦塔」の「ボーシヤン塔」で語り手の「余」は、処刑された罪人が壁上に刻み遺した「九十一種の題辞」を前に、次の様な観想に誘《いざ》なわれる。

冷やかなる鉄筆に無情の壁を彫つて……刻み付けたる人は、過去といふ底なし穴に葬られて、空しき文字《もんじ》のみいつ迄も娑婆の光りを見る。

斧の刃に肉飛び骨摧《くだ》ける明日を予期した彼等は冷やかなる壁の上に只一となり二となり線となり字となつて生きんと願つた。壁の上に残る横縦の疵は生を欲する執着の魂魄である。

次いで、「余が想像の糸を茲《こゝ》迄たぐつて来た時、室内の冷気が一度に……身の内に吹き込む様な感じがして覚えずぞつとした」。

何だか壁が湿つぽい。指先で撫でゝ見るとぬらりと露にすべる。指先を見ると真赤だ。……十六世紀の血がにじみ出したと思ふ。

「牢獄」と「書」くことと「血」にかかわる、極めて現実性実在性に充ちた「余」の白日夢への耽溺を、創作の二作目として「倫敦塔」に記した時、漱石はやがて自らが、自己の創作活動の最深部に位置する『こゝろ』『道草』の断層を、同一の命題を帯びて「書」くことになるであろうことを、予測し得ていたであろうか。

周知の如く倫敦塔は、ナチスの戦犯ルドルフ・ヘスの監禁の場として、二十世紀半ば迄現実に機能していた。併し「倫敦塔」の執筆はその遙か以前であり、現実の漱石は修善寺での自らの吐血をもとに、七言絶句の起承句に次の様な措辞を記していた。

淋漓絳血腹中文　　淋漓《りんり》たる絳血《かうけつ》　腹中の文
嘔照黄昏漾綺紋　　嘔《は》いて黄昏を照らして綺紋《きもん》を漾《ただよ》はす

（二〇〇二・七・七）

初出一覧

一、亡国の士—漱石と「近代」—　東北大学文芸談話会『日本文芸論稿』第八号、一九七八年三月

二、創造の夜明け—漱石と「愁」—　日本文芸研究会『文芸研究』第八四集、一九七七年一月

三、「草枕」　宇都宮大学外国文学研究会『外国文学』第三〇号、一九八二年三月

四、漱石と自然—動・静論の視座から—　『宇都宮大学教養部研究報告』第一七号第一部、一九八四年一二月

五、〈自然〉と〈法〉—漱石と国家—　日本文芸研究会『文芸研究』第九〇集、一九七九年一月

六、漱石と陶淵明　日本文芸研究会『文芸研究』第九六集、一九八一年一月

七、漱石と良寛　東北大学文芸談話会『日本文芸論稿』第七号、一九七七年一月

八、無頼の系譜—漱石の視野—　日本文芸研究会『文芸研究』第一一〇集、一九八五年九月

九、『道草』論—虚構性の基底とその周辺—　日本文芸研究会『文芸研究』第一一四集、一九八七年一月

十、漱石の漢詩に於ける「愁《うれひ》（憂）」について　東北大学文学会『文化』第五四巻第三・四号、一九九一年三月

十一、漱石の言語観—『明暗』期の漢詩から—　『季刊　文学』第四巻第三号、一九九三年七月

十二、漱石詩の最後—「眞蹤は寂寞として……」—　『季刊　文学』第二巻第一号、一九九一年一月

十三、漱石漢詩の「元是」—西欧への窓—　佐々木昭夫編『日本近代文学と西欧』（翰林書房）、一九九七年七月

*

十四、漱石の血と牢獄　『文学』（隔月刊）第五巻第三号、二〇〇四年五月

編集付記

本書は、二〇〇二年八月十七日に急逝された加藤二郎氏の遺稿論文集である。

生前の加藤氏は、『漱石と禅』（翰林書房、一九九九年一〇月）に続く二冊目の漱石論集の上梓を企図し、既発表論文の改稿、編集の作業を精力的に進めていた。残されたメモによれば、巻頭に「亡国の士―漱石と「近代」―」を置き、末尾に「『道草』論―虚構性の基底とその周辺―」を排した全十四章からなる一書が構想されていたようである。そのうちの九章については、初出論文への改稿作業を既に終えた浄書原稿、或いは初出論文別刷に手書きによる綿密な補訂を加えた草稿が残されていた。残る五章分に関しては、加藤氏の構想を窺い知る手だてもなく、誠に残念ながら未詳とせざるを得なかった。従って本書では、加藤氏が二冊目の漱石論集への収録を予定していたことが確実な論文、加藤氏自身により改削補筆の手が加えられ、然るべく原稿が整えられていた九篇を中心に編集することとした。すなわち本書の前半九章である。

本書では、続いて漱石の漢詩について論じた四篇の論文を収録した。これらは何れも、東北大学大学院文学研究科に提出された博士学位論文の第二部「漱石漢詩と禅」に収められたものである（学位記番号　文第一六九号、学位授与年月日　二〇〇〇年十二月七日）。前著『漱石と禅』の「後書」において「漱石と禅との関わりに触れて、漱石の漢詩、殊に『明暗』期の漱石詩に関する論攷がないのは、殆んど片手落ちの謗を免れないであろう。著者にはすでに、その方面についての二・三の文章もある。併しこの漱石の漢詩については、それだけで一書を編みたいという思いがあるので、ここには敢えて収めないことにした。」と述べられているように、加藤氏は漱石の漢詩の問題を扱う論集の公刊を視野に入れていたと思われるが、それもかなわなくなった今、漱石漢詩を論じた主要論文四篇をここに排列することとした。

最終章の「漱石の血と牢獄」は、加藤氏の絶筆となった論文である。論文末尾に付記された「(二〇〇二・七・七)」という擱筆の日付が、一貫して漱石を対象に進められた同氏の研究のピリオドを告げるものとなってしまった。加藤氏の漱石研究の里程を窺い知るよすがたるべく、本論文を掉尾に収めた。

なお以上の論文を貫く著者の視線が日本の近代に対峙する漱石文学の場に確と差し向けられており、かつ又その中核に漢詩が位置付けられていることを踏まえ、書名を『漱石と漢詩――近代への視線――』とした。

著者である加藤二郎氏の意に添うものとなりえているか否かは甚だ心許ないながら、以上の十四篇をもって本論文集を構成することとした。

(佐藤伸宏)

加藤二郎　業績目録

著書

◎単著

『漱石と禅』（翰林書房、一九九九年一〇月）

◎共著

1、日本文学研究資料新集15『夏目漱石　作家とその時代』（有精堂、一九八八年一一月）
2、日本文学研究資料新集14『夏目漱石　反転するテクスト』（有精堂、一九九〇年一〇月）
3、漱石作品論集成4『漾虚集・夢十夜』（桜楓社、一九九一年五月）
4、漱石作品論集成12『明暗』（桜楓社、一九九一年一一月）
5、『新編夏目漱石研究叢書1』（近代文芸社、一九九三年四月）

学術論文

1、「寺田寅彦の漱石像」（解釈学会『解釈』第一九巻第一一号、一九七三年一一月）
2、「漱石に於ける芸術論」（日本文芸研究会『文芸研究』第八一集、一九七六年一月）
3、「創造の夜明け―漱石と「愁」―」（日本文芸研究会『文芸研究』第八四集、一九七七年一月）
4、「漱石と良寛」（東北大学文芸談話会『日本文芸論稿』第七号、一九七七年三月）
5、「漱石と禅―『明暗』を中心に―」（日本文芸研究会『文芸研究』第八七集、一九七八年一月）
6、「亡国の士―漱石と「近代」―」（東北大学文芸談話会『日本文芸論稿』第八号、一九七八年一二月）
7、「〈自然〉と〈法〉―漱石と国家―」（日本文芸研究会『文芸研究』第九〇集、一九七九年一月）
8、「漱石研究史概観―その様々なる意匠―」（東北大学文芸談話会『日本文芸論稿』第九号、一九七九年六月）

9、「漱石と漢文学」（宇都宮大学外国文学研究会『外国文学』第二八号、一九八〇年三月）
10、「漱石と陶淵明」（日本文芸研究会『文芸研究』第九六集、一九八一年一月）
11、「漱石と『禅林句集』」（宇都宮大学外国文学研究会『外国文学』第二九号、一九八一年三月）
12、「『草枕』一面」（宇都宮大学外国文学研究会『外国文学』第三〇号、一九八二年三月）
13、「漱石に於ける「歩行」の問題」（東京大学国語国文学会『国語と国文学』第五九巻第四号、一九八二年四月）
14、「漱石と自然―動・静論の視座から―」（『宇都宮大学教養部研究報告』第一七号第一部、一九八四年一二月）
15、「「芭蕉」の精神史（上）」（東北大学文学会『文化』第四八巻第三・四号、一九八五年二月）
16、「無頼の系譜―漱石の視野―」（日本文芸研究会『文芸研究』第一一〇集、一九八五年九月）
17、「漱石の水脈―前田利鎌論―」（日本近代文学会『日本近代文学』第三三集、一九八五年一〇月）
18、「「芭蕉」の精神史（下）」（東北大学文学会『文化』第四九巻第三・四号、一九八六年二月）
19、「漱石の「一夜」について」（『文学』第五四巻第七号、一九八六年七月）
20、「漱石と藤村―芭蕉の葉蔭―」（『宇都宮大学教養部研究報告』第一九号第一部、一九八六年一二月）
21、「「明暗」考」（宇都宮大学外国文学研究会『外国文学』第三五号、一九八六年一二月）
22、「『道草』論―虚構性の基底とその周辺―」（日本文芸研究会『文芸研究』第一一四集、一九八七年一月）
23、「『明暗』論―津田と清子―」（『文学』第五六巻第四号、一九八八年四月）
24、「一休宗純のなかの陶淵明」（日本文芸研究会『文芸研究』第一二二集、一九八九年九月）
25、「『明暗』期漱石漢詩の推敲過程」（『宇都宮大学教養部研究報告』第二二号第一部、一九八九年一二月）
26、「戯画とパロディ」（『夏目漱石事典』学燈社、一九九〇年七月）
27、「婆子焼庵―『草枕』或いは『こゝろ』―」（『宇都宮大学教養部研究報告』第二三号第一部、一九九〇年一二月）
28、「漱石詩の最後―「眞蹤は寂寞として」―」（『季刊　文学』第二巻第一号、一九九一年一月）
29、「漱石と池辺三山―次韻にみる文雅とその周辺―」（片野達郎編『日本文芸思潮論』桜楓社、一九九一年三月）
30、「漱石の漢詩に於ける「愁《うれひ》（憂）」について」（東北大学文学会『文化』第五四巻第三・四号、一九九一年三月）
31、「漱石の言語観―『明暗』期の漢詩から―」（『季刊　文学』第四巻第三号、一九九三年七月）

32、「漱石と達磨」（東北大学国文学研究室編『菊田茂男教授退官記念　日本文芸の潮流』おうふう、一九九三年一一月）
33、「漱石の存在論」（『漱石研究』創刊号、一九九三年一〇月）
34、「『行人』―終りなき行人―」（『国文学』第三九巻七号、一九九四年六月）
35、「漱石と地震」（日本文芸研究会『文芸研究』第一四二集、一九九六年九月）
36、「漱石漢詩の「元是」―西欧への窓」（佐々木昭夫編『日本近代文学と西欧』翰林書房、一九九七年七月）
37、「眼には識る東西の字／心には抱く古今の憂」（AERA Mook『漱石がわかる』朝日新聞社、一九九八年九月）
38、「生死の超越―漱石の「父母未生以前」―」（『季刊　文学』第九巻第四号、一九九八年一〇月）
39、「映像と文学の間」（宇都宮大学外国文学研究会『外国文学』第五一号、二〇〇二年三月）
40、「三山、雨山、漱石、君山―漱石の中国―」（『漱石全集（第二次刊行）第二巻　月報2』岩波書店、二〇〇二年五月）
41、「訳註　三山詩（一）・（二）」（『宇都宮大学国際学部研究論集』第一四号、二〇〇二年一〇月）
42、「漱石の血と牢獄」（『文学』（隔月刊）第五巻第三号、二〇〇四年五月）

書評その他

1、「酒井英行著『漱石　その陰翳』」（日本近代文学会『日本近代文学』第四三集、一九九〇年一〇月）
2、「大星光史著『日本文学と老荘神仙思想』」（『国文学』第三六巻一号、一九九一年一月）
3、「飯田利行著『新訳　漱石詩集』」（『週刊読書人』一九九四年一一月二五日）
4、「滝沢克己『夏目漱石』」（『国文学　解釈と鑑賞』七六七、一九九五年四月）
5、「吉川幸次郎『漱石詩注』」（『国文学　解釈と鑑賞』七六七、一九九五年四月）
6、「熊坂敦子編『迷羊のゆくえ―漱石と近代』」（日本近代文学会『日本近代文学』第五六集、一九九七年五月）
7、「平成八年（自一月至十二月）国語国文学界の展望（2）近代　夏目漱石」（全国大学国語国文学会『文学・語学』第一五七号、一九九七年一一月）
8、「陳明順著『漱石漢詩と禅の思想』」（日本近代文学会『日本近代文学』第五八集、一九九八年五月）

あとがき

平成十四年の夏は、近年にない酷暑でした。八月九日の夜遅く、主人が八畳の間で倒れました。聞いたことのない大きな鼾に、私は動顛してしまいました。病院に運ばれてから八日目に、主人は私と世を異にしてしまいました。享年五十一歳、あまりにも早過ぎた別れでした。

主人は、生前『漱石と禅』という著作を、翰林書房から出していただいたことがあります。前年に、もう一冊の漱石論を翰林書房の御世話で出版したいと口にして以後、主人は、各誌に掲載した旧稿の中から、新著にふさわしいものを選出しては、鋭意、手直しや清書に精を出しておりました。そして一応の枠組みを決めた矢先に倒れてしまいました。主人胸中の二冊目は、永遠の未完となりました。本書収録の「漱石の血と牢獄」が、主人意中の著作への収録論文であるかは、知るすべもありませんが、昼は講義にそして大学改革の騒然たる状況に疲弊し消耗した主人が、夜だけは執筆に打ち込んできたこの論考は、まことに血が滲む最終稿でした。生涯を漱石文学一途に打ち込み、それへの綿密な咀嚼をより絢爛円熟の形で世に問おうとした、まさにその時の急逝に、遺族の無念さはもとより、本人がどんなに痛恨の思いであったか、そのことを思うにつけ胸をかきむしられる悲痛さをただ堪え忍ぶばかりであります。

主人の訃報に接して、すぐ翰林書房の社主今井肇氏が、ご懇切な哀悼のお言葉とお悔やみをお送りくださいました。いずれ二冊目もと考えておりましたのに、との書中のお言葉に、私は思わず号泣いたしました。そして、この度、主人の三回忌の霊前に間に合うようにとのご懇篤なご配慮により、今井肇氏をはじめ翰林書房の方々のお骨折りで、本書の刊行となった次第です。亡夫共々、翰林書房の皆様に心から深謝申し上げます。

本書の編輯に当たりましては、主人の畏友、東北大学文学部教授の佐藤伸宏先生に全てをお願いしました。佐藤先生は、故人の意に沿うようにと、収録論文の検討、目次排列についての吟味、更に出版社との打ち合わせ等々、編集から刊行まで、本書の上梓にいたるすべてを主人に代わって心を砕いてくださいました。ここに記して深甚の謝意を表します。

最後に私事を申して甚だ恐縮ですが、私の、亡き主人との出会いは、主人前著の後書きにも触れられているその「中国滞在中」のことでした。国際結婚が日常茶飯事となった現今の中国に比べ、当時の私たちは中国本土では異端そのものでした。夫婦としての二十年の風雪を、異文化の衝突と融合を経験しながらも今日まで歩んでこられたのは、万難を排して結ばれた男女の不可解な因縁なるがゆえ、と言うよりも互いに相手が自分の一番よき理解者だったからと思います。沈思を好み、風雅を愛し、権勢には媚びず、狡猾さと陰謀を企む愚劣さとも無縁、孤高で高潔な主人の人となりと、淵明のような「守拙」の生き方に、中国近現代の渦中に没落してしまった伝統ある士大夫の系譜に生を受けた私は、限りない魅力と心の共振共鳴を感じていました。主人のこの生きる姿勢が彼の学問研究の底流をなすものであろうと思われてなりません。

この突然の別れを夢想だにせず、一ヶ月後に中国北京で開催される「漱石国際シンポジウム」に、二人で参加する予定でした。大会での主人の発表演題は、「漱石と辛亥革命」というものでした。ビザや航空券の手配も全て完了したものの、主人は突然不帰の人となり、発表要旨の原文と中国語訳だけが私のパソコンの永久の住人となっています。大会でお会いするはずの立教大学の藤井淑禎先生とは、拙宅での遺骨の対面となりました。炎天下をはるばるお越しの上御焼香賜った先生にはお礼の申し上げようもありません。「加藤君の死は日本の近代文学にとって大きな損失です」、と口惜しげに何回ももらされた先生のお言葉に、恐縮千万の思いと共に、断腸の念を禁じえませんでした。願わくば、主人のこの遺著が同業者の方々の咀嚼に堪え、読者諸賢の反芻に役立つものであらんことを、祈るばかりであります。

この一冊の刊行のためにご尽力賜った諸関係者の方々に、心からお礼申し上げます。ありがとうございました。

加藤　慧

漱石と漢詩
—近代への視線—

発行日	2004年 11月 5日	初版第一刷
著　者	加藤二郎	
発行人	今井 肇	
発行所	翰林書房	

〒101-0051 東京都千代田区神田神保町1-14
電 話 (03)3294-0588
FAX (03)3294-0278
http://www.kanrin.ne.jp/
Eメール● Kanrin@mb.infoweb.ne.jp

印刷・製本　シ ナ ノ

落丁・乱丁本はお取替えいたします

ISBN4-87737-196-6